———— 阅读之前 没有真相

午 夜 文 库

观察名单
Watchlist

(美)杰夫里·迪弗 等著

丁会欣 译

新星出版社 NEW STAR PRESS

目录

1		前 言
5	一	肖邦手稿
7	1	杰夫里·迪弗
26	2	大卫·休森
38	3	詹姆斯·格雷迪
49	4	S.J. 罗赞
56	5	埃里卡·斯宾德勒
69	6	约翰·拉姆齐·米勒
79	7	大卫·科贝特
90	8	约翰·吉尔斯特拉普
99	9	约瑟夫·范德尔
110	10	吉姆·胡西尼
122	11	彼得·施皮格尔曼
134	12	拉尔夫·佩苏略
145	13	丽莎·斯科特林
156	14	P.J. 帕里什
164	15	李·查德
174	16	杰夫里·迪弗
187	17	杰夫里·迪弗

目录

199	二	铜镯
201	1	杰夫里·迪弗
221	2	盖尔·林德斯
232	3	大卫·休森
249	4	吉姆·胡西尼
262	5	约翰·吉尔斯特拉普
275	6	约瑟夫·范德尔
286	7	丽莎·斯科特林
293	8	大卫·科贝特
310	9	琳达·巴恩斯
330	10	珍妮·赛勒
341	11	大卫·里斯
355	12	P.J.帕里什
368	13	布雷特·巴特勒斯
382	14	李·查德
393	15	乔恩·兰德
413	16	詹姆斯·费伦
425	17	杰夫里·迪弗

前 言

如果您愿意出任，您的职责便是倾心提出一种全新的观点，来帮助成立这个年轻却很重要的组织，力邀那些一流的惊悚小说家加入进来，在这里捐谋献策，施展他们的才华。

二〇〇四年十月，国际悬疑惊悚小说家协会成立。作为最初的董事会成员之一，我的主要工作就是上面提到的那些。

我本人也是一位惊悚小说的作家，并且拥有一家创作和出版公司。协会宗旨中提到"给予认可，并将惊悚小说这一体裁提升到更新、更高的层面"，这一点让我心动不已。

协会成立初期，我们提出了一系列想法。有的想法不值一提，有的可以商榷，但最终未被采用。此外，有一些提议还是很有建设性和可行性的。

其中有人提议召集世界一流的惊悚小说家共同创作一部连载小说，可以先在连续八周左右的时间里以音频的形式分章节发行。对于这种不同寻常的合作方式，我深表赞许。

我曾为此事和有声书网站的策划总监斯蒂夫·菲尔德伯格通过电话，也面谈过。几个月以后他们的网站对此大开绿灯。同时国际惊悚小说家协会的董事们也将这一方案提上了日程。

从那时起，这项看似不可能完成的任务有了良好的开端。可是新的问题摆在了眼前：怎样才能说服那些作家认可这种不同以往的创作方法，并为之耗费心血呢？

看看这本书封面上的名字吧！我们邀请的作家都不是等闲之辈，他们在这一领域出类拔萃、家喻户晓、佳作迭出。另外，他们还都是畅销书榜单上的常客，以往要不惜重金才能拜求到他们的真知灼见，而且他们一直在为不负书迷、出版社和家人的期望而笔耕不辍。

在这样的情况下，如何才能让李·查德放下他手头正在创作的杰克·里奇系列、让杰夫里·迪弗投入到林肯·莱姆以外的小说创作中来？让丽莎·斯科特林暂时离开她心爱的《费城》、让吉姆·胡西尼承担起赫拉克勒斯般的重任，主持大局，而不仅仅是创作其中的一个章节呢？另外还有其他十一位作家呢，这些都是很棘手的问题。

为了知道答案，我一一给他们打了电话。

出人意料的是，虽然知道困难重重，他们还是纷纷表示同意加入。这个消息让我们所有人都欢欣鼓舞。事实上，看到这么多优秀的作家加入进来，在他们的光环下，我觉得自己实在有点儿微不足道了。

《肖邦手稿》是这本书的第一部分。它开了音频惊悚小说的先河，获得了"年度最佳有声小说"这一殊荣，是当之无愧的畅销书。

十五名一流的惊悚小说家如此鼎力合作的目标很明确，即让国际惊悚小说家协会真正成为一个具有非凡价值且意义重大的组织。

在这部小说的编写过程中，杰夫里·迪弗构思出了第一章的人物和场景，为故事情节的继续发展埋下伏笔，然后移交到其他十四位作家的手中。他们每人负责一个章节，共同完成这部小说。可以说，故事情节因为不同作家的构思而波澜起伏，人物也随着事件发生的不同地点而相应增加，创作的难度越来越大。小说的最后两章由杰夫里·迪弗完成，他为这部小说安排了一个既出人意料，又极具争议性的结局。

两年以后，这些作家重新聚在一起（其中包括几位新成员和已经退出的原有成员），共同创作完成了这本书的第二部分《铜镯》。

《铜镯》的开头和结尾部分也是由杰夫里·迪弗执笔，几位作家各显神通，故事跌宕起伏，精彩纷呈。

您手中的这本书足以证明国际悬疑惊悚小说家协会的成员是多么才华横溢。在此，我向所有参与这部小说创作的人员表示衷心的感谢，也希望亲爱的读者们能和我一样从这个悬念迭出、错综迷离的故事中读出乐趣。

M.J.罗斯
二〇〇九年七月

一 肖邦手稿

1 杰夫里·迪弗

钢琴调音师弹了几个高音,象牙质的琴键随着手指起落,这种感觉真是妙不可言。他的光头微微前倾,闭着眼睛,仔细地聆听。音符萦绕在演奏厅暗色的天花板四周,顷刻之后如烟般飘散。这个演奏厅就坐落在华沙旧市场广场附近。

调音工作顺利完成,他心满意足地将止音契和调音扳手放回天鹅绒套子。这个调音扳手因为长期使用,已经磨损很严重了。放好调音工具后,他在钢琴前坐下来,开始弹奏莫扎特的《小夜曲》。这支曲子欢快激昂,一直是他的最爱。此时此刻,调音师完全沉浸在美妙的音乐当中。弹奏接近尾声的时候,从他身后突然传来稀落的掌声。环顾四周,他发现一个身材矮胖、头发褐色、脸盘宽阔的男人站在离他大约二十英尺的地方,点头微笑着。许多年以前调音师曾去过南斯拉夫,据此他认为这应该是个南斯拉夫人。

"太美妙了!真是精彩绝伦!你听得懂英文吗?"不速之客带着很重的斯拉夫口音问道。

"听得懂。"

"你是在这里演出的吗?不用说,肯定是!你真是才华横溢。"

"我?噢,不是,我只是个调音师,但是调音师也可以对钢琴有自己的见解吧……您有什么需要帮忙的吗,先生?演奏厅就要关门了。"

"不用。你很热爱音乐,我可以从你的弹奏中听出这份热爱,你想过要演出吗?"

调音师在谈到音乐时可以滔滔不绝,但谈到自己时往往很沉默。事实上,虽然不敢说在整个波兰,但至少在华沙他是最出色的调音师。此外他还是一位执着的收藏家,专门收集唱片和音乐手稿。如果条件允许的话,他还会收集各种乐器。他曾经弹奏过肖邦的《波兰舞曲》,用的正是当时作曲家创作这支曲子时所用的钢琴,这段经历是他一生的骄傲。

"我以前演出过,准确地说,是年轻的时候。"他告诉身边这个陌生男人,他曾经作为大提琴副首席,随华沙少年管弦乐团在东欧进行过巡演。

调音师讲完后,望着眼前这个南斯拉夫人,此时不速之客正在研究钢琴。"先生,演奏厅就要关门了,你是来找人的吗?"

"是来找人的。"南斯拉夫人朝钢琴走近几步,俯身仔细查看,"噢,贝森多夫牌,这可是德国对文化的又一大贡献。"

"是啊。"瘦小的调音师说。他轻轻抚摸着黑色的钢琴上那个具有哥特气息的公司标志。"很棒。你要试试吗?对了,你会弹钢琴吗?"

"我可不像你。在听了你的弹奏后我就更不敢班门弄斧了。"

"你太谦虚了。对了,你刚才说是来找人的。是找安娜吗?那个法国小号手?她刚刚还在这儿,不过现在肯定已经走了。这儿除了一个女清洁工就没别人了。不过如果你需要的话,我可以帮你带口信给乐团的人或者这里的负责人。"

南斯拉夫人凑近钢琴,认真研究那些琴键——那些是禁令前的象牙制品。

"先生，你，"他说，"就是我要找的人。"

"我？我们认识吗？"

"今天早些时候我见过你。"

"见过我？在哪儿？我怎么没有印象呢？"

"你在一个咖啡店里吃午餐，那里可以俯视华沙最大的建筑——那个建筑是最大的吧？"

调音师忍不住笑了起来。"华沙最大的一个？科技文化中心吗？哈，那是苏联人给的礼物，他们用这个建筑换走了我们的自由，可笑吧。你说得没错，我是在那个咖啡店吃的午餐，不过我还是想不起来你是谁。"

陌生人敛住微笑，回过头来直勾勾地盯着调音师。

像在寂静中突然听到海顿热烈奔放的《第九十四交响曲：惊愕》，恐惧攫住了调音师。他拿起自己的工具箱，起身离开。但是没出两步，便迈不动脚了。"天啊！"调音师几乎窒息。在他面前，也就是陌生人的后面，两具尸体躺在前门处的地板上！安娜，那个小号手！她不远处是那个女清洁工！入口处的灯光洒下的阴影和地上的血迹夹裹着这两具毫无生气的尸体。

那个斯拉夫人虽然个子和调音师不相上下，却要比他强壮百倍。他一把拽住调音师的胳膊。"坐这儿。"低声说罢，他猛地把调音师按在凳子上。

"你想怎么样？"调音师流着眼泪，用颤抖的声音问道。

"嘘。"

此时的调音师心惊胆战，大脑一片空白。他疯狂地想，自己真是傻瓜，这个男人谈论贝森多夫的德国血统时就应该提高警惕或者立即逃离，因为任何一位真正的钢琴行家都很清楚，这个品牌属于奥地利，而不是德国。

在克拉科夫[①]约翰·保罗二世机场，他被拦住了，心中暗暗猜测肯定和公文包里的东西有关。

他今天起得太早了。"玫瑰花下"是他最钟情的波兰酒店，这家酒店既有富丽堂皇的古典韵味又有不折不扣的现代气息，更了不起的是，弗朗兹·李斯特曾经在这里下榻。此刻他还没有来得及喝一杯咖啡或者早茶，迷迷糊糊中，突然看见两个穿制服的人出现在面前。

"哈罗德·米德尔顿先生？"

他抬起头。"我就是。"此时他对机场的一幕恍然大悟。机场的保安人员检查他的公文包时，看到了它，疑虑重重。出于谨慎，那几位年轻的卫兵什么也没说。他们先是放他通过，稍后请来了救兵：两个不会笑的大块头。

候机室里大约有二十位乘客，都在等巴士送他们到汉莎航空公司的航班上，然后飞往巴黎。有些年轻人停下来看热闹。那些年纪稍大的，经过苏联政权的镇压，已经不敢随便看什么了。与米德尔顿隔着两个座位的男人，朝这边瞥了一眼，脸上闪过似是而非的疑云，仿佛害怕被误认为是同伙。后来他可能想到自己不会被提问审讯，便又看起报纸来，明显松了一口气。

"请您和我们走一遭吧。麻烦您了，这边请。"大块头极其礼貌，回头示意安全线。

"等等，我知道是怎么回事。这只是个小误会。"他清清嗓子，

[①]波兰的一个城市。

声音里满含耐心、尊重和好脾气。见到当地警察，或者穿过边境时，你都得这样说话。米德尔顿指着公文包说："我打开让你们看看这些文件——"

话还没说完，那个沉默的卫兵就把公文包拿起来了。

另一个礼貌而冷淡地说："还是请您走一遭吧。"这个方下巴、从来不笑的卫兵眼神坚定。看得出来，丝毫没有商量的余地。波兰人，就米德尔顿所知，曾经是纳粹最强硬的抵抗者。

机场不大却显得空旷。米德尔顿走在两个大个子中间。米德尔顿是个没什么特色的美国人，个子不算高，也不算胖，不过比去年是重了些。他今年五十六岁，一头浓密的黑发让他看起来很年轻。五年前，女儿在毕业典礼上向她的一些同学介绍说米德尔顿是她的哥哥，在场每个人竟都深信不疑。在这之后，父女俩常常拿这件事开玩笑。

想到女儿，米德尔顿希望千万不要错过到华盛顿的飞机。他打算和女儿、女婿在泰森角共进晚餐。夏洛特怀孕后，这还是第一次全家聚会呢。

他回头看看那些百无聊赖地等在那里的人群，心生绝望。也许晚餐要推迟了，只是不知道要推迟多久。

他们穿过太平门，遇到另外几个人：两个穿制服的警员和一个一身棕色的中年人，他的棕色雨衣皱巴巴的。

"哈罗德·米德尔顿先生，我是波兰国家警察局克拉科夫分局的副局长，斯坦尼斯基。"开门见山地亮出身份，不常见。

卫兵们将他围住，似乎担心这个五英尺十英寸高的美国人要来一个空手道，奔向自由。

"请出示护照。"

他把一个破旧的蓝色小册子递过去。斯坦尼斯基打开护照,看了一眼上面的照片,然后看看眼前的男人,反复打量了两次。人们总是很难记住米德尔顿的长相。他女儿的一个朋友曾经说米德尔顿要是去当间谍,肯定会飞黄腾达,因为没有人能认得出他。米德尔顿心知这就是真相,只是诧异夏洛特的朋友竟然如此有洞察力。

"时间紧急,飞机快要起飞了。"

"您不能乘这次航班了,米德尔顿先生。不好意思。我们得赶回华沙。"

华沙?离这里有两个小时车程。

"这太离谱了。为什么?"

没有人回答。

他试着再解释一次。"是因为手稿,对吗?"他指着公文包,"我可以做出解释。没错,上面写着肖邦的名字,但我可以保证,这个手稿是高仿的,没有太大的价值。不是国宝。我是得到允许才将它带回美国进行研究的。你可以问问——"

副局长摇摇头。"手稿?米德尔顿先生,这跟什么手稿没关系。是谋杀。"

"谋杀?"

那个男人犹豫了几秒。"我这样说是想让您清楚现在的处境。我不会再多说一句,强烈建议您也保持沉默,可以吗?"

"我的行李——"

"您的行李已经在车上了。"他指向门外,"我们走吧。"

"请进,米德尔顿先生。坐下吧。嗯,这是……噢,我是约瑟夫·帕德罗，波兰国家警察局第一副局长。"对方自报家门，出乎米德尔顿意料。这个消瘦的男人和他差不多年纪，但个头要高一些。他在放幻灯片，这可不是波兰法律部门的做派。也许是为了照顾米德尔顿吧。

"出什么事了，局长？您的手下提到谋杀，但又不肯多说。"

"嗯，他提到了吗？"帕德罗面露愠色，"克拉科夫那帮人，他们总是不听话，比包萨纳好一点儿，但也好不到哪儿去。"

办公室是灰白色调，窗外，春季的天空灰蒙蒙的。屋里书不少，还有些打印出来的资料和几张地图。除了一些官方的嘉奖令，没有其他装饰品。陶瓷仙人掌上戴着一顶牛仔帽，挺滑稽。帕德罗妻子、孩子、孙子、孙女的照片几乎无处不在。看起来是一个快乐的大家庭。米德尔顿想到了自己的女儿。

"我被起诉了吗？"

"并不是这样。"他英语说得很好。米德尔顿看到墙上挂着匡提科[1]结业证书和得克萨斯州执法管理研究所颁发的证书，原来如此。

对了，还有那盆戴牛仔帽的仙人掌。

"那么我可以离开了？"

"你知道，我们这里有抵制抽烟的法律条文。我想你可能触犯了这一点吧。还有，你们的国家用汉堡王换走了我们的香烟。"副局长耸耸肩，点了一根索比斯基香烟，"你不能离开。现在，你好好想想，昨天是不是和一个叫亨瑞克·耶迪纳克的调音师一起吃的午餐？"

"嗯，亨利[2]……噢，不。难道他被谋杀了？"

帕德罗仔细观察米德尔顿。"很遗憾，正是他，昨天晚上，在旧

---

[1] 美国军事基地之一，位于弗吉尼亚州。
[2] 亨瑞克的昵称。

市场广场附近的演奏厅。"

"不，不可能……"米德尔顿与亨瑞克并不熟——这次旅行才刚刚认识——但是两人一见如故，相谈甚欢。听到他的死讯，米德尔顿很吃惊。

"还有两个人也同时被害了。一个音乐家和一个女清洁工。刀捅死的。两个人死得很无辜，事发时，她们刚好在现场。"

"太可怜了，怎么会这样呢？"

"你和亨瑞克先生认识很长时间了吗？"

"不是。昨天我们才第一次见面。之前发过几次电子邮件。他是一位收藏家，专门收集乐谱。"

"乐谱？书？"

"不是。音乐手稿——手写的乐谱。另外，他供职于肖邦博物馆。"

"应该在奥斯特洛格斯基城堡吧。"听起来，帕德罗知道那个地方，只是没去过。

"是的。昨天我和恰托雷斯基博物馆的馆长在克拉科夫开会，我邀请亨瑞克介绍他的收藏。一份可疑的肖邦乐谱。"

帕德罗对此不感兴趣。"说说你们在华沙见面时的情况。"

"好的。快到中午的时候，我约亨瑞克到博物馆喝咖啡，他给我看了最近的一些收藏品。然后我们一起去市里的一家咖啡店吃午餐。我想不起来那个咖啡店叫什么了。"

"弗雷德里克餐厅。"

正是那家咖啡店，看来，帕德罗对整个事件了如指掌，他可能看到了亨瑞克的电脑或者日记本。"没错儿。然后我们就分开了，我乘火车到克拉科夫。"

"你觉得当时有人跟踪你们或者监视你们吃午餐吗？"

14

"为什么会有人跟踪我们?"

帕德罗深抽一口烟。不抽烟的时候,他手放在桌子下面。"你看到什么可疑的人了吗?"他又问了一遍。

"没有。"

他点点头。"米德尔顿先生,我想我最好告诉你……虽然我很遗憾,但是这很重要。你的朋友在死前受到了虐待。我不想讲那些细节,只想说凶手很残忍地用了钢琴弦。他嘴被堵住了,发不出声音。不过,他右手没有受伤,可能凶手想让他写什么东西。凶手想得到某种信息。"

"天啊……"米德尔顿闭上眼睛,眼前出现亨瑞克给他看妻子和儿子照片时的场景。

"我想可能是这样的。"帕德罗说,"调音师口碑很好,深受欢迎。看起来,他是位清清白白的音乐家、商人、丈夫和父亲。似乎与别人没什么两样……"他小心地研究了一下米德尔顿的表情,"但是,凶手可能不这样认为。也许他还有别的什么身份……"他朝米德尔顿点了一下头,"和你一样。"

"你想说什么?这是什么意思?"

"告诉我你的其他职业。"

"我没有其他职业。我教音乐,鉴定音乐手稿。"

"不对,你最近有其他职业。"

"就算有,和这有什么关系呢?"

帕德罗思考片刻,接着说:"因为这些事搅和在了一起。"

米德尔顿冷笑道:"你到底想说什么?"这是他最情绪化的表达。他几乎从未情绪失控过,甚至都忘了自己还有这个能力。他相信如果情绪失控便会陷入被动,所以时常告诫自己。

"告诉我你的职业，上校。人们现在还这样称呼你吗，上校？"

"不了。但是你为什么要问你已经知道答案的问题呢？"

"我知道得还太少，很想多了解一点。比如，我只知道你和前南斯拉夫国际刑事法庭以及国际刑事法院有关联，但不知道具体细节。"

联合国授权的前南斯拉夫问题国际刑事法庭，专门调查二十世纪九十年代，在塞尔维亚、波斯尼亚、克罗地亚、阿尔巴尼亚地区复杂残酷的种族战争中的战犯。国际刑事法院成立于二〇〇二年，其主要功能是对犯有种族屠杀罪、危害人类罪、战争罪、侵略罪的个人进行起诉和审判。二者总部都在荷兰海牙，成立的初衷是因为一些国家试图忘记发生在他们境内的暴行，或者不愿意去惩治当年的那些战犯。

"你怎么不为他们工作了？从美国军队跳到国际法院，你步子挺大啊。"

"不管怎样，我打算退休了。我已经在那里工作二十多年了。"

"至少，眼下还没退吧。"

看来，要想早点儿脱身，就得合作。也只有这样，他才有一线希望与女儿、女婿在华盛顿的丽思·卡尔顿酒店共进晚餐，虽然比预期晚了许多。

米德尔顿简要地叙述起来。一九九九年夏，科索沃深陷南斯拉夫内战的泥潭中，美国派出七千人组成的维和部队，他是军事情报员。米德尔顿所在的邦德斯蒂尔营地位于科索沃的东南部，即受美国督察的区域。这大片的乡郊山地，本属于阿尔巴尼亚，却和科索沃的大部分地区一样，成了塞尔维亚人的袭击目标。塞尔维亚侵犯者中，有些人来自科索沃，其他人来自米洛舍维奇领导的塞尔维亚。科索沃也曾是塞尔维亚的一部分。公爵山就像富士山一样，俯瞰着崎岖嶙峋的山丘。战斗基本结束了，成千上万次的"人道主义号"炸弹袭击也取得了预想的效果，但是驻扎此地的维和部队始终高度警惕，时刻准备着阻止臭名昭著的塞尔维亚游击队员和残忍无情的阿尔巴尼亚科索沃解放军之间发生冲突。

帕德罗边听边又点燃了一根烟。

"我被派遣到那里不久，营地的指挥官接到了首都普利斯提纳附近英国管辖区一位将军的电话。他声称找到了有意思的东西，并给所有的国际维和部队打电话，看看能不能找到对艺术收藏比较在行的人。"

"为什么要这么做？"帕德罗盯着眼皮底下的索比斯基香烟。

整间办公室渐渐被烟味吞没。米德尔顿倒不是受不了烟味，不过他的眼睛被熏得刺痛。"我给你讲讲背景吧。这得从二战说起。"

"请讲。"

"嗯，来自科索沃的阿尔巴尼亚人与党卫军的一个分支，即第二十一山地师作战。他们的主要目标是除掉这些游击队员和党徒，同时也借此机会清洗他们的夙敌塞尔维亚人。"

帕德罗脸上笑出皱纹。"哼，永远都是这一套。波兰人对抗俄国人。阿拉伯人对抗犹太人。美国人对抗——所有人。"

米德尔顿并不在意。"第二十一山地师还有其他任务。随着意大利的沦陷和同盟国的反击已成定局，海因里希·希姆莱和赫尔曼·戈林，以及其他在东欧掠夺艺术品的纳粹们，试图将这些艺术品藏到一个安全的地方，这样即便德国沦陷了，同盟国也找不到这些宝贝。据传闻，第二十一山地师将成车的掠夺物品带到了科索沃。这不难理解。一个国土面积小、人口少，几乎不被注意的国家。谁能想到去那儿寻找丢失的塞尚和马奈呢？

"英国军官找到了一座古旧的东正教教堂。这座教堂几年前就已经被废弃了,后来成为联合国救援组织安置塞尔维亚难民的宿舍。在地下室,他的手下挖出来五六十箱绝版书、绘画和音乐手稿。"

"天啊,那么多。"

"噢,是啊。有些损坏了,有些无法修复,但是也有一些还完好如初。我对书和画了解不多,但是多年来都在大学研究音乐史,自己也收藏唱片和手稿。因此,我获准飞过去探个究竟。"

"有什么发现?"

"天啊,真让人大开眼界。巴赫、莫扎特、亨德尔的真迹,瓦格纳的草稿——其中一部分从来没有公开过。看得我目瞪口呆。"

"非常值钱?"

"你不能用金钱去衡量,这是文化瑰宝,超越了商业价值。"

"不管怎么说,得值几百万吧?"

"我想是吧。"

"然后呢?"

"我将自己的所见汇报给了英国将军,同时也将此情况向我的领导做了说明。他向华盛顿方面申请,让我在那里待几天,为那些艺术品编目录。真是好差事,你说呢。"

"警察也是好差事。"帕德罗用已经发黄的指头狠狠地把烟掐灭,仿佛他再也不抽了。

米德尔顿说,那晚他将所有的手稿带回了属英国管辖的普利斯提纳,接下去的几个钟头,他一直在为那些宝贝分类并做仔细的检查。

"第二天早上我很兴奋,想着也许还能再找到些什么,便早早地起来,去往……"

他看到帕德罗的办公桌上放着一个柔软的黄色文件夹,上面的标志已经褪色。他抬起头,听到帕德罗说:"圣索菲亚教堂。"

"你知道那个教堂?"米德尔顿吃了一惊。那件事曾在当年轰动一时,但是现在整个世界都在关注世界末日和千年虫危机,巴尔干半岛只是历史车轮下的一粒尘埃。

"我知道。只是,我不知道你也参与了。"

那天,米德尔顿走进教堂,一个难民也没遇见。他想也许自己起得太早了,那些难民,尤其是年轻人都还没睁开眼。然后,他停了下来。那些英国士兵哪里去了?之前明明有两个士兵被安排在教堂外面了呀?就在他疑惑的时候,二楼的窗户打开了,一个十几岁的小姑娘探出头来,她的长发遮住了半边脸,一直喊着:"绿衬衣……救命……绿衬衣。"

他糊涂了,随即明白过来。绿衬衣是他的工作服,她在向他求助。

"后来怎么样了?"帕德罗轻声问道。

米德尔顿只是摇头。

帕德罗并没有勉强他回忆那些细节,只是问:"鲁戈瓦该为此事负责?"

帕德罗竟然知道前科索沃解放军的指挥官阿吉姆·鲁戈瓦,米德尔顿感到诧异。鲁戈瓦和他的手下从普利斯提纳逃走后,圣索菲亚的故事才真相大白,在这之前一直如石头般沉寂。

"现在我明白你为什么改行了,米德尔顿先生。战争结束后,你变成了追查他的侦探。"

"可以这么说。"他微笑着,似乎可以弹指挥去清晰如昨的记忆。

米德尔顿回到邦德斯蒂尔营地,完成工作交接后,将大量的业余时间花在了研究情报报告上,这些情报是关于鲁戈瓦和其他战争罪犯的。后来,他回到五角大楼,做的还是同样的工作。但是追查那些罪犯，并将他们投进监狱并不是美国军队的职责，他感到有些无望。

所以，退休以后，米德尔顿在弗吉尼亚北部的办公园区开始了名为"战犯监视"的追捕计划。他长时间与电话和电脑为伍，努力追查鲁戈瓦和其他罪犯的下落。他与国际刑事法院保持联络，并时常与他们合作。但是联合国组织忙着抓大鱼，比如拉特科·姆拉迪奇[①]，纳萨尔·欧瑞克[②]，以及其他涉嫌欧洲二战以来最惨无人道的暴行——斯雷布雷尼察大屠杀——的罪犯，还有米洛舍维奇。米德尔顿完全可以成为这次行动的急先锋。但是，他无法忘记发生在圣索菲亚教堂的一幕。

绿衬衣，绿衬衣……救命……

他渐渐认识到，一人之力太微不足道，只与美国人合作也不太现实。经过几个月的寻觅，他找到了志同道合者：两个曾经驻扎在科索沃的美国士兵愿意帮助他调查圣索菲亚惨案，还有一位在普利斯提纳遇到的人道主义女士，她来自贝尔格莱德。

不堪重负的国际刑事法院乐意承认他们作为独立的"承包人"，与公诉人办公室合作。在国际刑事法院，他们被称为"志愿者"。

莱斯帕瑟和布洛克，两位年轻的士兵单纯是想体验追捕的刺激。

莉奥娜拉·泰斯拉是为了减少世界上的悲伤与苦楚，这样的热情使得看上去普通的女人格外美丽。

年长些的哈罗德·米德尔顿自己也说不清动力是什么……情报人员很难获得关于自身的情报。

他们赤手空拳，至少在国际刑事法院和地方执法人员看来如此。

[①] 波斯尼亚塞族前军事领导人，被指控犯有战争罪，反人类罪和种族灭绝罪。
[②] 波黑前军事领导人，曾经从塞族手中夺回斯雷布雷尼察，并发起了一系列进攻行动。

通过追查鲁戈瓦的几个亲信，他们最终找到以假身份住在法国尼斯豪宅的鲁戈瓦。出于多方面的考虑，志愿者提供罪犯的相关情报，负责逮捕前南斯拉夫战犯的联合国维和部队和地方警察，将尽可能配合实施拘捕。

二〇〇二年，凭借米德尔顿和他的员工提供的可靠情报，联合国维和部队和法国当地的警察搜查了鲁戈瓦的别墅，并将他抓获。

法院的审判漫长无趣，三年以后，鲁戈瓦因圣索菲亚惨案被宣判有罪。他在海牙拘留中心期间一直不停上诉，在米德尔顿看来，他是过得太舒适了。

法庭上，肤色黝黑，粗粝帅气，自信愤怒的鲁戈瓦发誓说他从来没有参与大屠杀和种族清洗，这一幕深深烙刻在米德尔顿的脑海中。鲁戈瓦承认自己曾经是位士兵，但是圣索菲亚事件不过是无情战争中的"小事一桩"。米德尔顿将这些告诉了帕德罗。

"小事一桩。"帕德罗低语。

"这比战争本身更恐怖，你说呢？如此冷漠无情。"

"是的，很恐怖。"帕德罗拿出一根烟。

米德尔顿真希望自己带了糖块——他的秘密能量库。

帕德罗接着问："有一点我很好奇，鲁戈瓦也是在奉命行事吧，你觉得呢？他是在奉谁的命呢？"

米德尔顿被这个问题吸引住了。"为什么这么说？"他尖锐地问道。

"你就说是不是吧。"

米德尔顿争辩过后决定还是配合帕德罗的问询。"我们在追捕他的过程中，曾听到过他有后台的谣言。这很好理解。科索沃解放军有最精良的武器装备，甚至比塞尔维亚正规部队的装备还要先进。那些士兵都是经过严格训练的，他们还可以在必要时雇用飞行员。

这在科索沃闻所未闻。此外,传言他们有一大笔钱。表面看起来,他并没有奉科索沃解放军中任何一位高级长官的命令。但是,我们在尼斯别墅找到他有后台的线索了。曾有人就银行汇款给他留过言,留言夹在一本《浮士德》中。"

"有什么指向吗?"

"根据用词,我们猜留言的可能是个美国人或者英国人,也有可能是加拿大人。"

"名字呢?"

"没有猜到名字。因为在本书中找到的留言里仅仅给他起了个绰号,浮士德。"

"与魔鬼的交易。你还在追查这个人吗?"

"我?不了。我的小组解散了。刑事法庭、公诉人和欧盟部队可能还在找他,不过我也不能确定。鲁戈瓦和他的几个手下被关在监狱里。还有更大的鱼要去抓,你懂吧?"

"不懂,不过可以理解。"帕德罗把烟掐灭,"你还年轻,为什么要放弃这份工作?这份工作很有意义。"

"年轻?"米德尔顿笑了,但是笑容转瞬即逝。他只说了句:"世事无常。"

"世事无常,又一个可悲的词。"

米德尔顿低下头。

"没必要这样说。很抱歉。我还欠你一个答案,你马上就会明白我为什么要问这么多了。"他拨了几个号码,用波兰语打起电话来。米德尔顿懂波兰语,他明白帕德罗是在要照片。

帕德罗话题一转。"在调查调音师遇害案时,我了解到你是最后一个,不,倒数第二个见到他的人。他的通讯录中有你的名字和酒店电话。我通过国际刑警组织和我们自己的数据库查到你曾与国际刑事法院有过接触。里面还提到了鲁戈瓦,这是国际刑警组织昨天刚添加的交叉引用。"

"昨天?"

"是的。鲁戈瓦昨天死了。死因是中毒。"

米德尔顿心跳加速。为什么没人通知他?他很快意识到自己已经很久没有和国际刑事法院联络了,圣索菲亚惨案已经淡出人们的视线好几年了。

小事一桩……

"今天早上我给监狱打了个电话,他们说几星期前鲁戈瓦曾经贿赂狱警,想越狱。他出了大价钱。'一个潦倒的战犯哪来这么多钱?'狱警问道。他说他妻子可以弄到十万欧元。狱警向上级汇报了此事,之后不了了之。但是,四天前,有人来探视鲁戈瓦,后来证实来访者用的是假名和假身份证。那人走后,鲁戈瓦就病倒了,昨天中毒身亡。警察去他妻子的住处通知她,发现她几天前就死了。她是被刺死的。"

死了……米德尔顿非常想给莉奥娜拉打个电话,将此事告诉她。

"就在我知道你和调音师有联系的同一天,你抓到的那个战犯死了,监狱的监控录像拍下了嫌疑犯的照片。我将这张照片给了昨天晚上看到罪犯离开旧市场演奏厅的目击证人,让她指认。"

"是同一个人吗?"

"她肯定地说是同一个人。"

米德尔顿点燃了一根烟。

"米德尔顿先生,您是这个怪圈的轴心啊。一个男人杀了鲁戈瓦和他妻子,然后又折磨并杀死了刚刚和你见过面的调音师。所以,现在，你和我同这个案件拧在一起了。"

一个穿制服的警察拿来了一个信封，将它放在帕德罗桌上。

"谢谢。"帕德罗说。

助手点头，看了米德尔顿一眼，离开了。

帕德罗将照片递给了正看着他的米德尔顿。

"天啊！"他深呼吸，空气中全是烟的味道。

"怎么了？"帕德罗看到他的反应，连忙问道，"你在调查鲁戈瓦时见过这个人？"

米德尔顿抬起头。"这个人……在克拉科夫机场时，他就坐在我旁边。他和我乘同一航班去巴黎。"那个穿格子夹克的男人。

"不是吧，你确定？"

"确定。他肯定是想知道我去哪儿，所以才杀了亨瑞克。"

震惊过后，真相立显。有人——这个人或者浮士德，也许他就是浮士德——在跟踪米德尔顿和其他志愿者。

为什么？为了复仇，还是他在害怕什么？还有其他可能吗？他为什么要杀掉鲁戈瓦？

米德尔顿拿起电话。"他上了飞往巴黎的飞机了吗？到了没有？快去查。"

帕德罗咬了下嘴唇，拿起听筒，语速极快，这次米德尔顿完全听不懂了。

帕德罗终于挂了电话。"是的，飞机已经降落了，大家都已经离开。除了你，有登机牌的人都在那趟航班上。但是，后来的事他们就不知道了。他们会违反戴高乐机场制定的护照保护制度，检查飞行清单，看看他是否离开了机场，同时将清单发放下去，以防他转机。"

米德尔顿摇摇头。"他肯定已经换了身份。他看到我被扣押，现在用的应该是新护照。"

帕德罗说："他可能会去世界上的任何一个地方。"

但是，米德尔顿清楚他不会这样做。唯一的问题是：他会不会到非洲的救济机构去找泰斯拉？或者去美国，莱斯帕瑟在那里经营着一家成功的电脑公司，布洛克则是《人权观察》简报的编辑。

或者乘另外的航班到米德尔顿居住的华盛顿？

他的腿软了。

他回忆起，给调音师看照片时，曾说过自己的女儿住在华盛顿。

女儿多么可爱啊，她的丈夫也十分英俊……他们过得很幸福。

米德尔顿突然起身。"我必须回家。如果你敢拦着我，我就给大使馆打电话。"他三步并两步地冲向门口。

"等等！"帕德罗高声喊道。

米德尔顿转身。"我警告你，不要拦着我，如果你非要这么做……"

"不，不是的，我只是想说……给，"他将护照递给米德尔顿，拍拍后者的肩膀，"拜托啦，我也想抓住那个浑蛋。他杀了我的三个市民。我非常想抓住他。记住这一点。"

他相信帕德罗还说了其他的什么，但是那时他已经走进似乎没有尽头的大厅，那大厅和办公室一样灰暗，和外面的天空一样灰暗。他伸进口袋去掏手机。

2　大卫·休森

费莉西娅·卡明斯基第一次见到那个流浪汉是在万神殿的外面，当时她在演奏罗马人青睐的吉卜赛民间小调，只要听众肯把钱投进那个风尘仆仆的小提琴盒，她也可以演奏别的曲子。这个小提琴是妈妈传给她的，非常古老，音色甜美。那个流浪汉盯着她，听了大概十分钟后，慢慢靠近，近得她可以闻到街上的人所带的那股汗味，平时她并没有留意到这些。

"我想听《飞翔》。"他用英语嘟囔了一句，嗓音粗哑，带着难以辨别的口音。他手里拿着一张皱巴巴、脏兮兮的十欧元纸币。他大概三十五岁左右，很难再精确了。他站起来估计有六英尺高，肌肉发达，几乎像个运动员，不过这个想法本身有点儿可笑。

"《飞翔》是首歌，先生，不是一段乐曲。"她的回答与其说是聪明，不如说是年少的莽撞。

他的脸被蓬乱的黑胡子遮住了大半，不过就她看到的那一小半来说，应该是非常严厉和善于察言观色的。最起码比街上的那些人要明显得多。街上的流浪者有在困难时期被赶出家门的意大利老人，也有神秘的外国人，比如伊拉克人、非洲人，还有其他来自巴尔干半岛的异乡人，他们每个人都谨小慎微，每个人都试图在这黑暗的街上，做成那半公开半地下的交易。没有许可证，他们寸步难行。

此外，之所以说她的回复看起来虽大胆却并不明智，还有一个原因：叔叔给她的钱已经快捉襟见肘了。叔叔是华沙的调音师，虽然为人慷慨，但是他自己也不富裕。两个月前，她刚满十九岁，叔叔突然说他作为监护人的职责已经尽到了，让她去寻求新的生活。她选择了意大利，因为这里气候温和，景色宜人，而且她不愿意随波兰移民大潮到英国去。乘慢车到罗马花了五十欧元，在圣乔瓦尼租住学生宿舍，条件恶劣，但是每周也要二百欧元，意大利的语言课程还得花二百欧元。她英语很好，可以在酒吧找到工作，但也只是那种忽悠游客的低级酒吧，报酬少得可怜。用老板的话说，这是"波兰标准"：一个小时四欧元，比法定最低工资还要低。她只吃一点点东西，通常是比萨，还没完全熟，吃起来很恶心，但是便宜，一块不到两欧元。她从来不出门，也不结交朋友。即便这样，亨瑞克叔叔给的钱也是每周见少。碍于脸面，她不能再向叔叔伸手了。

"我知道它是首歌。"流浪汉半遮半掩的脸上露出冷笑。他哼唱了其中一句，声音酷似那位去世已久的美国歌手。爸爸妈妈曾在家里用简陋的功放机播放这首歌，他们借此重温那段美国时光。离开美国后，他们回到这个新的、自由的波兰，以为生活会有改观。她想起那个歌手的名字，迪安·马丁，也想起了那首歌的调子，她凭着记忆演奏，音调准确，并即兴模仿斯特凡·格拉佩利[①]，加入了慵懒的爵士元素，原来的曲调依稀可辨。

她小提琴拉得非常出色。有时她无聊了，或者看到观众中有懂音乐的，就会从那个满满当当的琴盒中抽出几张乐谱，让一名观众帮忙举着，然后便开始演奏亨里克·维尼亚夫斯基[②]的玛祖卡舞曲，

---

① 被称为"爵士乐小提琴家祖父"。
② 波兰小提琴家，作曲家。

娴熟地运用大飞跃、泛音、左手拨奏等技法。她的父母都是音乐家，妈妈是小提琴家，爸爸是了不起的钢琴家。在她还不记事儿的时候，就已经受到音乐熏陶。在家里，音乐如笑声般自然，直到黑暗时刻来临，他们突然消失，只剩下亨瑞克叔叔保护着她。

流浪汉瞪着她，仿佛她犯了罪。

"你搞砸了，"他吼道，"可恶的姑娘。你该知道自己几斤几两。"他紧盯着自己的衣服：外套大衣污秽不堪，上面沾满了汗渍和尿渍，腰间系着一条绳子。"离我远点儿。没了。"

他扔了一欧元到琴盒，跺着脚向拉戈阿根廷走去。她也经常到那个广场乘车，那里的古代庙宇遗迹很迷人，柱子和石头散落其间，现在已经成为野猫的安乐窝。也只有她和一些过往的游客会注意这片历史的见证者。她不喜欢猫。它们胆子很大，有攻击性，经常爬进她收钱的琴盒，赶都赶不走。所以，她买了把仿制水枪，就放在琴盒和松香的边上，只要野猫又来进犯，她就会让它们尝尝水枪的厉害。

后来，她又遇见过那个流浪汉四次。两次是在特莱维喷泉，一次是在坎伯菲奥利广场，另外一次是在新建的阿拉帕西斯博物馆外面。奥古斯都当年竖立的和平纪念碑，如今已经有了现代、立体的新家，就在忙碌的台伯河畔。看到他在那里，她很惊讶。他不像是普通流浪汉，她看到他时，他正在透过玻璃全神贯注地凝视里面雕刻精美的纪念碑。她只从门外远远地望见过那座纪念碑，因为门票对她来说实在是太贵了。她想，无家可归的人是不会如此凝视罗马帝国的雕塑的。他们大多什么都不看。

现在，他就在她后面——这是个炎热、晴朗的夏季清晨，她来到叔叔曾经提起的每周一次的黑暗商店街集市。这个集市就在波兰街的街角，走到这里会非常想家。这是那些贫穷的波兰移民的聚集地，集市是临时的，部分出于经济需要，部分出于对祖国的思念。到处是小汽车和货车，大多锈迹斑斑，柴油机突突地冒着烟，车上是从华沙和格但斯克运来的物品。为了不引起警察的注意，他们神速地打开车门，抛售那些波兰移民平时买不到或者买不起的东西：精神食粮和香肠，火腿和馅饼皮，有些是家乡特产，有些是非法采购的进口货。

费莉西娅不认识那里的人。但是，有时最穷的人也是最慷慨的人，尤其是当他们得知她也来自波兰，独自一人在这个城市，举目无亲时。柏林墙倒塌时，她才十二个月大，住在芝加哥郊区一所小公寓里。她知道柏林墙的倒塌，因为父母经常告诉她柏林墙倒塌后，他们很开心。之前逃到美国，是为了挣脱共产主义的束缚，柏林墙倒塌后他们渴望回国。

后来，再提起当年的决定，他们满眼忧伤。她长大后才知道为什么。他们离开波兰时，波兰还是一个黑白分明的地方，回国后却发现那里已经完全被灰色笼罩了。她出生前那段时间，秘密警察无处不在，稍有异议就会遭到残酷的惩罚，但是没人愿意跋山涉水去异地他乡求生。他们说，那些明显公认的恶消逝了，随之消逝的还有善。在与波兰街的老人们聊天时，她发现自己与他们有着无法跨越的代沟，那种罪恶的损失对她来说是陌生的。还好，他们之间有着感情的维系。他们都是波兰人，都很穷。每当她演奏起玛祖卡舞曲和波兰舞曲，身边总会围过来一群泪眼婆婆的观众，硬币如雨点般落在琴盒里。

那天，流浪汉也在那里，眼睛里充满愤恨，她觉得那眼神似乎在说：无耻，你真无耻。

她在演奏舒缓的乡村舞曲时告诉自己，如果他还是一直盯着自己，她就毫无畏惧地大声当众责骂他。一个流浪汉凭什么说别人无耻？谁给他这样的权利？

正想着，她感到有只手在拍自己的肩膀，便停下来，转过身。拍她的是个穿着灰色外套的中年人，一双蓝色的眼睛和蔼可亲。他脸很白，有点儿胖，面颊红润，淡黄色的头发，看上去像公务员或者校长般自信、闲适。

"费莉西娅，你拉得非常棒。"他用波兰语说道。

"我们认识吗？"

他从夹克口袋里掏出张身份证，在费莉西娅眼前晃了一下，她还没来得及看清上面的信息，他就收回去了。

"不认识。我是在罗马办事的波兰警察。你没必要认识我。"

她看起来像是受了惊。他拍拍她的肩膀，用抚慰的声音说："不要害怕。没什么可担心的啊。"他看起来很亲切。"我只是接到了一个不愉快的任务，不得不天天工作。走吧，我请你喝咖啡。拐角处就有一家小的咖啡店。"

她压根儿记不起来这条街上有咖啡店，不过那个男人平和中透着威严，她不由自主地跟着他走了。

半路上，在一个悬垂的建筑投下的阴凉处，他们停了下来。他眼里满含悲伤，似有悔意。

"很遗憾，"他冷静地低声说，"这很难开口。你的叔叔亨瑞克遇害了。"

她的胃一阵绞痛，眼睛酸涩。"遇害？"

"被谋杀了，就在他工作的时候。同时遇害的还有两人。我们生活在一个什么样的世界里啊。"

"在华沙吗?"

他耸耸肩。"以前绝对不会发生这种事。以前绝对不会。那时人们还懂得尊敬,还知道害怕。"

她有很多问题想问,但是话到嘴边溃不成句。"我得回家了。"她最终说。

那个男人沉默了片刻,眼睛里的悲伤已退去,费莉西娅猜不透他在想什么。

"你没钱回家。"他紧皱眉头说,"你还有什么呢?波兰再也不是你的祖国了。再也不是了。"

狭窄的街道空无一人。云团遮住了夏日明亮的太阳,大地一片幽暗。

"我买得起车票!"她突然和他争吵起来。

"你买不起。"他两只手抓住她。他非常强壮,蓝色的眼睛像是在燃烧。"你来这里的时候,你叔叔给了你什么?"

她试图挣脱,但是没有用,他死死地抓着她。

"一些钱……两千欧元。他只有这么多。"

"不是钱,"男人冲她吼了句,音调越来越高,"我不是说钱。"

他用前臂抵住她的脖子,将她推到墙根,另一只手抢过小提琴盒。然后,他迅速弯下腰,用牙咬开上面的小锁,将盖子打开。

"这是乞丐的乐器。"他发着牢骚,将小提琴扔到地上。那些乐谱飘落到鹅卵石地面上,就如秋天的落叶。"他给了你什么?"

"什么都没给。什么都没给……"

她不再说话。他将琴弓和松香都扔了,手里只剩下一根备用的琴弦。他松开胳膊。她还没来得及跑,就被猛地拽回来,肚子上挨了一拳。呼吸变得微弱。疼痛,愤怒,恐惧的眼泪涌上眼眶。

清醒过来后,她发现他正在将琴弦弯成一个圈,并将它套在了自己头上,勒住她的脖子。他拉了拉,力气不大,她能感觉到往日熟悉的琴弦变成了脖子上的绳索。

"可怜的流浪女孩,"他低声说,她耳边可以感受到那个男人热乎乎、难闻的气息,"没有家。没有朋友。没有前途。我再问最后一次……他给了你什么?"

"什么都没给……什么都没给……"

脖子上的琴弦越来越紧。她能觉出自己急促的呼吸,平时并没有太在意过的呼吸。他的脸在眼前放大。他在笑,也许这就是他想看到的结局。

笑容倏忽而逝。他嘴里发出了咕哝声,身体前倾,压到了她身上,嘴里面流出了深红的血。她转头,避开从他脸颊上淌下的血,并将脖子上的琴弦圈松了松,然后使劲将它拽过头顶,最终拿了下来。

有人将那个男人推到了一边。原来是那个流浪汉。他右手握着一把被血染红了的长匕首。

他扔掉武器,伸出手。

"快走,"他说,"拐角处还有三个男的。他们不会一直傻等在那里的。"

"你是谁?"她头晕气喘地小声问道。

一辆汽车想要开进这狭窄的街道,但是单行道上无法调头。乌云放过了太阳。阳光普照大地,他们就这样暴露在明亮之中。不远处传来波兰口音的说话声,还有其他无法辨认的口音,那些声音中带着愤怒。

"如果你待在这里,只有死路一条,"流浪汉急切地说,"就像你叔叔那样,就像你爸妈那样。快跟我走……"

她弯腰捡起小提琴和琴弓,将它们塞进琴盒,里面还有一些杂乱的乐谱。

他们跑起来。

附近有辆崭新的紫色伟士机车,后面的挡泥板上贴着一张租赁标签。她机械地爬上后座,手里紧紧拎着小提琴。他开得飞快,呼啸着穿过街道,想要甩掉那辆汽车。

但是没那么简单。她回头看到那辆汽车在古老的石墙上撞来撞去,一路尾随他们到了小胡同。走错了。她对这里很熟悉。这里总有意想不到的风景,历尽沧桑的建筑安静地站在路边,仿佛将她带回了恺撒时期。

他走错路了,她知道却来不及提醒。摩托车急刹车,发出刺耳的声音,这是一条死胡同,新油漆过的铁栅栏将路口封住了。从这里可以看到鱼市,鱼市直通马塞勒斯剧院的遗址,就像是大刀,把罗马圆形剧场切分成两半。没有路,唯一有的是乱石堆中的一条小径。

花岗岩和大理石如草芥般丛生。他们就在石头森林中跌撞前行。她能听到身后传来的波兰语,那几个人在发火。枪声响起。散落的柱子绊倒了她,流浪汉赶紧将她拉起来。她惊魂未定,便发现自己置身于剧院下面混乱的交通中。他拽着她走进车流,半路看到一个男人坐在摩托车上,头盔下是黑色的长发。

流浪汉一脚将那个男人踢下去,催她赶快上车。

她来不及多想,也不愿意去想什么。他们在川流不息的汽车中蜿蜒前进,后来发现河岸边有条小路,流浪汉将摩托车开出了铺着鹅卵石的朗格塔维尔大街。那边的交通状况也好不到哪儿去。

她不敢转身。路的另一边,三个持枪的男人正在车流中穿梭。

她发誓,祈祷。他们开到了台伯河岸边的路上,并顺着通向防洪堤的台阶颠簸而下。

两天前，她还来过这里，在河岸边徘徊，思索自己的命运。还不到二十岁，出生的国家已经将她遗忘，也没有父母。现在，她又失去了自打成为孤儿以来一直保护她的叔叔。她咬紧牙关，眼泪在眼眶里打转。她认为在这个既救了她又绑架了她的男人回过头来以前，他们肯定已经筋疲力尽了。

又开出去半英里，他们先是在一段长长的步行道上行驶，然后拐进了大路，平稳地穿过她曾经居住过的圣乔瓦尼。她在心里向自己那些留在宿舍的东西说再见：没怎么读过的《圣经》，一些照片，几件便宜的衣服，一个音乐盒，里面有她喜欢的音乐。

最终他们上了高速公路，她看到了通向机场的标示。在离菲乌米奇诺机场不远的地方，他将摩托车开进了一家现代的旅馆，并在停车场的里面找到了安全隐蔽的停车位，将摩托车熄火。

她自觉地跳下车。

"你做得很好。"那个男人盯着她说。

"我还有别的选择吗？"

"如果你想活命，就没有别的选择了，你已经忘了刚才命悬一线了吧？"

她瞥了一眼身边的摩托车。"你就是干这个的吗？小偷？"

他点头，被蓬乱的胡子遮住大半的脸上没有一丝笑意。"没错，小偷。费莉西娅，我们进去吧。"

在路过前台时，他挥了挥手里的钥匙。房间就在一楼，他打开门让她进去。屋里很整洁，也很豪华，看起来价格不菲，她只在电影中见过如此漂亮的房间。地上放着两个大旅行箱。床上的枕头边放着很多巧克力。他拿了一些给她。她吃得津津有味。这些巧克力一级棒。她明白这个房间早就开好了，估计有一个星期没人住吧。

"你带护照了吗？"他问。

"带了。法律规定必须得随身携带护照。"

她把护照递给他。

"我说的是另外一本。你有双重国籍，这很重要。"

"不是的。"她使劲地摇头，"我只有波兰国籍。出生在国外是个意外。"

"幸运的意外啊。"他嘟囔了一句，拿起旁边的公文包。那个男人——她已经无法想象他就是那个流浪汉了——掏出一本蓝色的护照，美国护照。

"你的名字是乔安娜·菲尔普斯。你妈妈是波兰人，这样就能解释你的波兰口音了。你是巴尔的摩一所大学的学生。记住这些。"

她没有接那本护照，只是不由自主地看着封面上那个金色的鹰形印花。

"为什么？"她问。

"你知道为什么，费莉西娅。"

"我不知道，真的……"

他突然抓住她单薄的肩膀，摇个不停。眼睛里流露出的严厉神色让人无法直视。

"你叫什么？叫什么？"

"我叫费莉西娅·卡明斯基，今年十九岁。波兰人。出生在……"

"费莉西娅·卡明斯基已经死了，"他打断她，"小心点儿，你不是她。"

他后退一步，接着说："不要给任何人开门。如果需要，就吃小冰箱里的东西。我得——"他厌恶地看着那些脏衣服。"做点儿什么。"

他从一个旅行箱里拿出几件衣服，冲进了浴室。她看了看另外一个旅行箱，很高档，上面的标签写着乔安娜·菲尔普斯和巴尔的摩的地址。费莉西娅打开旅行箱，里面是全新的衬衣、牛仔裤、裙子还有内衣，而且全是她穿的号码。她一个月挣的钱也买不起这些衣服。

　　他出来了，身穿黑色的商务套装，白衬衣，红色丝质领带。不到四十岁，风度翩翩，长得有点儿像意大利人，肤色灰黄，胡子刮得很干净，剃须刀刮过的地方略微发红。他眼睛深邃，沐浴后的头发有点儿湿，被打理得整整齐齐，浓密的黑发中偶尔夹杂着几根银发。他的脸比她想象得要瘦，看起来像是哪里很痛或者不舒服。

　　他拿着手机。

　　"一个小时后我们到菲乌米奇诺机场，乔安娜。"他说，"你的票已经买好，到时候去意大利航空公司的头等舱柜台去取。去了直接出示护照，安检，然后到休息室。我们在那里碰头。我会一直跟在你后面。不要在那些移民群中逗留。不要回头看我。在我们到达之前不许找我，我会去找你的。"

　　"我们去哪儿？"

　　他考虑了一下，拿不准是不是该回答。

　　"先去纽约，然后去华盛顿。告诉你也好。你离开意大利后，别人能用什么方法找到你的住处？"

　　她默不作声。

　　"乔安娜，你住哪儿？"

　　她从那个给她的行李箱上扯过标签。"我住在巴尔的摩，菲蒙大道南一百二十一号。你呢？"

　　他笑得很真诚。如果不是这样的处境，她会喜欢上这个男人。

"不告诉你。"

"你叫什么?"

他没说,只是一直微笑。

费莉西娅赶快去找行李箱上的标签,他没能挡住她。

标签是空白的。他大笑,她不知道这是善意的笑还是嘲笑。

"那我怎么称呼你?"

他像舞台上的演员,食指摸着发红的脸颊,凝视着旅馆的天花板,说道:"从现在开始,你可以叫我浮士德。"

3 詹姆斯·格雷迪

喷气客机溜出夜色,降落在了华盛顿杜勒斯机场,提前了二十九分钟。四十七分钟后,哈罗德·米德尔顿杀死了一个警察。

飞机的轮子刚挨着跑道,米德尔顿就给女儿发了一条短信。

他在欧洲给她打过电话,但是一直没人接。国家、州和市的警察都不能因为接到一个疯狂的父亲从波兰打来的电话,就立马动身去保护一对年轻的夫妇。米德尔顿曾对华盛顿郊区的警察保证,波兰当局和美国大使馆在找该联系的人,走完程序后一定会给他们通知的,他的警告不是危言耸听,但是那些警察显然不相信。

米德尔顿发的短信是:绿灯侠疏散苏格兰。

绿灯侠:他前妻西尔维娅曾嘲笑过他发明的家族密码,因为她认为靠这些暗号就能防止小孩子被两条腿的骗子拐走近乎痴人说梦。小夏洛特却觉得很酷,爸爸设定的暗号是他们喜欢的动画片角色。

疏散:夏洛特九岁的时候,五角大楼军事情报所,就是米德尔顿大半生供职的地方,曾开展过一场疏散演习。她那时以为"疏散"这个词是咒语,整个青春期不时地提起。

苏格兰:夏洛特结婚的时候,米德尔顿将郊区的房子空出来让他们举办婚礼,自己在国会山花园附近的酒店租了个房间,方便参加婚礼。婚礼前两天的一个晚上,他和女儿去酒店的酒吧喝酒,女儿向他推荐了时下流行的单麦芽苏格兰威士忌,两人喝得酩酊大醉。此后,他们便把那家酒店叫作"苏格兰"。

米德尔顿想告诉她该做什么,该到哪里去。如果她看到短信,就知道真的是爸爸发的。

安全带指示灯发出"叮"的一声,米德尔顿起身站在通道上。他松了松黑色公文包的背带,这个公文包非常柔软。他穿着运动夹克,斜挎着公文包,这样两只手都可以腾出来。他不知道其他的行李哪里去了,也无心去找。行李箱里面有他的工作资料、笔记本电脑、iPod、机场保安允许他带的化妆品,还有一本加缪的《局外人》,平装版。

米德尔顿快走到飞机门时,头等舱的一对夫妇插在了他前面。女的,十年前还没有成千上万次皱眉头时应该还挺好看的。她手里紧紧地抓着一个褪色的珠宝箱,并放在坚挺可疑的胸前,满眼哀愁的丈夫在米德尔顿前面慢吞吞地走着。

米德尔顿听到那个女士在抱怨:"真不敢相信,你妹妹竟然想去趟欧洲就把妈妈的珠宝抢走,那都是我的!"

丈夫语调平淡,似乎与己无关。"我们都会犯错。"

他们嘟嘟囔囔地走到海关检察人员身边,那个人戴着手套,像个外科医生。他仔细检查珠宝箱里闪闪发亮的项链、手镯和耳环,并与过境单上的名目相比对,妻子不停地用她的红指甲指指点点。检查结束后,夫妇两人步履沉重地向前走去。

米德尔顿在巴尔干半岛的屠杀场已经放松下来的神经又处于高度警惕状态了。在屠杀场,他要打交道的不过是些鬼魂。而现在,他感觉自己的生命匍匐在剃须刀片锋利的刀刃上。

他闻得到各种气味:衣服上散发出的湿羊毛味,除臭香水味,还有那个英国人用来淹死飞机恐惧症的啤酒的味道。

米德尔顿听到一个孩子发出呜呜的声音，还有一个士兵在哭泣，那个士兵看起来不过二十岁，他正走向飞往德国的飞机，想必要奔赴伊拉克。一个看不见的CD在播放音乐，嘈杂中夹杂着鼓声和吉他声。米德尔顿听出来是斯普林斯丁的歌，他想起自己的前妻，除了为他生育了夏洛特，还让他听到了摇滚乐以外的声音。

夜幕已降，通道两边的墙上挤满了广告。米德尔顿在人群中也能感受到音乐的存在，他与这些人一起朝开往主航站楼的汽车走去。透过窗户，他看到自己的车停在长期停车场里，不久就可以飞奔到"苏格兰"了。一路上他都在看手机。他很清楚自己眼下的行动和即将做的事。

走到头等舱夫妇边上时，米德尔顿隐约看到一个警察正匆忙地朝他走来。蓝色制服，肩上有枪，黑色，自动。黑皮带上除了手铐还有一把枪和弹药袋，对讲机套子是空的。

十步远的地方，米德尔顿认出这个警察就是在波兰看到的照片上的杀人犯。

冒牌警察解开腰间枪套的扣子。

米德尔顿一把将头等舱那位妻子推到正在掏枪的警察身上。

脆弱的珠宝箱挣脱她的怀抱，飞向那个警察，被他挡住了。箱子开了。闪闪发亮的珠宝雨点般砸在机场行人的身上。

头等舱妻子伸手去抓那个警察。"我的！我的！"

被撞倒的丈夫一屁股坐在了旁边的椅子上。

冒牌警察用枪指着米德尔顿，那位妻子还在打他。

* * *

枪声的回音在米德尔顿左边四十英尺的六十七号门处响起，联邦调查局的特工Ｍ.Ｔ.康诺利正在那里将手铐铐在自己的手腕上。另一半手铐铐在丹·考尔曼的手腕上，之前他已经戴了一副手铐了。康诺利留着黄铜色的短发，身高刚刚到人高马大的考尔曼的肩膀。考尔曼是在芝加哥被捕的，他当时正在飞机上，打算逃避起诉。芝加哥的警察抓住了他，并把他引渡到华盛顿。

康诺利没有必要给考尔曼戴双重手铐。没错，他是在逃的重罪犯，但是他犯的是挪用公款罪，而他自己就是个律师，不是那种从小就打架斗殴的坏小子。她将自己的左手与他的右手铐在一起，只不过是不想和这个卑鄙的人说话。这样她就可以走到哪儿把他拽到哪儿了。

风之城[①]的警察将他带下飞机交给康诺利时，他就抗议说自己无罪。与康诺利一起的是一位穿制服的弗吉尼亚州警察，他受命与联邦调查局的人员共同负责罪犯的转移，即从州立监狱到联邦拘留所。然后……

然后，那个警察就露出了南方流氓的微笑。他站在那里，像是康诺利肚子里的蛔虫。在他们等从芝加哥飞来的航班时，他的眼睛一直在眨，仿佛暗示康诺利他们有着同样的想法。他说自己叫乔治，她知道还没等她记住他的姓，他就会离开。

"哎，我说，"康诺利将手铐铐在他手上，"你怎么不问我为什么会傻到去偷那笔钱？"

康诺利将手铐铐在自己的手上，回了一句："好像我想知道似的。"

背后响起了枪声。人群骚乱。乔治警官在寻找骚乱的根源。她

[①]指芝加哥。

转身，尖叫，右手拿出一把格罗克四〇手枪。

她看到乘客们正在四处逃窜。

高个子的乔治警官正在掏枪。

一个黑发浓密的美国人撞向一个警察。

枪声让米德尔顿耳朵失聪；枪口迸发的光亮让他眼冒金星。子弹擦身而过，他倒向那个要他命的冒牌警察和头等舱的那位夫人，三人一起摔倒在地。枪从杀手的手中脱落，游客们像是经历了二十一世纪恐怖主义袭击的噩梦。

米德尔顿视力恢复了。但是为什么听不到声音？为什么四周这么安静？

口径九毫米的伯莱塔手枪无声地滑过散落在地的珠宝，他跟在后面爬行。

冒牌警察按住头等舱夫人的脖子，跳起来，掏肩上的枪。

米德尔顿只能听到自己的心跳。他抓起伯莱塔，朝正在掏第二把手枪的冒牌警察开火。

冒牌警察正在准备射击，他后面星巴克的绿色霓虹招牌被打碎了。他黑色的皮鞋踩在散落于地的白色珍珠上。

冒牌警察和米德尔顿同时开枪。

米德尔顿的手不稳，打偏了。

冒牌警察也打偏了。他踩在珍珠上滑到了，面朝天摔在了地板上。

米德尔顿的左边，乔治警官看到一个穿制服的警察遇到了麻烦。那个警察摔倒了。受惊的乘客在警察和枪战的两人之间来回跑。乔治瞄准目标，连开两枪。

打偏了。

米德尔顿看到旁边的黑色塑料椅被打了个粉碎。

瞬间,他明白了。他的眼睛锁定了和杀手穿同样制服的警察。米德尔顿朝那个警察开了四枪。

康诺利听到了枪声和子弹的嗖嗖声。

考尔曼惊叫起来。康诺利看到了乔治警官。他平躺在地上,子弹穿过了他蓝色制服的衣领,就在防弹衣的上方。乔治的脖子在流血,眼睛盯着天花板。

康诺利扑向乔治,但是考尔曼拽着铐在她左手上的手铐,她跌倒了。

"我想把事情搞大!"考尔曼喊道,"好吧,我承认!只是,别再开枪了啊——"

"闭嘴!"康诺利用枪的手柄打破了他的鼻子。

考尔曼摔倒了,她拖着死沉的他来到流血的乔治身边。扔下枪,用右手捂住乔治脖子上的伤口。

"坚持住,你能行的!"她朝躺在地上的警官吼道。

但是,她知道这是谎言。

什么都听不到!

米德尔顿看到试图枪击自己的第二个身穿制服的警察倒在地上。他聋子般四下寻找冒牌警察的下落,那个人正在地上那些发光的碎片中踉跄前行,准备从紧急通道逃走。

在他抓住我或者我女儿之前抓住他!

米德尔顿在无声的世界里挣扎,乘客们纷纷躲到候机室的椅子下面。他能看到他们惊慌的脸，却听不到他们的喊叫。

头等舱那位丈夫瘫坐在黑色的塑料椅中，脸如小丑般扭曲，死死地盯着地板，他丰满娇媚的妻子躺在那里，呼吸尚存。

米德尔顿的眼睛随着那位丈夫到处看。

看到地板上金黄色的斑点。

看到红绿白的珠宝碎片。

看到发光的玻璃变成了粉末。

看到五颜六色的残渣中，一部手机在打转。

米德尔顿捞起手机，冲出紧急通道的门，撞进了夜色。这个门本是国土安全部用来防止客人蜂拥而至的，而不是为了防止人逃走。

呛了一口凉气，米德尔顿站在铁制阶梯的顶端。这个阶梯连着含跑道在内的大片空地，飞机在那里起飞，降落——一切寂静无声。

运行李的大篷车无声地碾过跑道。没有冒牌警察的影子。米德尔顿突然意识到自己站的地方正好被透进来的灯光照亮了——真是活靶子。

他跑下台阶，跑向主航站楼。

当他在跑道上跌跌撞撞跑着的时候，一架大型喷气飞机掠过他的头顶，正欲降落。不一会儿，第二架客机升空。飞机引擎的巨响震动着他被枪声震聋了的耳膜。

突然间，他幸运地听到了飞机引擎的声响。

他告诉自己，赶快到'苏格兰'去。想办法到'苏格兰'。

公文包的皮带像条蟒蛇缠绕在他胸前。衬衣被汗水湿透了，紧贴在背上。腿部的肌肉生疼，膝盖好像被人用棒球棒抽打过。

他知道最好不要开自己的车。他们——不管是谁吧——很可能在停车场埋伏着。

他把枪别到背后的腰带上。大步跑向航站楼的前门。没有人注意他——机场每天都有人跑来跑去。人们排着长长的队伍，等待着计程车。

他看见左边有对年轻的夫妇正要上车。他冲向前，先他们一步跳进计程车，司机还没来得及阻拦。

"开车！"

司机不停地看后视镜。

"二百五十元。"米德尔顿说，伸进口袋掏钱。

他靠在计程车的后座上，计程车飞速驶出航站楼。"国会山。"

司机让他在如灰色寺庙般的最高法院门前下车，不远处的议会大厦就像一座白色城堡。米德尔顿穿过公园，没遇到什么人，只看到了夜间巡逻的国会山警察和他们的德国警犬。

华盛顿对游客开放不久，苏格兰酒店就出现了。米德尔顿穿过酒店的玻璃门，径直走向前台。

"先生，对不起，没有叫那个名字的女士登记过。没有女士也没有先生。没有，先生，也没有留言。好的，先生，如果情况有变我们会给您打电话。等等，先生，您怎么称呼？先生？先生？"

在昏暗的休息室，米德尔顿告诉酒保："格兰菲迪，摇一摇。"

酒里的冰块慢慢融化，他确信女儿并没有来过。没有来这儿。没有来这个应该来的地方。

他将从地上捡起的手机放在酒杯旁边。手机是预付的。不是他的。他从公文包里掏出了自己的手机。他非常渴望打个电话，但是不敢冒险，因为电话可能被黑客窃听跟踪。另外，如果能打，又该打给谁呢？他还能相信谁？也许杀手已经混进了美国政府的警察系统。

深呼吸。深呼吸。

你是个音乐家。学学贝多芬吧，用心聆听交响曲。

做你最擅长做的事。

翻译。鉴定。

这些工作都是从欧洲开始的。如果不离开，也许会卷进其他的恐怖袭击。在科索沃的话，暗杀自己的会是幽灵或者战犯。那样被杀也值了。死了也值。

在波兰，冒牌警察上了米德尔顿本应乘坐的飞机。他也许看到一个警察交完班，然后尾随他到停车场，在那里扭断了他的脖子，将尸体塞进后备厢，然后拿走了警服、武器和证件。杀手摇身一变，成了穿制服的警察，大摇大摆地到机场等待从巴黎飞来的航班。

但是他的同伙呢？

米德尔顿试图弄明白。

我知道一些事，或者一些人。这就是为什么他们想杀我。我这里肯定有某些人想要的东西。或者因为某些事，我做过的一些事。

但是，我并不是什么重要人物。

以前不是。现在也不是。

那么真相是什么？

他的脑海中是些杂乱的音符，而不是交响曲。他想到了爵士音乐。曾经有人问传奇的钢琴家琼斯，一个音乐家怎样走出没头没尾的混乱，他回答："你必须学会两只手弹琴。"

米德尔顿将自己的手机放进上衣口袋。

他盯着眼前这部从枪战现场捡回来的手机。

米德尔顿抓起它的时候，已经开机了。如果人们凭借一部开着的手机就能定位，那么他的敌人们正朝他飞奔。米德尔顿翻看最近通话。其中有个号码曾与机主通话三分十九秒，他将这个号码记在随身带着的《局外人》上。同一号码发来一条信息：

  一百二十二号　弗雷蒙特　巴尔的摩

  巴尔的摩，米德尔顿默想。从这个酒吧出发，开车要四十分钟。酒店斜对过就是联合车站，也可以乘火车。火车站北边几个街区后面是汽车站，银色的汽车通过九十五号洲际公路开往魅力之城，米德尔顿曾在巴尔的摩的皮博迪音乐学院待过。
  米德尔顿将地址记在小说的封面上。
  他走进男厕所，在上了锁的小隔间里数了数剩下的钱：五百一十五美元，一百二十二欧元。信用卡。但是如果他用信用卡买车票，住汽车旅馆，或者吃饭，马上就会暴露自己的行踪。他又数了数枪膛里的子弹：八颗。
  米德尔顿想，就靠这些也许能走一段路，但是最终哪儿也去不了。
  回到酒吧的凳子边，他意识到自己身上有难闻的气味。酒吧镜子里的自己让他无地自容。他看起来很糟糕，精疲力竭，像是被土埋了半截。更糟糕的是，他这个样子别人一眼就能记住，非常好认。
  米德尔顿付了足够的现金，然后离开酒吧走进夜色。
  他避开那些灯火通明的街道，不敢乘火车或者汽车，也不敢打电话或者找个住处。他走过那些空空荡荡的办公大楼。
  隐约看见一个男人挥舞着匕首。
  米德尔顿连忙停下脚步，刀尖离他两步远，差点儿刺穿他的喉咙。
  匕首男吼道："投降吧！现金。钱包。快点儿！"
  米德尔顿将手伸进灰色外套的口袋，掏出来那把伯莱塔手枪。
  "快跑，宝贝儿。"抢劫犯朝路边等着的车喊道。他把匕首扔了。

"别动,宝贝儿,"米德尔顿大声说,"不然我就一枪打爆他的头,然后再要你的命。"

米德尔顿盯着抢劫犯,慢慢转向路边那辆生锈的空车,前门就像鲨鱼的嘴一样张开着。

之前米德尔顿既没有听到它跟着自己,也没看到它开过来。醒醒吧!

抢劫犯说:"我们需要一个律师。"

米德尔顿拽着他走向车前门,用枪指着他的头。"进去,这样才能活着出来。"

邋遢的男人举着双手上车,坐在副驾驶的座位上。米德尔顿溜进他后面的座位,然后对那个开车的年轻姑娘说:"按我说的做,不然子弹就会把你打穿。"那姑娘很瘦,眼里有泪光。

"宝贝儿!"她的同伴喊叫,"别惹麻烦啊!"

米德尔顿没有听到愤怒,这并不动人。更像是请求,充满悲伤。

"傻瓜!他把你激起来了!马库斯说过:'我永不会让你离开。'"

"'我知道你说的是没有暴徒的世界'。"语气骄傲且悲伤。

"去哪里?"姑娘看着后视镜里的人影问道。

"去巴尔的摩,"米德尔顿说,"开车吧。"

4 S.J.罗赞

就像印度豹在追赶一头羚羊,扬起的尘土急速地追逐着吉普车。似乎它随时可能爆发,将整辆车吞没。泰斯拉眯着眼睛看着被太阳炙烤的大地,当她发现自己也被灰尘包围后,脸上露出一丝讥讽的微笑。

来到纳米比亚以后,她对这种弱肉强食的场景已经司空见惯了。她告诉自己不要偏心,它们都是上帝的创造物,都需要生存。但是她做不到,总是同情弱者。她时常会感到难过,因为强者总是胜者。这一次她本来偏向强者,但是她知道,事情总有不如意。尘土再嚣张也会落定,吉普车停在她小屋前,尘土彻底败北。

但是,还好这一次她不用黯然神伤,因为这次追逐无关生死,只是日常生活中的小插曲罢了。

"他是出资人,"她所在的项目负责人从温特和克[①]打电话过来,半同情半命令地说,"你必须接待他。"

莉奥娜拉·泰斯拉不得不躲到树丛中,因为除了那些艾滋病阳性反应的妇女外,她不想接待任何人。离开海牙,结束追捕行动,从被哈罗德告知志愿者必须解散的震惊中缓过神儿来以后,她觉得

---

①纳米比亚首都。

即便是非洲的小城对她来说也太大了。她经常穿过树丛,从一个村庄走到另一个村庄,不在同一个地方做长时间的停留。她希望建立一个手工艺合作社,这样当地的妇女就可以在经济上独立了。她很适合做这类工作。在非洲的这些日子,她的生活已经被琐事填满,比如在村庄里找到一扇合页,这样窨门就可以修葺;借给那伙人四美元左右的钱,这样他们就可以买纸,记下篮子卖出的数量。生活中也有美好:那些传统的百衲被和陶罐几乎已经失传。泰斯拉很享受这种美丽。视觉的美:妇女们编织,非洲大地上传来稀薄的回音。音乐的美:她唯一带到丛林中的二十一世纪的科技产品是一个iPod,里面下载了很多她喜欢的乐曲,包括巴赫的前奏曲、肖斯塔科维奇的交响曲和贝多芬的奏鸣曲。但是,现在她不得不打断肖邦的演奏,因为吉普车停在了眼前。但愿那人不会待很久。她得领他去参观地窖、织机、工作间。此外,她还得喋喋不休地告诉他当地的人均寿命、自足情况,最后还要表示对下一代充满希望。当地的妇女会向他展示百衲被和陶罐,他也会报以恩人般的微笑,并非常自豪地以为因为他这一切才成为可能。然后,他就心满意足地走了,日子终归平静。

莉奥娜拉,起码也要面带笑容吧。

其他志愿者以前经常这样对她说,因为工作时面对的人和事让他们几乎忘了怎么微笑。但是她得试试。一头金发的男人从吉普车上下来时,泰斯拉脸上就挂着这样的微笑。他也报以微笑,拿帽子拍打自己的大腿上面的灰尘。他摘下太阳镜,至少看上去也算彬彬有礼。

"莉奥娜拉·泰斯拉?我是君特·施密特。"

他的英语中有她无法识别的口音。不像是德国人,当然法律也没规定取个德国名字的人就一定在德国长大。这就是欧洲边界的精髓。似乎是好事。

两人握握手。施密特的手软软的，肥肥的，很适合坐在柜台后面发钱。"一路辛苦。"她说，"请坐，我去给你拿点儿喝的。"她示意他坐在旁边的黏土块上，但是他径直跟着进了屋。她猜，他肯定知道，在非洲看似阴凉的门内其实不比门外凉快多少。

施密特始终保持微笑，坐在厚木板桌子旁边的椅子上，椅子很简陋。她递给他一瓶BB橘子苏打水。屋里没有电，当然也谈不上冰箱，但是她在非洲学会了将瓶子放在盒子里，然后埋在屋子里的地底下，所以饮料还算清凉。"我们出去吧，外面更舒服些。"她建议，尽量面带微笑。

"不，"他说，"我更喜欢在屋里，莉奥娜拉。"

虽然他的语气很温和，但是自己的名字从他口里说出来，还是非常奇怪，让泰斯拉汗毛直立。最终，她耸耸肩，用手绢擦了擦额头的汗，在他的旁边坐下了。

"你在这儿住了很久吧？"他喝了一口饮料。

"没有，没有多长时间。因为工作原因，要经常换地方。"

"听起来很……简单。"

"事实是，我做的工作比其他同事要多。等你休息好了，我带你去地窖那边看看。如果你想全面了解我们的工作，今天我们得走不少路呢。"她站起来去拿自己吉普车的钥匙，钥匙就挂在门口的挂钩上。

"不必了，莉奥娜拉，我们就待在这儿。"

她猛转身。他依然面带微笑，眼神温和，但是手里却拿着一把枪，正指着她。

冷静，莉奥娜拉，冷静。"你想怎么样？"

"哈罗德·米德尔顿在哪儿?"

泰斯拉心头一紧。平静地说:"哈罗德?我怎么会知道?"

施密特并不回答。他微微调整了一下枪口,似乎想瞄得更准。

"他不是在美国华盛顿吗?他就住在那里啊。"

"如果他在华盛顿,"施密特说,"我还会在这儿吗?"

"好吧,我这一年来都没有他的消息。"

"我不知道是真是假,但是我最终会弄明白的。不过也无所谓了。不管你们有没有联系,你肯定知道他会去哪儿,如果他有危险的话。"

危险?"我不知道。"

"你们在一起工作时——"

"我可以告诉你我们以前一起工作时的事,但是他现在在哪儿,我真不知道。我只听说他在教音乐,别的就不知道了。"

自打泰斯拉看到那把枪以后,两人没有挪动半步。现在,两人在沉默中依然纹丝不动。风吹过屋后的刺槐,发出沙沙的声响。泰斯拉汗流浃背。

"你是谁?你找哈罗德什么事?"

他笑了。"我知道你会这么问,但是我不会告诉你,泰斯拉。只能说和你们的工作有关。"

"志愿者?"

他的笑容中充满仇恨。"你们的工作。再问一遍,你真的不知道他在哪儿吗?就算我毙了你,也不说?"

子弹穿过锡制的屋顶和泥巴墙,陶罐的碎片飞得到处都是,泰斯拉差点儿倒在地上,她紧紧抓住厚木板桌。她看着施密特的眼睛,平息了一下,回答他。

"就算你开枪,我也不知道。"

施密特点点头。"好吧,即便知道他有危险你也不肯说出他的下落。那我们就来看看,知道你有危险后,他会是什么反应。"他站起来,"走。"

"什么?"

"就像你说的,我们有很长的路要走。"

她被枪指着走出屋子,外面是被太阳炙烤的大地,坎坷不平。太阳很毒,她没转身,但是等在那里没动。她听到他停了下来,听到塑料摩擦布的声音。他在掏口袋里的太阳镜。泰斯拉迅速倒下,撞向他。他绊倒了,泰斯拉抓住他的脚踝,并用全身的力量压住他的另外一个膝盖。灰尘随着砰的倒地声沸腾了。扳机被扣动,但是并没有打响。施密特挥着枪,再次向泰斯拉瞄准,第二枪没打中,因为泰斯拉躲进了小屋,第三枪打在她扔来的陶罐上,她扔得很准,很用力。

尘土飞扬,施密特还有他手中的枪都没了声响。

泰斯拉屏住呼吸,蹲伏在门边,等着。一分钟后,还是没有动静。她爬到桌子旁边,拿起苏打水的瓶子,狠狠地砸在施密特的头上。瓶子碎了,但是施密特丝毫未动。

慢慢地,她站起来,走向躺在尘土中的施密特。他的血滋润了干涸的尘埃,曾经美丽的陶罐碎了一地。看到了吧,泰斯拉?这一次你同情的是灰尘。强者就是胜者。

她先走到临时水池边,那里有个塑料水桶。她用手舀了点儿水,拍在脸上和头上。在纳米布沙漠边缘,水比黄金珍贵。

之后,她快步回屋,收拾了几样要拿的东西,塞进帆布书包里。然后,她拿出一把刀,在缝好的床垫上划开一道口子。她每次离开住过的地方,都会这么做。她抽出装着美元的信封,和在海牙工作时用过的文件夹。她把这些和iPod一起塞进书包的侧兜，拉上拉链。

把施密特塞进吉普车要难很多。虽然她很强壮，但是他更高，所以很费劲。最终，她还是把他塞进了后座，并用毛巾包住他的头，以防血流到座位上。她从他口袋里拿出钥匙，发动了引擎。她走的是施密特来时的路，尘土再次狂欢，途中她看到一条路通向干河床，十分险峻，这正是她要找的地方。她在离这儿不远的地方调转方向盘，让车头朝着小屋的方向，然后开到那条路边，急刹车，打开门跳了下去。

每个干河床都能找到这样的地方，但是这一次她格外幸运，车正好撞在一棵刺槐树上，挡风玻璃碎成了蜘蛛网。她跳车时碰到了膝盖，变得一瘸一拐。车撞得正好！她又费了不少劲，最终让施密特一半身子在车外，一半身子在驾驶座上。尽管他头上的窟窿不像是撞的，但是除了潜行在附近的土狼，谁又会发现他呢。只要土狼经过，就没有人再去质疑施密特是怎么死的了。

不管他是不是叫施密特，也不管他到底来自哪里。

泰斯拉走回小屋，希望膝盖不要再疼了。进屋，她脱掉衣服，用备好的水洗了个澡。她换了一身衣服，将换下的衣服和那条血迹斑斑的毛巾塞进了枕头套里。包扔在吉普车上，然后她停了下来。尽管离别已是常事，她还是久久地注视着这间小屋，并向这片褐色的大地致敬。她曾经以为这里是归宿，可是她错了，她还得离开，再回来就不知道是何时了。

开车到温特和克机场要三个多小时。到机场后，她把四张信用卡的钱几乎都取出来了。再加上从床垫下抽出来的钱，够用一阵子了。她用一张还有余额的信用卡买了从慕尼黑到华盛顿的机票。然后，穿过航站楼坐上了到开普敦①的长途车。

她不知道自己的信用卡有没有被监视,还是小心为妙。在开普敦,她用现金买了票。

票是到纽约的。

到纽约再坐火车去华盛顿,哈罗德曾经很多次告诉她这条路线。

她紧紧把包抱在胸前,里面硬硬的文件夹不时戳中她,窗外是干燥的大地和寂静的树。

一天十二趟火车。

够了。

---

①南非西南部港市。

5 埃里卡·斯宾德勒

夏洛特·米德尔顿－佩雷斯挣扎着睁开眼睛，一片茫然。这里不是家里，也不是丽兹酒店。

光很亮，白得耀眼。单调的被单泛着光。她很痛，浑身痛，尤其是背部。

汽车的声音打破了寂静。接下来响起低沉的声音。她转眼看到丈夫杰克站在床边，手抱着头，满脸悲伤。

记忆的碎片在眼前闪过：站起来。血。尖叫，肚子如刀剜般疼痛。

她摸了摸自己的腹部，眼泪不由自主地涌出眼眶。肚子里曾经孕育着一个小生命。准确地说，是一个小男孩，她和杰克已经开始给宝宝起名字了。

曾经。过去时。现在，小生命不在了。那个有着杰克的蓝色眼睛和她的黑发的小男孩不在了。

她的眼泪，滚烫苦涩，滑过脸庞。

他抬起头。眼睛哭得通红。

"查莉[1]。"他叫道。

这声轻唤中有绝望和懊悔，也有爱意和安慰。同时也有疑问，

---

[1]夏洛特的昵称。

为什么会发生这样的事?

这是第二次怀孕了。他们觉得这一次应该万无一失。生活的常识让他们坚信,肯定已经走出困境。

是她的错吗?工作太努力?没有休息好?

佩雷斯似乎读懂了她的心思,将手伸向她。两人十指紧扣。"不怪你,查莉。医生说这种情况……很常见。"

她摇摇头。"不是这样的。我想知道到底是什么原因。"

他清了清嗓子。"医生会给我们做些检查。关于流产……的检查。他建议为你的子宫做个超声波探查,还要拍个片。"

夏洛特的手被紧握在杰克手中,她闭上眼。"这是医生的话。虽然很听起来很伤人,但是我们还会——"

"不会了。"

"——再有孩子的——"

"别这样,求你了。"她声音发颤,"我只想要这个孩子……我已经爱上他了啊。"

"我知道。"他的声音中流露出同情与理解。

他向来如此。她不知道自己何德何能会赢得杰克的爱。他们是在新奥尔良的杜兰大学认识的。当杰克约她,追求她时,夏洛特整个人都蒙掉了。她长得并不出众,最多算是看起来比较舒服——脸型普通,身材普通。然而,杰克却非常帅气,聪明又有教养,而且出自路易斯安那州的富贵之家。他对自己的爱,对夏洛特来说,就像奇迹。

"你有哈里的消息吗?"她问。过完十三岁生日后她就这样称呼自己的父亲了。他叫她查莉,她叫他哈里,妈妈觉得他们俩简直不可理喻。

"还没有。"

"你留言——"

"在餐厅时留过。刚才还给他的手机留言,被自动转到语音信箱了。"

他的飞机延误了,还在转机。"你没告诉他——"

他的手握得更紧了些。"只告诉他我们在这儿。留了我的电话,跟他说打我手机。"

她强忍着泪水。"妈妈呢?"

"没有回复,家里电话和手机都打过了。"

"米德尔顿夫人?"

他们转过头。两个男人一脸严肃地站在门口。这两个人都穿着黑色的制服,偏偏在这个时候出现了。当他们介绍自己是联邦政府的工作人员时,夏洛特并不意外。"我们需要问你几个问题。"

"现在吗?"佩雷斯站在那里问,"在这儿?"

"是关于你父亲的。"个子较高的那个男人拿出了司法部的证件。

"关于哈里?"

"是的,关于哈罗德·米德尔顿。你最后一次和他说话是什么时候?"

她感到后背发凉。"在他去欧洲以前。大概有一个星期了。"

"他看起来正常吗?"

"正常。但是,为什么——"

"他有没有表现出对旅行的担忧?或者焦虑?或者莫名的兴奋?"

"长官,我父亲旅行经验很丰富——"

"我叫史密斯。"他说,"你有没有感觉这次旅行和以前的旅行不一样?"

"没感觉。"

"你们本来约好昨天晚上见面的?在丽兹酒店的餐厅?"

"没错……但是,你们怎么——"她并没有把话说完。联邦政府的工作人员可以知道任何事,哈里曾经告诉过她。"本来想一起吃晚饭,但是没吃成。"

她说完后,喉咙发紧。两个工作人员并不为她的痛苦所动。"米德尔顿夫人,对你的不幸,我们深表遗憾,但是——"

"佩雷斯夫人。"杰克纠正,"我说过,你们选的这个时间很不好。要不说清楚你们为什么来,要不赶紧走。"

史密斯看着佩雷斯。"在路易斯安那州,佩雷斯这个姓可是人尽皆知。"

佩雷斯皱眉。"你想说什么?"

"我只是说,这个姓大家都知道而已。"

杰克·奥古斯特·佩雷斯。他的家族是在新奥尔良定居的西班牙人的后裔,在当地的政界和商界都颇具影响力。在休伊·皮尔斯·朗[①]当州长的时候,他们盛极一时,现在主要依靠生意方面的精明和娴熟的人际交往维持往日的荣耀。

佩雷斯面带怒色。"你到底想说什么?"

不要让他牵着鼻子走,她想。情绪会导致错误。一旦情绪失控,就将一败涂地。这是哈里的箴言。

到底发生什么事了?

她握紧丈夫的手。"没事的,亲爱的,就几个问题。"

---

①路易斯安那州第四十任州长。

"谢谢,佩雷斯夫人。在过去的二十四小时,你父亲有没有联系过你?"

"没有。我觉得可能是他的飞机延误了。哈里经常遇到这样的事。"

她回答完后,觉出丈夫的诧异。但是她现在不能解释。"史密斯长官,你是怎么知道我在这儿的?"

他没有回答。"恐怕你的父亲遇到了麻烦。"

她注意到,史密斯问话的时候,他的同事在研究自己的反应。她还注意到,他不时用手背蹭裤子,像是在挠痒痒或者擦东西。

非常不符合联邦政府工作人员的风格。真正的联邦工作人员被训练得要多机械有多机械。小动作是不允许的。

"麻烦?我不明白。"

"他在华沙因为三人被谋杀的案件接受了审讯。"

"哈里?"佩雷斯不相信,反驳道,"你们弄错了,不是同一个哈罗德·米德尔顿。"

史密斯望了杰克一眼,又转向夏洛特。"你父亲随后搭乘法国航班离开巴黎。在杜勒斯机场,他开枪杀死了一名警察。"

她没能控制住,脱口而出:"不可能!"

"很遗憾。"

"那不是我父亲。"

"我们理解你的心情。很震惊,但是我们有目击证人——"

"我父亲不可能开枪杀人。哈罗德·米德尔顿一生都在为正义而奋斗,追查那些罪犯,并将他们绳之以法。再说,他从哪里找到的枪?他可是刚从国际航班上下来啊。那个警察是谁?为什么我父亲要杀他?"

她紧盯着两位工作人员,气氛紧张,静得掉根针也听得见。过了一会儿，其中一个工作人员歪着头说："这些只有你父亲知道。我们必须和他谈谈。"

调查局的人就像觅食的秃鹰，只要他们认为你有罪，就会想办法证明他们是对的。

她要做的最后一件事就是帮他们找到哈里。

"需要我做些什么？"她问道，几乎声泪俱下。

"有他的消息后马上通知我们。"史密斯递上他的名片。她看了一眼，上面装饰着熟悉的红色、蓝色、白色和金边。

他将名片递给了佩雷斯夫人。"这上面有我的号码。随时打电话给我们。"

"我会的。"她的手指在名片上摩挲，心怦怦直跳，"如果你们找到他——"

"会及时通知你。"

"这肯定是误会。你们找错人了。"

"如果我是你，我也希望这是误会。"两人朝门口走去，史密斯转身，回望了她一眼。他的神情让她不寒而栗。"谢谢你的合作。"

门关上的瞬间，夏洛特翻身下床。"我们得离开这里。马上。"

"查莉，什么——"

"整件事都很讨厌。我得弄明白——"她站在那里，一阵头晕。

佩雷斯扶住她的胳膊。"哈里遇到麻烦了，肯定的。但是就你现在的状况，你什么也做不了。我让护士给莱文医生打电话，看看什么时候可以出院，然后再离开。"

她抽出自己的手。"你不明白。哈里有危险，我不能待在这里什么都不做。"

"看在上帝的分儿上，查莉。你现在比他还危险。你刚刚流产。

莱文医生说你肯定会不舒服，还会流血。你现在很虚弱，他建议你静养几天。没得到他的同意，我是不会让你离开这里的。"

"不要拦着我。"她深深地吸了一口气，看着自己的丈夫，"刚才那两个人不是联邦调查局的。"

没等佩雷斯反应过来，她已经走到衣橱前。她的短裤和裤子都沾了血迹。短裤就这样吧，她决定用医院提供的衬垫垫一下。如果她穿上深颜色的夹克，裤子上的血就能被遮住，等有时间了再换。

她看到丈夫正望着自己。"史密斯给我们的名片是假的，"她说，"好好看一下。便宜货。激光打印的。你摸摸。联邦调查局的名片是特殊印刷的。我们手里拿的这张随便一台电脑都能打印出来。"

她穿上有血迹的裤子，如鲠在喉。她轻轻地咽了进去。她有一生的时间来为失去的孩子悲伤。现在哈里需要她。

她接着说："史密斯给的名片上只有一个手机号码。"

佩雷斯皱眉，不明白夏洛特的意思。"也就是说，上面没有调查局的号码？"

"正是。"

他摸了一下鼻梁。"查莉，你觉不觉得你现在有点儿情绪不稳定？你刚失去了……确实很震惊。我觉得你先缓缓，深呼吸一下。我先去办出院手续，然后我们就回家，看看哈里在不在或者有没有给我们留言。你得换换衣服，吃点儿东西。我们会把事情弄清楚的。"

"你相信我吗？"

"当然。"

"那就帮帮我。拜托了。"

最终她说服了丈夫。那两个冒牌探员也在医院的门口监视他们，所以不能去办正式的出院手续。那样，医院会让她坐轮椅的，而且肯定从前门出去。他们得走楼梯，从另外一个门出去。

她等着他把车开过来。他们钻进汽车后，佩雷斯看着她。"怎么办？"

"我们去找哈里。"

"好主意。你怎么——"

《褐眼女孩》的音乐声响起，声音微弱可闻。

这是她的手机铃声。

"在你包里，"他说，"我锁在——"

"后备厢。"

他停车，打开车门，走出去。不一会儿，他拿着她的包回来了，手机已经不响了，短信提示的灯在闪。

号码不认识——也许父亲为了安全买了预付手机。她快速查看了一下未接来电，都是哈里打来的，还有一条未读短信。

她按最后打来的号码回过去，响了一声就有人接了。"爸爸，是我。谢天谢地！我很担心。"

"夏洛特！你们在哪儿？"

"我和杰克——"

话到嘴边，又咽了回去。这不是她的父亲，从二年级开始，他就没叫过她夏洛特。

"夏洛特？宝贝儿，你——"

她感到悲痛，挂了电话。"开车，杰克。马上。"

他照办。"怎么了？"

"有人冒充哈里。他们想知道我在哪里。"

"看看短信。"

她打开语音信箱。父亲的声音让她暂时感到安慰。

"查莉,我的飞机延误了。我希望还能赶上一起吃晚餐。爱你。"

第二条短信让她眉头紧皱。"查莉,这边有事。我到了后再跟你解释。注意……千万小心。和杰克待在一起,不要相信任何你不认识的人。我的航班晚上七点十分到杜勒斯机场。"

第三条和最后一条短信中,他的声音有点慌。"你在哪儿?我坐上巴黎的飞机了。听到语音信息后,打给我,让我知道你很平安。"

她接着查看短信。

绿灯侠 疏散 苏格兰

这是他们之间的暗号。她盯着这几个字,感到窒息。

"出什么事了?"

"改变计划。我们去国会山。'苏格兰'——瑞吉酒店。"

途中,她向丈夫解释了暗号的含义。解释完后,他看了她一眼。"开玩笑吧?"

"不大可能。哈里不会轻易发这样的短信,除非有危险。"

"可能不是他发的呢?"

她吃了一惊,但是很快就平静了。"不可能,别人不知道我们的暗号。妈妈也只知道一部分。是哈里发的。"

"没有道理啊,就像是斗篷和匕首游戏。除非你告诉我是真的。"佩雷斯将车停在酒店门口,"你父亲是间谍吗?"

她打开车门。"等着。我去去就来。"

不久,她走到了前台。她从钱包里掏出哈里的照片,前台的服务生看完后,点了点头。

"他那会儿来过,找一位女士,应该就是你。然后到酒吧去了。"

她谢过服务生后来到酒吧。她环视一圈，发现他不在这里。

她穿过酒吧。酒保正忙着招待一位红发客人。她在一边等着，酒吧后面的电视正在播放新闻。杜勒斯机场枪击案。一名警察牺牲了。电视上还出现了犯罪嫌疑人的照片。夏洛特看到了。

哈里。不可能。

"你想来点儿什么？"

她看了看酒保，本来准备好了照片，想问问他是不是见过哈里，知不知道他去哪里了。但是，现在她把照片又放回口袋。她不能让他认出哈里，然后报警。

"没什么。我只是……不好意思。"

她转身迅速离开，感觉到酒保在背后盯着自己。走到桌旁时，她瞥了一眼员工通道。有人正在那里打电话，发现夏洛特正朝自己看后，便快速转移视线了。

如果那群暴徒已经找到他们想要的，就不会在酒店等夏洛特了。这无疑是个好消息。

也有坏消息。哈里卷进了袭警案，正在被通缉。那两个"探员"说的也不全是谎言。

目前为止，警察知道他是谁，住在哪里，在哪里工作，也知道她的住处。他们应该有哈里朋友和同事的名单。他不能用信用卡，也不能用手机。他的车和房子也不再安全。

有两伙人要找他——真警察和假警察。

她丈夫正在酒店门口等她，面色凝重。

"运气怎么样？"

"他来过。又走了。"

"嗨，我刚才听新闻了——"

"我知道,"她打断,"我在酒吧看过电视了。"

他们快步走到自己的宝马旁,拉开车门钻进去。"也许那两个探员是真的?"

"不可能,"她回答,"妈妈就住在这附近。也许她有爸爸的消息。"

"西尔维娅和你父亲互相憎恨。"

憎恨这个词用的有点儿重,不过,他们的确算不上朋友。他们是她见过的最差组合。妈妈一直无法原谅哈里,因为夏洛特喜欢哈里比喜欢她多。还有就是他把自己唯一的女儿"训练成了间谍和行善者"。

对这段婚姻造成最后一击的是哈里与一个志愿者——莉奥娜拉·泰斯拉的关系。

"我们去那里碰碰运气。最起码,我可以借几件衣服。"

妈妈会问到小宝贝。他们还得解释一通。

她一只手捂着自己的肚子。不想也不能提起这件事。

现在,崩溃对她来说是奢侈的。

二十分钟以后,他们到了妈妈居住的高档社区。车停在两层别墅门前,两人下车,走得很急。

妈妈的奔驰停在那里。门廊很黑,有几扇窗户透着光。

查莉按了门铃。屋内传来妈妈养的波美拉尼亚小狗贝拉的叫声。

"妈妈!"她叫了一声,又按了按门铃,"是我。"

也许有朋友接她出去玩儿了,或者去约会了。

不是,她的第六感告诉自己,不是这样的。

身旁的佩雷斯在给西尔维娅打电话。两次,四次,六次,无人接听。

她心跳加速,从包里掏出钥匙串。她有一把备用钥匙。还好找到了,她用钥匙将门打开。

"妈！"她叫道。贝拉从厨房跑过来，在妈妈白色的地毯上留下了一串爪印。

红色的爪印。

她差一点儿喊出来。她告诉佩雷斯"冷静"，然后随着他走向厨房。

他们在厨房门口停下了脚步。妈妈躺在地板砖上，脸朝上，眼睁着。血从她身体的两侧流出。贝拉围着自己的女主人转圈，在地上留下了奇异的、花一样的图案。

妈妈已经准备好睡觉了。西尔维娅穿着蓝绿色的睡袍，腰间的带子开了，露出了腿和内裤的花边；一只手放在胸前，像是捂着心房，另一只手耷拉在旁边。

"妈妈。"她呜咽着走向前，突然头轻飘飘的，赶紧扶住桌子。

她丈夫正慢慢走向岳母，小心地避开血。他蹲下来，摸着西尔维娅的脉搏。

她眼睛的余光看见柜子下面有什么东西。她眨眨眼，用力看。糖纸。她用脚尖把糖纸踢出来。妙卡牌，这是欧洲的牌子，在美国不常见到。她突然想到，这是波兰的牌子。

她盯着糖纸，血涌上头顶。这是父亲最爱的巧克力，是他的秘密能量。他们曾一起分享过。

"查莉，妈妈死了。"

"我们得马上离开这里。"她捡起糖纸，塞进口袋。

"你在干什么？查莉，这是证据。我们得报警。"

"他们会将脏水泼向哈里。"

"你有没有想过可能他真的——"

"不可能，爸爸不会这么做。他给我发了那条信息，因为我有危险。妈妈也是一样。我不知道为什么会这样，但是我相信他。"

"用你的生命去相信？也用我的？"

"是的。"她紧闭双唇，似乎真相就在里面，"我们得去找他。"

"怎么找？"他穿过夏洛特头发的手在发抖，"警察虽然没有通缉我们，但是我知道他们肯定在找我们。"

她看了看母亲，抑制住绝望和在丈夫怀里哭泣的冲动。她是哈罗德·米德尔顿的女儿。她一定会查出真凶，并让他或她付出代价。

远处传来警报声。"湖边的房子，"她边说边到母亲的卧室换衣服，"哈里会到那里找我们。"

6 约翰·拉姆齐·米勒

在杜勒斯机场的停车场,联邦调查局的探员 M.T. 康诺利看着警探检查一名警察的尸体。被杀害的警察脖子上有深深的勒痕,眼里满布红色血丝,死因非常明显。监控录像显示他被一个男人杀害,衣服也被那个凶手偷走了,最后他被塞进了吉普车后备厢。

侦探是为广场上的袭警案而来。前面关于乔治的报告不实,他并没有当场死亡,只是不省人事了。三发子弹将他的防弹衣打得变了形,其中一发位置偏上,偏离了衣领,直接切断了动脉。他生还的希望不大。即便不死,也会因为失血过多留下后遗症。

在侦探的陪同下,康诺利离开停车场,来到保安室查看监控录像。她看到那位冒牌警察朝一名乘客开枪,这位乘客后来被海关认出是哈罗德·米德尔顿。米德尔顿拿走了袭击者的枪,并开枪自卫。乔治警官以为那个冒牌警察是真的,而他的对手则是恶棍——可以理解的误会。最开始,她从混战中得出的结论也是如此,不过当时她被那个讨厌的犯人缠住了,不然也会冲上去。她估计那个冒牌警察一直跟踪米德尔顿,想要抓住他,但是现在他已经跑了,就在她和闻讯赶来的警察眼皮底下没了影踪。很明显,这位冒牌警察是发现被米德尔顿认出后开枪的。

当米德尔顿拿出枪,躲避乔治警官的子弹时,冒牌警察从紧急通道逃走了。这个穿着偷来的不合身警服的嫌疑犯和米德尔顿一样人间蒸发了。

她接下来要做的是调动调查局的资源，查出关于米德尔顿和杀害警察的那个凶手的所有信息。她和其他警探一致认为，米德尔顿属于重要证人，他所做的是正当防卫，但那个冒牌警察有可能先找到他。关于米德尔顿的描述和根据监控中的录像打印出来的照片随后将被发到各个地方警察局，当然是作为杀害警察的通缉犯，如果他想活命就必须接受逮捕。

飞机航站楼和停车场挤满了愤怒的警察和犯罪现场的相关目击者。州警带着警犬开始搜索整个飞机场，试图找到杀人凶手和米德尔顿，但是康诺利知道他们已经不在这里了。其他警察像无头苍蝇一样，而康诺利的工作已经有条不紊地展开了——她自然而然地想到了什么。

她在广场上发现了一张名片，警探将它留作本案的证据。他们并不知道这张名片是从哪里冒出来的，也不清楚它和案情有什么关系，他们又看了一遍米德尔顿和杀手搏斗的慢镜头回放，那张名片是米德尔顿的口袋被扯开后掉到地上的。名片上写着"波兰国家警察局副局长约瑟夫·帕德罗"。

她像被什么击中了，如果以前还不相信巧合的话，这一次她彻底成了信徒。几分钟后，康诺利赶在警探之前按名片上的号码打过去，因为有时差，她还给帕德罗留了语音信息，希望他尽快回电。然后，她又拨打了存在自己手机上的另一个号码，但是帕德罗依然没有回复。当电话再次转到语音信箱时，她又留了同样的信息。这次留言中，她提到了哈罗德·米德尔顿，心想，自己的声音或许引不起帕德罗的注意，但是米德尔顿的名字肯定会奏效。

二十五分钟后,帕德罗回电话了,这时康诺利已经了解到,哈罗德·米德尔顿上校是联邦调查局情报部门的退休人员。她下决心要把事情弄得水落石出。米德尔顿曾追查到前南斯拉夫解放军的上校鲁戈瓦,并将他送上了海牙国际法庭。鲁戈瓦前一段时间刚好被害,这两件事也许有关联,想到这里,她心一颤。除了恐怖主义外,没有什么比国际案件更刺激了。而且,她知道帕德罗一定会全力配合。

三年前,联邦调查局为欧洲访问学习团开设了执法课程,康诺利就是那时认识的帕德罗。很巧,她正是那个班的指导员之一,后来与帕德罗走得很近——非常近。帕德罗光着身子坐在她的床上,一手拿着红酒,一手拿着烟的形象深深地印在康诺利的脑海,他当时正在讲述一件棘手的案件,而康诺利则温暖地笑着。

约瑟夫·帕德罗不是特别帅,但是他瘦高的身上散发着别样的气息,衬托得脸无比英俊。不管他穿什么样的衣服,都英气逼人。康诺利自认算不得美女,但是帕德罗却觉得她很美。他思维敏捷,待人真诚,幽默聪明,对工作充满热忱,说一口流利的英语,还有着一双满含忧伤的大眼睛和非常好看的手,真可谓完美情人。她破天荒第一次,没有介意别人在自己身边吞云吐雾地抽烟。后来的几年,他们不时一起旅行度假,每周通两三次电话。两个人都是工作狂,所以不可能天天在一起。

康诺利明白这一次她一定会接手这个案子。没准儿是国际案件,如果普通警探要介入,她一定想办法将他们摆脱掉。毕竟,她亲眼目睹了枪击,并且知道米德尔顿与国际刑事法院的关系,必须阻止那些警察误捕米德尔顿或者将他误伤。此外,她有处理涉外案件的经验。康诺利在上司眼里是南方美人——他们都来自密西西比。更难得的是,她的结案率无人能及。而且,她能给上司带来荣誉,这一点也很重要。

康诺利看到保安室外的那个犯人,她把他铐在了管子上。急救医疗服务人员正在包扎他的鼻子,并清理脸上的血迹。为了将这个犯人交接给其他人,她一个小时给美国法警服务部门打了六次电话,十分钟一次。最终,在她思考的时候,电话响了,有人回复了。

"我是康诺利,"她说,"我要的法警呢?"

"你最后一次见到他们是什么时候,在哪里?"电话里传来帕德罗的声音。

"噢,你好,帕德罗。"她边往外走边柔声说道。

"你好,联邦调查局的迷人探员。"帕德罗说,"你找到米德尔顿了吗?"

"事情是这样的。"她把自己知道的所有信息都告诉了帕德罗。他静静地听着,没有插话。

她说完之后,帕德罗开了口:"哈罗德·米德尔顿是最后一个见到亨瑞克·耶迪纳克的人。亨利是一个音乐手稿收藏家,不久前和其他两个人一起被杀害了。我曾经审问过米德尔顿上校。根据你的描述和他的被袭击,我认为那个人应该是德拉甘·斯特法诺维奇。我问米德尔顿的时候将话题转向鲁戈瓦,并给他看了一些照片,照片中的人都是以前跟着鲁戈瓦混的,后来这些雇佣兵解散后成了到处找活儿干的暴徒。照片中也有斯特法诺维奇,我们只知道他是斯拉夫人。米德尔顿认出他就是在机场与自己乘同一趟航班到巴黎的那个人。在我们联系法国相关部门之前,斯特法诺维奇已经离开了。你也知道,法国政府的繁文缛节比他们喝掉的红酒都多。"

"你不认为米德尔顿与亨瑞克·耶迪纳克的死有关系吧,是不是?"

"是的。米德尔顿是好人,顾家,而且有道德感,他为匡恶扶正牺牲了很多。现在我们知道的情况是:亨瑞克·耶迪纳克死了,米德尔顿在公共场合被袭击,还有亨瑞克·耶迪纳克的侄女失踪了。"

"他侄女?这与他遇害有关吗?"

"她是个很有才华的小提琴手,我觉得这一切都与这三个人的共同爱好——音乐——有某种关联。将米德尔顿与亨瑞克·耶迪纳克联系在一起的是一些珍贵的音乐手稿,可能就是这些手稿将鲁戈瓦也牵扯了进来。"

"珍贵的音乐手稿……"

"你也知道,鲁戈瓦在波斯尼亚战争期间,找到了二战中抢掠的文物和其他宝贝。在圣索菲亚教堂,他偷了四十箱纳粹藏在地下室的东西:画,图纸,金雕像,一些虽小但很值钱的青铜器,珠宝和——音乐手稿。为此二百多人死在那里,当时轰动一时,但是鲁戈瓦还是把那些箱子运走了。后来,他一直急着找那些手头有这些抢来的艺术品的人,以便换取他的自由。"

"米德尔顿知道这些吧?"康诺利说。

"米德尔顿有一份肖邦手稿,他说是赝品,但是也许这份手稿就是当时遗失了的艺术品,只不过他不知道而已。或者,他心知肚明。我在审问他时,他突然非常担心自己的家人。我相信他的担忧和害怕是发自内心的。"

康诺利说:"希望那个杀害警察的凶手还没有找到他。"

"如果真是斯特法诺维奇干的,那么他绝对不是一个人。"帕德罗说,"我稍后会把为鲁戈瓦工作过的那些人的照片传给你。如果他们中有人杀了米德尔顿,那么那批宝贝的下落就成了谜。我们现在说的可是成百上千万欧元啊。"

"把那些照片发到我的工作邮箱吧,我也会将那个杀害警察的凶手的照片发给你。"

"好的,美女。"

她笑了。"约瑟夫,也许我有时间为你找到一张来这里的机票。我是说,你比我更了解这些人,如果能有你的帮助,就如虎添翼了。"

"好啊,我已经跟长官说过了,与你合作有助于亨瑞克·耶迪纳克被害案的破获,还可以将犯罪嫌疑人绳之以法。我想,你得派人来杜勒斯机场接我?"

"好的,我会派人过去,帕德罗。"

酒店门外的那个斯拉夫人叫乌卡森,意思是"狼"。他对事情的进展非常不满。他在瑞吉酒店门外的车里等自己的两个同伙,此时,他看到一个优雅的女人从出租车上下来,穿过街道走到乌卡森的车旁,打开门钻了进去。

"埃莱安娜,"他用母语叫了声,"你很准时。"

"我怎么能错过和老朋友合作的大好时机呢?请叫我杰西卡。"

"杰西卡。很美国范儿。好得很。"

坐在乌卡森旁边的女人叫埃莱安娜·索比斯基,塞尔维亚人。托假护照的福,她现在是美国人了。索比斯基在为鲁戈瓦做情报收集工作之前是位儿童心理医师。真正的杰西卡·哈瑞斯是贝尔格莱德中心医院的志愿者,她在美国没有近亲。就这样她成了多瑙河里鳗鱼的鱼食,被人窃取了自己的身份。

索比斯基在南斯拉夫解放军的种族清洗恶行中,负责审讯鲁戈瓦部队抓到的敌军和普通老百姓。那时,乌卡森是鲁戈瓦的副官,他非常欣赏索比斯基审讯人的手段和热情。一个没有同情心的美女。索比斯基拒绝了士兵们的殷勤，由此乌卡森得出结论：也许只有在折磨和恫吓那些敌人时，她才会获得快感，并乐此不疲地用板凳或者桌子抽那些人，或者将他们吊起来，让他们求生无路，入地无门。

"你的目标在酒店里？"她问。

乌卡森从口袋里掏出一张照片给她，照片上两个男人坐在一家餐馆的桌子旁。"目标是这个——哈罗德·米德尔顿，就是他和那些志愿者找到了鲁戈瓦。"

她表情中流露出不快。"这就是哈罗德·米德尔顿？我还以为他有什么特别呢。他现在在哪儿？"

"我们还不确定。"

"你觉得他会来这里，酒吧？大庭广众之下？"

乌卡森点点头。他的前妻已经被他的手下说服，列出了米德尔顿可能会去的地方。瑞吉酒店就是其中之一。

"里面有我们的人吗？"

"他们正在赶过来。"乌卡森笑道，"他们假扮成联邦调查局的人。肯定万无一失：米德尔顿因为在机场开枪杀死了一个警察，正在被通缉。"

"警察？"

乌卡森解释了一番。

"真失败。"哈瑞斯说，"德拉甘在哪儿？"

"死了。我能怎么办？他将所有的事情都搞砸了。"

"米德尔顿关我们什么事？"

乌卡森把照片拿回来。"另外一个叫亨瑞克·耶迪纳克，是位收藏音乐手稿的专家。他也已经不在人世了。你可以问问米德尔顿为什么。"

"我当然愿意去问，"哈瑞斯回答，"我相信他比这个手稿收藏家更关键……"

乌卡森很疲惫，但是哈瑞斯必须知道自己的任务才行。现在正是告诉她的最佳时机。

"米德尔顿与维和部队的几个人到过圣索菲亚教堂，他是去为那些音乐手稿编目录的——就是我们还没来得及运走的一些手稿。三年前，亨瑞克·耶迪纳克被叫去鉴定米德尔顿留下的手稿。他们将这些手稿卖给一个私人收藏家时，发现手稿被亨瑞克·耶迪纳克动过手脚。"

"要卖这些手稿的就是鲁戈瓦。"乌卡森又加了句。

"他想用这笔钱来买自由。"哈瑞斯说。

"当我审问亨瑞克·耶迪纳克时，他承认了罪行，但是拒不说出那些真的手稿在哪里。"

哈瑞斯露出讥讽的微笑。乌卡森只知道用暴力，却不懂得审讯的真正技巧和绝招。

"他倒是说米德尔顿有一些他根本就不知道的东西，我们很快会搞清楚的。"

"你真是浪费了好资源。"

"我没必要告诉你我做过的和没做过的。"

不过，事实确实如此。亨瑞克·耶迪纳克把自己的知识和秘密带进了坟墓，现在她的侄女也没了影踪——就在罗马，就在自己手下的眼皮底下。她到底知道什么也成了谜。

乌卡森说："我相信答案就在亨瑞克·耶迪纳克给米德尔顿的肖

邦手稿里。"

"真迹还是赝品?"

乌卡森看了她一眼,皱了皱眉。亨瑞克·耶迪纳克不可能不知道手稿需要转移到安全的地方。乌卡森已经等了三年,就为看到手稿。

哈瑞斯看到乌卡森发怒了。"是你杀了鲁戈瓦和他妻子,对不对?"她的声音里满是恭维。

乌卡森点点头。他很乐意告诉她自己是怎么完成这看似不可能完成的任务的。

"鲁戈瓦上校绝望了。"他说,"我在探监前贿赂了狱警,当时我假装是法庭的律师,需要鲁戈瓦在一些文件上签字。我水笔漏水儿了,七八个小时后,上校手指上的毒墨水起了作用。"

乌卡森笑了笑。"上校看到我很高兴。他被我的装扮逗乐了,得知我们已经想到办法保证他的人身安全后,非常开心。他当然不知道,自己的妻子已经将他的日记交出——我们知道了他所用的一切手段。他甚至叫那个买他宝贝的人——恩人。原来,我们伟大的上校不过是个懦夫,毫无忠诚和荣誉感可言。"

"真希望我当时也在场。"

乌卡森点燃一支烟,有辆车停在了酒店门口。他的两个手下下车,肩并肩地走进了酒店。

"我们很快就知道米德尔顿有没有在里面了。"他说。

"如果他不在?"

"他的女儿,"他回答,"夏洛特。一个孕妇。"

"我曾经看到过他们在一起……"她笑了,两只漂亮的手绞在一起。"他还爱其他什么人吗?"

"和他一起工作的一个女人,泰斯拉。莉奥娜拉·泰斯拉。"

"如果我们找到那个泰斯拉,事情就好办了,前提是他还在意这个女人。不过用怀孕了的女儿做诱饵效果更好。"

7 大卫·科贝特

车里散发着令人作呕的气味，油腻腻的食品包装粘在车底，麦芽酒的罐子在方向盘前杂乱地堆放着，烟灰缸里满是烟蒂。空调像是又结巴又哮喘，吹出的冷气像是发了霉一样。三个人身上都是臭汗——不仅米德尔顿，还有马库斯和特蕾西，这两个抢劫未遂的家伙。他在这两人从未间断的唠叨中知道了他们的名字。一路上两人吵个不停，一些个人的信息如佐料般添加进来——他们需要什么、渴望什么；他们的奇特爱好；时而发誓学好，时而互相诅咒。两人满嘴脏话，米德尔顿几乎听不下去。同时，车颠簸地开向巴尔的摩，车灯照亮了 I-495 号公路湿漉漉的柏油路面。夏日的阵雨来得快去得也快，夜晚的空气黏稠，湿热，偏偏空调像是个摆设。米德尔顿的夹克紧紧地贴在肩上和胳膊上，像是长在上面一样。他用空闲的手擦汗，另一只手举着枪。

最终，他受不了了，打断前座上两人的对话。"打开收音机。"他用枪戳了一下马库斯的肩膀。

马库斯略略转了下头。他的脸颊上长满了白色的痘。"嗨，我和特蕾西正在商量事情呢。"

米德尔顿将枪口抵在马库斯的脖子上。"打开收音机。我没法思考了。"

"别插话，灰先生。"特蕾西手握方向盘，转头看了一眼，"你绑架了我们，还恐吓我们。我们一直在照着你说的做。冷静点儿啊，别玩儿那把枪。"

自打他上车后，他们就一直叫他灰先生。起初，他觉得因为自己身形狼狈，疲惫和缺觉让他看起来惨不忍睹。但是，他慢慢品出了里面种族讽刺的味道。凯伯·凯洛威不就在他的《爵士音乐家的词典》中将白人说成灰色吗？不过，这是很久以前的事了，那时这两个年轻人还没出生。天啊，那时米德尔顿也还没出生呢……

"我不是说着玩儿的。"他说。

"我的意思是——"

"打开那该死的收音机。"

马库斯伸出手，猛击那个开关按钮。收音机里立马蹦出了手提钻一样的低音，嗡嗡的，像在锯东西一样单调。歌词中尽是威胁、吹牛、废话，而且声音大得让人耳鸣。

"换台。"

"哇，老兄，你可真挑剔。"

"换台。马上。"

马库斯怒气冲冲，但还是乖乖地去换台，收音机中不时跳出带鼻音的号叫，混乱的醉酒声……

特蕾西说："灰先生，你得冷静，有点儿耐心，换台总要慢慢来嘛。"

突然，似笛声的木管乐器发出的悠扬乐声传出。女高音正在欢快地唱着熟悉的《诵唱》。米德尔顿欠身向前。"就这个台。停。"

马库斯看起来像是被迫吞下了一只蟾蜍。"这个台？"

"就这个台，调一下，不要杂音。"

"别,别啊。你囚禁我们已经够怪了,不能再折磨我们了。"

"调一下。"

正在播放的是勋伯格的《月光下的皮埃罗》,此曲由五位音乐家用了八种乐器——外加人声——创作而成,其中引用了二十一首诗歌,歌词是半说半唱,可以说是二十世纪最伟大的乐曲之一。

对大多数人来说,这段乐曲是无法理解的噪音,但对于米德尔顿或者其他任何一位内行的听众来说,它是浪漫主义最后的回响,不仅得到马勒和施特劳斯的认可,也引起了巴赫的共鸣。

"也许,你才该冷静下来。"米德尔顿说,稍稍往后挪了一下,靠在了座椅背上。"你觉得是你们这一代人发明了说唱和嘻哈吗?伴着音乐说话已经有四百年的历史了。那时叫作吟诵。我们现在听的勋伯格的音乐才是经典,我们在说话时不可能一直是一个调,总会忽高忽低。这就是女高音正在做的事情。她能一直保持住。同时,乐器发出的声音如魔术般笼罩着大地:月光,疯狂,血……"

特蕾西轻轻俯身,靠近喇叭,非常好奇。

马库斯半信半疑地看了一眼米德尔顿手中的枪,问道:"你是专家?"

"嘘。"特蕾西说道。她很瘦,皮肤是咖啡色,眼睛明亮,留着非洲式的头发,此时入了迷。"好像你真懂。"

马库斯闷闷不乐,狠狠地拍了一下车门,然后便开始抓挠胳膊上的痂。

最后,他们都安静下来;米德尔顿终于可以思考了。但是这怪异的音乐,音乐中讲述的迷月的小丑和他弗洛伊德般的梦魇,让米德尔顿倍加恐惧。查莉在哪儿,她安全吗?在杜勒斯机场想要杀掉自己的人是谁,后面还会出现什么人?在巴尔的摩弗雷蒙特大街一百二十二号，等待他的又是什么？

查莉可能会遇到危险，必须把情况搞清楚。他的脑中如一团乱麻，疲劳和担心让他无法冷静下来，各种想法互相打架。与此同时——

> 明亮的月光投下白色的斑点
> 落在他身穿黑色僧袍的肩上，
> 皮埃罗在慵懒的夜色里漫步
> 寻求自己的未来并渴望冒险……

马库斯冲着收音机点头，嘴里念叨着："听起来都是一个调，没完没了。"

"那是你不懂德国人。"米德尔顿揉了揉眼睛，"你没有认真听伴奏。"

"很前卫。"特蕾西评价道，希望得到赞美，不过她明显已经不再感兴趣了。

马库斯嗤之以鼻。"如果非要我说，那么听起来就像是某种暗号。"

"你这样说很有趣。"米德尔顿望着窗外模糊的树，车窗的玻璃脏兮兮的，"二战时曾有过类似的传闻，当时纳粹用音乐给美国的精英们发信息求同情。那些都是挑不出什么错的标准音乐——"

"听不出什么异样。"

"正是。信息就藏在其中。谁能想到这些音乐中还有这样的暗号啊？"

他突然想到公文包里的肖邦手稿，自己在克拉科夫机场就是因为它被扣住了。他确信这份手稿不是真迹，因为里面的音符很破碎，一点儿都不符合肖邦的细致。会不会是暗号呢，他想。也许他们想要找的并不是音乐手稿,而是更有价值的东西,而且只有依靠解密这份假冒的手稿才能找到?

他突然灵光一现,赶快去拿公文包要看看那份手稿——但是公文包不见了。

千万别啊!上帝啊。他回忆在瑞吉酒店时的情形,在洗手间的水槽边把手机装进了口袋,然后摇摇晃晃地走进酒吧,在镜子里看到了自己憔悴的样子,随后将手机扔进了公文包,并快速将它合上。难道离开时忘了拿?真是健忘得要命。这是个征兆,他自己正在变得像那个迷恋月光,疯狂的皮埃罗一样。

"掉头。"

特蕾西回头瞥了一眼。"什么?"

"掉头。回酒店。"

两个倒霉的小偷前前后后打量了他好几遍。马库斯说:"你脑子没病吧,老兄。"

特蕾西插嘴:"灰先生,你让我感到害怕了。"

米德尔顿将枪口指向乘客边的玻璃,扣动了扳机。

枪声在车内响起,玻璃碎了,他又被震聋了。特蕾西张大嘴,无声地尖叫,恐惧地俯身,哆嗦着握着方向盘。马库斯抓着头,瞪着枪的眼里满是惊慌。无烟火药的硫黄味道弥漫在车内,夏季湿热的阵风让这一切变得更糟。最终,车内被难闻的气味完全攻陷。

米德尔顿探身向前,伸手抓住马库斯的衣领,另一只手握着枪。就像之前在机场时一样,传来的任何声音都像被淤泥包裹着,脑中一片混沌。他隐约听到自己冲特蕾西吼道:"我说了掉头,不然我发誓会杀了他——我会杀了他,懂了吗?就在这里杀了他。我也会杀了你。"

马库斯微弱地挣扎，身体如筛糠般抖着。特蕾西试着安抚他，轻快的声音最终起了作用。她回头看米德尔顿的眼神中充满仇恨，随后将车开向下一个出口。

渐渐地，他又能听到收音机里传来的《月光下的皮埃罗》了。米德尔顿不禁在想：我现在怎么变成这个样子了？

酒保康拉德拿着手稿，小心翼翼地翻看着。手稿看起来很旧了——纸都褪了色，也很易碎，上面的符号都是手写的，与之前买给詹妮弗的印刷品不同。她肯定会喜欢的，想到这里，他心里感到温暖极了。肖邦。她会给他一个大大的拥抱和甜甜的吻。

他非常宠爱这个外甥女，给她买各种各样的东西——小的时候买玩具，合身的衣服，现在她开始学习钢琴，便开始买乐谱。詹妮弗是姐姐的孩子，刚刚九岁，但是非常有天分。她个头蹿得很快，婴儿肥也不见了，长长的披肩发乌黑光亮，蓝色的眼睛脉脉含情，肤如凝脂。她的父亲是爱尔兰人，至今下落不明。也许在监狱，也许进了坟墓，也许回到了卡里克费格斯。得有人照顾小姑娘，她需要如父亲般的男人来疼爱她。她的舅舅很爱她，非常爱她。

她对音乐的喜爱使近两年的生活发生了可喜的变化。他再也不用坐在沙发上，看着她穿着学校的衣服鞋袜在地板上玩耍了。如今，她弹奏舒曼的《童年情景》或者《青少年曲集》时，他可以坐在旁边帮她翻乐谱。洗发水的香草味道弥漫在两人之间，她的手指轻轻地按着琴键，而他则慢慢地靠近，直到碰到她的腿，两人的衣袖摩擦出沙沙的声响。他告诉自己，这已经足够了。不要再进一步，至少现在不要。应该知足。以后，如果她愿意，再说。

这种形象和想法既可怕又亲切,就像魔鬼在耳边低语:这就是你一直想要的啊。他也真的指着这个过活。

脸上的热情渐渐退去,他把手稿卷起来,放进运动夹克的口袋里,然后将衣服挂在储藏室的墙上。他转身回到吧台,这时有两个身穿蓝色运动外套和灰色休闲裤的男人从酒店大厅走过来。其中一个非常高,步子迈得很快且有节奏感。另外一个虎背熊腰,肌肉发达,脖子似公牛,眼睛似死鱼。高个子脸上挂着看不出内容的笑,把一张名片放在吧台上。名片上有FBI的字样。身后的那个肌肉男一直面无表情。

酒吧里只有他们三个人。整个夜晚都死气沉沉。

高个子探身向前,看了看酒保的工作证,说道:"晚上好,康拉德。不久前有个中年男人来过,看起来很不安,很惊慌。他在杜勒斯机场枪击一名警察,后来逃掉了。我们已经有证据表明这次袭警案与恐怖主义有关。他的手机显示他来过这里。我们必须抓到他。你见过他,是吧?"

康拉德清楚地记得他们口中的这个男人,但是他不确定供认是否明智。"你们刚才的描述,"他说,"几乎符合今晚来过的所有人。我是说,我很想帮忙,但——"

高个子并没有听康拉德说话,他看到了吧台后面的公文包。

这个公文包是之前来过的那个陌生人的,他当时从一辆很破的车上下来,走进酒店。他们说他杀了一个警察。很显然,他是位音乐家。康拉德在他走后擦高脚凳时发现了这个公文包,他赶紧朝里面看了看,希望找到身份证明之类的东西,但是里面除了肖邦手稿,什么都没有。

高个子脸上又出现空洞的笑容。"麻烦你把那个递给我?"他指着公文包,伸出手,"我得检查一下。"

康拉德犹豫了,害怕自己的秘密被发现。

"康拉德,你得搞清楚,现在国家司法部门已经介入了。我们的权力大得很。快点儿。"

康拉德觉得自己没有选择的余地,只好将包递过去。高个子贪婪地接过去,立刻打开翻找起来。他的同事一直站在不远处,强壮的胳膊抱在胸前。

"没有。"高个子最后说。他先看了同事一眼,又转向康拉德。空洞的微笑现在成了无情的冷笑。"里面的东西没有了。你知道里面有什么——不是吗,康拉德?"

康拉德感到脚底的地板在摇晃,心怦怦直跳。脑海中有个声音说:他们会发现你那可耻的小秘密。来不及想后果,他听到自己回答:"我不知道你在说什么。"声音有些支吾。他眼前出现了詹妮弗忧伤的双眼,她乖乖地坐在光洁的琴凳上,等着剃须后有着薄荷香味的舅舅坐到自己身边。

"音乐手稿,康拉德。应该在包里。现在不见了。趁我还没发火,赶快交出来。"

直到这一刻他才觉出来哪里不对劲。眼前这个男人的口音表明他应该是个加拿大人。加拿大人能加入联邦调查局吗?

"听我说,我真的不是有意为难你,但是我也真不知道你在说什么。"

高个子盯着酒保身后的储藏室,他们在进来时看到他关上了储藏室的门。高个子示意他的同事去看看。

"你不能进去。"康拉德后背几乎被汗水湿透了。

"为什么?"

"这是酒店的。"

高个子咧咧嘴。"然后呢?"

肌肉男已经走到吧台后面,给了康拉德当胸一拳,然后打开了门。"你最好配合。我也不想这样。"高个子说。

"你先下去。"

米德尔顿用枪指着马库斯,让他站在路边。他打开自己这边的车门,门框上的碎玻璃纷纷落地,他的袖子被剐破了。关上门后,他隔着车窗对特蕾西说:"等一会儿。我有东西落下了。马上就过来。"

特蕾西一声不吭,只是紧紧地抓着方向盘。

米德尔顿把枪装进口袋,使劲拽着马库斯的胳膊。"走吧。我们得快点儿。"

当他们走到马路和酒店的旋转门中间时,身后传来车发动的声音。两人都回过头,特蕾西开车跑了。米德尔顿十分吃惊。车全速冲向街角,一个急刹车,然后急转弯。没影了。

米德尔顿还没回过神儿来,马库斯挣脱出来,左手抡到了米德尔顿的下巴,然后箭一样地蹿出去,几乎腿都跑断了。米德尔顿稳住后,摸摸了自己的下巴,看到那个骨瘦如柴的男孩消失在湿漉漉的街头。

米德尔顿心想,我几个小时前就站在这里。什么都没变,也许什么都变了。

他用手绢擦了擦脸,希望看起来不要太狼狈,然后走进酒店。前台的服务员认出了他,笑得很勉强。一个打扮入时的女士,手拎小旅行袋在等电梯,看样子是个电话应召女郎。

米德尔顿朝黑暗的小酒吧走去，脚跨过门槛的刹那停了下来。酒保正在和一个明显强他几倍的人厮打，旁边一个高个子站在那里观战。两人都穿着几乎同样的衣服：蓝色的运动夹克，灰色休闲裤，牛津扣，一眼即忘的领带，怎么看都与他们的气质不符。高个子脸上露出冷酷和残忍的微笑。他手里拿着米德尔顿的公文包，正在看手机，米德尔顿立刻认出，那正是自己的手机。与此同时，另外一个壮汉卡住酒保的脖子，狠狠地揍他。酒保的胳膊张开着，手里紧紧地攥着肖邦手稿。

就在米德尔顿明白过来的那一刻，高个子转过头，认出他后十分愤怒。米德尔顿意识到时间不多了，必须先发制人。他从口袋里掏出手枪，上前一步，这时高个子扔掉手机，把手伸进运动外套的口袋。米德尔顿瞄准后连发两枪，正中那个男人的脸，子弹穿过他的鼻梁，直抵大脑深处。

高个子东摇西摆，头歪在一边，但脸上奇怪的表情一直没变，然后轰然倒地。

肌肉男听到枪声，吃了一惊，然后一把将酒保推到边上，伸手去掏武器。米德尔顿快步上前，瞄准，又连发两枪，也正中面孔。肌肉男跟跟跄跄，额头满是血，一条腿跪在地上，紧抓着吧台，抽搐几下后，彻底瘫了。

酒保向后退了几步，惊魂未定。米德尔顿听到走廊传来脚步声和喘息声，他伸出手。

"给我。"他指着手稿。酒吧瞪着他，米德尔顿将枪指向他。"我在赶时间。"

酒保犹豫了一下，把手稿放在吧台上，脸上半是惊吓半是忧伤。米德尔顿从地上捡起公文包，将手机和手稿塞进去，手里举着枪，朝走廊的人群走去。

电梯旁那个打扮入时的女士已经溜到他身后，挎住他的胳膊，紧紧抓着他的衣袖。她拉着米德尔顿穿过大厅。"别停下来，哈里，"她轻声说，"除非你不想见到夏洛特。"

8 约翰·吉尔斯特拉普

费莉西娅·卡明斯基一直都对飞机充满向往。小时候,家人从不外出旅行,她那时就很羡慕那些乘飞机到远方度假的小朋友。火车也很刺激,但是只有在机场你才能看到那些真正到远方改变生活的人们。现在,她终于圆了坐飞机的梦,即将登上了人生的第一次航班——飞往美国,而且是头等舱。

福米奇诺国际机场游人如织,大家都在忙着换登机牌,找自己的登机口。费莉西娅·卡明斯基——不,乔安娜·菲尔普斯;她得牢记自己的新姓名——被眼前的一个家庭所吸引,爸爸妈妈领着六个小孩过安全线。看起来很不容易。她发现自己笑了。

她告诉自己要集中注意力。经过今早的事后,她必须提高警惕。很显然,她已经成了被追杀的目标,如果再有人想要伤害她,她无法避免被伤害。还好,十个人中就有一个配枪的宪兵。显然,机场不是谋杀别人的好场所。

下午一切按浮士德的安排进行。他洗漱完,换好衣服后,带着她下楼,离开酒店,外面有两辆已经发动了的奔驰。他将费莉西娅领到第一辆车前,而自己却乘坐另外一辆。两辆车同时出发,但是不久便分开了,她乘坐的那辆向右,浮士德乘坐的那辆向左,之后就再没见过彼此。

"我知道你很少旅行。"司机用还过得去的波兰语说。她很难分辨他说话的口音。"你知道登机的手续吗？"

卡明斯基很讨厌他问话的语气，但是不得不承认自己对此一无所知。司机——皮特，如果他说的是真名——告诉她到了之后该怎么做，从拿机票到安检再到登机，事无巨细。其中最让她吃惊的是，安检时需要脱鞋。她知道需要安检，但从来没想到还要脱鞋。

"你会一直送我上飞机吗？"皮特说完后，她问道。

"不会的，菲尔普斯小姐，恐怕无法送你上飞机。机场最近查得很严。等你下车后，我必须马上离开。到时就靠你自己了。"

"浮士德到哪里去了？"

皮特在后视镜里看了她一眼，很长时间没有开口。"他会在正确的时间出现在正确的地方。最重要的是，当你看到他时一定要假装不认识。按他交代的做。"

"我明白。"她说。反正也不着急知道他在哪儿。

费莉西娅提前三个小时到了机场，办好登机手续后，便开始观察机场的安保情况。为了让她头等舱乘客的身份更加名副其实，浮士德在她的钱包里放了三百美元，她希望到咖啡店里好好享受一回。她在广场上挑了一个可以看到宪兵的位置。从那里看过去，机场真是人山人海，几乎可以说是摩肩接踵。

人群的另一头是头等舱的候机区，人明显要少，而且很有秩序，她聚精会神地望着。等会儿，那里将会上演有趣的事情。

时间还早，她又点了杯浓咖啡——今晚她得睁大眼睛。四十五分钟以后，她看到了自己正在等着的人。浮士德终于来了。他穿着商务套装，看起来和那些有钱的乘客并无两样。

她在十五米远的地方，看着自己的救命恩人脱下外套和鞋子。

然后将公文包放在安检的传送带上，走进那个拱门。

卡明斯基的心都跳到了嗓子眼。难道出了什么差错？按理说应该有反应了啊。应该——

突然，安检处的警报拉响，红灯亮起。那种声音和颜色是为了集中大家的注意力，也让每个听到、看到的人想逃——除了宪兵，他们正从广场的各个角落赶过来。

卡明斯基咬着牙，不让自己露出满意的微笑，不然肯定会引起别人的注意。她急匆匆地离开喝咖啡的地方，向机场前面的出租车停靠点走去。在乘车前，她得找到外币兑换处，这样就可以把手头的大额美元换成小额的欧元。她知道自己还有时间——浮士德至少还得和宪兵纠缠一个小时——她希望哪怕拖延了一点时间，也能把该做的做完，然后消失。

与此同时，机场的安检人员正在翻看浮士德的公文包，他们扫描出里面有手枪。最终，他们很快找到了引起警报响起的罪魁祸首。

她想象着他们兴师动众后，发现这个商人带的不过是把包装后放在公文包侧兜里的水枪，有没有人会笑出声？

费莉西娅·卡明斯基除了身上穿着的衣服外，并没有带走那些新衣服，一件也没有。她那个漂亮的行李箱已经安检并托运了，这会儿估计已经上了飞往纽约的飞机。她把那些钱拿走了，此外只拿了属于自己的几样东西——背包和小提琴。

她让司机在一个山脚下停车，然后给了他不菲的小费。如果不能与别人共享，发横财有什么意义？司机感谢再三，并多次表示愿意等着她，她尽管放心去跑自己的业务。但是她拒绝了司机的好意，最终司机明白，她说的"不用了"并不是客套，便开走了。

她等车开远了，才开始爬上山。事实是，她从未光临过现在要找的乐器行，但是来罗马后却和老板亚伯·诺瓦克夫斯基喝过几次咖啡。原来，亚伯先生与亨瑞克叔叔是发小，两人从小一起长大，家都住在老城，离得很近。上一次见面就在万神殿附近的咖啡店，也就离她第一次见到那个自称浮士德的人地方几米远。那次她就觉得亚伯先生行为反常。他不再像以前那样轻松幽默了。

那次见面时，她问："您没事儿吧？"

他笑了，但是笑得很勉强。"我只是上了年纪。"他说。他停了一下，接着说："我很为你担心，费莉西娅。"

"原来这样啊。"我过得很享受，亚伯先生。我知道您为什么担心我，我之前也跟您说过——"

他用手势打断她的话。"我知道你要说什么，就让我们假装已经说过了吧。我需要你向我保证。"

她歪着头，等着。在和叔叔一辈的人交往中，她知道只有一切都弄明白了才可以保证。

"不管发生什么事，不管你遇到什么麻烦，都要记得来找我。"

现在回想起这段对话，她觉得亚伯先生肯定已经预料到了什么。就在当时，她也为这份神秘而心跳加速。

他看出她有点紧张，便赶紧安慰。"我并不想吓唬你，"他说，"我现在上了年纪，也许总想一些不该想的事吧。但是，你任何时候觉得自己有危险——或者感到孤独，或者只是饿了，想来吃我做的意大利宽面——我希望你保证回到我的店里来。我担心自己不是很好客，更担心让我的朋友亨瑞克失望。"

这是两周前的事了。现在，她正在上山，一路上都在强迫自己去想音乐。如果音乐把整个大脑占据，就没有感到危险的余地了，也会暂时忘却叔叔离世这个悲伤的事实。

她加快步伐。越来越紧凑的节奏使她想起美国的蓝草音乐[①]——别样的小提琴声——她之前并未太在意,直到后来听到马友友的CD,里面的大提琴声她闻所未闻。琴弦如歌如泣。她曾试着用小提琴再现这段乐曲,但终未成功。也许,这个波兰女孩从小受到古典音乐的熏陶,身上没有那种音乐细胞吧。

卡明斯基在前一个街区就看到了乐器行的牌子,真希望这条路没有尽头。也许再多走几步,她就会有勇气和力量将这个不幸的消息告诉和蔼可亲的亚伯先生。但是,事与愿违,她很快就到了店门口,没有不进去的理由。

迈进门槛像是回到几百年前。狭窄、幽深、昏暗,小店就像一个洞穴,本该住着蝙蝠的地方挂着小提琴、中提琴和大提琴。左手边的墙上挂着低音提琴,右手边的木架上满是乐谱。在店的里面……

事实是,她看不到里面,阴影已将它笼罩。

"费莉西娅?"

声音从她后方传来——她进来时并没有看到那个藏在门口角落的收银台。她立即就听出是亚伯先生的声音,但当她转身看到他的瞬间,还是崩溃了。

"费莉西娅,怎么了?"他一边说,一边快速地绕到收银台前。他患有关节炎,行动不便。"发生什么事了?"

所有的情绪一时如脱缰的野马。"亨瑞克叔叔去世了。"她努力控制自己,最终还是哭出了声响。

亚伯·诺瓦克夫斯基不到天黑就锁了门,这是他以前从未做过的。随后,他将这位年轻美丽的朋友领到二楼的起居室,给她泡了茶,

[①] 美国民谣音乐的一种,同时也是乡村音乐的分支。典型的传统蓝草音乐,是以弦乐器为基础,像是曼陀林、空心吉他、班卓琴、小提琴、直立式贝斯等,也可以再配上歌声。

听她讲下去。

卡明斯基恨自己没能控制好情绪,但是没准下一秒又会泪如泉涌。事实是,她真的一直在哭,亚伯先生坐在她旁边,一直静静地陪着。

"这种事需要时间。"他说。亚伯先生个子不高,胖胖的,皮肤如皮革般,白发厚密,似乎梳子从未将它们梳整齐过。他说话时轻声细语,此时强烈的口音尤显刺耳。"六年前,我亲爱的玛利亚去世了,有时我觉得伤口已经愈合,但是更多的时候就如当初一样心如刀割。我后来想,心痛是我爱她的证明,我曾经告诉过她我的爱。"

茶味道很差,太浓且太甜。"您知道我叔叔会遇到这样的事吗,亚伯先生?"

这个问题让老先生吃了一惊。

"有一天,我们喝咖啡时,您让我向你保证。我做到了,现在就在您这里。我是想……"

她慢慢地说着,亚伯先生眼睛盯着自己的膝盖。这个肢体语言已经回答了她的问题,她只是希望老先生不要为了保护她而撒谎,她不想玷污叔叔留给自己的记忆。

"事前是有征兆,是的。"他说,"就在我们那次见面之前不久,你叔叔打过电话。他似乎很……焦虑,语速很快,似乎要在被打断前赶紧说出来——或者在改变主意前。"诺瓦克夫斯基深深吸了一口气,缓缓吐出,"他说会寄包裹,让我代为保管。他还说这个包裹在他身边太危险,寄到我这里比较安全。"

"您收到包裹了吗?"

他没接茬。"我当然答应了,第二天他又打电话过来。这一次,他显然受了惊。他说在寄东西前考虑得不周全,他很怕别人以为你是收件人。如果他寄东西到罗马,别人自然会想到是寄给你的。他让我经常去找你,看你是不是遇到危险了。当然,他希望我不要将这些告诉你。"

"什么危险?"

老先生离开桌子,走到火炉旁。"今天之前,我一直都没告诉你。现在是让你知道的时候了。再来点儿茶吗,费莉西娅?"

她收回思绪,回到现实。"我喝了一天的咖啡,不希望我的手像现在这样一直抖下去。"

诺瓦克夫斯基露出理解的微笑,一瘸一拐地回到桌子旁。"是啊,我告诉过你,茶泡得太浓了。我想,可能是我没怎么招待过客人的缘故吧。"

"那个包裹呢?"她强调,"您收了吗?"

"收到了。"他就说了这三个字,似乎这就是解释。

"里面有什么?"

亚伯先生又开始盯着自己的膝盖了。卡明斯基意识到,这是他感到尴尬时的反应。"亲爱的亨瑞克特别交代说不要打开包裹。他说如果自己出了事,寄来的包裹就是双层的,我只能打开外面那一层,然后会看到贴在里面那层上的标签。"

"但是,你打开了。"她说。

"孤独会让人好奇和脆弱。"他伤心地回答,"我想,我就是太孤独了。"

"那里面装的是什么?"她觉得老先生的尴尬有点儿可爱,在那样的情况下,她也会毫不犹豫地打开。没必要内疚。

他想了一会儿,又从椅子上站起来。他走进卧室,不到一分钟就出来了,手里拿着一个厚厚的、有点破损的信封。"我本想重新包一下,"他坦白,"但是,似乎搞得一团糟。"

信封很大,看起来不适合装信,更适合装建筑图纸。他心怀敬畏,轻轻地将信封放在两人之间的桌子上。费莉西娅伸手去拿,被他拦住了。

他简略地说:"请让我来打开吧。"

她收回手,放在膝盖上。

老先生用手绢擦了擦手,小心翼翼地将信封打开。

卡明斯基凑向前。她看到一沓纸。第一印象是,这些纸年代久远——上面的一些标注只有老式的鹅毛笔才能写出。越来越多的纸在灯光下摊开,她凑得更近了。"这是音乐手稿。"她认出了上面的五线谱。

诺瓦克夫斯基露出"狡猾"的微笑。"不止是手稿。"他说。他轻轻地将纸放在信封上面,打开给费莉西娅看手中的宝贝。

天啊!难道真的是她想的那样?纸上面有十六分音符和其他一些符号,更吸引她的是,纸的上方有明显是外国人的手写签名。就她所知,没有比这个签名更著名的了。

"莫扎特?"她喘息着说。

"真迹,"他微笑,"至少在我看来是。"

她不知道说些什么好。"肯定很值钱。"

"无价之宝,"他纠正道,"我觉得是。这很显然是段钢琴协奏曲,但是我查过莫扎特索引目录[①],里面没有这一段。我觉得这份手稿还未公开。"

她知道莫扎特索引里收录了他大量的作品。如果亚伯先生说的是真的,那么这份手稿的价值将无法估量。

---

① *Koechel Catalogue*,莫扎特的作品,按时间顺序排列的完整列表。

"太棒了，"她说，"但是我不明白，为什么叔叔会感到害怕。这是他梦寐以求的啊。说实话，为了这样的发现，他愿意付出任何代价。为什么要当成秘密呢？为什么要寄出去？"

"问得好，"诺瓦克夫斯基点头称是，"但是我有个更大的问题。"

她等着，老先生从手稿下面抽出信封里面的第二层包装。她看到了上面的名字，但是没有地址。

他说："哈罗德·米德尔顿是谁？我们怎么才能找到他？"

9 约瑟夫·范德尔

手机响起的一霎，M.T.康诺利有种不祥的预感。

彼时，她刚刚踏进联邦调查局弗吉尼亚州北部驻地办公楼的电梯，准备回自己的办公室。事实上那只是一个小隔间，还算不上真正的办公室，不过她已经很满足了。

她低头看了看手机显示屏上来电号码的区号。这是华盛顿胡佛大楼的号码——联邦调查局总部。糟了。她知道有好事的时候，总部不会打电话过来。康诺利走出电梯，回到光洁如新的大厅。

"我是康诺利。"她说。

电话那头传来一个男人的声音，尖细而一本正经："我是埃梅特·卡姆巴克。"

其实，他没有必要自报家门，康诺利听得出这个刻板、谨小慎微的声音。卡姆巴克是联邦调查局的副局长，负责监督总部和华盛顿办事处之外的弗吉尼亚州的上百名特工，当然也包括康诺利所在的马纳萨斯。她之间见过卡姆巴克几次，并熟知他是哪一类人：对上马屁拍得震天响，对下颐指气使的官场角逐者。活像一条见风使舵的响尾蛇。

按理说，卡姆巴克没有理由直接打给她，至少没有什么好的理由。还有，为什么卡姆巴克用总部的电话打过来，而不用他自己在第四大道上的办公室电话打呢?

"您好,长官。"她说。虽然声音听起来没有异样,心里却腻烦得很。她看到电梯门在眼前关闭。两扇门上分别蚀刻着一个大大的手印。这两个手印便是某些政府委员眼中的艺术,实际上也没错,这正是政府委员的艺术。

"康诺利特工,约瑟夫·帕德罗是谁?"

啊哈。"他是波兰国家警察局的副局长,正在华沙调查一起三人被害案——"

"马里恩——特工,如果我可以——"

"请叫我 M.T.,长官。"

但是他似乎没有听到:"我们驻华沙的工作人员刚刚给我发了一封来自波兰司法部门的信,信中希望我们允许这位——约瑟夫·帕德罗合法入境。他说你个人已经保证了这一点。我们的工作人员大为光火,这也情有可原。"

原来打电话是来说这件事。她没有走那些规定的程序,所以调查局的一些高级长官就看不下去了,并下命令给美国驻华沙大使馆,坚决不予批准。

"很显然这里面有些曲解和误会。"她说,"我没有向帕德罗保证什么。他可以协助我们破获杜勒斯机场的一名——也许是两名——警察被害案。因为这和他正在调查的三人被害案有一定关联,所以——"

"有一定关联,"卡姆巴克打断她的话,"什么意思?"

康诺利压制住内心的怒火,尽可能解释得干脆利落。"帕德罗可以指认杜勒斯机场的罪犯,一个塞尔维亚人,同时也是一名战犯——"

"不好意思,康诺利特工,他凭什么指认?"

"杜勒斯机场的监控录像。"

"这么说，他看过录像了？"

她迟疑。"没有。我看过。他是通过我的口头描述指认的。"

"你的……口头描述。"卡姆巴克轻声重复。每个字都滴着傲慢的汁液。

"事实是——"她刚想说什么，就被卡姆巴克打断了。

"你知道让一个外国的执法人员进入美国境内是多么复杂的一件事吗？这需要司法部刑事部门的几个星期的调查和证明，当然还牵扯到国际事务办公室。而且，这是极端敏感的法律事件，绝对不能掉以轻心。除非有毫无争议的证据证明这是一起双重犯罪。"

天啊，她想，这个男人是生活在故纸堆里吧。真神奇，他怎么没因为呼吸太多废纸气而得肺病呢？"长官，如果帕德罗所说是真实的，那么华沙的那起三人被害案就和杜勒斯机场的枪击案有关联，这明显就是双重犯罪。"

"康诺利特工，这是基于电话中口头描述的案件？我很难相信这样就能证明是双重犯罪了。简直不可理喻。恐怕我们无法给那个帕德罗发通行证。"

是啊，她想，如果帕德罗想合法快速地进入美国境内，他应该加入基地组织，上几堂飞行课。那样的话，他们连看都不看一眼，就会让他入境了。

但是，她说出来的是："你是说，如果我们查出枪击案罪犯的身份——将华沙的案件与杜勒斯机场的案件联系在一起——那么你们就会让帕德罗入境？"

"现在还没查到那个人的身份，是不是？"卡姆巴克不悦地问。

"没有，长官，"她说，"还没有。"

"谢谢，特工……马里恩。"

"M.T.。"她说。

但是他已经挂了电话。

她从十三岁起就叫M.T.了。

她一直都不喜欢自己的名字"马里恩"。她的父亲也叫马里恩,小时候,父亲经常骄傲地告诉她,约翰·韦恩[①]的真名也是"马里恩"。父亲曾在密西西比州格尔夫波特市哈里森县当过治安部门的副主管,伯爵在那个地方就相当于耶稣。对一些民众来说,公爵比耶稣还大。

在康诺利心里,"马里恩"是图书管理员或者电视剧中家庭主妇才会叫的名字,与自己的形象不搭。她是个假小子,并深以为傲。七年级的时候,班上的恶霸叫她心爱的弟弟韦恩"娘娘腔",她像个男孩子一样把那个恶霸打倒在地。

可惜,自己的名字太女性化了,她希望别人只叫她的姓,这样听起来顺耳许多。

几年来,她已经学会了化妆,身材也越来越好。每天早上五点,她都会晨练至少一小时。如果愿意,她完全可以把自己化妆成性感辣妹。只要穿上香蕉共和国牌子的红色修身露背装,她就是男人眼中的尤物。

但是,工作的时候,她会自动忽略自己的性别。联邦调查局是男人的天下。她深信,想要他们正眼相看,最好不要激起他们的欲望。

比如她右边这个叫布鲁斯·阿兹利的男人,他原来是联邦调查局图像音频分析中心的分析师。分析中心总部在华盛顿的胡佛大楼,

[①]美国西部片动作明星。

九一一以后在这边增设了分部。

阿兹利带着厚厚的飞行员眼镜,头发油腻腻的,胡子很长。这样的打扮在多姿多彩的七十年代曾流行过一阵子。他有个毛病,喜欢跟所有的女特工、行政助理打情骂俏。不过,在康诺利这儿他早就碰过钉子了。现在两人倒也相安无事。

他的办公室就在新办公楼的地下室,不比橱柜大多少,到处都是铁架子,架子上塞满了显示器、中央处理器和数字编辑机。墙上贴着一张海报,海报上的男人正在跑步机上挥汗如雨,他头的上方写着:坚持。脚边写着:没有一蹴而就,所有的成果都靠小步积累。

康诺利递给阿兹利两张磁盘。"写着杜勒斯的那个里面有杜勒斯机场的监控录像。"

"聪明。"

她笑着说:"另外一个里面有华沙那边发来的照片。"帕德罗说到做到,已将鲁戈瓦手下的照片通过电子邮件发给她了。其中一个是德拉甘·斯特法诺维奇,帕德罗猜在杜勒斯机场枪击哈罗德米·德尔顿的就是他。斯特法诺维奇曾在鲁戈瓦手下做事,也是一名战争犯。战争结束后,他又当了雇佣兵,后来不知所终了。

"希望是高清的。"

"恐怕不是。"康诺利说,

"好吧,我尽力。"阿兹利说,"至少有一点是好的,杜勒斯机场新装了网络数字监视系统。几年前,机场领导烧了一大笔钱,买回来一堆奈克斯蒂瓦[①]S2600e宽动态范围网络摄像头,这种摄像头用

[①] Nextiva,具有前端图像分析功能的大型网络视频系统。

的还是车载分析软件。"

"拜托，说简单点儿。"

"也就是说脸部识别软件还是那么垃圾，图像也还是模糊不清。看吧，我们为打击恐怖主义可是不惜血本啊。"

"你刚说有一点是好的……哪一点？"

他指着堆满显示器的铁架子说："调查局知道脸部识别系统狗屁不如后，不得不花更多的钱买了这些玩意儿。还记得超级杯吗？"

康诺利哼了一声。二〇〇一年，超级杯在坦帕市举办，联邦调查局在检票门附近装了无数摄像头，以便将扫描到的人脸与恐怖分子的照片相比对。美国公民自由协会也无异议——九一一前，人们很听这个协会的话——但是整个计划一败涂地。联邦调查局只抓到了几个票贩子。"你的意思是，技术一直没得到改进？"

"哦，改进了，"阿兹利说，"改进了一点儿。"

手机响了，她说声抱歉，起身到走廊接电话。

"嗨，M.T.，我是技术服务处的塔尼娅·杰克逊。"

"动作真快。"她说，"有什么发现？"

她请联邦调查局技术服务处帮忙跟踪定位米德尔顿的手机，查出他在哪儿。她知道，现在大多数手机都装有全球定位系统，可以根据信号找出它的位置，相差不到一百米。

"没什么发现，"杰克逊说，"手续问题。"

"手续？"

"嗯，M.T.，"杰克逊不无歉意地说，"你知道，没有法院的许可，我们不能跟踪私人手机。"

"这样啊？"康诺利假装不知道。她当然明白，如今只有得到法院的许可才能跟踪手机。要想得到法院的许可，你得证明犯罪活动正在进行或者已成事实。

但是,杰克逊之前帮康诺利追踪过手机,那时也没有得到允许。她怎么突然关心起法定手续了?

"塔尼娅,"她说,"发生什么事了?"

电话那头沉默不语。

"是不是有难言之隐?"

沉默一会儿后,杰克逊说:"你给我打完电话不到五分钟,局里某高官警告我说,如果没有法院的许可,私自跟踪他人手机是重罪,我会坐牢。"

"不好意思,让你受牵连了。"康诺利说。

"希望你能理解。"

"塔尼娅,"康诺利说,"是不是埃梅特·卡姆巴克?"

"我——我不能说。"杰克逊说。

她无须多说。

"你真走运。"布鲁斯·阿兹利笑着说。

"枪击犯是德拉甘·斯特法诺维奇?"

他点点头。

"有多大把握?"

"百分之九十七。"

"布鲁斯,太棒了。"卡姆巴克,走着瞧,她心想。

"另外一个把握不大。"

"另外一个?"

"只有百分之七十八的可能性。"

"什么另外一个？"

阿兹利转了下椅子，敲打键盘，她面前的电脑屏幕上出现一张特写照片。照片中的男人大约四十岁，穿着一身价格不菲的深色商务套装。看面部特征，有点儿像斯拉夫人。

"哪个地方的摄像头拍到的？"

"杜勒斯机场 D 广场的男洗手间门口。"

"他是谁？"康诺利问。

"奈杰尔·塞奇威克。"

"谁？"

阿兹利又敲了下键盘，屏幕上出现另外一张照片。

"一个英国商人，来自英格兰乌斯特郡的布罗姆斯格罗夫。反正护照上是这样写的。他来华盛顿是为了采购浴盆。"

"看起来像入境检查时拍的。"

阿兹利转过来，轻轻耸了下肩。"没错。"

"你怎么找到的？"

"我侵入国土安全部的电脑了。其实也不算侵入啦，我只是走个后门，到海关边境保护数据库转了一圈。"

"这个人的真实身份是什么？"

他又调出一张照片。她认出这是鲁戈瓦的手下，帕德罗发来的照片上有这个人。

"乌卡森。"她说。

"昨晚，他乘英国航空公司的飞机从巴黎飞到美国。用的是英国护照。"

康诺利点点头。"国土安全部是不是没有面部识别软件？不然他们应该会拦住他。"

"哈，相信我，他们有。"他说，"再说了，乌卡森就在他们的观察名单上啊。"

"可能他们的软件没我们的好吧。"

"也许有人知道，却故意放他进来了。"

"说不通。"康诺利说。

"安全部做的事什么时候说得通啊？"阿兹利说。

"什么意思？他们明知道他是坏人，还让他入境？"

"对，"阿兹利说，"我就是这么想的。不过，我只是个小小的视频分析师，说了也没人听。"

"上帝！"她感慨道。

"这样吧，我来问问你。"他说。

她转过头。"问吧。"

"什么时候有空了，我们喝一杯？"

"你还不死心，是不是？"康诺利说。

他指指着墙上的励志海报。"坚持。"他不好意思地笑起来。

康诺利回到自己的小隔间，她看到椅子上坐着一个男人，旁边还站着一个。

坐着的是埃梅特·卡姆巴克。站着的男人高高瘦瘦，戴一副牛角框眼镜，发际线很高。她不认识这个人。

瘦高个儿看到康诺利后，嘟囔了几句，卡姆巴克慢慢转过来。

"康诺利特工，"卡姆巴克站起来，"这位是国土安全部的理查德·钱伯斯。"

她向戴牛角框眼镜男人伸出手。他很冷淡，随便握了一下。

"迪克·钱伯斯①。"他说,一点儿笑意也没有。

"M.T.康诺利。"

"迪克是国土安全部的区域主任。"卡姆巴克说。

"很高兴认识您。"康诺利看上去不动声色,似乎从来没听说过这个人。事实上她听说过。他的履历像是某种陈词滥调:耶鲁,候补军官学校,国务院。他曾被派往几个一团糟的热门国家。九一一后,他调到了国土安全部,宣称恐怖分子再也不敢踏上美国一步。钱伯斯在联邦政府工作人员中人缘并不好——太自负——像团火,无人愿意靠近。如果有人不怕死,他一定毫不犹豫地将那人烧成灰。所以,钱伯斯的"插手"让她不安。非常不安。"你们找我有事吗?"她问。

"我们到会议室谈。"卡姆巴克说。

"康诺利特工,"钱伯斯说,"我们之间存在沟通问题,我来是希望你们能明白。"他坐在红木会议桌前,无声地暗示自己的地位。

"什么'沟通问题'?"

"康诺利特工,"卡姆巴克说,"杜勒斯机场属于弗吉尼亚州警察局的管辖区域。我已经说得很清楚了,调查局不要干涉。"

卡姆巴克根本没说过,他不过是在安全部的人面前演戏罢了。康诺利不去争论他有没有说过,她有更好的主意。

"是的,"康诺利举起阿兹利帮她刻的光盘,"不过,我认为调查局必须出面。我们的面部识别软件认出了两个塞尔维亚战犯,这两个人已经非法入境了,其中一个用的英国护照是假的,他叫——"

---

① 迪克是理查德的昵称。

"你为什么要找哈罗德·米德尔顿?"钱伯斯打断她的话,接过光盘。

"他是一起跨国犯罪的重要目击证人。"康诺利说,"华沙死了三个人,美国死了一个,或者两个人——"

"我说得还不够清楚吗?"卡姆巴克脸红脖子粗地说,安全部的男人拽了拽他的衣袖,显然是让他闭嘴。

"康诺利特工,"钱伯斯轻声说,"哈罗德·米德尔顿的档案是蓝带的。"

她看着钱伯斯,点了点头。蓝带意味着出于国家安全考虑,档案被密封了。米德尔顿在军队时的记录被定为机密。顶级秘密。

"为什么?"她问道。

卡姆巴克皱起眉,什么都没说。钱伯斯回答:"怎么说你才会明白呢?康诺利特工,你无权知道。"

"意思是说我不能调查这个案子了?"

"不是的,康诺利特工,"钱伯斯说,"意思是根本就没有案子。"

10 吉姆·胡西尼

莉奥娜拉·泰斯拉在第六大道三十五街下了出租车，急匆匆地走进梅西百货。她出来时头发已经剪短了，身穿竖领系扣衬衣，黑色的裤子和平底鞋——跟一天前杀死君特·施密特时相比，简直像换了一个人。她胳膊下紧紧夹着一个新的黑色皮革肩包，里面装着换洗的内衣和那天将施密特扔给路边的鬣狗后所带的几样东西：太阳镜、现金、信用卡、护照、文件夹，和最宝贵的iPod，这是哈罗德·米德尔顿送给她的礼物，里面已经下满了歌曲。

她在先驱广场的付费电话处给人权观察员办公室打电话。接电话的实习生说瓦尔·布洛克没来上班。他感冒了，需要卧床休息两天。泰斯拉决定还是不留自己的名字了，也不去问他最新的手机号码是多少。她安慰自己说，布洛克防范意识很强，也许是件好事。还是直接去找米德尔顿更好，那伙人特意派杀手去纳米比亚要她的命。毫无疑问，现在米德尔顿和布洛克居住的华盛顿，地铁里肯定至少安排了一个人手。

接下来，在麦迪逊广场花园，她又给在北卡罗来纳州帕克伍德的让-马克·莱斯帕瑟打电话。电话打通后，却被告知莱斯帕瑟先生已经不在TDD——他自己创立的未来科技公司——工作了。接电话的女士干脆利落地说，其他无可奉告。泰斯拉最后一线希望也破灭了。

泰斯拉在佩恩站买了一张阿西乐特快的单程车票，目的地为华盛顿联合火车站，而事实上她会在中途的特拉华州下车。安检后还有不少时间，她冲到最近的报亭买了一部预付费手机和一份刊有国内外新闻的报纸。到威尔明顿还得两个小时，浏览报纸可以打发时间。

在数零钱的时候，她听到电视报道，不由得抬起头。电视就放在电池和一次性相机货架的上面，报道中播放了一段杜勒斯机场枪击案的模糊视频。"两名警察遇害。"主持人说。

"哈罗德。"泰斯拉脱口而出。

她盯着无声的视频看了一会儿。视频下方的主持人说凶手还未找到。

泰斯拉觉得，某种意义上，这段报道说明米德尔顿还活着。

不知道莱斯帕瑟和布洛克怎么样了。

十二个小时前，哈罗德·米德尔顿离开了瑞吉酒店。埃莱安娜·索比斯基一只手挎在米德尔顿的胳膊上，另外一只手拿着一把扎斯塔瓦 P25 手枪抵着他的肋骨。两个人沿着 K 街朝西走着，看起来像是邻居们热衷八卦的那种关系：一个穿着商务套装，手里拎着公文包且蓬头垢面的中年男人，一个看上去冷若冰霜的高级妓女。唯一不寻常的是，他们刚离开一家四星级酒店，而不是奔向五百美元一小时的"约会"地点。

米德尔顿试着去听是否有警笛声——酒保肯定报了警，华盛顿警方很快会通知联邦调查局。他一边磕磕绊绊地走着，一边想自己会不会被一直逃避的那些人所救。

他说："去哪儿——"

枪口紧戳住他的肋骨。

"法拉格特广场，"索比斯基回答，"雕像附近。夏洛特在那里。"

米德尔顿一时有点儿站不稳，索比斯基将他扶住了。

"公文包。"他说。

"没错，公文包。"索比斯基说，"当然跟公文包有关。但是光公文包还不够。"

米德尔顿环顾四周，K街空荡荡的，晚饭时间已过，路边连个人影都没有。这个时候，在纽约、芝加哥、洛杉矶、克拉科夫和华沙，人们会走出家门融入夜色，欢笑、聊天，寻找新的玩乐场所，为接下来上演的眼花缭乱的夜生活做准备。但是在华盛顿，离拉斐特公园和白宫两个街区远都能听到士兵们的脚步声，十分刺耳。

"'还不够'是什么意思？"他们向北转，走到十六大街上。

"我要的是一张纸。"

"我女儿——"

"你当然可以拿肖邦手稿换你女儿。但是还有呢？"

他们在康涅狄格大道随着东去的出租车停下了脚步。平静下来后，米德尔顿终于听到了警车的声音，比他期望的远很多，但是越来越近了。

"其他什么都没有。"他说。一丝阴影掠过心头。他在酒吧开枪打死的两个人是冲着肖邦手稿来的，对不对？

"米德尔顿上校，"她笑得很揶揄，"别装傻了。"

"我真不知道你想要什么。"

她将枪对准他的胸腔。"先不说我想要什么，我可是知道你想要什么——夏洛特和她肚子里的孩子。"

前方的交通信号灯变换了颜色，索比斯基领着米德尔顿从马路沿儿走到街上。

"还有吗？"快到黄线时，米德尔顿说道。

"浮士德在哪里？"

一辆奔驰轿车出现在等红灯的车队尾，挡住了他们的路。

"浮士德？"

"我们知道你和浮士德的关系。"索比斯基说。

"我们？谁是——"

索比斯基还没来得及回答，奔驰轿车的司机左手伸出车窗，朝这边开了一枪。

子弹穿过鼻梁骨将她的脑袋打开了花。索比斯基瘫倒在地，手枪从她手中滑落，霎时空气中充满血腥味，

"快走，哈里。"

警报响起，米德尔顿看到他的女婿开着自己前妻的汽车，正在望着他。

"别管她了，哈里，快上车。"

几秒钟后，杰克·佩雷斯扭转方向盘，绕到车流的边缘，然后冲出交叉口。赶在乔治·华盛顿大学医院附近的黄灯前，拐进六十六路，摆脱康涅狄格大道枪击案引来的警察。

"查莉安全吗？"米德尔顿问起。公文包放在膝盖上。

"安全。"佩雷斯左转弯，嘴里说道。

"西尔维娅呢？"

"哈里，他们杀了西尔维娅。"

"在哪儿——"

"在湖边小屋，哈里。查莉现在就在那里。"

米德尔顿摸了摸自己的脸,然后一直盯着手上的血。

"哈里,我们这就赶过去,你最好告诉我发生了什么事。"

"他们想杀了我。"米德尔顿勉强说出。

"想杀了你,但是你现在还好好的。"佩雷斯说,"西尔维娅,酒吧的两个人,杜勒斯机场的两个警察。"

"华沙的三个人。"米德尔顿自言自语。

"还有刚才这个妓女。"

"她不是妓女——"

"一共九个人,但是你不在其中。"

前面有个小斜坡,那里的交通比较畅通。

"杰克,听我说。"

佩雷斯把右手从方向盘上拿开,示意米德尔顿不要再说了。"哈里,因为你,我们家族长久以来努力建立的好名声都毁了。"

米德尔顿沉默了。他知道佩雷斯家族在六十年代的时候通过卡洛·马塞洛与热亚那犯罪有牵连,但是军事情报人员说杰克被证实是清白的。他从来没有对查莉提过此事。

"或者,"佩雷斯接着说,"告诉我你卷进什么案子里了?"

"肖邦的手稿。"米德尔顿拍了拍公文包,"有人认为这是纳粹当年藏在科索沃教堂里的艺术品之一。"

"有人认为?"

"事实是,这份手稿是赝品,根本不是出自肖邦之手,而且已经被揉搓得——"

"有人认为这份手稿值九条人命?"

米德尔顿想起圣索菲亚教堂中那些尸体,和小女孩临死前绝望的求救声。

绿衬衣，绿衬衣……救命。

"远不止九条，杰克。"

上了高速路后，佩雷斯将奔驰开到快车道，车速极快，像是腾云驾雾一样。

"杰克，我告诉你了。你和查莉还是认为我在克拉科夫鉴定——"

"其他专家也能看出这是假的呀。你是鉴定巴赫、汉德尔和瓦格纳的权威人士——"

"还有莫扎特。"米德尔顿补充道。

"——怎么突然被这个明显的假货愚弄了呢。"

"杰克，我想说的是——"

"而且在查莉快要生孩子的时候去波兰。这不像你的风格，哈里。"

米德尔顿望着窗外路边的枫树和白杨树。"你想加入吗？"

杰克·佩雷斯手里拿着马格南三五七手枪，紧紧地握着方向盘。"见鬼，当然不想。至少在你告诉我实话前不想。"

米德尔顿叹了一口气。"那你最好不要知道，杰克。"

"为什么？"佩雷斯看着后车镜问道，"你觉得这样会把事情搞得更糟吗？"

尽管已经在艰辛和受人歧视的街头卖艺生活中学会了坚强，但是现年十九岁的费莉西娅·卡明斯基还太年轻，还体会不到意外的胜利所带来的快感和盲目的乐观只是幻想，并不比承诺或者亲吻更可信。咖啡因和浮士德被机场保安缠住的场景让她兴奋不已。从亚伯先生的乐器行出来后，她朝罗马圆形大剧场附近的网吧走去。她很聪明：从广场咖啡店逃走后，没到万神殿或北边的许愿喷泉去——这些地方浮士德肯定想得到；也没有回自己在圣乔凡尼的住处。她慢慢觉得自己的生活在对叔叔的怀念中变得难以捉摸和意义非凡。

上网不到一分钟，她就查到了哈罗德·米德尔顿的信息，他在华盛顿的美国大学教"经典音乐"。

离浮士德给她的那个巴尔的摩的地址有四十英里——准确地说，是四十点二三英里。

菲乌米奇诺机场有一趟六点四十五分起飞，十二点四十五分到华盛顿的航班，不过要在法兰克福转机。她可以将头等舱的票换成普通座，这样还能剩下足够的欧元——没有美元——打车到米德尔顿执教的大学。就算他不在学校，她也有办法见到他——"我是亨瑞克的侄女"这句话定能引起他的注意。

她晚上就在利多找了个便宜的住处过夜。虽然不怕苦，但是没有小提琴的陪伴，她还是觉得空落落的。

第二天，卡明斯基到二号航站楼意大利航空公司的服务台退掉浮士德买的机票，她微笑着向那儿的服务人员解释说她不想与一个脏老头一起乘飞机——那个老头用她的名字买了票。那位女士不可思议地帮她找到了从昨天的航班上取下来的行李。

她顺利地认领了行李并通过安检，然后到楼上汉莎航空公司的窗口花了一千四百欧元买了一张新票。她将剩下的欧元换成美元，但是汇率就像高利贷一样吓人。

三个小时后，喷气飞机飞行在多洛米蒂山[①]的上空，前方便是德国的法兰克福。万幸的是，离开法兰克福以后，四十一排旁边的两个位子没人坐。她把鞋脱掉，从行李架上扯下来一条毯子，盖在身上。

[①]意大利境内。

眼下，她最大的希望是见到米德尔顿，查清真相。她深信叔叔是为了保护某件出自莫扎特之手的艺术品才牺牲的。

她睡得很沉，梦中出现水银样的琴弦、美妙的音乐，还有对美国的回忆——很久没出现过的父亲也露了脸，还有芝加哥街上的高大建筑——她突然觉得有什么在拉扯她的脚趾。她慢慢醒来，一时分不清楚自己身在何处。睁开眼睛，她缩在一起的身体舒展开来。

"是在找这个吗？"

浮士德手里拿着一个大号信封，正是她在亚伯先生的店里见过的那个。毫无疑问，里面装着莫扎特的手稿。

她双臂支撑着自己坐起来，出乎自己意料地用意大利语问道："老先生还好吗？"

他坐到过道旁的位子上，食指放在下巴处。"老诺瓦克夫斯基很好，"他用英语回答，"他会一直好下去的。"

她盯着浮士德。他穿着蓝条纹的西装，白衬衣，戴着蓝色的领带，和意大利的天空很配，长长的黑发向后梳着，完全换了一个人。

"很幸运你昨晚没被杀掉。"他告诉她。

"不是幸运。"她慢慢恢复了意识。

"好吧，你在躲着我，我猜，就像躲着他们一样。"

"告诉我发生了什么事。"

浮士德环顾四周。空姐正在后面的客舱为乘客提供饮料。

"乔安娜，想想吧，"他说，"亚伯先生和你都活得好好的。我手里有你叔叔想要保护的莫扎特手稿。知道这些后，你怎么能把我当成敌人呢。"

"你什么都没告诉我，"她坐起来，跷着腿，"什么都没有说。"

"莫扎特手稿在我这里，我会带着你去找哈罗德·米德尔顿。"

他回答说,"他是最后一个见到你叔叔的人——除了凶手之外。"

"你知道谁杀了我叔叔?"

浮士德站起来,伸出手,招呼她离开自己那个狭小的座位。"当然知道,"他用波兰语说,"背叛者乌卡森。最底层最不起眼的一个混混儿。很遗憾你叔叔死在他手上。"

"他在哪儿?"

"乌卡森?他肯定在离米德尔顿上校不到一千米的地方。"

听到空姐送饮料的小车来了,浮士德转过头去。

"走吧,乔安娜,"他说,把手伸向她,"头等舱有香槟,巴伐利亚蓝莓蛋糕,南瓜子面包——午餐前。我想昨晚的杏仁脆饼已经消化完了吧。"

卡明斯基——不,菲尔普斯——站起来,脚指头藏在已经穿破了的鞋里面,怯怯地动着。

布洛克的喉咙被割断,溅在厨房旧桌子上的血迹已经干了。非常奇怪,他的左手被反绑在背后,右手松松垮垮地耷拉着,指尖下方的地板上有血迹和尿液。泰斯拉看到桌子上有一个记者用的那种笔记本。也就是说,凶手在杀他之前,曾逼他写什么。

凶手还录下了布洛克的声音——一个人死了怎么还能打电话说自己病了?很聪明,这样能赢得时间。

但是凶手想要布洛克写什么呢?如果是施密特问过的那个问题:哈罗德·米德尔顿在哪里?布洛克可以有四种回答:米德尔顿的真实地址;假地址;承认自己不知道——就像泰斯拉一样——或者拒绝回答。除了第一种答案,其他三种都会招来毒打,如果布洛克真的不知道自己往日的上司在哪里，那么他肯定受到了非人的折磨。

泰斯拉看着自己的前同事。他脑袋懒洋洋地耷拉着，眼睛睁得很大，很空。她想起他的认真，在女士跟前的尴尬，对十八世纪古典音乐的痴迷，和对言论自由的坚信。

不管他写了什么，他的舌头还是被割断了，所以嘴唇和脸颊上会有干了的血迹。

泰斯拉走到水槽边，捡起一块破烂的洗碗布，然后用布垫着，拿起墙上那个污迹斑斑，老旧的黄色电话。拨了九一一，告诉他们布洛克的地址，然后放下听筒，洗碗布掉到了破旧的油毡上。

离开时，她发现布洛克门上有五道死锁。他那个破烂的卡其布工具包就挂在把手上，里面空空如也。

警惕性极高的布洛克怎么会让凶手进来呢。难道布洛克认识那个凶手？

凶手偷走了他的电脑。电脑里不仅仅有志愿者们的电子邮箱。

她匆忙地走下门口的台阶，午后的阳光正好。她满脑子都是布洛克被惨杀的场景。另外，哈罗德在哪里呢？坐在阿西乐快车上，她高度紧张的神经才慢慢恢复正常。下车后，她打车奔向华盛顿巴尔的摩国际机场，匆匆穿过机场大厅，看起来像是赶飞机，然后转身离开，到美国铁路局买了到联合车站的火车票。买票用的信用卡是向罗马康斯坦丁剧院一个临时演员借的。此时，泰斯拉正在佐治亚大道上赶公交车，汽车发动后，她突然想起安娜湖边的小屋，她和米德尔顿曾在那里度过美好的午后时光，那么惬意，那么满足。回忆竟如此清晰，还好她不是容易害羞的类型，不然脸肯定变成红苹果了。

泰斯拉只顾想安娜湖了，没有看到布洛克简陋的房子对过有一辆被晒得几乎褪色的雪铁龙，里面的男人戴着一顶黑色绒线帽子，露出了头上的扑克牌文身。

泰斯拉跳上公交后，这个男人就将刚才清理指甲的折叠小刀合起来，发动汽车，跟了上去。

三十三分钟后，在联合火车站，他看到一身黑衣的女人戴着墨镜，租了一辆深蓝色的汽车。

他们只能这样做。没有别的选择。

佩雷斯将车停在湖边小屋前的鹅卵石路上。疲惫不堪的米德尔顿准备下车。佩雷斯说："不要开灯，哈里。"

"她睡了吗？"

"哈里……"

当然没有。查莉让丈夫去"苏格兰"救父亲。如果不是流产，她自己就去了。

不管愿不愿意，佩雷斯已经无法再当旁观者了。

在黑暗中摸索进屋后，佩雷斯到楼上的卧室去了，米德尔顿放下公文包，穿过厨房到起居室。

米德尔顿透过窗户看到女儿的模糊的身影。她从柳条椅上跌了下来。

"查莉，"他轻轻叫了声，"查莉！"这次叫的很大声。

她没有答应，米德尔顿喊着他的女婿，急速地跑过去。

她的腿上放着他的勃朗宁 A-Bolt 步枪。

椅子下面有一摊血，血是从她两腿间流出来的。

米德尔顿脸色陡变。

"天啊,"佩雷斯猛地站住,差点滑倒,"查莉。查莉,醒醒。"

就在那一瞬间,他明白女儿流产了。他隐约感到宽慰:看到血的时候,以为她死了,就像亨瑞克,西尔维娅和其他几个人一样——他在杜勒斯机场也差点丧命。

佩雷斯跪在查莉旁边。"送她去——"

"是的,送她去。"

夏洛特·佩雷斯在玛莎杰斐逊医院的单人间醒了过来。她还在打点滴。丈夫杰克就坐在旁的椅子上,几乎睡了过去,上衣口袋里有一把马格南三五七手枪。

柔和的阳光照了进来。树枝在微风中摇摆。

她不想让哈罗德看到自己的痛苦。

也不想让佩雷斯看到。

11 彼得·施皮格尔曼

港湾酒店套房里，费莉西娅·卡明斯基扑通坐在窗前的大沙发上，厚厚的丝质垫子几乎将她整个吞没了。远处，巴尔的摩内港的灯光点点，时而发白时而发黄，大船就像漂在黑水上的鸡蛋。灯光中是否有——给她的暗示，信号或者信息？即便有，她也分辨不出，因为实在太累了。

真的累到极限了。她被恐惧和时差折磨得筋疲力尽。火上浇油的是头等舱免费的香槟。浮士德喝了许多，也强迫她一起喝，一杯接一杯，笑得跟柴郡猫似的。一瓶喝完还有一瓶——超多的泡沫——但是一直笑着的浮士德看起来完全没有醉的迹象。

卡明斯基闭上眼睛，但是依然可以看到他洁白的牙齿，深邃但无情的眼睛，也能听到他用悦耳的声音说着意大利语，法语，波兰语，德语，此时此刻正在和酒店的人说着英语。他的声音中饱含笑意。不用看她也知道，酒店里的人——不是传达员，而是穿着精致的蓝色制服的工作人员——一直朝他微笑，点头。一路上，所到之处几乎每个人都在冲浮士德微笑，点头甚至鞠躬：飞机上；在法兰克福机场等候转机的休息室；还有在杜勒斯机场遇到的两个人，他们帮着拿行李，开着崭新闪亮的宝马将他们送到巴尔的摩。似乎每个人都认识他，他们的老朋友，亲爱的浮士德先生——微笑，喝香槟，说多国语言，但是从来不用这些语言回答问题。

卡明斯基叹了一口气，深陷到沙发中。她感到头晕目眩，港湾的灯光照着她，即便闭上眼也能感受到。她曾经吸过一次鸦片，和一个留着黑黝黝胡子的突尼斯男孩——他叫什么来着？——他在圣安吉洛城堡附近弹吉他，当时的感受和现在一样，轻飘飘的，远处的灯光恍恍惚惚。

咚咚的敲门声将她惊醒。她揉揉眼睛，坐起来，浮士德去开门了。一个矮胖、肌肉发达，穿着牛仔裤和黑色皮夹克的男人走了进来。他的头发是灰色的，剪得很短，用意大利语和浮士德打招呼，然后看了一眼他的客人。他语速快，卡明斯基来不及反应——她猜这个人说的是南斯拉夫语，暂时找不到其他线索。浮士德听着，点点头，看了一下手表。他对那人说了几句话——命令，派遣——男人点头离开。

浮士德看看她。"又要动身了。"他说。

费莉西娅几乎听不到自己的声音。"什么？现在？马上吗？"

又是那样的微笑。"费莉西娅，坏人可不会休息，但我们不会孤单的。如果你想洗漱一下，我会等你的。"

她用手搓搓脸，恢复生气。"不用了，"她说，"我累了，不想被拉来扯去。我不走了。"

就连她自己都觉得自己像个任性的小孩儿，但是现在也顾不上这么多。浮士德随意地斜靠在门边，西装一个褶儿也没有，头发也一丝不乱，仿佛从时尚杂志上走下来的。

他摇摇头。"你不会一个人待在这里的，费莉西娅。"

她生气了。"不能？为什么不能？"

"不安全。"

"我会照顾自己。"

"是的,我在罗马看出来了。"

她说:"去你的吧。我不需要保姆。"

"你现在是不听话的小捣蛋,呃?"

"就不听话!"卡明斯基咬牙切齿地说,"我从小没过过这种衣来伸手饭来张口的生活。"

浮士德的微笑扩大了。"你觉得我是吗?"

"至少你看起来和这些地方很配。"

他咯咯地笑起来。"你还不知道什么是真正的街头浪漫生活。我曾在布宜诺斯艾利斯被蒙特内罗①和第六十一情报营围攻。他们现在都是些迷人的家伙,比罗马的普通苦行僧更具献身精神。"

卡明斯基按摩自己的太阳穴,希望可以清醒一些。布宜诺斯艾利斯?蒙特内罗?什么玩意儿啊?她倒是读过关于肮脏战争的东西,但是早就记不起来了。

"所以说,你经历这些困难后从地沟里爬了上来——真是成功的典范啊。"

"差不多吧。"

"你真是赚大了,现在这么富有!不用在意你是个小偷或者间谍或者恐怖主义者——欺负老人,在罗马大街上绑架小女孩。"

"我已经告诉过你了,费莉西娅,你的朋友亚伯先生好得很。我也不是间谍,对政治不感兴趣。如果非要描述我的职业,我可以说自己是个经纪人。我将买家和卖家联系在一起,从中赚取佣金。考虑周全,收费合理。"

---

①阿根廷的游击部队。

"买什么的和卖什么的?"

浮士德耸耸肩。"这个那个。杂七杂八的东西。"

"比如偷来的音乐手稿?"

"手稿非常安全,费莉西娅。就音乐来说,我更钟爱辛纳特拉[①],而不是莫扎特。"

"不是音乐稿,那是什么——毒品,枪支?不管是什么吧,我相信你肯定是家人的骄傲。"

卡明斯基感觉到气氛变得沉默而凝重。浮士德脸上的微笑已经消失,他深邃的目光似乎要把她看穿。抵抗和愤怒已经被令人窒息的恐惧所代替。这一次,敲门声无异于解脱。

还是那个矮胖的男人,他进来后紧张地望着浮士德。浮士德什么都没说——她不知道为什么——然后出了门。矮胖的男人转向她。

"走吧。"他用沙哑的英文说道。

她不想再争论。

关于这次旅行,浮士德没有撒谎。宝马车穿行在路灯照亮的夜色中。卡明斯基坐在后面,看着车窗外的招牌和地标:华灯街,东伦巴第街。左边有一座大型体育场,沐浴在灯光中,操场绿得不真实,然后是狭窄的街道,古旧的砖房。十分钟后,车停在一座砖房前。

这座砖房有四层,很宽敞,看起来像个仓库或者老工厂。她在入口处的玻璃门附近看到一个闪亮的铜牌,上面写着:帆布厂,一八八八。果然历史久远。铜牌的上方还写着地址:南弗雷蒙特大道一二一号。

她随浮士德走进去,想到他之前告诉自己这里是"家",她就气

[①] 美国歌手,演员。

不打一处来。

裸砖和装饰性的铁艺低声诉说着这座工厂的过去,而大厅的其余东西——闪亮的铜、蚀刻玻璃和大理石——则宣称这里现在已经成了奢华的别墅。浮士德穿过大厅,走到电梯前,费莉西娅跟着他乘电梯到四楼。灰白色走廊的拐角处有一扇黑色的门,他们就在那里停下来。浮士德敲了两次门。然后从夹克口袋掏出钥匙,打开锁,走了进去。刚进去,突然站住了。

卡明斯基撞到了浮士德的背上,偏过头,看到一个结实,蓄着胡子的男人正拿着一把格洛克三〇手枪指着浮士德。她大气不敢出,紧紧抓着浮士德的胳膊。

"天啊。"她低声说。

蓄胡子的男人和浮士德相视一笑。"你好,纳乔。"浮士德说。

纳乔将格洛克放在背后的枪套里。"西边很安静。你自己看看。"

浮士德轻轻地将卡明斯基的手拿开,跟着纳乔走到窗前。她长长地舒了一口气,左看看右看看。公寓很大——砖墙,高高的天花板,外露的梁和管道,发亮的木地板,还有几件家具:一张桌子、几把折叠椅、一盏落地灯,窗户上挂着厚重的白窗帘。此外,还有不少电子设备:三台电脑、几台长镜头的相机、两副带三脚架的双筒望远镜。两副望远镜都安在窗帘处的狭窄空隙里,现在纳乔正在调整其中一副望远镜。

"这一个更清楚。"他对弯着腰看目镜的浮士德说。

"最近一次交货是什么时候?"浮士德边看边问。

"今天下午。大概五点吧。"

"你知道都是些什么货吗?"

纳乔看看卡明斯基,然后用西班牙语说给浮士德听。他语速极快，口音很重，而且还有很多她不熟悉的术语——可能是化学术语，所以听到最后，她还是不知道他们在谈什么。浮士德和纳乔说个不停，卡明斯基慢慢走到望远镜那里。他们看见了，但并不在意。她眯着眼看着目镜。

外面的世界是一片绿色，就连近处的一幢又矮又长的砖房也被染成了绿色。砖房有很多窗户，没有一扇是打开的。她猜，这准是一座被废弃了的房子。镜头中心有一个装载码头，一切都是静静的，只有一个塑料袋在和煦的风中飘荡。

纳乔拉了拉窗帘，望远镜前漆黑一团。他看看卡明斯基，点头示意她坐到旁边的椅子上。她坐下来，认真地听他们谈话。现在对话中科技术语少了很多，浮士德问起某人某事——他是否知道……他是否知道什么？时间表。是说日程安排那种时间表吗？他是谁？

看上去纳乔也不确定。他朝浮士德耸耸肩，走到一个双扇门的大柜子前。他把手放在按钮上。"也许你比我幸运，头儿。"他用英语说完，用力拉开了那两扇门。

卡明斯基尖叫起来。

躺在里面地板上的人紧紧地盯着她。他被电线和胶带捆着，光头上有个很深的伤口，还在滴血，她注意到，他头上有个很像黑桃杰克的文身。纳乔将食指放在唇边，对她说："嘘。"

她大脑乱糟糟的，理不出头绪，冷静下来后，她看到浮士德蹲在那个人身边。浮士德轻轻地拍着那个人的肩膀，在他耳边柔声说着什么。文身男嘴上的胶带被撕开了，卡明斯基看到那个人嘴唇裂开，一直在哭。同时用急促、糟糕的英语跟浮士德说话。

"不，不是——不是几个星期！几天就搞定了。可能也用不了几天。"

浮士德把胶带重新贴在他嘴上，几乎亲切地拍了拍他的后背。然后走开，将门关上。纳乔看看浮士德，笑了。

"保持联系，头儿。"他说。

他微微一笑。"有情况打电话给我。"他回了句，转身又对卡明斯基说，"我们回酒店吧。"

她站起来，机械地跟在后面。快到走廊时，她碰碰浮士德的胳膊，低声耳语："他怎么办——被关在柜子里的人？"

"纳乔会看着他的，"浮士德说。"快走吧，我们还得订晚餐呢。"

杰克·佩雷斯醒来时，手里还握着那把点三五七枪。黑暗中，墙上的呼叫按钮发出的橙色光，血压计的绿光和外面路灯透过窗户射进来的粉色光点宛如花朵。四下里几乎寂静无声——只能听到妻子均匀的呼吸声和排风扇的声音，以及某些电子警报的声音。凌晨两点了。

佩雷斯本来睡得很浅，突然惊醒了。他的岳父出去了？走廊上有人？

佩雷斯揉揉眼睛，从椅上站起来，悄无声息地走到门边。他倚在门框上，一手握着门把手，一手握着手枪。他深深地吸了一口气，将门打开了一条缝。

米德尔顿在走廊那边，背对着佩雷斯，正在小声地和一男一女交谈。那个男的身材瘦高，皮肤很白，大概三天没刮胡子，眼睛在阴影中，目光锐利。女的很高，很黑，肩膀很宽，黑色的短发。佩雷斯没出声，但是米德尔顿知道他在那里。

"杰克，来见见我的老朋友。"他没有回头。佩雷斯将枪装进口袋，关上门。

"这位是让－马克·莱斯帕瑟，这位是莉奥娜拉·泰斯拉，我以前的同事。诺拉[①]，让－马克，这是我的女婿，杰克。"

莱斯帕瑟冲佩雷斯点点头，泰斯拉热情地伸出手。"哈里都告诉我们了，佩雷斯先生，对你和你妻子的不幸，我感到很悲痛。她现在好些了吗？"

"她失血过多，不过医生说会好起来的。这还在其次。我不知道经过这件事，我们能不能真的好起来。"

泰斯拉同情地点点头。米德尔顿说："前几天，诺拉和让－马克也不好过。诺拉在纳米比亚差点儿被杀，让－马克在教堂山险些被绑架。"

"天啊，哈里，都是关于——"

"我们认为是这样的，"米德尔顿说，"杀诺拉的人是冲着我来的。"

"我没去查停车场的几个小丑在跟踪什么，"莱斯帕瑟低声说，声音粗哑，"我听到他们说的是塞尔维亚语，而且他们手里拿着那种便宜的扎斯塔瓦手枪。"

"这些都跟……什么，那份该死的手稿有关？"

泰斯拉和莱斯帕瑟变得很紧张。米德尔顿什么都没说。

"看在上帝的分儿上，哈里……"佩雷斯边说边摇头。他看看泰斯拉。"你们两个是怎么找到这里来的？"

"我们看到杜勒斯机场枪击案的新闻了，知道他……坐过飞机。我们猜他可能在湖边小屋。"

"我在那里遇到了诺拉。"莱斯帕瑟说。

[①] 莉奥娜拉的昵称。

"……差点儿掉了脑袋。"

"我们看到血迹,知道情况很糟。"莱斯帕瑟接着说,"于是便到医院去找,先找最近的一家,然后就看到你们了。"

佩雷斯转向岳父。"不难找。那些跟踪你的人,不管是谁,都不会善罢甘休。他们找到这里用了多长时间?"

米德尔顿还没来得及回答,就被值夜班的护士打断了。"佩雷斯先生,你和你的岳父必须保持安静,还有你这些朋友,让他们探视时间再来吧。"

米德尔顿趁机说:"好的,很抱歉。我正要带他们走呢,不能打扰杰克和查莉的二人世界。"

他拉着泰斯拉,把他们带到电梯那边,杰克在黑暗的走廊里气得咬牙切齿。

外面的空气很温润。医院的停车场几乎是空的。让-马克·莱斯帕瑟点着一根烟,深深地吸了一口,然后朝天空吐了几个烟圈。

米德尔顿想起上次和莱斯帕瑟、布洛克见面时的情形。那天天气炎热,他们在乱哄哄的肯塔雅机场碰面。送走莱斯帕瑟和瓦尔·布洛克以后,他去和泰斯拉道别。地点比前者优美很多——蔚蓝海岸边上的阿尔及利亚风格的旅馆——但是言谈间无关风月。

发生了意外……

她瞥了他一眼,然后马上转移视线。语言比眼神直接。

"你的家人不知道吗?"莉奥娜拉·泰斯拉问米德尔顿。

"不知道。我从来没和他们说过——我也觉得不应该说。我想自己可以保护他们不受……这个的干扰。"

她本能地抓住米德尔顿的手,然后又快速放开。"这不是你的错,哈里。你女婿是对的。我们找到你们不难,那么其他人要想找到也不难。这里不安全。"

"暂时还是安全的——在这段时间我要把事情想明白。那个叫索比斯基的女人提起浮士德,她以为我和他有交往。"

"哈里,我告诉过你,索比斯基是个反社会分子和天生的骗子,"泰斯拉说,"你得假设她说的每句话都是为了误导和操纵你。浮士德是我们的恶魔——我们的大白鲸——她明明知道。还有什么比说出浮士德的名字更能引起你的注意呢?"

"她不用说什么,诺拉,她拿枪指着我呢。"

莱斯帕瑟一边吐着烟一边说:"她以为自己在审问你呢。她先铺垫一下,让你乱了阵脚。她——"

莱斯帕瑟还没说完,米德尔顿的手机响了。他从口袋里掏出手机,按了接听,但是没有声音。过了一会儿他听到一个老人结结巴巴的声音,老人英语很差。

"米德尔顿上校吗?我是亚伯拉罕·诺瓦克夫斯基。我现在在罗马给你打电话,我收到了费莉西娅·卡明斯基的信息——亨瑞克的侄女。紧急消息。"

哈罗德·米德尔顿耐心地听了几分钟。然后说:"再见,亚伯先生,非常感谢。"挂了电话后,他深深地叹了一口气。泰斯拉和莱斯帕瑟满脸期待地看着他。

"说魔鬼,魔鬼到,"米德尔顿说。"浮士德。他现在就在美国,而且就在离这里很近的巴尔的摩。他拿了亨瑞克要给我的东西,还抓走了亨瑞克的侄女。"

"巴尔的摩?他到巴尔的摩搞什么名堂?"莱斯帕瑟问。

"我也不清楚。亨瑞克的侄女想办法给罗马的朋友打电话——刚才跟我通话的就是她家的世交。他说,好像浮士德在进行一项什么活动,但是那个小女孩只说了一分钟就被打断了。"

"那他说浮士德在巴尔的摩的什么地方了吗?"泰斯拉问。

"没有,但是费莉西娅告诉老先生,她和浮士德明天——不,今天晚上在哪里了。泰晤士河街一个叫卡莉港湾的地方。显然,两人是去吃晚餐。就他们两个。我在想,也许我们应该凑个热闹。"

泰斯拉和莱斯帕瑟看着米德尔顿。泰斯拉摇摇头。"凑热闹?你在开玩笑吧,哈里——我们只有三个人。"

"在这种情况下,我们需要后援,上校,"莱斯帕瑟说,"除非你想进去后听到砰砰砰的枪响。"

米德尔顿摇摇头。"听起来不错,但是并不明智。我们直接去和浮士德谈谈,谈得越久越好,然后等后援部队来。"他打开手机,查看通讯录。看到 E.K. 后,他停下来,打过去。

电话响了一声。

米德尔顿听到那边说:"哈里,你也该打电话了。但是我想你近来肯定忙坏了。"

"我需要帮手,埃梅特。"米德尔顿说,"在巴尔的摩。"

"当然了,哈里。你都干了些什么呀?"

"等巴尔的摩这边搞定后,再和你谈。"

"我们现在就他妈的可以谈。遇到你真是倒了血霉。杜勒斯机场死了两个人,第六大道附近的酒吧死了两个冒充 FBI 的浑蛋。当然,你是自卫。不过,你还是得接受审问。万一那些人把你投进监狱了怎么办?天啊,你一开始就该告诉我们发生了什么事。"

"埃梅特,你肯定猜不到。有人忘了把日程安排给我了。我自己都不知道是怎么回事,到现在还蒙在鼓里。"

"不管怎样,我们得谈谈。"

"没时间了,埃梅特。我的电池快没电了。"

"不要担心,哈里,我们可以边喝咖啡边谈。五分钟后,医院的咖啡厅见。"米德尔顿左看右看。埃梅特·卡姆巴克在电话那头坏笑。"你左边,"他说,"街对面。"

在黑暗中政府部门的车朝着米德尔顿亮了一两次灯。埃梅特一直笑个不停。"我要加奶油和两块糖,哈里。"

港湾酒店的套间里,浮士德的电话震动起来。接通后,那头远远地传来一个苍老的声音。浮士德认真地听着,嘴角浮起满意的微笑。"干得好,亚伯先生。"他说。

浮士德放下手机,望向起居室另一边的两间卧室。光照在里面特大号的床上,他可以看到卡明斯基枕在枕头上的洁白脸庞和散开的金发。

"真迷人。"他又说了一遍。

12 拉尔夫·佩苏略

提到费尔斯岬，哈罗德·米德尔顿就会情绪低落。也许是因为当年在酒吧与人打架，害得他被西点军校开除；也许是因为左太阳穴位置吧凳留下的伤疤——每当温度低于华氏四十度时，这个伤疤都会隐隐作痛。

这个潮湿的地方改变了我的一生，他想。雾色如坏运气般笼罩着泰晤士河街。

查莉流产，前妻惨死；克拉科夫会议以来，混乱和伤害就一直跟着他。他决定把这一切弄个水落石出，就像他最欣赏的拉斐尔的画中情节一样，圣乔治制服了毒龙。就算浮士德选择卡莉港湾是个恶心的超级大玩笑，他也要去。卡莉不正是印度的破坏女神吗？他笑了。

在雾中穿行时，米德尔顿提醒自己要集中注意力。敌人藏在暗处，而且手段卑鄙。他的目标很明确，不管多难都要铲除邪恶势力。

耳机里传来诺拉·泰斯拉的声音。"目标到了。一个人。"

一个人，很奇怪。多年以前他曾像垃圾一样被人丢在这条鹅卵石路上。"卡明斯基没和他在一起吗？"

"我说过'一个人'。"

你确实说过。米德尔顿动动肩膀，将衣领竖起，走进那家餐馆。

一个蓝眼睛,笑容结霜的服务员拦住了他。"你预定了吗?"

"我是来找人的。一个三十五岁左右的高个子男人,头发很黑很长,背头,刚刚进来……"

"我知道他。是的。"她突然慌了,笑得很勉强,同时还皱着眉,"他说他一个人就餐。"

"今晚不是一个人,亲爱的。"

米德尔顿穿着多佛牌马靴,自信潇洒地走过铺着胡桃木地板的大厅,泰斯拉和莱斯帕瑟就在附近。此外还有一位联邦调查局的探员和一个头衔不清的男人,不过,一旦你知道他来自弗吉尼亚州——五角大楼所在地,他到底是干什么的就不言自明了。

外面,车里还坐着几位贵宾:埃梅特·卡姆巴克和国土安全部的理查德·钱伯斯。

这样高级的监视队伍,前所未有。但是浮士德是条大鱼,而且最近的几起枪击案影响很不好,所以那些负责追查美国境内的外国恐怖势力的主要组织都想直接参与进来。米德尔顿知道埃梅特·卡姆巴克有点怯懦,但是并不介意,他只想比较容易地从第九大街的联邦调查局特工那里得到帮助。迪克·钱伯斯是区域主任,他个人对浮士德并不感兴趣,巴尔干半岛的政治局势也激不起他的兴趣。冲突爆发时他去走访过,觉得没什么大不了,几个属下就能解决,然后便出发去了中东——他认为中东对美国威胁更大。当然,他是对的。

钱伯斯在这里出现也很好解释:国土安全部用颜色表示威胁等级,负责保卫边境。每当遇到大事,都只关注那些以 AL 开头的姓,却让著名战犯和暴徒用假证件混进了美国。

不过,对米德尔顿来说,这倒不是坏事。这就意味着钱伯斯还顾及自己的形象,并会带来大量的人手。米德尔顿胜券在握。

有个眉毛又黑又浓的人在看《赛马消息报》,米德尔顿在他旁边停下脚步,俯身。"晚上好,浮士德。"他将公文包的一角放在桌子上,低声但有力地说道。他心跳加快,手心出汗。追查了多年的人就在眼前。他之前对这个战犯的体貌特征比对自己的还清楚,见到真人后才发现他比预想的矮,也要弱许多。

"我喜欢第八跑道上的帕迪,十比一。"浮士德放下手中的报纸,认真地将它摆平整,"哈罗德·米德尔顿上校。"

肤色黝黑的浮士德笑着抬起头,对旁边一头金发、神情紧张的服务员打了个响指。"给我朋友来杯酒。"然后对米德尔顿说,"希望你喜欢博若莱红葡萄酒。"

米德尔顿微笑着看着自己的猎物耍花招。"没问题,浮士德。"他拉出一把椅子,坐了下来,"你想怎么玩儿,我奉陪到底。"

浮士德折起报纸,黑色的眼睛紧紧盯着米德尔顿。"'不幸的主人。一连串无情灾祸曾接踵而至,直到它主人的歌声中有了这字眼——直到他希望的挽歌中有了这忧伤的字眼——永不复还,永不复还。'"[①]

"我为那些视他人生命为儿戏的人悲叹。"

"我也是。"

"该结束了。"

"不见得吧,上校。"浮士德吃了一口东西——看样子味道不错——接着说,"有件事我得谢谢你。我的名字。"

"你的名字?"

"这是你给我取的啊。当时你在歌德的名著里找到了什么文件,

[①]出自爱伦·坡的《乌鸦》。

然后就给我取了书里面英雄的名字。"

"你认为浮士德是英雄?"

"而且还是主角。"他举杯,"将我们的灵魂出卖给魔鬼。"

米德尔顿没有与他碰杯。

两人目光交接。此刻,米德尔顿真想伸手拧断对面这个年轻人的脖子。

浮士德说:"伟大的埃德加·爱伦·坡就死在离这儿不远的教堂医院。没有几个人为他悲伤。这个可怜的天才加疯子被埋在没有墓碑的坟墓里。他临死前的最后一句话是:'上帝保佑我的灵魂。'"

"看来,你很欣赏他。"

浮士德摇摇头。"他跟你很像,注定不是行走世间的凡人。穿过魔鬼丛生的生活之路,将自己的痛苦和折磨转化成艺术。"

米德尔顿将杯中的红酒一饮而尽,然后一拳打在桌子上。"你这个罪犯!魔鬼!我到现在还经常梦到在科索沃雷萨克①大屠杀中死去的孩子们。"

浮士德掩面大笑起来,米德尔顿怒火攻心。浮士德拿开手说:"放松点儿,我的朋友。为什么你们美国人总觉得每件事都非黑即白呢?"

"在这件事上,就是如此。"

"所以说,哪怕是生日礼物上系着的粉色缎带也是如此?"

"也许你不是直接凶手,但是你是背后指使者。"

"鲁戈瓦就是头猪。愿他安息——"

"我希望他在地狱里腐烂。"

---

① Račak,科索沃南部一个村庄。

"他很有用。"

米德尔顿指着对面劲敌的下巴。"你这个人渣。"

"上校,我喜欢你,也需要你。因此我必须得阻止你浪费自己的才华。"

米德尔顿还没来得及回复,浮士德打着响指叫来在餐厅走来走去的男服务员。"我的客人先点一份烤章鱼;我来一份梨子和焦糖胡桃沙拉。再来一整份鲈鱼,不加盐。"

浮士德举起酒杯。"祝我们合作愉快。干杯!"

"你在胡说些什么?"

"几万人,甚至几百万人就指着我们了,只是他们还不知道而已。"

"音乐爱好者吗?"他问得很模糊。

"我对你很了解,上校。我仔细地研究过你。你是那种认准目标绝不回头的人。但是很遗憾地告诉你,到目前为止,你的目标已经被误导了。"

服务员将沙拉和章鱼放到桌上,麻利地撒了点儿胡椒粉。

"我以这顿饭打赌,今晚以后我们会联手行动。"浮士德说。

米德尔顿点头,表示同意。

卡莉港湾的厨房散发着柠檬和盐水味道,旁边有间小小的会计室,M.T.康诺利在那里竖着耳朵,听五十码外两个男人的谈话。

她戴着耳塞。

卡姆巴克手下有几百个特工,但是能做事的没有几个。他独自一人开车到玛莎杰斐逊医院,没有注意到康诺利就跟在后面。几个小时后,她又尾随卡姆巴克和钱伯斯找到了米德尔顿和浮士德,后者正要讲述他父亲的趣闻轶事。

康诺利竭尽全力想要听清楚。窃听器就安在浮士德的面包盘下面。

"……他点头邀请她跳舞,"浮士德说,"浪漫的求婚……"

她被手机铃声吓了一跳,腿伸直,从腰带里抽出手机。"我是康诺利。"

"你好,美女。"

她走到一个远离厨房人员视线的角落。"帕德罗,"声音小得近似悄悄话,"你在哪儿?"

"罗马,"他的意大利语中夹杂着美式英语和波兰母语口音,"有人想和你问好。"

"约瑟夫,等一下——"

"噢,对了,顺便说一声,他的英语……说实话,不提也罢。"

康诺利叹了一口气,另一只耳朵里还在听浮士德和米德尔顿的谈话。

"晚上好,康诺利夫人,"一位老先生紧张地说,"我是亚伯·诺瓦克夫斯基。我想帮助你们工作。"

"不好意思——'工作'?我没听——"

"工作,"帕德罗说,手里拿着老人店里那个又黑又重的电话听筒,"我猜,你还在找米德尔顿。"

"我已经找到米德尔顿了。"帕德罗听到她说,"还有浮士德。"

帕德罗重复了一遍这两个名字,老人听到后面带怯色。

"他们在一起吗?"帕德罗问。

"是的,在一起,谈判呢。"

诺瓦克夫斯基自从第一次见到莫扎特手稿就生活在恐惧中。他小声问道:"费莉西娅还好吗?"

帕德罗看到老先生在发抖。"一个年轻的姑娘,"帕德罗告诉康诺利,"费莉西娅·卡明斯基。亨瑞克的侄女。"他看着照片,跟康诺利描述费莉西娅·卡明斯基的样子。

"她不在这儿。"康诺利说。

"港湾酒店。"老先生告诉帕德罗。

帕德罗又重复了一遍酒店的名字。

至少目前没有,康诺利心想,挂了电话。

外面的大厅里,浮士德继续着他的把戏。

浮士德说:"我老爸和妈妈结婚时,已经一把年纪了。他们是在布宜诺斯艾利斯的一家酒吧认识的,那个酒吧很适合跳探戈。一台简陋的卡洛斯加德尔唱片机,诱惑的目光中流露着欲望。她接受了跳舞的邀请。水晶灯下,他们足尖旋转,不时踢腿。两人均未开口,但是对我父亲来说,已胜过万语千言。"

"你父亲是做什么的?"

"父亲年轻时是波兰的化学家。他说我母亲使他想起了前妻,吉卜赛人苏米拉。战争时期,她死在了欧洲。"

"当时和她一样丧生的还有数百万人。如果我们没有阻止那个疯子一样的希特勒,现在大家都得说德语。"

"他叫我母亲约兰塔——紫罗兰。他第一次和苏米拉相遇时,她正在华沙的城堡广场卖紫罗兰。"

"我看不出这和——"

"米德尔顿上校,在你为政府所做的调查和旅行中,难道没有听说过九三计划吗?"

"没有听过。"

"你熟悉格哈德·施拉德的工作吗?"

米德尔顿摇摇头。

"他是德国的一位化学家,一直在用化学药剂做实验。他发明了'塔崩',最初用于杀虫,但是后来被用于制造对抗人类的致命武器。纳粹在波兰的一个秘密工厂生产了一万两千吨塔崩,代号为福公社。"

浮士德将手伸进脚边的公文包,掏出一份纽伦堡法庭的文件照片。"我的父亲就在福公社做事。名单上的第四个人就是他。"

"卡西米尔·瑞姆特?"

"你注意到那个星号了吗,它是底端脚注的标志。可能读起来比较费劲,我念给你听:'这个人已被证明无罪,他曾因涉嫌在人类身上做实验而被起诉。'"

"我不确定自己是否听懂了。"

"也就是说,我父亲后来才明白,原来他们用来做实验的药剂要用在人身上——之前他以为是用来杀死老鼠和其他啮齿类动物的。一九四四年十月十四日,约瑟夫·蒙哥利达医生将大约五千名吉卜赛人从奥拉宁堡外的萨克森豪森集中营转移出来,赶到鲁德纳附近的丛林中,然后在那里喷洒沙林毒气。不到一个小时,男女老少无一生还。"

"和东京地铁袭击案用的是同一种毒气吗?"

"奥姆真理教干的那次?是的。"

浮士德的手再次伸向公文包。"我手头上有官方报告,但是细节就不和你讲了。简单地说,结果很悲惨。我敢肯定,父亲最早得知这个消息时,压根儿就不相信。他跟其他人一样,都想洁身自好,不与世间的丑恶同流合污。他聆听维瓦尔第的音乐,维修咕咕钟,烘烤糕点,为孩子们年轻的脸庞而哀伤。他和我们不一样,上校。当意识到身边将要发生的恐怖事件后,他采取了行动。"

米德尔顿说:"听起来,你父亲是个大英雄。"

"他确实成了英雄,并为我树立了榜样。具体他是怎么做的我就不提了,我只能说他用自己的方式将福公社代号为九三计划的生化武器项目告诉了协约国,在引起更大灾难前帮助他们毁掉了那个工厂。"

"谢天谢地。"

服务生将精心烹调的鲈鱼端了上来,散发着橘子花一般的香味。

"是的,谢天谢地,"浮士德边愉悦地品尝鲈鱼边说,"疯子被阻止了,但是邪恶的人总有办法重燃邪恶之火。"

米德尔顿点头称是。"我也相信恶魔是这世间不可小觑的力量。"

浮士德倾身向前,几乎低语。"我们将联手阻止这一切。"

"怎么阻止?"米德尔顿颇为困惑。他对浮士德的话将信将疑。"我还是不明白这和此时此地的我们有什么关系。"

"上校,你在圣索菲亚教堂发现的手稿本属于恰尔托雷斯基博物馆,不过你肯定知道,那些音乐手稿不仅和音乐有关。这是你的朋友亨瑞克冒险告诉你的,他为此丢了性命。"

"怎么可能?"

"事实是,那些加密的音符是诸多 V-药剂的化学式——在福公社研发的一种高稳定性能的神经药物,比沙林和塔崩还要致命。这些毒药被称为 VX(维克斯毒气)。科学家认为这是有史以来最具毒性的合成物。"

"如果是真的——"

"当然是真的!我给你看一些佐证文件。"浮士德说,"我想,你肯定能彻底弄明白。"

"当然。"

"时间不等人啊,上校。我们得抓紧。"

"何出此言?"

"我想我不用告诉你肖邦手稿里暗藏的是哪种方程式吧。"

"维克斯毒气。"

"没错。"

米德尔顿的大脑迅速运转,回想着自从在普里什蒂纳见到肖邦手稿后发生的点点滴滴。

浮士德拿起一片面包。"我们必须得阻止乌卡森。"

"'狼'也是背后指使?"他想到了前妻西尔维娅和女儿查莉。

"正是。他的计划十分恐怖。残酷得难以想象。"

"但是鲁戈瓦……他是什么时候参与进来的?"

"有时候,你没有机会去选择最合适的合伙人。我知道手稿的存在后,便雇用鲁戈瓦来帮我。但是,他没有责任心,而且不值得信赖。不得不说,我十分失望。现在更加绝望了。"

乌卡森单枪匹马——对手是五个巡警,九个穿制服的警察,也许还有两倍之多的便衣警察,他们埋伏在玛莎杰斐逊医院附近。有人告诉当地警方,在杜勒斯机场杀了两名警察的米德尔顿曾出现在这家医院,不久还会再来。现在,夏洛特·米德尔顿-佩雷斯成了重点保护对象。这让乌卡森无从下手。他想,真是糟糕透顶,得找其他办法抓住米德尔顿。

事实是,乌卡森也是不得已而为之。本来他在美国还有最后一个亲信,名叫斯蒂芬·安泽。乌卡森派他到安娜湖边跟踪志愿者泰斯拉,后来就没了音信。估计这个文着可笑的扑克牌文身的光头杀手已经被扔到乡下喂了猪。索比斯基也失手了——她在白宫附近的街道上被打爆了头。他想知道,那个施虐狂最后都说了些什么。

最后一搏了。乌卡森退到医院后面的树丛中。他想,多劳者多得。成千上万美国佬的性命和他们的信用卡都将掌握在自己手中。

港湾酒店就在附近,向北大约一百五十英里。顺利的话,到那里需要四个小时。

想到之后可能会发生的一切,乌卡森不由得喜上眉梢。

13 丽莎·斯科特林

查莉·米德尔顿－佩雷斯在将睡将醒中挣扎着，焦虑像小孩子抓着妈妈的裙摆一样，揪着她不放。她隐约知道自己是在医院的病房里，医生给她开了帮助睡眠的药，丈夫杰克就睡在旁边的椅子上。门外走廊上不时有手推车滑过地板的声音，人们低声交谈着什么。她并不想偷听，此刻的她还被束缚在药物的茧中，暂时与锐利的恐惧绝缘。

遗憾的是，药物的作用正在渐渐消退。世间没有一种药可以彻底终结她的恐惧。一时间，有太多的事发生。她的脑海中不断有记忆的碎片闪过，像是电影的回放镜头。有人想要她的命。妈妈已经被害死了，她亲眼看妈妈躺在地板上，曾经曼妙的身躯变得扭曲，暗色的血从头的下方流出，渗入橡木地板的纹路中，像是蚀刻的花纹。

她在床上辗转反侧。父亲还在逃命。丈夫杰克为了救他们两个不惜一切代价。

但是另外一条生命，他却没能保住。

她听到微弱的呻吟声，后来意识到这是自己发出的。她终究还是醒了，尽管她也不知道自己是否真的想醒过来。在清醒袭来的瞬间，她感到真实的空虚。她现在的确"空"了。

腹中的胎儿没有了。过去的五个月，他曾乖乖地躺在母亲体内。

她珍爱孕期的每一秒。为了要孩子他们已经做了很多努力，最终连她自己都不敢相信自己真的怀孕了。从那以后，她开始阅读育儿书，注意自己吃的每一勺饭和喝的每一滴饮品，她不是在为自己一个人吃啊。她喝原味的酸奶，放弃了最爱的巧克力，躲避二手烟，即便早上饱受呕吐的折磨也不肯吃药。她一心只想将孩子养育成人，这是夫妻俩的共同心愿。

小杰克。

她知道自己怀的是小男孩后，高兴了许久，悄悄给孩子取名叫小杰克。她想给丈夫一个惊喜，所以一直都没有提起孩子的性别和她想好的名字。杰克肯定会喜欢的，她想。

还记得，得知肚子里是个男宝宝的那个晚上，杰克微笑着说，给我一个惊喜吧。话语、眉眼间全是浓浓的爱意，她伸出胳膊，给了他一个大大的拥抱，因为怀孕的缘故，两人的拥抱隔了三尺远。

她翻了个身，慢慢张开眼睛。阳光透过米色的窗帘洒进屋里。看这光亮，已经是早上了，但是她不知道是哪天。眼皮很沉，直打架。她看到了杰克，准确地说是看到了他在椅子上睡着的身影，宽阔的肩膀耷拉着。淡黄色的头发凌乱极了，头歪在一边，醒来后脖子上肯定会留下痕迹。

她对杰克的爱痛彻心扉，这份痛是丧子之痛。他的儿子。他们的儿子。如果小杰克活着，就可以挽回他祖父的肮脏交易带给家族的坏名声了。杰克现在虽说不上是路易斯安那州最受人尊重的律师，不过在新奥尔良确实有口皆碑。他真心希望那些掌声背后的嘲笑和克里奥尔暴徒的恶意攻击可以消失。他曾在几个基金会分配卡特里娜飓风救援资金，帮助灾民渡过难关。由于他的努力，灾情获得了全国范围的关注。对他来说，儿子意味着新的开始和光明的未来。

"我会小心的,查莉。"某晚做爱后,他对躺在怀里的查莉说。他比往日更加温情,轻轻地抚摸着她隆起的肚子。谁都不想伤害肚里的宝宝,两人像受惊的猫咪一样小心翼翼。

但是,现在宝宝没有了,儿子没有了,救赎没有了,剩下的只有无尽的空洞。

她眨了眨眼睛,然后又闭上,眼泪滑过脸颊。她没有哭出声响,尽量克制,不让自己掉进悲伤的深渊。药物起到了转移情绪的作用。她可能有某种延迟反应。流产的当晚,她得知哈里有危险,一直在为他提心吊胆,没有时间去考虑宝宝,更别提哀悼了。可是,现在……

她的眼皮动了动,噪声逼近。她醒了过来,无处可躲。过了一会儿,她意识到说话的不是走廊上的人,而是自己的丈夫。他正跟别人说:"不要担心,她睡着了,一个小时左右会醒过来。"

她抬起头,这次看清楚了,原来他不是在睡觉,而是在打电话,手机就夹在脖子处。

"好的,祝你好运,"他对电话那头的人说,"我会与你保持联系的。"

"杰克?"她叫了一声,声音有点刺耳。

"嘿,睡美人。"他挂了电话,起身,走到床前,脸上带着温暖的微笑,"感觉怎么样?"

"好多了。"她现在还不想告诉他真相。

"刚才是你爸爸打过来的,他想知道你的情况。"他坐在床沿,温柔地将她额头的头发撩到后面,"好消息。他现在很好,和一群信得过的人在一起。我开始相信他知道自己在做什么了。"

"他一直都知道。"她舒了一口气。父亲很专业,知道该相信谁,躲避谁。

佩雷斯俯身给了她一个温柔的吻。"所以现在我们最担心的是你。"

门突然开了,传来一阵笑声,查莉和杰克同时往那边望去。一个矮胖的带着实习牌子的护士走了进来,走近后,伸出手。"给我,老兄。"她对佩雷斯说。她声音很大,听起来不礼貌,不过却满含善意。

"没门儿。"他也笑了。

"我们说好了的。"小护士迅速出击,将他手中的手机夺了过去。"你丈夫工作太辛苦了,"她接着说,"我告诉过他不要在医院用手机。现在我得没收了。"

佩雷斯站起来,皱了皱眉。"你是谁,蕾切特护士?"

"你丈夫真可怜,从昨天中午到现在连饭都没吃,"护士说,"他对你真是寸步不离。"

"哦。"她深感内疚。小护士不知道杰克这样守着她是怕杀手找上门。

"别的女孩儿都迷上他了,不过我对他的魅力还是有抵抗力的。"

"不可能。"佩雷斯得意地笑起来。

清晨得知父亲一切都好,她感到安全多了。另外,整个医院也醒了过来,走廊里越来越热闹。"杰克,"她说,"你为什么不去吃点儿早饭,休息一下?"

"不用,我没事。"他挥手回绝她,不想却被护士抓住了胳膊。

"走吧,出去。我得为你的妻子做点儿检查,无论如何,我都得把你扔出去。"

佩雷斯说:"你没事吧,查莉?"

"没事儿,真的,去吧。吃点儿东西。"

佩雷斯点点头,然后满眼带笑地看着小护士。"蕾切特,把手机给我。"

"等你回来再说吧。"

"但是我得打电话呀。"

"走吧,去休息一下。"

"是的,警官。"佩雷兹离开时还滑稽地敬了个礼。

"现在感觉怎么样?"护士问道。她有点儿婴儿肥,蓝色的大眼睛很动人,鼻子上有雀斑,嗓音尖细,红色的长发在脑后梳成一个不是很时尚的马尾。

"很好,我想。"她并不想向陌生人敞开心扉。护士从手边的小推车上拿出一支体温计,并将上面的塑料套取下来。

"张大嘴。"

她像等待喂食的小鸟般听话,护士将体温计放进她嘴里。

"你睡得很香,气色也不错。我得检查一下其他地方。"

体温计响起哔哔声。护士将它抽出来,快速地看了一眼,然后放到小推车上。

"体温恢复正常了。"她说。

"好极了。这就是你要给我做的检查吗?"

"不是,我只是希望他能给我们独处的时间。"护士从墙上的挂钩处取下血压计,然后将臂带缠在查莉的胳膊上方,"我想知道你的感受,我的意思是真实的感受。我知道,情感上很难接受。我失去过一次。我自己。"

失去。多么委婉的隐语。

"你肯定会扛过去的,相信我,给自己点儿时间。"护士挤压橡胶球,臂带越来越紧。

"打扰了，女士们！"门口响起一个男人的声音。一位医生走了进来，两个穿白大褂的实习生翅膀般跟在他后面。

"你真早，医生。"护士说道，脸上的微笑不见了。她迅速地将橡胶球放了气。

"我们的头儿感到惊讶了。"医生说道，年轻的实习生笑起来。

"别提巨蟒剧团了①。"护士翻翻眼，将血压计收起来，放回到架子上。"我可受不了了。"

"哈！现在情况不同了啊。"医生走近病床，淘气地笑着，实习生也跟着笑。

"准备假装微笑吧，佩雷斯太太，"护士拍拍她的胳膊，"他们是男人，就吃这一套。"她将手机递过去，"噢，我差点儿忘了，你丈夫的手机。"

"谢谢。"她没见过这部手机，可能是杰克刚买的。

"再见啦。"护士匆忙地走出房间。

"我是莱曼医生，这两位是我的实习生，不过你不必知道他们的名字。将把他们当成约翰·克里斯身边的帕林和吉列姆吧。"

她配合地笑了笑。蕾切特护士真有先见之明，莱曼医生很买账。他长着一个方下巴，长鼻子，身上有古龙香水的味道。刚开始，他说话还很温和。

"嗯，亲爱的，你真是度过了炼狱般的日子。"

"是的。"

他留着中分头，头发是铁灰色的。"我们拿到了化验单，需要和

---

①巨蟒剧团（Monty Python）是英国的一个超现实幽默表演团体，在世界范围内获得巨大成功。上文医生说的话是剧中的著名台词。下文医生提到的约翰·克里斯、帕林和吉列姆则是其中三位编剧。

你谈谈。"莱曼医生皱着眉,突然严厉起来,"你的血液化验显示激素超标,可能与某种药物有关。你有没有服用什么我们不知道的东西?"

她眨着眼睛,困惑不已。"没有啊,从来没有。"

"没有?"

"没有。我连儿童阿司匹林都没吃过。"

"真的?"

"真的。"

"好吧。"莱曼医生透过眼镜看着她,眉头紧锁。"我不会拐弯抹角。实话说吧,你的血液指标和那些服用 RU486 的人一样。"

她没听明白。

"也就是米非司酮。本来这种药受到严格的医药监管。但是不幸的是,很多女性发现自己怀孕后,自行服用它,以便流产。通常,人们叫它堕胎药。"

她完全被搞糊涂了。"嗯,但是这和我有什么关系呢?"

"也许,你想终止妊娠。"

"我?不,不会。"她很难受,"绝对不会。"

莱曼医生看着她,显然不相信。"很多服用这种药的人都不知道有大出血的危险,你的情况正是如此。你差点儿因失血过多丧命。"

"你认为我想自己堕胎?"

"是的,我的确这样想。至于告不告诉我真相,在你。"莱曼医生停下来,像是在等她坦白。

"这是我流产的原因吗?"

"是的。"

"你怎么能确定呢?"

"你的血液指标超常只有这一种可能。事实是,我们认为你服用了两片。你不是第一个这样做的女人了。这非常、非常危险。"

"不是的,不是这样的!我什么药都没吃。从来没吃过。我想要这个孩子。"

"我只是告诉你血液化验得出的结论。"

"这不是我的血液化验单。肯定弄错了。"她望着医生消瘦的脸庞,实习生也一脸肃穆。"肯定弄错了。"

"听着,佩雷斯太太,这是你的事。我只是想告诉你这样做很不明智。"莱曼医生语气缓和下来,"我不是指责你。我是为你的安全着想。"

她试着动了动。"这种药怎么会导致流产呢?"

"简单说吧,服用这种药后,子宫抽筋收缩,婴儿就会被挤出来。像你这种情况,就是 D、C 类药物反应。"莱曼医生看看表,"我们得走了。今早还有会诊。我们晚些时候再来。"

她默默地看着他们离开。之后,她的脑子乱极了。她压根儿没吃过什么堕胎药,两片更是无稽之谈。不过,那天晚上,她的确抽筋了,而且抽得特别厉害,整个人缩成一团。对了,抽筋是在晚饭后开始的。

她回想起那个噩梦般的夜晚。周五,她和杰克吃了一顿寻常的晚餐。一般周末都是杰克下厨。他做了她最爱的迷迭香鸡和土豆泥。她本来想去厨房帮忙,还被杰克赶了出来,说是让她好好坐着,等着吃就行。开饭后,他分了很多土豆泥给她,也不管她吃不吃得了。

想到这里,她的心跳几乎停止了。

不。

她摇摇头。不可能。说不通。血液检查肯定出了问题。还有其他没考虑到的可能性吧。不会的,他们肯定搞错了。

她想得头都快炸了，不停地转着手里的手机。手机外壳是金属质地的，很光滑，灯光一照亮得刺眼。她想打开看看。屏幕不大，是彩色的，她找到菜单，选择了通话记录。已接来电里全是陌生的人名。刚刚电话不是爸爸打来的吗，为什么名字既不是爸爸也不是哈里，而是"莫扎特"？

怎么回事？

为什么杰克叫爸爸莫扎特？她好奇地打开通讯录、浏览了一下里面的联系人。名字是按拼音排序的，她快速地过了一遍：巴赫、贝多芬、勃拉姆斯、肖邦、亨德尔、李斯特、马勒、门德尔松、斯卡拉蒂、舒伯特、舒曼、肖斯塔科维奇、西贝柳斯、柴可夫斯基、维瓦尔第……

怎么会这样？

全是作曲家。但是杰克并不懂音乐啊；她的父亲才是音乐专家。到底发生了什么事？看起来这些名字似乎是某种暗号，这个手机她以前也没见过。

发生了什么事？莫扎特是谁？杰克接到哈里的电话了吗？他有没有撒谎？他为什么撒谎？哈里真的安全无事吗？突然，她变得一无所知了。流产。堕胎药。秘密手机和上面的密码。她的心怦怦直跳。她嘴唇发干，想马上知道答案。

还是从莫扎特入手吧。她返回通话记录，查看莫扎特的详情。但是没有备注名，没有邮箱，除了电话号码外一无所有，而且这个电话号码特别长。怎么会有这么长的电话号码呢？后来她明白电话号码前应该是有区号。虽然不清楚是哪个国家的区号，不过，她知道这是国际长途。

她又查看了亨德尔和李斯特的详情。两个都是国际长途，没有真名、邮箱、家庭电话等信息。为什么杰克的电话里全是国际长途呢？他从来没有出国旅行过。说起来，查莉旅行更多些。

孩子又是怎么回事呢？

她给那个莫扎特打了过去，管他是谁呢。电话响了三声。

"乌卡森。"电话那头的人说，她一时无法判断他说话时带的是哪国口音。

她挂了电话，心如锤击。乌卡森是谁？发生了什么事？她短时间内还无法知道真相。肯定发生了不好的事情，而且杰克随时可能回来。她茫然失措，质问他？但是那个乌卡森可能还会打过来，真是那样的话，她就暴露了。

只有一个办法。

她用尽全身的力气将手机扔到地板上。手机背面的塑料壳摔散了，橘色的电池飞了出来，落在椅子边上的墙角处。

就在这时，佩雷斯笑容满面地走了进来。"亲爱的，我回来了！"

她戴上"妻子"的面具，略含羞怯地望着房门。"请不要生气，"她尽量说得自然，"护士把手机给我，结果掉地上了。"

"该死，查莉。"佩雷斯帅气的脸上露出不快，"那是个新手机。"

"我看出来了。对不起。"她重新躺好，满腹狐疑地看着自己的丈夫，"你买了保险吗？"

"没有。"他大步走向那把椅子，弯腰捡起手机零件。"国王所有的马和国王所有的兵……"

"……不能组装在一起了[1]？"她假装同情地接过他的话。

"不能了，不过没关系。"他将塑料后壳放进上衣口袋，然后微

---

[1] 出自《鹅妈妈童谣》中矮胖子（鸡蛋头先生）的故事。童谣中矮胖子摔下墙头跌成碎片，"国王所有的马和国王所有的兵，都无法把矮胖子拼回原形"。

笑着转向他的妻子。她曾经爱死这迷人的微笑了，现在看到却只剩下心碎。

是你杀死了我们的孩子吗？

是你想要杀死我吗？

但是，她什么都没问。还不是时候，她得打算好下一步怎么办。在知道更多的信息以前，最明智的做法是闭上嘴，睁大眼。

她可是哈里·米德尔顿的女儿。

14 P.J. 帕里什

卡明斯基站在窗边，望着不远处的内港。海面上扯起了雾幕，对面楼上的灯光在黑暗中向她眨着眼。

她的头像被捣碎了一样——那是蚀骨的疲惫和香槟的后劲。同时，也是因为恐惧。

她从未如此恐惧过。父母突然消失，她独自一人时没这样恐惧过；在罗马，被那个男人用琴弦勒住脖子时没这样恐惧过；甚至，得知叔叔被谋杀时也不曾这样恐惧过。

一个小时前，她看到被绑在柜子里的文身男，光头上淌着血，于是那种冷冰冰、如锤击般的恐惧开始蔓延。现在，她似乎还能听见浮士德在那人耳边的低语和他的呜咽，似乎还能看到他眼里流出的泪水，似乎还能闻到他的尿臭味。卡明斯基恐惧极了。

她浑身发抖，抱着肩，离开窗户。她四下打量这个套间的客厅：东方式地毯，殖民时期风格的家具。角落里立着一个红木吧台，另一边有一架光亮可鉴的小型平台钢琴。左边，穿过法式门廊，她看到两个卧室。浮士德的威登露营装备放在有四根帷柱的床上。

结束公寓之旅后，浮士德便把她送回酒店，没说一句话，就锁上门离开了。那个叫纳乔的男人留下来看着她。后来，他拿着枪，在椅子上睡着了，卡明斯基想到逃跑。

但是逃到哪里去呢？浮士德拿走了她那张写着乔安娜·菲尔普斯的护照和钱。她在这个国家举目无亲。

不对，她并非完全无助。她起码知道一个人：哈罗德·米德尔顿，他在华盛顿的美国大学教书。叔叔在生前寄给亚伯先生的包裹上就有他的名字，那个包裹里装着莫扎特手稿。

卡明斯基闭上眼，想起亚伯·诺瓦克夫斯基对她的帮助和照顾。她曾试着给他打电话，但是接线员说她的手机被屏蔽了，不能接也不能打。她就这样不明不白地成了浮士德的囚犯。

纳乔动了一下，但是很快又响起鼾声。

卡明斯基蹑手蹑脚地穿过客厅。

她看到了角落里的钢琴，便走了过去。

她一只手轻轻地抚摸着黑亮的钢琴，然后慢慢掀起键盘上的盖子。琴键在灯下发出柔和的光。

突然间，父亲的形象出现在眼前。她几乎看到他修长的手指在家里那架钢琴上游走。上钢琴课时，她用自己的小手用力地弹奏，希望可以让父亲开心。

不过，她最后还选择了母亲的乐器——小提琴。父亲当时非常失望，似乎她在他们两人之间选择了母亲。事实并非如此。她非常爱父亲，也非常想念他。

他去世以后，亨瑞克叔叔一直如父亲般照顾着她。

眼泪流下来。卡明斯基没有擦。

她坐在琴凳上。

她先是弹奏了一个和弦。接下来快速地弹奏了一个几乎快忘记了的曲子。雅马哈钢琴的音色过亮，反应又有点儿轻。但是没关系，只要能听到音符就是最大的安慰了。

她又弹奏起萨迪舞曲，然后是叔叔喜爱的弦乐小夜曲。

她突然停了下来。

莫扎特。

她一只手捂住脸。亚伯先生给了她一份莫扎特手稿：浮士德是为此才把她带到这里来的吗？

她瞥了一眼纳乔，他疲惫的眼睛看着她。

她迅速走到浮士德的卧室。他说过手稿很"安全"，就锁在壁橱里。她打开百叶窗板的门。壁橱空空如也。转身，她看到他的黑色公文包就在床上，挨着露营设备。

公文包里只有一把自动手枪、一个空夹子，还有一份报纸。她注意到上面的日期：四天前。她拿起来，打开。

几张泛黄的手稿散落在床上。对浮士德这样的男人来说，还有什么地方比不起眼的财经报纸更适合藏莫扎特手稿呢？

她仔细地将这几张手稿收好。在亚伯先生的乐器行，她第一次看到了手稿，不过那时没来得及认真看。现在一切都呈现在眼前。褪了色的墨水，独特的签名，还有左下角的小字：第二十八。

心跳加速。她只知道二十七首莫扎特钢琴协奏曲。大部分原件于二战后被收藏在克拉科夫的雅盖隆图书馆。

那么这一首又是从哪里来的？

叔叔是为这个才被害的吗？

她将手稿带到钢琴那里。坐下来，小心将手稿放在眼前，开始弹奏。

第一乐章便是D小调和弦。她弹得很慢，很用心，因为自己的技术还不够娴熟。她想到自己可能是第一个弹奏这个曲子的人，兴奋极了。

第一乐章快结束时后，她已经出了许多汗。她突然不弹了。

天啊。华彩乐段。

她盯着手稿。父亲曾告诉过她,莫扎特经常将华彩乐段——即兴独奏——融入乐曲中。但是从来没有写下来过。现代的演奏者们经常用自己的即兴创作来模仿大师,试图填补空白。

她开始弹奏华彩乐段。但是耳边却听到了不和谐的怪声音。一点也不调和。她像是听到练习时,父亲在背后说过的话。莫扎特的音乐如此纯净,再小的错误也会成为明显的瑕疵。

卡明斯基停下来,手指静静地放在琴键上。

这个华彩乐段有点儿不对劲。

酒店几乎没人了。两个服务生站在红色的窗帘前,面带机警。米德尔顿明白,他们想早点儿下班回家。

但是,浮士德并不着急离开。

"你从来没怀疑过那份肖邦手稿吗?"浮士德问道。

米德尔顿不知道该不该说。他还不能完全信任眼前这个人。

他突然想起那场被打乱了的巴尔的摩之旅,他曾经强迫特蕾西和马库斯听勋伯格的吟诵调,马库斯说这只是一些乱七八糟的音符。

他告诉马库斯,这更适合隐藏情报。

在如数学般缜密的肖邦乐曲中加入密文或暗号是何等的难事?

"我第一次见到手稿的时候,就觉得哪里不对。"米德尔顿说,"不过,我当时以为这不过是拙劣的仿制品。"

"亨瑞克什么都没说吗?"浮士德问。

米德尔顿摇摇头。"我们翻看了所有的手稿,他对肖邦手稿似乎情有独钟。尽管我当时说可能是赝品,他依然坚持让我带回美国鉴定。"

"也许他是想将它转移到安全的国家;也许他是想将它转移到合适的人手中。"

"亨瑞克知道里面藏着维克斯毒气的相关信息吗?"

浮士德耸耸肩。

米德尔顿坐靠到椅背上。"这样看来,我简直就是个傻瓜?"

浮士德没说话。米德尔顿火冒三丈。

"我能看看吗?"浮士德问。

米德尔顿无动于衷,浮士德笑中带着悲伤。"我说过。我很绝望。我需要你的帮助。"

米德尔顿俯身从脚边的公文包中掏出手稿,递给浮士德。

浮士德看了一会儿,注意力又回到米德尔顿身上。

"我懂化学。你懂音乐。"他将手稿放到桌上,推到米德尔顿面前。"告诉我你看到了什么。"

米德尔顿犹豫片刻,打开手稿,看了起来。纸张和墨水都印证了他最初告诉亨瑞克的话:这是赝品。尽管仿得很像,终归是赝品。

他再次仔细研究那些音符。时间一点点过去。服务生收拾餐具和桌布的声音越来越远,而他彻底沉浸在音乐当中。

他突然抬起头。

"有遗漏。"他说。

"什么意思?"浮士德问。

米德尔顿摇摇头。"可能没什么。这毕竟是赝品。第一乐章的结尾处——遗漏了部分音符。"

"你并不确定。"浮士德问道。

"我希望自己……"

"你希望自己有另外一双专家的眼?"

"是的。"米德尔顿说。

"我这儿有一个专家。"浮士德说,"来吧。我们走……只有我们两人,不要带其他不速之客。"

"还有谁会跟着我们呢?"

浮士德笑了笑,望着前面,泰斯拉和莱斯帕瑟等在那里。"就我们俩……记住了。"

"你带路吧。"

浮士德探身向前,将米德尔顿戴着的微型耳机拽了下来,扔到地上,踩了个粉碎。然后埋单。"在这儿等一下。"他到男洗手间旁边的公用电话处打了一个电话,打完后又回到桌子旁。不到五分钟,警报响起,先是很远,慢慢逼近。酒店的所有人都争相望向窗外。灯光混乱,喇叭响个不停,警车和应急卡车停在对面酒吧前面。防爆小组是这次行动的主力。

米德尔顿不得不信任浮士德。没有一个人不在目不转睛地看着警车们忙活。不久,他们发现这是假报警,但是报警人分散大家注意力的效果已经达到了。

米德尔顿将肖邦手稿装进脚边的公文包。浮士德示意到厨房那边去。

"从后门走。赶快。时间不多了。"

这就是费莉西娅·卡明斯基的作用,M.T.康诺利明白了,等会儿米德尔顿和浮士德会去她那里继续交谈。

现在,康诺利终于知道为什么那么多人想要米德尔顿的命了:

本来怡情、无价的音乐手稿原来暗藏杀机。

康诺利感到惭愧，因为她对肖邦手稿的历史和价值一无所知。甚至，今晚以前，她像其他美国人一样对圣索菲亚教堂发生的惨案闻所未闻。

不过，她知道魔鬼对荣誉有着常人无法想象的渴求。就在前几天，事情变得耐人寻味起来。她那些执法部门的同事们也开始找米德尔顿，因为他们认为他杀死了两名警察。但是，多谢波兰天使约瑟夫，康诺利离真相更近了一步。米德尔顿有份音乐手稿，手稿跟一个恐怖的计划有关，他甚至为此和卡姆巴克、钱伯斯联手。她必须出手相助，让他远离乌卡森的威胁。她信不过卡姆巴克和钱伯斯。内心深处，她认为要阻止这次化学毒气攻击的唯一办法是保住米德尔顿的性命。

她匆匆地瞥了一眼街道，然后看看表。如果米德尔顿和浮士德不出现，她到酒店就没有意义了——因为只有他们俩来了，乌卡森才会来。在米德尔顿和浮士德之前，她已经完成了准备工作，她相信他们会来这里找卡明斯基，到时一切就水落石出了。

现在，整条街道已是沉睡般寂静，除了港湾酒店的窗户透出的光亮，已经很难见到灯火。白色的宝马停在路灯下，颇为显眼。南边一百英尺的地方，一辆黑色轿车停在橡树旁，发动机盖在雨滴中闪着光，车的侧窗模糊不清。车是康诺利的。

乌卡森就躲在不远处的大楼阴影中，监视她的一举一动。他决定先不打草惊蛇。

九分钟后，他的忍耐初见成效。车底盘发生了几乎觉察不出的移动，他知道她在找最佳位置。看来，她在安静又安全的车内待太长时间了。

他更希望车内的人是米德尔顿或者浮士德，或者卡明斯基。不过，车内有谁并不那么重要。也许是等着会情人的可怜人，也许是喝了太多廉价威士忌的酒鬼。只要他不被发现就好。

乌卡森悄无声息地走向那辆轿车。他故意耷拉着肩膀，走的东倒西歪，像是无所事事的酒鬼。

乌卡森走近的时候，车又有了动静。他看不清车主的样子，但是听到了微弱的开窗声。车主肯定是开了条缝，想看看刚才路过的是谁。

他决定演到底。

他缓步倒回车旁，伸出手。"晚上好，好心的先生，您能赏我几个钱儿，告诉我最近的站牌在哪里吗？"

"走开。"康诺利说，她满脑子都是米德尔顿和那份手稿。

乌卡森凑近。"我保证，我不是坏人。"

"滚开。滚。"

车窗摇低了一些，他看到一个女人苍白的脸和铜黄色的短发。"我是警察，"她说，"赶紧走开。"

"你想喝一杯吗？"他问道，手伸进了口袋，"我有一瓶俄罗斯卡亚——"

掏出枪的瞬间，他看到她眼中流露出别样的神情。

他笑着想，她肯定知道。她知道我不是美国人，也不是路过的酒鬼。

她完全明白了，眼睛睁得大大的。

她知道他是谁。

看到闪着金属光泽的格洛克正瞄准自己的头部，她知道自己性命不保了。

他开枪了，枪是无声的，听起来不过像是空荡的街头腾起了一股热气。

15 李·查德

　　他们来到港湾酒店正门。浮士德抢先一步为米德尔顿拉开门。这个动作显得他彬彬有礼，也十分清楚地告诉酒店的前台员工：我是这里的客人，这个男人是和我一起的。他一只手拉着门，另外一只手做出"请"的姿势。这样的场景在酒店门口，一天可以上演几百次，不足为奇。工作人员看了一眼，心领神会，便不再过问。

　　乌卡森在四十码外的地方紧紧地盯着这两个人。他们去坐电梯。电梯运转正常，很平稳，适合低层建筑。电梯停下后，浮士德先出来，因为米德尔顿不知道该往哪个方向走。浮士德像交警一样打着手势，右边停，左边行。米德尔顿走在前面。厚厚的地毯，走上去几乎没有声音。走廊里回荡着钢琴声。音调明快、急促而轻盈。不是雅马哈就是卡瓦伊，米德尔顿心想。不是欧洲那种大钢琴。应该是日本的小型琴，横弦。低音很轻，高音过亮。D小调伴奏曲弹得很流畅，弹奏者应该惯用左手，右手弹奏的旋律有点儿犹豫。这是莫扎特的风格，不过肯定不是莫扎特的作品。最起码不是他之前听过的作品。也许因为要读谱，才会弹得比较犹豫。也许是模仿的伪作吧。或者这是音乐理论学术演示，莫扎特怎么填补了古典和浪漫主义作曲家之间的空白。这段旋律似乎在说：听到了吧？从巴赫开始，二百年后，我们听到了贝多芬。

钢琴声越来越大,不过依然不清晰。浮士德又快走几步赶到前头,米德尔顿停下了脚步。浮士德从口袋里拿出房卡。插进卡槽,红灯变绿,门锁打开。

浮士德说:"你先请。"

米德尔顿在红灯亮起前转动了把手。门一开,钢琴声迎面扑来。此时,旋律流畅多了,弹奏者显然理解了曲子的结构和内涵。

不过,这肯定不是莫扎特的作品。

进屋后,米德尔顿看到一个奢华又不失传统的套间。一个精瘦,胡子拉碴的男人坐在门口的椅子上,手里拿着枪。后来得知,他的昵称是纳乔。一架雅马哈小型琴,琴凳上坐着一个小姑娘。琴盖上从左到右放着乐谱。小姑娘很瘦,头发乌黑,看上去像东欧人,满脸忧伤。

音乐停了,米德尔顿还在想接下来该是什么旋律呢。浮士德紧随其后,关上了门。屋里很安静。浮士德没有理睬门后的男人,径直走到钢琴边,将手稿收拾起来,整理好,放在书柜上方的一个干净文件夹中。然后,又走过去,轻轻地将钢琴合上,动作很慢,好让小姑娘将手拿开。他说:"该谈正事了。我们有份肖邦手稿。"

"赝品。"米德尔顿说。

"是啊,"浮士德说,"我猜,还少了一页。你说是吗?"

米德尔顿点点头。"第一乐章的结尾。也许不是一整张。大概十六小节左右吧。"

"多少个音符?"

"很难说。这是一个协奏曲,涉及多种乐器,十六小节可以有几百个音符。"

"独奏乐器,"浮士德说,"主旋律,不说其他,有多少音符?"

米德尔顿耸耸肩。"可能四十个？这样说也不算错。其实真的很难回答，因为这不是肖邦的手稿，而是赝品。"

浮士德说："这倒是很有帮助。我们得有先见之明才行啊。"

"我们不能去给一个不存在的事物下结论。"

浮士德拉开夹克，从里面的口袋里掏出一个玻璃纸信封。他打开那个信封，将它抚平。乳白色的醋酸盐下面有一张纸。这张纸像是从记者笔记本上撕下来的，上面的血已经干了。血是一个个小斑点，而不是一大片。应该是小的刀伤或者是脸部遭到重创后滴落在上面的。这张沾满血污的纸上写着一段乐谱。五行，四个空格，重复四次。高音谱号。E-G-B-D-F。每个好孩子都值得夸奖①。一个四分之四拍子记号。十六节。不知道谁用钢笔潦草凌乱地写下了这段旋律。

浮士德将纸放在琴盖上，就是刚刚放莫扎特手稿的地方。他说："也许有人看到过遗失的部分，其他人请求他写下来。"

小姑娘看着纸上的血斑。"请求？"

浮士德说："哦，要求。"

小姑娘说："这是我叔叔写的。"

"你认得出来？"

"这是手写的。手写就是手写，不管写的是字还是音乐符号。"

米德尔顿问："你叔叔？"

浮士德说："这是费莉西娅·卡明斯基。暂时叫她乔安娜·菲尔普斯吧，她是亨瑞克的侄女。或者说，曾经是。"他指着米德尔顿对小姑娘说，"这是哈罗德·米德尔顿上校。他在华沙见过你叔叔。你

---

①即 Every Good Boy Deserves Favor，首字母为 E-G-B-D-F。这五个字母是高音谱号下五线谱上每根线依次对应的音符。该句子是一种常用的记忆这一音符顺序的方法。

叔叔是个勇士。他偷走了那张乐谱。虽然他知道很危险,却没有因此放弃。"

"谁把他害死了?"

"会查清楚的。我们先来看看他写的东西是不是正确。"浮士德将余下的手稿拿出来交给小姑娘。她按顺序展开,手指跟着旋律轻轻拍打,嘴里低声哼唱。随后,她掀起琴盖,调好调子,犹豫片刻便直接弹奏起那张纸上的曲子。米德尔顿点着头,用心聆听,感受曲子的逻辑和衔接。

最后一小节。

最后一小节是乐章的结尾,应该回归平静才对。但是,弹奏出来却不是这样,像是悬在半空中,非常不和谐。第十六个音符在整个小节中跳跃,显得有点儿混乱。

小姑娘说:"最后一小节肯定不正确。"

浮士德说:"很明显。"

小姑娘又将颤音弹了一遍,只是更快了一些。"好吧,我明白了。"

"明白什么了?"

"有两个音符不和谐。弹得够快的话,你会在某种程度上感觉到它们之间出现了一个本来不存在的音符,而那个才是正确的音符。在小提琴上会更明显。"

米德尔顿说:"肖邦不会这样写。"

小姑娘说:"我知道。"

浮士德说,"那个暗含的音符是什么?"

小姑娘降了半调,按下一个音符,一个甜美无误的纯音响起。她说:"这是两个音符。"

浮士德说:"我只听到一个。"

"这一乐章的最后一个音符和下一章节的第一个音符。这才是肖邦。到底是谁杀害了我叔叔?"

浮士德没有回答,因为此时门开了,乌卡森走了进来。他手里的格洛克枪贴着大腿。隔着六英尺,米德尔顿也能闻出枪刚刚开过火。浮士德说:"我们都在这儿。"他正式将乌卡森、米德尔顿、纳乔、卡明斯基介绍给彼此。乌卡森将目光锁定在卡明斯基身上。"米德尔顿上校杀了你叔叔。他将那张纸抽出后切断了你叔叔的喉咙。就在华沙,他们吃完午餐以后。"

"你胡说。"米德尔顿说。

"真的,"乌卡森说,"我看到他离开了。我进去后发现了你叔叔的尸体。三具尸体。其他两个是无辜的可怜人。"

浮士德闪到一边,纳乔上来扭住米德尔顿的胳膊。乌卡森举起格洛克,对准米德尔顿的脸。不过,他又把枪放下了,拿在手里递给卡明斯基。"被害的是你叔叔,如果你愿意,你来处置他吧。"

卡明斯基站起来,绕过钢琴,向前走了几步。她从乌卡森手中接过枪,乌卡森又对她说:"已经上好膛了。格洛克没有保险。只要瞄准,扣动扳机就可以了,就跟傻瓜相机一样。没什么噪音。"

说完,他走到卡明斯基的左边。她举起枪,瞄准米德尔顿的鼻梁,乌卡森刚刚就是这么做的。枪口稍微晃动了一下。装有消声器的格洛克有点重。

米德尔顿说:"他们在撒谎。"

卡明斯基点点头。

"我知道。"她说。

她左转,一枪打在乌卡森的脸上。他说得很对,果然没什么噪声。就像一本厚书拍在桌子上,不过子弹击中目标后的声音更湿重。

乌卡森的身体软塌塌地倒在厚厚的地毯上。除了空气中的火药味和地上一摊血，再无其他。

女孩转过身，用枪指着浮士德。

"米德尔顿懂音乐，"她说，"我能看得出来。他不必费心从别人那里找旋律，就像黑夜过后是白天一样自然。"

浮士德说："我不懂。"

"两个不和谐的音符在一起，"女孩说，"会出现第三个幻影般的音符。我叔叔把它叫作狼音。乌卡森在波兰语中的意思是狼。这是一个暗示。他用狼音暗指杀害他的人。"

"我不知道，"浮士德说，"我发誓。"

"说吧。"

"我雇了乌卡森。可能其他人也找他做事。他不只是听我一个人的。"

"还有谁？"

"我发誓，真的不知道。我们不能把时间浪费在这上面。乐谱中除了杀害你叔叔的凶手外，肯定还有更多的秘密。"

"他说得没错，费莉西娅，"米德尔顿说，"先说重要的。这关系到神经毒气，相比之下九一一简直像海滨假日。"

"这很快会发生。"浮士德说。

卡明斯基点点头。

"没多少天了。"她说。

她放下枪。

"四十个音符，"浮士德说，"A到G之间有四十个音符。这远远不够。"

"还有莫扎特华彩乐段，"卡明斯基说，"简直是胡扯。"

米德尔顿说："莫扎特不写华彩乐段。"

卡明斯基表示赞同。"是的。他也没写过第二十八钢琴协奏曲。华彩乐章应该也是密语。同样的套路。"

浮士德问:"哪个在前?"

"莫扎特。他在肖邦前面。"

"那么应该有多少音符?"

"两个加起来,大概有几百个。"

"还是不够啊。而且你不能只用从 A 到 G 的字母,尤其是在德语当中。"

"有升调和降调,莫扎特用的是 D 小调。"

"你不能对字母表中的字母进行升调和降调。"

"数字,"米德尔顿说,"不是字母表中的字母。是数字。"

"A 代表一,B 代表二?这样还是不够啊。这个太复杂了。"

"不是说 A 就代表一,"米德尔顿说,"音乐会有音高。C 大调上面的 A 频率是每秒四百四十次。每个音符都有特定的频率,或高或低。几百个音符就是八万多数字,跟条形码一样。八万个数字就包含了你所要的全部信息。"

浮士德问道:"那我们怎么破译呢?"

"用计算器。"米德尔顿说,"高音的第二个空间是 C 大调的 A 音符。也就是四百四十赫兹。高八度是第一个泛音,或者第二个和声,也就是八百八十赫兹。低八度是二百二十赫兹,我们可以算出中间的音程。我们如果能算出小数点后的数字就更好了。数字越多,信息越多。"

浮士德点点头。他面无表情地将莫扎特手稿从书柜上取下来,和玻璃纸信封里面那张血迹斑斑的纸放在一起,夹在胳膊下面,朝纳乔示意。随后,望了米德尔顿和卡明斯基一眼,他突然走过去,夺走了卡明斯基手中的无声格洛克。

他说:"我之前说的不是真话。我没有雇乌卡森。我们都受雇于人,目标一致。当然这个目标说不上高尚。我们手头上已经有了蓖麻毒素和其他所需要的东西,只是还不知道怎样稳定混合物。现在,我们知道了,这得多谢你的见多识广。为了表达谢意,我们将给予你特别的仁慈。十分钟后,我安全离开,纳乔会送你们归西。我保证,很快,无痛。"

纳乔手中的枪稳稳举起,像块石头。他在椅子后面,无声地站在米德尔顿和门之间。卡明斯基紧紧地抓住米德尔顿的胳膊。浮士德脸上的笑容一闪而过,蓝色的眼睛眨了几下,便离开了。

十分钟。说长不算长,说短也不算短,全看什么情况了。在邮局排队的十分钟像是永恒般没有尽头,而有时,十分钟就在眨眼间。纳乔一动不动,像座雕塑,只有枪口随着米德尔顿和卡明斯基微微移动,每过九十秒,他就会看一下表。

最后,他看了一下时间,然后将枪举高。和头一样高,而不是和肚子一样高。他的手指紧挨着扳机。

门突然开了。

杰克·佩雷斯闯了进来。

纳乔转向他。说:"怎么——"

佩雷斯一枪正中纳乔的头部。没有消声器,枪声像是一场灾难。他们沿着防火梯匆匆逃走。

十分钟后,他们来到内港餐厅,佩雷斯这时开口道:"你们都告诉他了?"

卡明斯基悲伤地点点头。"是的。"

米德尔顿坚决摇头,说:"没有。"

"到底怎么回事？"佩雷斯说，"有还是没有？"

"没有，"米德尔顿说，"我无意间犯了几个错误。我可能想得太简单了。"

"什么错误？"

"音符的音高是近来兴起的说法，就像国际时区一样。在莫扎特和肖邦以后，C大调的A音符才是四百四十赫兹的声音音调。在这之前，欧洲没有统一的标准音高。不同国家、不同时期有不同的标准音高，甚至一国之内也会出现不同的标准。十七世纪，同样的音符在英国教堂的管风琴上就比在隔壁教皇家钢琴上低五个半音。一七二〇年的调音管上，C大调的A音符为三百八十赫兹，但是在德国是四百八十赫兹。也就是说，调音管上的A相当于乐器上的F。我们研究过汉德尔的音叉，有人用的是四二二，也有人用的是四〇九。"

佩雷斯问："所以呢？"

"所以浮士德的计算是没有意义的。"

"没意义？"

"除非他找到A的有效基数。"

"会是多少呢？"

"根据莫扎特手稿，我猜四百二十八赫兹会比较合理。他从来没写过第二十八钢琴协奏曲。秘密就藏在华彩乐章中。如果二十八没有特别含义的话，他们完全可以在前二十七个钢琴协奏曲中胡乱编造出华彩乐段来。"

"浮士德尝试几次就会弄明白的。莫扎特手稿在他那里。"

"即便如此，"他转向卡明斯基，"我让你叔叔失望了。我没能看透其中的玄机，而他能。他是了不起的调音师。"

佩雷斯问:"什么玄机?"

米德尔顿说:"音乐不是数学。如果按照数学的算法,你从 A 是四百四十赫兹算起是没有错的,但是这样在八度音时会跑调。必须一路推进。你的耳朵会告诉你该怎么做,哪怕数字说是错的。巴赫就明白这一点。这也是好钢琴的奥秘。他有他自己的主旋律。他最初的手稿扉页上有个手写的符号,几个世纪以来,人们都以为那是个装饰品。其实不然,现在人们明白了,那个符号是告诉我们怎样才能在钢琴上调出完美的音色。"

佩雷斯拿出钢笔,在餐巾纸上快速计算着。"你的意思是,如果 A 是四四〇,B 就不是四九五?"

"不是。"

"那应该是什么?"

"可能是四九三。"

"谁能想到呢,钢琴调音师?"

"钢琴调音师能感觉出来,虽然他不知道那是什么。"

"那些纳粹化学家是怎么编码的?"

"一架调好音的钢琴,一个麦克风,一个示波器就够了。"

"这是唯一的办法吗?"

"现在不是了。现在有更简单的办法。你可以到无线电器材公司买一个数字键盘和 MIDI 接口,将键盘调到 A 为四二八,然后边弹奏边看 LED 显示屏上的数字。"

佩雷斯点头。

坐下。

微笑。

16 杰夫里·迪弗

"没有线索。"

埃梅特·卡姆巴克和迪克·钱伯斯负责搜查浮士德用假名在港湾酒店租住的套房。米德尔顿听到这个消息自然不是很高兴,但是他很会掩饰自己的声音,所以电话中根本听不出来。

"什么都没查到吗?"他边问边朝坐在对面的费莉西娅·卡明斯基和杰克·佩雷斯摇头。

"没有,我们来了个地毯式的搜查。"卡姆巴克说,"我们找到了乌卡森,还有几个文着奇怪文身的浑蛋,其中一个叫斯蒂芬·安泽。噢,对了,还有你女婿找到的那个墨西哥人。就是不知道该死的浮士德跑到哪里去了。"

"从望远镜里可以看到什么?"卡明斯基已经讲解过纳乔的那个"我望向窗外"的游戏,还有她听到的涉及运送和一些技术信息的对话。"他们都在注意街对面的仓库,但是里面是空的。"

"也就是说他已经将那些化学药品转移了。"

"而且我们压根儿就不知道转移到哪里了。"联邦调查局的特工抱怨道,"我们会一直盯着的。回头再跟你说,哈里。"

对方挂了电话。

"真不走运。"米德尔顿喃喃自语。他喝了一小口咖啡,吃了块糖。

糖可以带给他能量;其实,他非常需要巧克力来缓解紧张的情绪。"还好我给浮士德的音乐密码是错误的。他只会离毒气越来越远。"

"如果经过不断努力和尝试,"卡明斯基问,"他会找到正确的解码方法吗?"

"很有可能会找到。那样的话很多人会丧命——让人胆寒的死亡会不期而至。"

他们静静地坐着,同时望向佩雷斯。"你和那把伯莱塔手枪相处甚欢啊。"他杀死埃莱安娜·索比斯基时对柯尔特自动手枪①也运用自如。

他的女婿笑了。"在路易斯安那的时候,我从不插手家族的生意。但是并不意味着我对家族的生意毫无所知。"笑容变得忸怩,"你知道的,对不对?"

米德尔顿耸耸肩。"我查过你的身世。你要娶我的女儿嘛……如果你做了什么见不得人的勾当,查莉现在就不会随着你姓了。"

"哈里,我能理解。如果是我,我也会这么对我的……"他不再吭声,低下头,想着他和查莉曾经有过的孩子。米德尔顿拍了拍他的肩膀。

卡明斯基问:"我叔叔知道您是位音乐学者,专家。但是您不仅仅是位音乐学者吧,对不对?"

"是的,曾经不是。我以前为军队和政府工作。那时我有个团队,专门追查战犯。"

"就像杀害我叔叔的那个人吗?"

"没错。"

---

①前文相关情节处使用的是"马格南三五七"手枪,可能是接龙写作出现的失误,也可能是一把使用马格南子弹的柯尔特左轮枪,因"马格南"既是手枪品牌又泛指使用马格南子弹的枪械。

"您说'曾经',后来发生了什么事?"

"团队解散了。"

"为什么?"佩雷斯问。

米德尔顿决定分享自己的过往。

"在非洲时出过一次意外。当时,我们在达尔富尔追查一个嫌疑犯。他一直偷窃当地的艾滋病药物,并贩卖儿童去充军。本来,我们已经策划好了如何引渡——动用国际组织的力量,准备押送他飞回海牙接受审判。然而,四个指控他的证人却在一场大火中全都去世了。他们和家人原本住在一幢安全的房子里。房子不幸失火,门被反锁着,没有一个人活下来,其中有还二十个孩子。没有证人就没法开庭。我们只能放他走。后来,我又回到达尔富尔,准备就意外火灾找到指控他的证据,但是瓦尔——瓦伦汀·布洛克——却让线索断掉了。他听到那个男人在炫耀说我们被他打得落花流水。瓦尔把他揪出去,一枪打在他的头上。

"在这之后,我们便无法再继续行动了。我解散了团队。你必须遵守规则。如果你不遵守,对方就会占上风。这样我们就比他们强不到哪里去了。"

"看得出来,你很难过。"卡明斯基说。

"他们都是我的朋友。非常难过。"

其实,有一个不是普通朋友。但是米德尔顿没有和大家分享这部分内容。

他的手机响了。米德尔顿打开短信,读了起来。短信非常长。"说着人就到了……是莱斯帕瑟和诺拉发来的,"他解释道,"很有趣……他们和另外一个老伙计联系上了。他发现那个可能会用于生化武器运载系统的机器已于昨天下午运到了巴尔的摩。我收到了一个地址,必须去查个明白。"他抬起头，对佩雷兹说，"你带费莉西娅到一个安全的地方——"

佩雷斯摇摇头。"我和你一起去。"

"杰克，这不是你的战斗。"

"他们是恐怖主义者。每个人都得去战斗。我和你一起。"

"你确定吗？"

"你走到哪里我跟到哪里。"

米德尔顿不无温情地朝他点点头，然后从腰间抽出格洛克手枪，放在桌子上，查看里面的子弹还有多少。"我这里面还缺几发子弹。我看看你那把伯莱塔。"

佩雷斯将手枪递到米德尔顿跟前。

米德尔顿看看子弹夹。"你这里有十二发，枪膛里还有一发。我得向你借三四发。"

"你不用还我了。"杰克严肃地说，随后又笑了起来，"直接给浮士德吧。"

米德尔顿也笑了。

离开餐馆后，他们将卡明斯基送到街边的宾馆。米德尔顿给了她一些钱，让她登记入住，告诉她他回来之前不要离开。

"我要和你们一起去。"她抗议道。

"不行，费莉西娅。"

"我叔叔就是被这个人害死的。"

他冲她笑笑。"这不是你该做的。留给专业人士吧。"

她不情愿地点点头，然后走向宾馆的大厅。

米德尔顿钻进佩雷斯的汽车，坐在司机的位子上。汽车跑起来，像在破旧的柏油路上越滚越快的鹅卵石。

米德尔顿说:"机器运到了埃里克特西街四三八号,离这里不到一英里。"说完,他看了看右边的佩雷斯。佩雷斯摇摇头,笑笑。

米德尔顿眯着眼,好奇地问:"笑什么?"

"很有趣。你和你的朋友们。"

"谁?莱斯帕瑟和诺拉吗?"

"是的。"

"他们怎么了?"

他语气中掩饰不住挖苦和嘲讽。"一直都觉得你是这方面的高手。今天看来也就是只无头苍蝇。"

"你在说什么?"

佩雷斯突然掏出伯莱塔抵在米德尔顿的脖子上,并将他的手机和格洛克手枪扔在身后。然后,他解开岳父的安全带,自己的却还系得好好的。

"你疯啦?"米德尔顿喘息着。

"毒气输送系统已经运到了弗吉尼亚,而不是巴尔的摩。我们开车赶到那边去。不管埃里克特街上有什么,都和我们无关。"

"我们?"米德尔顿倒吸一口凉气,"你和他们是一伙的,杰克?"

"恐怕你猜对了,爸爸。右转弯。开到海滨区。"

"但是——"

枪口蹭到米德尔顿的耳朵。"别废话,快。"

米德尔顿按照着佩雷斯指示将车开到一个废弃了的码头,停了下来。码头四处散落着破旧的仓库。佩雷用枪指着米德尔顿,让他下车,然后将他推进一扇斑驳的门。

浮士德抬头看了他们一眼,仿佛他们是准时来参加宴会的客人。他全副武装,戴着厚厚的手套,站在一张杂乱无章的桌子旁,桌子上摆满了各种工具、试管和电子零件。旁边放着一排毒气罐,大概有五十个左右。管子上用六种语言写着"小心——生化产品"。

浮士德快速扫了米德尔顿一眼。"搜身。"

"搜过了——"

"再搜一遍。"

佩雷斯上下拍了拍。"安全。"

米德尔顿摇摇头。"我不明白……杰克开枪打死了纳乔。"

浮士德脸上挂着怪相。"必要时得牺牲一个小喽啰——这样你才会相信佩雷斯先生,将真正的音乐密码告诉我们。我严重怀疑你并没有对我们说实话。"

"他没说实话,"佩雷斯强调,"他说自己没想清楚,全是胡扯。他告诉我真相了。"他将米德尔顿教给他的方法讲给浮士德听,先调整 A 的音调,再用简单的电子调音器破译。

浮士德点点头。"这倒是没有想到。"

米德尔顿说:"杰克到港湾酒店来救我们也是你们计划的一部分。"

"完全正确。"

"这到底是怎么回事?"

"上校,我是个商人。恐怖主义这个词已经和以前不一样了。现在有太多的名单,太多的监视,太多的计算机。你必须找人合作。我受雇于那些为保护自己国家的文化而战的爱国人士和理想主义者。"

"你就是这样描述种族清洗的吗?"

浮士德皱了皱眉。"他们是为了保障自己种族的纯洁。你混进了他们的国家,必须付出代价。这就是那十万人应有的下场。"

"那么你呢,杰克?"米德尔顿转向佩雷斯。

佩雷斯脸上浮现出冷酷的笑容。"我有自己的理想,不过没有实现。后来,我改行了,花了几百万来监视你,帮助他们。没错,我去上了法律学校,放弃了家族的生意……这个决定是我这辈子最大的错误。想要合法?胡说八道。"他轻蔑地看着自己的岳父,"看看你吧,哈里·米德尔顿先生……军队情报系统的明星,音乐天才……浮士德要得你团团转。"

"杰克,我们时间不多了。"浮士德说,"我试着调整一下方案。如果成功了,他就是个废物,随你处置。"

米德尔顿说:"杰克,你真的要杀死那些无辜的人吗?"

"到时我会捐出一千万作为救济金……"他咧着嘴笑道,"或者不捐。"说完,他默不作声地抬起头。

浮士德也仰起头。

"直升机。"佩雷斯嘟囔了一句。

浮士德打断了他的话。"不是一架,两架。等等。三架。"

浮士德跑到窗前。"中计了!警察!士兵!"他盯着杰克,"你把他们带到这里来了!"

"不是,我是按原计划做的啊。"

米德尔顿听到不远处吉普车发动机的声音,其他车辆也正在快速靠近,车头灯照进屋里。

浮士德按了墙上的一个按钮。仓库随之陷入黑暗。米德尔顿朝浮士德跑过去,但是只看到一个模糊的身影钻到了仓库的一个角落,打开暗门,消失了。几秒钟后,传来机动船发动的声音。

该死!米德尔顿想。他打开灯。跑到暗门那里。浮士德已经将门反锁了。

佩雷斯汗流浃背,用枪指着米德尔顿。"哈里,不许动。只能靠你我才能离开这里。"

米德尔顿没有理他,直接走向仓库的前门。

"哈里!"佩雷斯瞄准米德尔顿,"我最后再说一遍。"

他们目光对视。佩雷斯扣动了扳机。

空响一声。

米德尔顿从口袋里掏出一把子弹。吃饭时,他假装要借三四发子弹,其实,他把子弹夹里的子弹全取出来了——包括枪膛里的那发。

他盯着佩雷斯的眼睛说:"记得那条短信吗?不是诺拉和莱斯帕瑟发的,而是查莉。'绿灯侠'——这是我们表示紧急状况的暗号。她告诉我你是个危险人物,杰克。我知道你会带我去见浮士德,所以给诺拉和莱斯帕瑟发了短信,让他们一直跟着我。"

米德尔顿快步上前,一拳打在佩雷斯的下巴上,然后毫不费力地将手枪夺了过来。他将子弹上了膛,瞄准自己的女婿。

"哈里,你不明白。我是假装的。我是爱国的,我这样做是想找出涉案的人。"

"不。你是个叛徒,你还想杀死十万平民……"他的眼皮耷拉下来,"十万零一个。"

"零一?"

"我的孙子。查莉都告诉我了。你怎么能如此狠心?怎么能?"

佩雷斯蔫了。他望着地面,不再做无谓的抵抗。"小孩子不适合我的新生活。"

"查莉也不适合,对不对?她流产后就更不适合了,对不对?你想让她在绝望中自杀?"

他没有回答,也没必要回答。米德尔顿抓住他的衣领,让他跪在地上,拿枪口指着他的额头,手指紧紧贴着扳机。

眼前这个人杀了你孙子,还想害死你女儿,刚才对峙中,他还朝你开了枪……

就算你现在开枪打死他也不为过。

马上动手吧。趁还没有人进来。

佩雷斯闭上眼睛,不停地求饶。"求你了,哈里。求你了。"

绿衬衣,绿衬衣,绿衬衣……

米德尔顿移开枪,将佩雷斯推倒在地。

门被砸开了。冲进来十二个士兵和穿着联邦调查局夹克的工作人员。特工以参与生化武器组织的名义逮捕了佩雷斯。他们打扮得像宇航员一样,用感应器扫描煤气罐和桌子上的那些仪器。几分钟后,其中一个人宣布:"实验未成功。没有危险。"

这时,一个头发灰白,神情严峻的人大步走了进来。原来是斯坦利·詹金森市长。

天啊,别啊……米德尔顿猜他肯定知道了什么。

"上校,很抱歉。他跑了。"

米德尔顿叹了一口气。

好吧,起码他们控制住了这些毒气。城市暂时安全。

追捕浮士德将是一场前所未有的大行动,各路人马纷纷上阵。他们会找到浮士德的。米德尔顿会保证这一点。

半个小时后,杰克·佩雷斯被拘留,米德尔顿和泰斯拉、莱斯帕瑟和詹金森——早年在军队时的同事——站在门前。一辆车停了下来,车上没有喷着字。不过,难道联邦调查局的人以为人们认不出他们的车轮子?况且旁边还有"服务和保护"的字样。

从车上走下来两个人。一个是国土安全部的迪克·钱伯斯，另外一个是联邦调查局的副局长埃梅特·卡姆巴克。

"埃梅特。"

"上校，我——"

钱伯斯打断了他的话。"我不知道说些什么好，哈里。你为国家做出了突出贡献。你救了成千上万的人。"

米德尔顿想，埃梅特肯定已经习惯被冷落了。自从埃梅特"允许"乌卡森一伙人入境以后，钱伯斯每次都把功劳算在自己头上。

钱伯斯接着说："我们必须向你询问一些情况。我们想——"

"不用了，"米德尔顿坚决地说，"我得去找我女儿。"

"但是，上校，我得向上级和白宫方面汇报。"

米德尔顿不在乎这些。

他在乎的是自己的女儿是否安然无恙。

表面上看起来，她已经康复了。但是，流产和丈夫背叛造成的心理创伤不知何时才能痊愈。米德尔顿和她搬到了湖边小屋。

此时，两人正在看电视新闻。不出他所料，迪克·钱伯斯和国土安全部在这次阻止毒气攻击和追查美国境内恐怖主义者的行动中抢了头功——"他们得好好感谢那些假证件。"米德尔顿不无讥讽地说。联邦调查局所做的努力被一带而过。

哈里·米德尔顿压根儿没被提起。

当然，这就是所谓的游戏规则。

事后调查表明，浮士德是报复维和人员的主谋。鲁戈瓦是他的手下。后来，鲁戈瓦厌倦了监狱生活，想要贿赂狱警，企图用抢掠来的战利品换取自由。

乌卡森为此设计将他毒死。文着扑克牌文身的斯蒂芬·安泽杀了瓦尔·布洛克，后来可能因为叛变和没能完成另外一个任务，被除掉了。

对浮士德的抓捕还在紧张进行中，相关线索慢慢浮出水面。他在美国还有几个同伙，佩雷斯的预付费电话很可能是浮士德的，上面的通话记录显示他近来与华盛顿某区的某人频繁联系，那些同伙很可能就住在那里。人工监视和电子监视立刻到位。

米德尔顿没有参与追捕。眼下，他更关心女儿的健康状况。

不过，他倒时常与诺拉·泰斯拉，让-马克·莱斯帕瑟保持联系。

几天前，米德尔顿邀请他俩到湖边小屋聚聚。他不确定他们肯不肯来，最终，他们还是来了。查莉看起来已经原谅了泰斯拉，她曾经以为泰斯拉是导致父母婚姻破裂的元凶——后来发现泰斯拉出现以前，父母的婚姻就已经名存实亡了。

刚开始，几个人还多少有点尴尬，只是彼此寒暄了几句。慢慢地，大家聊起过去，聊起在达尔富尔被布洛克杀死的浑蛋。因为那次意外，志愿者团队被解散了。

没有人让步，没有人道歉，也没有人辩解，但是，随着时间的流逝，意外终究成了过去，大家还是朋友。

有时，米德尔顿会找泰斯拉聊几句，说的都是些琐碎的事情。一天，他们到湖边散步，望着湖水发呆。一只小鹿从树丛后面跳出来，跑远了。泰斯拉吓了一跳，紧紧抓住米德尔顿的手——这一次他们没有放开。

不久以后，米德尔顿接到一个电话。亚伯·诺瓦克夫斯基在罗马被捕后，与美国、波兰和意大利的检察官达成协议。为了获得减刑,他愿意放弃一些东西。

后来证明,他放弃的是无价之宝。

隔日,米德尔顿在湖边小屋收到一个包裹。接下来的两天,他一直守在书房里,寸步不离。

"天啊!"他没告诉查莉、泰斯拉和让－马克·莱斯帕瑟,而是等卡明斯基来了才开口。

他给卡明斯基看包裹里的东西。

"不是假的吧?"

"不是,"米德尔顿轻声说,"这次是真的,毫无疑问。"

为了答谢诺瓦克夫斯基,浮士德送给他一份礼物:真正的肖邦手稿。显然这是鲁戈瓦当年在圣索菲亚教堂挖出来的,之前从未公之于众。

手稿上是未命名的奏鸣曲,适合钢琴和室内管弦乐队演奏。这个发现对各地的音乐爱好者来说无疑是天大的福音和喜讯。

米德尔顿从政府方面得知,毒气战打胜后,国土安全部的人想进一步塑造自己的英雄形象。于是,他们决定在华盛顿詹姆斯·麦迪逊独奏厅举办乐谱手稿的世界首演。米德尔顿给迪克·钱伯斯打了电话,坚持让费莉西娅·卡明斯基担任独奏者。对方毫不犹豫地答应了。"我欠你的,哈里。"卡明斯基本来学的是小提琴,她用略带口音的英语开了句玩笑:"我跟这些象牙琴键也挺熟的。"

米德尔顿笑了。卡明斯基严肃起来。"这是音乐家的梦想。"她给了米德尔顿一个拥抱,"为了叔叔,我会用心演奏的。"

到时,诺拉·泰斯拉、莱斯帕瑟和查莉都会去捧场,当然,华盛顿的文化和政治精英们更不会错过这次机会。

音乐会前的某个深夜,查莉发现爸爸书房的灯还亮着。

"嗨，爸爸。你干什么呢？"

爸爸？她有几年没这样叫过他了。听起来有点儿怪。

"看看肖邦手稿。你好点儿了吗，亲爱的？"

"好多了。一步一步来吧。"

她在爸爸身边坐下。米德尔顿吻了吻女儿的额头。她拿过爸爸的酒尝了一口。"好喝。"很久很久以前，每次吃早餐的时候，爸爸都会先尝尝牛奶，说句好喝，然后再劝她喝掉。

"很棒，是吗？"她望着手稿说。

"想想看，肖邦也摸过这几张纸啊。你看这里，有点儿潦草。他当时是在试笔吗，还是分心了？或者有意留下一个记号？"

她望向窗外，夜色中，湖面平静如镜。她轻轻地啜泣。"会好起来吧？"

"肯定会的，宝贝。生活会回到正轨的。"

是的，会好起来。总是这样。但是，悲伤和恐惧何曾真的消失过呢？

绿衬衣……绿衬衣……

米德尔顿突然想到，布洛克杀死那个达尔富尔浑蛋，是不是给了自己一个借口——从曾经以为会为之奋斗终生的事业中退出。如果不能拯救所有人，干脆一个都不救了，从此沉浸在音乐的世界中。

"我得去睡了。爱你，爸爸。"

"晚安，宝贝儿。"

查莉离开后，米德尔顿抿了一口酒，接着翻看手稿。真是天大的讽刺。在肖邦写这份手稿的时代，音乐是赞美上帝的献礼。而今，手稿成了宗教狂热分子杀死上万平民的武器。

有时，这个世界未免太疯狂了。

17 杰夫里·迪弗

深更半夜,他们收工了。

"累死了。可以走了吧?"第一个人说的是塞尔维亚-克罗地亚语。

第二个也很累,但是没吭声,不安地望着第三个人。黑暗中看不清楚他的脸,只看到他梳向脑后的头发。

监工——浮士德——轻声用英语说,是的,可以走了。

两人离开后,浮士德打开手电筒,在地下室里走来走去,验收忙碌四个小时的成果:两英寸的软管——重量出乎意料,谁能想到呢?——从三栋楼远的地方接过来。他们煞费苦心地用无声手提泵往橡胶气囊里充了九百加仑的天然气。另外,还在气囊间放置了丙烷罐、雷管以及难度颇大的电子控制元件。

詹姆斯·麦迪逊独奏厅的地下室里,浮士德对刚刚安装好的设备做最后一次检查。一切就绪。他不禁开始想象今晚将要上演的好戏:在肖邦奏鸣曲全球首演的舞台上,一连串音符组合通过钢琴师面前的话筒转换成数值。经电脑识别后变成打开丙烷罐的命令。再过几分钟,慢板越来越激越,另外一串音符会触发雷管。最后,丙烷燃烧,熔化橡胶气囊,到时候詹姆斯·麦迪逊独奏厅准会化身火葬场。

万事都得考虑周全。一般公共场合的安全防范措施做得都不错，广播、微波和手机干扰器可以使用，但是远程遥控设备在华盛顿派不上用场。定时器和灵敏的话筒连在一起，这是设计的最大亮点：费莉西娅·卡明斯基自己就是导火索。

想到这里，浮士德满意极了。之后，他将气囊、罐子和线藏在箱子后面。真是完美的计划！米德尔顿和政府工作人员已经上了诺瓦克夫斯基的钩，接收了手稿。显然，他们根本不知道自己受骗了。浮士德给杰克·佩雷斯和费莉西娅·卡明斯基的全是假信息——第一份手稿中的代码、毒气攻击、港湾酒店双筒望远镜、仓库、化学公式、运载装置、柜子里的文身男……

敌人已经丧失了警惕。他想到一个绝妙的比喻：他们知道音乐会终会落下帷幕，但是他们绝对想不到会是这样一个壮观、出人意料的高潮。

浮士德溜出地下室。可惜，卡明斯基也会在大火中丧生。他倒不关心这个姑娘的死活，只是担心如果她用原稿演奏的话，手稿会被烧成灰。

毕竟，手稿值几百万美金呢。

天色尚早，演奏厅外已经排起长队，连隔壁的建筑工地上也挤满了人。很多人没有买到票，正在四处找票贩子。这是肖邦奏鸣曲全球首演，不是红人队的热身赛，一票难求实属应有的盛况。

哈罗德·米德尔顿到后台和卡明斯基简单聊了几句，预祝她演出顺利。随后，他又回到大厅去找莉奥娜拉·泰斯拉、让-马克·莱斯帕瑟和查莉。

他不时停下来跟乔治城大学、乔治·梅森大学的音乐专家和国防部、司法部的旧相识打招呼。埃梅特·卡姆巴克走过来，两人握握手。"迪克在哪儿？"他问道。

米德尔顿笑着指了指着国土安全部的那帮人。"正给上司送票呢。"

联邦调查局的埃梅特·卡姆巴克说："至少我是来欣赏音乐的。"

"你之前听过肖邦吗，埃梅特？"

"当然了。"

"肖邦都写过什么曲子？"

"那些呗。"

"哪些？"

"你知道的啊，就是很有名的那些。"

卡姆巴克赶紧转移话题，米德尔顿微笑不语。

大厅的灯光暗了下来，他们走进演奏厅，找到自己的座位坐下来。

"哈里，放松，"查莉说，"好像你要演奏似的。"

听到女儿这样说自己，他笑了笑。话算不上中听，但他并不感到难过。女儿又开起玩笑，这不正是她好起来的征兆吗？

不过，放松是不能的。今晚势必会载入史册。他激动不已。

指挥在震耳欲聋的掌声中走上舞台。他抬起胳膊，指向右边，十九岁的费莉西娅·卡明斯基穿着合体的黑色连衣裙，大步走到舞台中央，看上去非常自信和专业。她微笑，鞠躬，偷看了哈罗德·米德尔顿一眼，然后坐在钢琴前。

指挥走上指挥台，举起了指挥棒。

"迪克，出事了。"

国土安全部办公室，钱伯斯工作到很晚。他一直在想今晚的演出，上司拿到票会不会很开心。

"您可能会对这个人感兴趣。"他的助手说。

打电话来的是詹姆斯·麦迪逊独奏厅附近一家餐馆的工作人员。那天早上，他离开餐馆时，看到一个男人从演奏厅的侧门走出来，上了停在不远处的车。看起来非常可疑——因为演奏厅白天不开门——他拿出手机拍下那辆车和车牌，本想早点儿报警，后来一忙，就忘记了。他刚刚给华盛顿警察局打了电话，那边让他联系国土安全部，因为今晚演奏会的观众中有不少政府要员。

"现在这个世道，"餐馆工作人员说，"你永远都搞不清楚——恐怖主义者和一切事情。"

钱伯斯说："我们最好调查一下。你在哪里？"

报警的人说他刚刚下班，留了餐馆的地址。这会儿餐馆已经关门了，钱伯斯让他在停车场稍等片刻。马上派人过去。

"谢谢你，先生。正是有了你这样的市民，才有了这样的国家。"

舞台上，费莉西娅·卡明斯用心弹着钢琴。初次作为世界首场演奏会的独奏者登台，确实感触良多，但是音乐本身让她如痴如醉。

音乐家和他所演奏的曲目也有磨合期，就像夫妻之间要经过磨合一样。有时，遇到新的曲目，表演起来就像开始了一段新的恋情。

这时的音乐家充满激情，完全被新"恋人"迷住了，爱情之外的东西全都视而不见。

此刻，卡明斯基完全沉浸在音乐中，已经忘了成千的观众、灯光、贵宾、和乐队的其他成员。某样东西慢慢向她袭来。

空气中有淡淡的烟味。

但是，她刚好遇到高难度的段落，全身心投入，似乎丧失了嗅觉。

* * *

一辆黑色轿车朝华盛顿西北区的小停车场开过来。一个中年男人，衣服上满是油渍，坐在凳子上，不安地东张西望。

车停后走下来一个人。中年男人有点儿犹豫，后来看到车上有"政府专用"和"国土安全部"的字样，才起身走过去。

"我是在餐厅工作的乔，"他说，"刚才是我打的电话。"

"我是迪克·钱伯斯。"两人握握手。

"长官，给您，"乔说，拿出手机，"里面有车牌的照片，不是很清楚。可能放在你们的电脑上会好些。"

"是的，我们的科技部门总能创造奇迹。"

另外一个男人从车上下来，叫道："迪克，刚刚听到广播里CNN的新闻报道，演奏厅着火了。非常大的火，真的非常大。"

迪克·钱伯斯笑起来，然后转向喊他的人。

竟然是浮士德。此时，他的两个同伙也已经下了车，三个人站在一起。

"我看到的就是那个人，"乔激动地喊道，"你已经抓到他了啊？"

看到浮士德的手上并没有手铐，乔直摇头。"天啊，天啊，天啊。"他又看着钱伯斯，手机掉在地上。"你们是一伙的。我死定了。"

没错，你死定了，钱伯斯想。

钱伯斯接着问浮士德："演奏厅那边的情况怎么样了？"

"现在只是初步报道。没人能看清楚。烟已经弥漫到街上了，消防车到处都是。"

"演奏厅！你把它炸了？"

钱伯斯踩碎了乔的手机。"恐怕你在错误的时间出现在了错误的地方。"他瞥了浮士德一眼，后者正拿消音枪瞄准乔。

"求您了,长官。饶命!"

就在这时,灯光打在钱伯斯、浮士德和其他几个人身上。

乔倒在草地上,迅速爬走了。喇叭响起来:"钱伯斯,我是埃梅特·卡姆巴克。狙击手们已经做好开枪准备了。趴在地上,不要乱动。"

钱伯斯吃了一惊。不过他在这一行已经很长时间了,知道不这样做必死无疑。他几乎没有犹豫,立刻扑倒在地,四肢伸开。另外两个同伙也很听话。

只有浮士德,一直在站在那里,手里的枪慢慢地晃动。

"马上趴下。"

显然,浮士德知道等待自己的是什么——审讯、定罪,然后余生都在监狱里度过,或者一针致命——放手一搏或者坐以待毙,他选择了前者。他朝灯光的方向开了一枪,然后转身就跑。

这个身材修长的男人只跑了六英尺,就被狙击手终结了短跑生涯。

哈里·米德尔顿走到联邦调查局华盛顿办事处犯罪现场小组打出的灯光中。

他看了浮士德一眼,然后和"乔"握握手——他谎称看到浮士德从演奏厅溜出来。

"约瑟夫,你还好吧?"

"还好,"帕德罗说,"卧倒时擦伤了手。没有更严重的。"

约瑟夫·帕德罗脱下餐馆工作人员的制服。他那天早上就飞到美国了。虽然外国执法人员要想合法进入美国境内非常困难,但是对米德尔顿和他的那些匿名监督员来说,繁文缛节并不存在。

得知自己的情人M.T.康诺利因浮士德被害后,帕德罗打电话给米德尔顿,坚持要来美国帮助他们抓捕浮士德和他的同伙。米德尔顿告诉他，罪犯不会被引渡到波兰，帕德罗不介意，并将亨瑞克被害案的证据提供给了美方。这些证据在起诉时会派上大用场。

米德尔顿、卡姆巴克和两个联邦调查局的特工走过去，给迪克·钱伯斯戴上手铐。

"但是……大火……你们应该……"他底气不足地说。

"死了，是吗？和其他一千多名无辜的观众？工作人员今天下午已经把炸弹拆除了，天然气也得到了有效处置。我们不过将计就计罢了。如果演奏厅不起火，你的狐狸尾巴也不会露出来。所以我们在演奏厅旁边的建筑工地放了可控的火。没有危险，只是烟很大。这就足以成为突发性新闻了。"

"噢，对了，顺便告诉你，演出非常顺利。肖邦的音乐真的很棒……我定级为A-。你的上司也非常喜欢。真有意思，你明知道他会在大火中送命还把门票给他。你真该看看知道这一切都是你的阴谋时，他是什么表情。"

钱伯斯知道自己最好闭嘴，但还是忍不住问道："你是怎么知道的？"

"浮士德是整件事的主谋？不可能。我根本就不相信。他太冲动也太傲慢了。我感觉他只是一个棋子。他的上级是谁呢？我的一个同事通过电脑查了查过去几个月哪些人从华盛顿——浮士德打付费电话的地方——到过波兰和意大利。相关数据显示，除了一些商人，还有你——身为安全局的人，却让乌卡森'意外'入境。此外，我们还发现在亚伯·诺瓦克夫斯基交出肖邦手稿的前一天，你曾给他打过电话。

"你是头号嫌疑犯。不过，证据还不充足。所以我们故意放走浮士德，安排了一次假报警。约瑟夫·帕德罗，你从来没见过他。"

"一派胡言。你不知道自己在说什么。"

"我当然知道自己在说什么,迪克。记得第一份肖邦手稿吗?当时接到波兰打来的电话,我就起了疑心。北欧的情报部门认为恐怖主义活动源自波兰和罗马,手稿可能和这个有关。所以,我只身前往,一探究竟。后来,线索又指向巴尔的摩的毒气攻击。我们也确实查到了一些化学药品,看起来除了浮士德在逃,一切都结束了。

"事后,我一直在思考那天晚上的事。我们曾插手巴尔干半岛的事务,但是他们仅仅因为这个来美国复仇吗?不是的,种族清洗与政治、土地有关,却与宗教原教旨主义无关。这不合常理。也许乌卡森是为了信仰,但是浮士德和鲁戈瓦这些人呢?他们绝对是为了钱。

"将毒气代码藏在手稿中?这是情报专家最爱的桥段,确实掩人耳目,混淆视听。但是,在这个密码学已经成熟的时代,从一个国家获取密码有很多方法。肯定不是看上去那么简单。我决定从不同角度进行分析。就像看完整的手稿一样,我把前前后后发生的事联系起来。这真是恐怖主义者搞的阴谋吗?不是。另外一个逻辑问题是:毒气阴谋想达到什么目的?

"目的只有一个:让我们的几个志愿者重新上岗,然后消灭我们。消灭志愿者们。"

卡姆巴克问:"但是,为什么呢,哈里?"

"为的是将近十亿美元的被盗绘画、雕塑和手稿——纳粹当年从欧洲搜刮而来,藏在科索沃、塞尔维亚和阿尔巴尼亚的学校和教堂里。比如圣索菲亚教堂。钱伯斯曾经到过巴尔干半岛,但是没待多久就离开了。他肯定见过鲁戈瓦,知道那批战利品。后来,他出钱雇用浮士德来监管。

"几年后,他们想把这些艺术品卖给私人收藏家。但是鲁戈瓦先他们一步——他太粗心了,没有掩饰自己的行踪,说话也不注意。志愿者找到这些艺术品只是时间问题。所以,钱伯斯和浮士德要除掉鲁戈瓦——和我们。为了摆脱嫌疑,他们故意让这一切看起来像恐怖袭击,还为此将乌卡森和他的同伙引到了美国。

"了解他的动机后,我就在想他有什么办法可以将我们都除掉。很简单:袭击演奏厅。"

米德尔顿转向钱伯斯。"迪克,听说身在国土安全部的你建议开这场演奏会的时候,我并不感到惊讶。"

"全是胡扯。你根本不知道。"

"第一句是错的,第二句是对的。我会在你接受审讯时旁听,到时肯定会知道得更多,你也一样。"

埃梅特·卡姆巴克和其他两个特工将钱伯斯和浮士德的两个手下押往监狱。

米德尔顿和约瑟夫·帕德罗走在寒意料峭的街头。细雨淅淅沥沥。

"约瑟夫,谢谢你的帮助。"

"如果不是你,我可能帮不成。所以……一切都结束了。"

"还没结束。还有一些问题没解决。有一点我很好奇:埃莱安娜·索比斯基。她是乌卡森的同伙,但是可能没那么简单,我总觉得她有自己的打算。"

他回忆起她说过的话:"我们知道你跟浮士德的关系。"

"哦,"帕德罗说,"看来对这些战利品感兴趣的大有人在。或者,那些人已经得到一些了,还不满足。"

"我觉得是。"

"是鲁戈瓦的人吗?"

米德尔顿耸耸肩。"不确定。他们只是一些小混混儿,成不了气候。我猜还有像迪克·钱伯斯这样身居高位的人,应该在罗马、华沙或者莫斯科。"

"你会去查清楚吗?"

"这个案子就是我的生命,你知道吧?"

"我知道。"

"不到水落石出,我是不会放弃的。"

"你打算独自行动呢,"波兰警官问道,眼睛发亮,"还是需要一些朋友的帮助?"

米德尔顿忍不住笑了出来。"是的,我们正在商量将志愿者重新召集起来。"

帕德罗手伸进口袋去,掏出一盒香烟,然后皱着眉头问:"在美国,可以吗?"

米德尔顿笑着说:"在室外的公园?可以。"

帕德罗将烟点着,迷雾中,燃烧的火柴像是一朵花。他深吸一口气。"哈里,你觉得那些被盗的艺术品藏在哪里?"

"浮士德和钱伯斯可能有六个安全据点。不过,我们会找到的。"

"到时会找到些什么呢?"

"如果是肖邦手稿之类的东西,那就太振奋人心了。简直无法想象。"

米德尔顿看了一眼手表。已经午夜了。华盛顿西北区是这个睡城中的雅痞绿洲。"去喝一杯吧?我知道一家酒吧有上好的波兰伏特加。"

帕德罗忧伤一笑。"不必了。我很累。这里的工作已经完成了。我明天就会离开,早上还要早起向某人道别呢。也许,你知道怎么去这个地方?"

他将一张纸递给米德尔顿,上面写着弗吉尼亚州亚历山大市公墓的地址。

"没问题,我告诉你怎么去。我说……我们何不一起去呢?我来开车。"

"你不介意吗?"

"约瑟夫,我的好朋友,这是我的荣幸。"

二 铜镯

1 杰夫里·迪弗

终于可以惬意地享受假期了。

两天前,他们开始了法国之旅。尼斯的海岸边、安提布的博物馆、芬芳的香水小镇格拉斯、中世纪的"紫罗兰之村"都留下了他们的足迹。"紫罗兰之村"紧邻夏纳——没有导演、演员和狗仔队的时候,这里不过是一个寻常小镇。

不久前,无论走到哪里,身边的人群中都可能暗藏杀手。

现在,他们可以安心地在法国南部安提布附近的白色沙滩和红色岩石间漫步了。时值阴郁深秋,几乎没有游客。今天多云多风,但是丝毫不影响两家人的兴致——一对美国中年夫妇,和一对带小孩的年轻夫妇。显然,他们不是普通的观光客,没有兴冲冲地跑进咖啡店和纪念品店,只想静静地走走停停。

卡韦·巴兰默默地在心里说了声谢谢。眼下,他得马上了结手头的工作,然后离开。还有太多的事需要他去打理。

他皮肤黝黑,出生在新德里,不过他现在更愿意做个世界公民。此时,他正在离沙滩一百码的山上,拿着昂贵的望远镜观察这两家人。租来的菲亚特汽车里放着法国流行音乐。他将灰色的海水和天空尽收眼底,提防警察和无处不在的政府工作人员冒出来查护照、身份证,或者盘问你的职业。

但是，视线所及的范围内，只有这两家人。

他不时想起在脑中盘旋了好几天的问题：如果把一家人都杀了该是什么感觉。杀大人没问题，杀女人也没问题，他曾经无动于衷地杀过一个女人。但是那个孩子呢？杀还是不杀？

他昨晚一夜没合眼，始终在纠结。现在，看着年轻的妈妈轻轻地摇着摇篮，他知道该怎么做了。巴兰曾被告诫杀人时不要留活口，这样就不会有证人。他没近看那个孩子，不过应该还不到一岁吧。不到一岁大的孩子不可能认出他，也不会记住大人之间的谈话。所以，他决定放那个孩子一马。

等向上司汇报时，他会说正好在杀那个孩子时，觉察到有人走过来，为了不被逮住，急忙离开了沙滩。这话听起来合情合理，不像谎言。不远处有民房，路上也跑着轿车和卡车。虽然说这是个被废弃的沙滩，但也说不准还有人常年住在附近。

就这么定了。巴兰一下子好受多了。

他更加专注地盯着目标。

两家人玩得很开心。他的终极目标——五十岁左右的美国人——正在和比他年轻一点的妻子开玩笑。那个女人算不上漂亮，但是颇有异国韵味，头发又黑又长。有点像宝莱坞的电影明星卡琳娜·卡普。想到这里，他对这些美国人更加不屑和鄙视。美国人……根本就不知道印度电影有多精彩，宝莱坞只是印度电影的一部分而已，更没人知道宝莱坞这个名字中的 B 来自孟买①。也没有美国人了解印度文化的博大精深，它悠久的历史和深邃的精神。美国人眼中的印度不过是客户服务呼叫中心、咖喱，和《贫民窟的百万富翁》。

---

①宝莱坞英文为 Bollywood，其中的 B 来自孟买的英文 Bombay。

沙滩上，两个男人跑跑跳跳地玩着美式橄榄球。看着他们前前后后地跟着那个球跑，巴兰更加嗤之以鼻。这也叫体育运动？太荒唐了。几个大老爷们撞来撞去。一点儿也不像真正的足球运动——他们称之为英式足球。更不像这世界上最崇高的运动：板球。

他看看表，心想，快了，只要一个电话。他仔细检查了一下自己的诺基亚手机是否出了毛病。手机很正常。巴兰可是以专注细节著称的。

他再次将望远镜对准那几个人。他们马上就要死了，他们的灵魂会在第几重天呢？身为印度人，巴兰对轮回深信不疑——人死后前世的灵魂还能再次来到世间。他的哲学观与传统的印度哲学并不完全一致，因为他认为自己的杀戮生涯有着某种不凡的意义。一定程度上说，也许加速这家人的死亡——在他们过上更加不纯洁的生活之前——就是对他们灵魂的升华。

他无须为将要发生的事辩护。所有这些都是迪弗拉斯·斯卡瑞一手策划的，他选择巴兰绑架那个美国男人——杀死所有和他在一起的人——然后审讯他，弄清楚他来巴黎干什么。

印度宗教中有三十万神灵，但是在巴兰的心中，血肉之躯的斯卡瑞才是至高无上的。印度教派繁多，社会和经济种姓制度复杂得不可思议。印度的宗教经文《薄伽梵歌》将种姓分为四个等级：最高等级是婆罗门，最低等级是首陀罗。

迪弗拉斯·斯卡瑞所属刹帝利种姓，也就是军事贵族，地位仅次于婆罗门。《薄伽梵歌》称刹帝利种姓的人"有英雄气魄，燃烧着心灵之火，坚定不移，足智多谋，在战争中勇往直前，是高贵慷慨的领导"。简直像是为迪弗拉斯·斯卡瑞写的。迪弗拉斯的意思是神的仆人，斯卡瑞的意思是"猎人。"

迪弗拉斯·斯卡瑞这个名字是他"第二次诞生"时取的,这个"第二次诞生"指的不是轮回,而是印度青年的一种礼仪。巴兰认为名字很重要。他自己名字的意思是诗人,但是他对美和文字无感。圣雄甘地的姓是"菜贩"的意思——这倒是跟他很相符,他通过非暴力不合作的温和方式改变了印度的历史。

迪弗拉斯·斯卡瑞,上帝选出的猎手也会改变世界,不过与甘地的方式不同。他改变世界的方式定与他的名字相得益彰。

巴兰动身前,黝黑,矮小的迪弗拉斯·斯卡瑞——年龄不详——来到他位于印度北部的藏身之地。那天,斯卡瑞穿着皱巴巴的休闲长裤和宽松衬衣,胸前的口袋里装着一块红色手帕。(红色是刹帝利的颜色,斯卡瑞一直随身携带着红色的东西。)他笑吟吟地跟巴兰打招呼——从来没见过他发怒和大喊大叫——温和地解释这次行动非常重要,一定要找到那个美国地质学家,他正在巴黎调查斯卡瑞。

"我想弄清楚他都知道了些什么,为什么要调查我。"

"好的,迪弗拉斯。没问题。"斯卡瑞一直都让手下直呼其名。

"他已经离开印度了。找到他,杀掉跟他在一起的人,然后审讯他。"他说得很随意,就像点了一杯克什米尔烤茶——粉色的盐茶一样。

"好的。"

斯卡瑞微笑着递给巴兰一个礼物:一个看起来像是古董的铜镯。镯子很精美,上面有铜绿的线条,雕刻着古代的文字和一头大象。他将铜镯戴在巴兰的手腕上,往后退了一步。

"谢谢,迪弗拉斯。"

这个手上沾满鲜血的男人笑着说:"去吧,好好干。"这是他最喜欢的口头禅。

说完,迪弗拉斯·斯卡瑞走出屋门,消失在克什米尔的乡村中。

眼前的目标即将一命呜呼,巴兰低头望了望手腕上的铜镯。他明白,这个礼物代表的不仅仅是感谢:戴着它就意味着他在斯卡瑞的组织中占有一席之地。

此外,铜镯也提醒他只能成功不能失败。

好好干……

巴兰的手机响了。

"你好?"

珍娜没有问好,冷冷地问:"准备好了吗?"

"是的。"

"我现在走在沙滩路上,离你一百码。"珍娜声音低沉,非常性感。巴兰十分喜欢她的声音,情不自禁地幻想起她迷人的身体。前几天,他们都在为袭击做准备,她穿着笨重的衣服,一点儿也显不出身材。昨晚,他们到咖啡店研究逃跑路线,她穿得非常合体:薄T恤和紧身裙。当时她低头看了一眼身上的衣服,不屑一顾地说:"这不过是身戏服,我得扮演一个观光客。"

潜台词就是你可别多想。

珍娜知道在巴兰的家乡,漂亮的女孩子即使在沙滩上也要穿着严实的纱丽服,因此巴兰可能已经注意到了她的身体。这样看来,也许她在暗示什么。

但是这个杀手连她一个手指头也不会看。他是职业杀手,早就学会压抑自己的欲望了。斯卡瑞永远是首位的。

珍娜的手机无法被跟踪定位。她在电话那头说:"我给他准备了注射器。"

他们的计划是巴兰用泰瑟枪击中那个美国人,然后把其他人干掉。然后,珍娜将小货车开过来。他们一起将那个男人扔到车上,给他注射一针镇静剂。打完针后,珍娜将车开出尼斯,在一个被废弃的仓库里审讯他。巴兰会赶到那里与她会和。

"你去杀了那家人。"她说,就像他们俩在争论什么,其实没有。

"是。"

"一个也别留。"

"是。"他还是决定不伤害那个小孩儿。

他很难不好奇:一个女人怎么会如此随意地杀死一个孩子呢?

"开工。"珍娜突然说。

他本想发作,但是想到她是个美女,也就算了。他迅速挂了电话。

巴兰看了一眼过往的车辆。起风了,沙滩路上没有一个人。他从车上下来,肩上背着一个帆布包,包里有把加装了消音器的自动步枪。这把枪一分钟可发射六百发子弹,但是经巴兰调整后,一分钟可发射三发子弹。可以说,比全自动射击更精准,比单发更致命。

子弹并不大——点二二口径——其实也不需要多大。斯卡瑞让他的手下将枪看成长矛和匕首之类原始武器的延伸物。"你要做的,"斯卡瑞说,"就是割开肉体,生命会自动完结。让身体自我毁灭。"

他太聪明了,巴兰真心叹服。他摸着铜镯时,心里满是爱意和敬畏。他慢慢走向那两家人,他们的命运将从此发生天翻地覆的改变。

他穿过沙滩上的小路,悄悄溜到一个褪了色的吉丹牌香烟广告牌后面。他偷偷看了一眼,那家人正在倒啤酒和红酒,派发食物。

最后一餐。

那个年长一些的男人倒是挺有中年人特有的风度。隔着五十码,看上去有点儿帅,不过是美国味的那种帅;美国男人几乎都长得一个样。还是他妻子更有魅力。巴兰猜那个年轻的男人不是他们俩的儿子。不够年轻,长得也不像。他可能是那个中年男人的同事、邻居或者弟弟。孩子的妈妈一头金发，像个运动员。鉴于他对体育运动的喜爱，姑且说她像拉拉队员吧。

巴兰将手伸进帆布包，确定子弹已上膛。他换了一件挂着海滩巡警徽章的粉蓝色夹克，枪带挎在肩上，枪在背后，从前面看不出来。

他想到了斯卡瑞。

他想到美丽而又冷酷的珍娜正在小货车里等着。她那晚也在等他吗？在她的床上？也许这只是幻想而已。不过，斯卡瑞说过，幻想的存在就是激励人们去实现它。

他直了直身子，看似漫不经意地走近那家人。

一百码。

七十五码。

慢慢地走在白色的细沙上。

妻子说了句什么，中年男人笑了起来，抬头看到了巴兰，但是没太在意。也许他心里在想，沙滩巡警？法国人可真疯狂。大不了为了在这儿吃个午饭给他五欧元。

五十码。

四十码。

他会在十五码的地方开枪。巴兰是个神枪手。他的枪法是在故乡克什米尔杀巴基斯坦人、穆斯林以及其他入侵者时练出来的。就算站在明处和敌人交火，他也不会失手。

孩子的妈妈就在摇篮旁，巴兰的出现没有引起她的兴趣，她匆匆看了他一眼便专心听iPod了。她靠在沙滩椅上，望着摇篮里的孩子微笑，嘴里喃喃自语。

这将是她在世间看到的最后一幕：孩子的脸庞。

三十码。

二十五码。

巴兰的脸上挂着克制的微笑。他们没有起疑心。也许他们以为有着褐色皮肤的他来自阿尔及利亚或者摩洛哥吧。法国有很多北非裔的人。

二十码。

他的手在夹克上蹭了蹭。

十五码。

好了……就在这儿！

突然，巴兰如石化般盯着那家人。等等……怎么回事？

两个男人和那个年长些的女人躲到了沙丘后面。

戴耳机的女人跳起来，手伸进摇篮。她抽出一把MP-5冲锋枪，瞄准巴兰的胸口。

倍感惊讶的巴兰左顾右盼，两个穿着深褐色制服的北约工作人员和两个穿着深蓝色制服的法国士兵从貌似空更衣间的地方蹿了出来。他们肯定一直躲在那里，巴兰在美国人到后仔细检查过沙滩。

圈套！他中了圈套！

金发、娃娃脸的北约工作人员——名牌上写着"威瑟比"——用标准的印度语大声说："别动！"紧跟着又说了一句："站着别动！"然后才用英语说："不许动！"好像巴兰需要个翻译告诉他，如果不老实，五秒钟后就会丢掉性命。

威瑟比拿着一把大型手枪，他走近巴兰并不停地发出警告。

巴兰站在原地，他先看看左边的工作人员，再看看美国人，然后转向右边的士兵。

最终，他的目光落在那个年长的男人身上，他正在饶有兴趣地打量巴兰，似乎一切均在意料之中。也就是说，他设下了这个圈套。

卡兰随即意识到，如此聪明的人对迪弗拉斯·斯卡瑞来说是不小的威胁。

他告诉自己：你已经让他失望了。你已经失败了，生有何用？还不如死得其所。杀了那个美国佬，至少这样他就不会威胁到斯卡瑞了。

巴兰迅速转身去拿枪。

这时，他的世界陷入疯狂。眼冒金星。肌肉抽搐，疼痛感从牙齿传到腹股沟。

他双膝跪地，四肢失去知觉。他看到了身边的泰瑟枪。他用来杀死那个美国人的正是同一种武器。

巴兰痛到流泪。

他失败了，挚爱的上司那句"好好干"犹在耳边。

他向前倒在沙滩上，什么都看不见了。

"他叫卡韦·巴兰，先生，"皮蒂·威瑟比指着俘虏说。这次配合行动的有两名北约士兵，他是较年轻的一个，说话时带着波士顿北部的口音，兼职翻译。他留着平头，像是"奶油！薯条！热狗"的活广告。季节性货摊旁边，巴兰躺在地上，手脚都被铐着，正缓缓醒来。

"巴兰。从来没听说过。"米德尔顿点点头，在刚才的圈套中，他扮演的正是那位年长的丈夫。

威瑟比接着说："我们发现了他的车。车是租的，用的是假名字和假地址，信用卡是预付的。不过，我们找到了他的真护照，还修好了一台电脑。"

"电脑？好极了。"米德尔顿环顾荒凉的海滩，然后转向其中的一个法国士兵。他用法语问道："有斯卡瑞的线索吗？"

"没有，米德尔顿上校。在附近没发现……"瘦瘦的法国士兵耸了下肩，撇撇嘴。

米德尔顿知道他的言外之意，他们没有足够的人手到远处搜查。法国相关部门在一定程度上给予配合，但是远没有全力以赴。这次行动的主力是美国和北约，嫌疑犯也不会交到法国法院，而是直接送到海牙的国际刑事法院——审判那些战争犯和其他人权侵犯者的地方。

米德尔顿怀疑迪弗拉斯·斯卡瑞压根儿没出现。尽管相关情报显示，有人为了杀害或者绑架一个"美国地质学家"从克什米尔来到法国南部，但斯卡瑞不会为了区区小事亲自出马。

他希望可以抓到一个可以带他们找到斯卡瑞的人。

看来，这个人已经找到了。

米德尔顿继续用法语说："他应该有个同伙。你们在附近发现其他车了吗？有没有监听无线电？"

"没有。"法国人说。

"你呢？"米德尔顿问威瑟比。北约有自己的监视系统。

"没有，上校。"米德尔顿退役时，军衔是上校。

米德尔顿更喜欢"哈里"，但是总会有人叫他的绰号。"上校"比那些绰号还好些。

这时，米德尔顿的"妻子"走了过来。她的真实身份是米德尔顿的同事，莉奥娜拉·泰斯拉。泰斯拉有着地中海式的深色头发，手里拿着一部诺基亚。"预付费电话。半个小时内打过来的，当地电话，但是不显示呼叫人的信息。"

一道白色的光在米德尔顿眼前闪过。不远处，一辆小货车慢慢加速，开到山里去了。

泰斯拉接着说："让-马克正在检查那台电脑。他说电脑设置了密码，不过他会想办法破译的。"

米德尔顿朝她示意的方向望去。那边有辆北约的小货车，不过上面没有标志，让-马克·莱斯帕瑟，也就是年轻夫妇中的"丈夫"正在敲打着键盘。让-马克一头黑发，像个运动员，一直活力四射，在过去的两天一直叫大他十五岁的米德尔顿"爸爸"，吃每顿饭时都装作帮助米德尔顿切分食物。

"还知道他的哪些信息？"米德尔顿指着躺在地上，半昏迷的巴兰。

"我刚给国际刑警组织发过邮件，"泰斯拉告诉他，"他们会很快告诉我们的。"

第四个"家庭"成员出现了：二十九岁的康斯坦丝·卡森，昵称"康妮"。她和米德尔顿、莱斯帕瑟一样，以前都是军人。她将"小孩儿"——MP-5冲锋枪放到北约的货车上。本来，未经允许，他们是不能配备武器的——法国当局没给他们这个许可——但是要对女牛仔一样眨着阳光迷人的蓝色眼睛的康妮说"不"，可是比较困难的。她走到北约工作人员面前，将枪从架子上拿下来，扔进了摇篮。无视他们的抗议，她说："只是带它去散散步。"话语中流露出西得州的口音。

她把步话机耳机摘了下来——刚才她拿它冒充 iPod 耳机——然后检查了一下里面。"很显然他不是一个人。"

"我也这么想，"米德尔顿说，"虽然还没找到其他人。"

康妮还在排除可能存在的威胁。米德尔顿领教过，这就是她的天性。

"他醒过来了，上校！"另外一个北约工作人员喊道。他站在巴兰旁边,看起来像是漫画,头顶广告牌上正好有个"炸薯条"的对话气泡。

"醒了多久了?"米德尔顿问。

"五分钟。"

"你想让我做点儿什么,上校?"威瑟比问道。

"看紧点儿。我还需要你翻译呢。"

"没问题,先生。"

哈罗德·米德尔顿舒展一下筋骨,凝视着大海。他上周还在华盛顿区外弗吉尼亚州的费尔法克斯县。

他跟女儿查莉说自己比前几年瘦了不少。那时他"略胖",生活安逸,工作也顺心:主要是鉴定音乐手稿和教音乐史。他是退休后才从事这两项工作的。之前作为情报工作人员,米德尔顿目睹了不少战犯和参与种族清洗等暴行的人被绳之以法。离开情报局后,他自己组织了非盈利的战犯追查组织,致力于追踪海牙国际刑事法院和其他法院想要的人权侵犯者。

他们不隶属于任何执法机构或者非政府组织,不求经济回报,所以被称为志愿者。因为出色的侦察和追踪罪犯的工作深受赞誉。

由于种种原因,战犯追查组织在几年前解散了,米德尔顿继续他的音乐教学等工作,莉奥娜拉·泰斯拉到非洲从事救济工作,其他几个志愿者也各自为战。

最近,一个潜藏多年的战犯开始浮出水面,企图搞一场大屠杀。志愿者们又重新上岗了。大家齐心协力想要逮捕那个杀手——尽管米德尔顿刚刚失去了前妻,女儿也差点儿被她的犯罪同伙丈夫害死。

邪恶势力不断兴风作浪,他再也无法安心做学术研究,便重新开始组织志愿者活动。现在的志愿者队伍中的老成员有他自己、莉奥娜拉·泰斯拉、让-马克·莱斯帕瑟。新成员有康妮·卡森和吉米·张,吉米已经回华盛顿总部去了。他是在美的台湾人,语言能力极好,精通计算机,热爱研究——莱斯帕瑟觉得他像在线百科,便叫他"维基"·张。米德尔顿的女儿也帮了不少忙。

巴兰刚才是被电击枪击中的,此刻正挣扎着坐起来。米德尔顿看了他一眼,希望等会儿审讯顺利。志愿者们极其渴望抓到巴兰的上司。迪弗拉斯·斯卡瑞是个传奇人物。他的故乡克什米尔是个争议丛生的地方。他家境贫寒,却创造了奇迹:进入了英国名校。他在大学期间学习工程学和计算机科学,思维比老师还敏锐,是难得一见的天才。

传闻他大学学费和生活费有人资助。没人知道资助人是谁,他收到的支票都是匿名的。大学毕业后,他拒绝了英国各大公司抛来的橄榄枝,执意回到印度,在无人知晓的情况下,聚集了大量的启动资金,然后开了一家工程和计算机公司,在印度飞速发展的高科技世界里日进斗金。

发迹之后,他便在公司的所在地孟买和新德里销声匿迹了。"随后不久,他在克什米尔出现,"吉米·张解释道,"成了军阀、叛乱者和宗教狂热分子。"

张向米德尔顿和其他志愿者简要介绍了克什米尔冲突。半个世纪以来克什米尔一直是兵家必争之地。印度控制了中部和南部,巴基斯坦控制了西北部,它们在这里各自盘踞,中国控制的东北部分区域实际上不属于克什米尔。这种四分五裂的状态不可能长久,印度和巴基斯坦都宣称克什米尔完全属于它们,拥有全部主权。因此,广袤肥沃的克什米尔,就成了自二十世纪六十年代古巴导弹危机后又一核对峙的基地。

迪弗拉斯·斯卡瑞居住在印控克什米尔的查谟，那里印度教盛行。他的活动都是地下的，身边有上百个追随者。此外，他还经常出国旅行，用的都是假身份和伪造的证件。

过去的几年，他精心策划了对克什米尔地区的穆斯林、巴基斯坦人、佛教徒和基督教徒的迫害和残杀——那些非印度人或者不信印度教的人，还有那些他认为没有权利生活在他故乡的人，以及对克什米尔独立造成威胁的人。他涉嫌洗劫整个难民营和村庄，势力甚至渗透到了巴基斯坦控制的克什米尔地区。

国际刑事法院的检察官一直想把他绳之以法，但是困难重重。因为印度不是国际刑事法院的成员国，所以尽管斯卡瑞罪恶滔天，却依然不能被国际刑事法院起诉。不过，米德尔顿还是找到了漏洞：志愿者发现斯卡瑞在罗马规约[①]签署国有犯罪行为，这就属于国际刑事法院的管辖范围了。

现在唯一的问题就是如何找到这个行踪不定的人。好在不是全无头绪：据国际刑警组织报告，斯卡瑞在巴黎现身，他来这里购置寻找地下水源的软件和硬件。太奇怪了，克什米尔是为数不多水源充沛的地区之一。其实，克什米尔的意思就是源于"枯竭水"，也就是说被原始湖泊覆盖的地方。克什米尔不仅是印度和巴基斯坦众多河流的发源地，它的支流也润泽了其他国家，比如经常发生旱灾的中国。

米德尔顿抓住这次机会，跟其他志愿者开玩笑说要"冲走"斯卡瑞。他化装成美国的地质学家飞到巴黎，试着与斯卡瑞或者他的代表碰面。

[①] 即《国际刑事法规约》。根据该规约，国际刑事法院可对规约签署国及联合国安理会移交的案件进行审理。

可惜没有人上钩。米德尔顿故意到法国南部,假装与妻子和朋友度假,希望斯卡瑞或者他的手下能找到他们。一天之后,北约和法国的监察部门便汇报说有人跟踪他们——那个人肤色黝黑,可能来自印度。

正合我意,米德尔顿心想。随后,他和莉奥娜拉·泰斯拉设下了圈套。

现在,米德尔顿走到巴兰旁边,俯下身。"水?食物?"米德尔顿相信审讯时要尊重和怜悯对方。不必在心理上或者身体上虐待囚犯,这样只会适得其反。

"我什么都不要你们的。"他虚弱地冷笑。

米德尔顿抬头望着沙滩上方的山丘。他又看到了那辆白色货车。也许是另外一辆。它停在半英里开外的地方,玻璃反光。他不知道里面有没有人。可能跟巴兰没有关系,但是米德尔顿起了疑心。他把法国士兵叫过来,说:"可以帮我查一下那辆白色的货车的信息吗?"

法国士兵斜着眼。"这种货车到处都是。很常见。"

"拜托了。"

"分散精力很明智吗?"

"帮个忙吧。"米德尔顿耐心地说道。

法国士兵耸耸肩,骑着摩托车冲到沙滩路上。

泰斯拉的手机响了。她接通电话后说道:"是国际刑警组织打来的。他们查到了巴兰的信息。"

她转过身,边听边做笔记。

米德尔顿对巴兰说:"卡韦,我们知道你想要杀了我或者绑架我。我们也知道是迪弗拉斯·斯卡瑞派你来的。这些都是事实,你也没什么好辩解的。未来很长时间你都将在监狱度过,这已成定局。但是我可以保证你所去的监狱一定是人间地狱。"

"随你怎么对付我。你们都是——"

"嘘,"米德尔顿和蔼可亲地说道,"我对长篇大论没兴趣。那只会浪费你的时间,也让我感到厌烦。我只想知道怎么找到他——斯卡瑞。"

"我不知道他在哪里。"巴兰笑道,"就算我知道,也不会告诉你的。"他的双手被铐在胸前,威瑟比将手铐用链子结实地绑在他的腰上。米德尔顿以为他会抱怨铐得太紧,然而他什么都没说,只是深情地望着手腕上的铜镯。

巴兰的眼里冒着怒火。"你们根本就不知道在跟谁作对。你们连给他提鞋都不配。走着瞧吧,走着瞧。"

米德尔顿陷入沉思。他是在暗示什么,还是说了一堆废话?

他又问了几个问题,巴兰拒绝回答。

米德尔顿的对讲机响了。法国士兵说车里没有人,他正在检查车的登记信息,然后就挂断了。

也许只是普通的车吧。他想到那个士兵说的分散精力的事。他环顾四周,沙滩上空无一人。

巴兰的手机在米德尔顿的口袋里响了。他掏出来,看到手机屏幕上显示的是:无号码。他对巴兰说:"接电话。如果是斯卡瑞打来的,告诉他你被捕了,我想和他谈判。"他将手机递给皮蒂·威瑟比,"让他接。等会儿告诉我他都说了些什么。"

"是的,上校。"威瑟比把电话放在巴兰耳边。

巴兰用印度语说了几句。

"他在打招呼,"威瑟比对米德尔顿说,"接电话时一般都这么说——"

橘色的火球突然在巴兰耳边爆炸。爆炸声震耳欲聋。

米德尔顿拍了拍膝盖,灰尘和烟雾刺得他几乎睁不开眼睛。等安静下来后,他看到巴兰大半个脖子和肩膀不见了,沙子上全是血。威瑟比的胳膊被炸成了碎片。他睁大眼睛,盯着自己的伤口,然后倒了下去,两人的血交汇在一起。

"不!"泰斯拉喊道,跑上前抽出腰带想为威瑟比止血。但是手机炸弹火力过猛,他的胳膊已经完全被炸飞,没有可包扎的地方。

米德尔顿朝另外一个法国士兵吼道:"请求支援。叫医生来!"

康妮·卡森没去留意被炸得四分五裂的身体。她当机立断,抓起MP-5冲锋枪,以典型的防御射击的姿势,瞄准可能会发生攻击的方向。莱斯帕瑟拿着枪,瞄准南面。另外一个北约士兵,拿着点四五口径的手枪,瞄准北面。

山那边响起了枪声。

米德尔顿清楚眼前发生的一切。巴兰的同伙溜出货车,监视着他们,然后打来电话,等电话放在巴兰耳边时,引爆手机里的炸弹,再回到货车那里,杀死法国士兵。

简直是噩梦。

米德尔顿震惊极了。威瑟比脸色苍白,昏迷不醒。巴兰奇迹般地还活着,不过他失血过多,估计坚持不了多久。

上校蹲下来。"告诉我!斯卡瑞在哪里?不要让无辜的人白白送命。"

巴兰用已经涣散的眼神瞥了他一眼,然后做出奇怪的动作:尽可能地举起手,低头亲吻手腕上的铜镯,嘴里念念有词。不久,他歪倒在一边,停止了呼吸。

米德尔顿凝视片刻,随即看到他脚边的微型手机。

不祥的预感。他迅速转向站在巴兰电脑跟前的莱斯帕瑟,喊道:"让-马克,电脑危险!快卧倒!"

莱斯帕瑟立刻服从命令，匍匐在地。

第二颗炸弹就藏在电脑里，这一次爆炸燃起了更大的火焰，四周飞起碎了的塑料和金属弹片。

康妮·卡森跑过去，将莱斯帕瑟扶起，同时留意其他的攻击者。

"你还好吧？"米德尔顿问。

"也许吧。"莱斯帕瑟摸了一下手臂和脖子，疼得倒吸凉气。他和其他人一样身受重伤。

泰斯拉指着威瑟比，声音哽咽地说："他走了。"

米德尔顿对自己很恼火。本应预料到会有阴谋。现在，由于自己的疏忽，年轻、充满朝气的士兵丢了性命。

没有时间沉浸在悲伤中。他抬头望着山坡。那辆白色的货车一溜烟开走了。他看了卡森一眼，她正在瞄准。但是，她最终摇摇头，放下了冲锋枪。"太远了。"

他们将情况向法国当局做了汇报，但是他心里明白，车可能会很快被禁行，但是车里的司机肯定早就没了影踪。

那个同伙会是谁呢？

爆炸导致的烟雾中有股酸味，十分刺鼻。

这时，米德尔顿注意到泰斯拉，她正在观察巴兰的尸体。她脑海中在想些什么，他一清二楚。

"怎么了？"

"有点蹊跷。"她拿出笔记本，上面记着刚才和国际刑警的谈话。"卡韦·巴兰跟了斯卡瑞好多年，是他的头号保镖。斯卡瑞是他的上司，对他很赏识，现在他已经在组织中占有重要地位。"

米德尔顿点头，说道："斯卡瑞担心我们会从巴兰这里得知什么，所以为了封口杀了自己的心腹？"

"正是。"

"你认为呢？"

莱斯帕瑟说："有几分道理。"电脑爆炸前，他打印了几张纸，现在他将这些散落的纸收集起来。"我试着解码，然后在爆炸前打印了三封邮件。其中两封是街道地址。一个是英国，另外一个是佛罗里达州的坦帕市。"

米德尔顿看了一下。"这是住宅地址还是办公地址？第三封邮件呢？"

莱斯帕瑟读了起来："卡韦，很高兴你喜欢我送的礼物。它会给你带来好运的。等你结束了法国南部的任务，把那个美国人的信息发给我后，要马上离开。时间不多了。你还记得我跟你说过的'神秘村'计划吗？这个计划必须在我们行动前落实。我们只有几周的时间了。对了，千万小心蝎子。"

莱斯帕瑟抬起头。"署名是 DS。"

迪弗拉斯·斯卡瑞。

"毁掉整个村庄？"莉奥娜拉泰斯拉低声说，"又是一场种族清洗？"她眉头紧皱，"会在哪里呢？克什米尔？"

米德尔顿耸耸肩。"可能在任何地方。村庄用了引号，看起来像是某种暗语。"

莱斯帕瑟说："在我们行动前是什么意思？"

卡森说："我们最好尽快搞清楚……还有那个蝎子，听起来像人的代号。那个人会是谁呢？"

问题很多，答案却一个都没有。

泰斯拉问："要不要向政府当局汇报？"

志愿者们没有政府权威。他们配合国际刑事法院、欧盟、北约、联合国和地方政府的工作。有时,他们得配合所有部门的工作,其中有着大量的繁文缛节。

米德尔顿盯着皮蒂·威瑟比的尸体——他还年轻,他们几天前才熟悉起来。他们曾一起喝酒,欢笑,一起讨论美国的政治和体育。

"等我们抓到斯卡瑞,把他送上开往海牙的飞机后再汇报吧。"米德尔顿低声自语。他指着莱斯帕瑟手中沾满灰尘的纸说:"谁想去佛罗里达,谁想去伦敦?"

沉默了一会儿。卡森带着性感的得州口音说:"你们不觉得我走在皮卡迪利大街①上很合适吗?算了,我还是到坦帕市吧。"

"没问题。让-马克,你和卡森一起去。诺拉,看来我们得收拾行李飞往伦敦了。"

他们到那里具体要做什么,要找谁,都还是个谜。

莱斯帕瑟又看了一眼第三封邮件。"我很好奇斯卡瑞给了他什么礼物。"

"我知道。"米德尔顿想起巴兰临死前那个不寻常的动作——亲吻铜镯。他用纸巾小心地将铜镯从巴兰腕上摘下来,细细地观察,生怕那些蚀刻的纹路里暗藏着什么信息。绿色的铜镯边上有精致的刻字,可能是梵文或者印地语。另外,在镯子的连接处刻着一头大象。大象抬着鼻子,朝空中银样的新月喷水。

卡森慢吞吞地说道:"这也许不是什么幸运物。"

"对巴兰来说可能不是,但对我们来说,说不定是个幸运之物!"哈罗德·米德尔顿说。

---

①伦敦的繁华街道。

2 盖尔·林德斯

皮埃尔·克兰为了这一刻已经做了数月的准备。出人意料的是，他竟然要到巴黎郊区去。调查困难重重且离预想甚远。

晚上十点钟，黑色的天空中繁星点点。计程车行驶在蒙费梅伊市的巴格大道上，克兰机警地望着窗外。据说这里住着两种法国人：左边是战前住宅区，房屋整齐，花园洁美，铁栅栏上涂着黑色的油漆；右边是属于公共住房项目的十层公寓，成千的移民世世代代居住于此。他此行的目的地就是这里。

公寓名为"小丛林"，使人联想到美不胜收的大自然。然而，克兰透过车窗看到的却是满是涂鸦的沥青和混凝土丛林、破败的人行道、凄凉的荒草和深深的阴影。住在这里的人大都无家可归，更没有钱去买其他的寓所，这也是失业率长期徘徊在百分之五十造成的后果。

如此衰败的景象让克兰疑窦丛生。他要找的人有钱有势，住在这里简直像是修女住在拉斯维加斯的妓院。

"在这儿停车。"卡兰用流利的法语告诉司机。他母亲曾来过法国，小时候他跟着她的家人在兰斯市附近的香槟郡度过了快乐的盛夏时光。

司机马上靠边停车，报出车费。他伸出手。"给。"司机流露出担忧的神色,看来是想赶紧离开。

皮埃尔·克兰递给司机几欧元,下车走进夜色。他今年三十八岁,瘦高个儿,肤色苍白,有一头褐色的头发,鼻子很大,脖子很长。因为自己的外表,他经常被取笑,同事们背后叫他"吊车"(他知道且以此为乐)。他颇具幽默感,被瞧不起时也一笑了之。其实,二十年来很少有人知道他是空手道黑带。

他穿得很休闲,卡其布裤子,尼龙外套。秋风很凉,他拉上了拉链。计程车开走了,他站在人行道边。克兰看到路灯下有六个十几岁的孩子转身朝他走来,其中一个肌肉发达的人肩上扛着一台手提音响,这群人合着阿尔及利亚嘻哈音乐的节奏,摇头晃脑。

他们快走近时,克兰微微弯曲了下膝盖,站稳后,空手垂在一边,手指张开。

那群年轻人毫无表情,肆无忌惮地看着他,身体还在跟着节奏摇摆。

他耸耸肩,笑了笑,伸手摸了一下自己的帽檐。

朦胧中,他们的脸上露出几秒钟的意外神情,随即便放松了警惕。但是,他们在他身旁经过时,却丢下了一句警告——"快回家吧,法国佬!""法国佬"指的是那些土生土长的法国人。

他静静地看着他们远去的背影,他们低腰牛仔裤后面的口袋鼓鼓的。他知道,那一定是他们随身携带的刀子。

一股寒意袭来。他曾遇到过比这更危险的情况。作为路透社的调查记者,他很少提起自己的成绩,事实是,二十世纪九十年代,他为逮捕战犯拉多万·卡拉季奇提供了重要信息,后者就是波西米亚大屠杀的策划者。之后不久,他又揭发意大利总统竞选中有人与黑手党勾结,这一报道迅速成为欧洲头条,并直接导致那个政客被送进了监狱。去年,他在为写一个小故事做准备时又发现了宝藏——在三个警察无时无刻松懈的尾随下,他找到了萨达姆·侯赛因藏黄金的秘密地点。

想到这些,克兰毅然大步走进破旧如迷宫般的公寓。几个还没坏掉的路灯惨淡地发着光。他看到戴着头巾、衣衫褴褛的女人从门里进进出出,不少人还抱着孩子。阿拉伯语的广播从一扇打开的窗户里飘出。头顶上方的阳台上晾着长袍,它们在等待明天升起的太阳。

他觉得没什么危险,不过依旧放慢了脚步,小心地环顾四周。他确信自己没搞错方向,但是没看到想要找的那幢楼。

他佯装向前,走向下一个拐角。他转身看到两个莽撞的少年正在进行毒品交易。长着又黑又密胡子的男人在他们前面公开擦拭一把口径九毫米的伯莱塔手枪。那个男人瞄了克兰一眼,眼里放出老鹰看到猎物时的光芒。

突然,锈迹斑斑的门敞开了,对面楼里冲出三个穿着粗纹棉布牛仔裤和短袖衬衫的人,他们手里都端着冲锋枪。这种冲锋枪的型号是英格拉姆一〇,小而紧凑,装有MAC抑制器,可以将急速喷出的气流降到亚音速的水平。

皮埃尔·克兰愣住了。

进行毒品交易的两个人朝反向跑去。擦拭伯莱塔的男人也消失了,只剩下克兰和三个持枪的男人。

在他们冷酷的眼神下,克兰觉得汗流浃背。他希望这三个人的身份如他所想。他用之前被告知的阿拉伯语说道:"我被蝎子蜇过。"

右边的男人点点头。"蝎子正要见你。"他说的是英文,声音低沉。还好,克兰答对了暗号。

这几个保镖推着他上了台阶,走进屋里。身后的门砰地关上了,继而响起锁门的咔嗒声。显然这不是普通的房子，这也就解释了为什么蝎子坚持在这里碰头：克兰被警告必须一人前来。当他在迷宫一样的小区里寻找本来就不存在的建筑时，蝎子的手下有足够的时间暗中监视，最终确定他是否真的没有同伙也没有尾随者。

他深吸一口气，环顾四周。门厅很破，不过也很整洁，天花板比较低。屋子中间站着一个人，与其他三人不一样，手里也没有武器。

"克兰先生，你迟到了。我相信你没遇到什么麻烦吧。"说话的男人年龄较长，大概有五十五岁的样子，脸很瘦，皮肤偏褐色，头发白了一半，梳得整整齐齐。克兰仔细研究他衣服的剪裁和布料——黑灰色的丝绸上镶着二十四 K 纯金条纹，估计值一万美元。鞋——伯利兹牌[①]，鳄鱼皮，纯手工制作——至少要一千五百美元。领带是爱马仕的，值五千美元。但是最吸引克兰的还是他的手表——百达翡丽，不少于二十万美元。

克兰收回目光。"我终于见到蝎子了。"

男人明亮的蓝色眼睛朝他眨了眨。"你很聪明。"他略带英国口音，举手投足间尽显贵族气质。他对克兰后面的保镖说："搜身。"

克兰对此已经司空见惯了。他举起胳膊，叉开腿。一个保镖从头拍打到脚，另外一个人如机场安检员一样将他扫描了一遍。他们如此兴师动众，倒不但单单是害怕他带枪，也是为了看看他有没有带录音设备。这对克兰来说是小菜一碟，在过去的几年，他已经练就了过目不忘和过耳不忘的本领。当然，知道他有这个天分的人也不多。

"他什么都没带。"拿着手持式金属探测器的人汇报道。

[①]被称为世界上最昂贵的男鞋。

蝎子一直望着别处,听到汇报后,转向克兰。"我们去乘电梯。"

两个保镖开路,他们紧跟着踏进电梯间,最后一个人按了关门键。电梯并没有升上去而是朝下走了。

克兰问:"你什么时候卷入——"

他抬起手,示意克兰保持沉默。"到了车上再谈正事。轿车已经拆除了窃听设备,窗户也是特别处理过的,没有人能偷听我们的对话。听我说这些,你好像很吃惊。"他耸耸肩,"这就是我们生活的世界,小伙子。很遗憾,不是吗?"电梯铃响起。"但是对生意来说未尝不是好事。"

"当然,就我所知,对你的生意就是如此。"克兰说得不动声色。

年长一些的蝎子歪了一下头。"你说得没错。"

电梯门开了,外面是个普通的地下室,水泥地上堆着垃圾桶和待洗的衣服,另外还有几间锅炉房。右边铁丝网围出许多隔间,每间门上都挂着明晃晃的大锁。肯定储藏了某种东西。正在克兰研究这个地下室,希望可以看出纸箱子的门道时,汽车的引擎声由远及近。

夜色中,一辆奔驰豪华轿车朝他们开过来。黑色车身在荧光灯下如油亮如泼墨。

"我们的战车到了。"蝎子说。

车刚刚停稳,两个保镖走过去打开车门,然后退到一边,凝神站着。克兰绕到另一边,和蝎子一起钻进车里。

车里有皮革味和车蜡的柠檬味道。司机穿着传统的褐色便装,头戴硬边的扁平小帽。从克兰的角度看过去,司机已经上了年纪——头发花白,脖子苍白,皱纹很深。他手上带着短款小牛皮手套,露出右手腕上的铜镯。

铜镯引起了克兰的注意。上面刻着字,虽然离得不算近,他仍能看出那些字充满异国情调,当然也很迷人。铜镯的色彩很有积淀感,想必是古董。它发出的光像极了火的内焰。毫无疑问,这铜镯是令人惊叹的玩意儿——他的眼睛不由自主地被吸引住了。

克兰系上安全带。门关上了,车内就他们三人。

"出发。"

司机看了一眼后视镜,点点头,执行命令。他将车开向一条车道,那车道是上坡路,尽头是满天的繁星。

蝎子靠在后座上,对克兰说:"在我回答你的问题前,我想先问问你:你为什么会对我感兴趣?从头讲起。"

问题很怪,不过蝎子可能真的不知道故事的始末。"我在为论文做研究时发现了不相干的东西。我挺感兴趣。很反常。"

"接着讲。"

"反常的是剑桥大学三位非常有才华的留学生——分别是印度人、巴基斯坦人和克什米尔人——一九八八年均以优异成绩毕业。这三个人是好朋友,都出身贫寒,但是他们十岁便在英国接受教育,学费也有人代交。他们从剑桥毕业后,都开了公司,而且都得到了资金支持。公司也迅速步入正轨,大获成功。但是,五年后,那个印度学生死在了新德里的血泊中;十年后,那个巴基斯坦学生被下了毒的井水要了命;第三个人,也就是那个克什米尔学生——迪弗拉斯·斯卡瑞——还活着,但是他卖掉了公司,和一群既是恶棍又可能是天使的人生活在丛林里。这些情况就像个等着破解的迷魂阵。我打算做那个破阵的人。我发现这三个人在去英国之前并不认识,但是他们有共同点,比如都是印度教徒,都不曾提起过自己的资助人。我发现这个线索还缘于一本不起眼的印度教期刊。里面有人引用了斯卡瑞的话,他称资助人是'世间圣人'。"

"没错,我也听说过。接着说下去。"

克兰简单笑了一下。"斯卡瑞说得很煽情,但是也疑点重重。为什么一个施恩的人会掩藏自己的慷慨?毕竟,他让三个贫困的孩子获得了高等教育,这样的故事完全可以激发他人的善心。"克兰心想,除非那个人是完全无私的,或者他有完全不同的,不那么高尚的动机。"我最终查到了为他们支付学费的公司。那只是家挂名公司,它背后还有很多不能确定的公司。但是有一点很确定:他们的保安配备了'蓝色观察'全球服务系统。"

蓝色观察的总部设在迪拜,是一家提供私人保护和调查的机构,它的特别机构专门为那些真正的大富翁服务。"我很自然地请求采访公司的总裁和董事会主席,弗朗西斯·泽维尔·金博尔。"

他知道,金博尔这个人并不存在。但是克兰还不想揭穿,至少现在还不想,因为正是在调查金博尔的身份时,他发现了蝎子的邮箱,并发出会面的邀请。之前,克兰并没有关注过蝎子,不过听手下一个负责跟踪跨国罪犯的线人提起过。在线人的描述中,蝎子有钱、危险,没人知道他的真名,来自哪里,长什么样子。不久,路透社的信息安全小组告诉克兰,蝎子的电子邮箱曾在包括中国、俄罗斯在内的多个国家登陆过,信号难以捕捉。

他不再说话,静静地望着窗外。"小丛林"已经被甩在身后。他们现在正行驶在巴黎城外一个美丽可人的住宅区,树枝随风摇曳,秋天的花恣意开放,两旁的草坪上落满皎洁的月光。旁边是高高的木篱笆和画满涂鸦的墙。华丽的门成了戒备森严的路障。

"这是哪儿?"克兰问道。

"哪儿都不是。是哪儿并不重要,不是吗?其实,我也不知道。我们只是单纯地坐着车。重点是我们的谈话不被打扰。现在正是如此。

你刚刚讲了一个很有趣的故事,克兰先生。"他弹了弹衣袖上并不存在的灰尘,"你打算怎么做呢?"

"我打算写一个故事,年轻有为的克什米尔青年离开西方,成为一个独行的斗士。当他回到克什米尔后,便背叛了自己的资助人。这是部分情节。'蝎子'的名字被多次提起。所以,你能不能承认自己就是那个资助人?那个被背叛的好心撒玛利亚人?"

"很多时候,每个人都是匿名的反而更好。"蝎子说,"此外,就像你自己讲的,两个死了,一个可能疯了,我想没人愿意与这样的实验有牵连。"

"这样的'实验'?谜团越来越大了。你希望得出什么样的实验结果?"

"不,不是。我并不是那个人。如果我是,我也不会告诉你,我只是在回避你的问题,跟真实的故事并无关系。"他抬起修剪过指甲的那只手,"请让我继续。同时,我也想知道更多的情节。"

"为什么?"

"一个人不可能什么都知道。如果我给你一个可以发现新线索的地址,你能保证会将新发现的细节讲给我听吗?"

克兰感到意外。他原以为蝎子会阻止他。如果可以从这个神秘的富人这里得到什么帮助,那必定是骗局。

"你为什么不自己去呢?"克兰追问。

蝎子的蓝色眼睛闪闪发亮。"让你去不更好吗?这样更谨慎。我手下的人说你是个守信的人。你能保证吗?"

"好吧,我会向你汇报。汇报结束后,我不会再承诺什么。"

"到那个地方后要小心。有个美国军队的前军事情报员正在追查斯卡瑞,训练有素也残酷无情。"他从上衣口袋里掏出一张彩色照片,

"照片上就是那个人。他叫哈罗德·米德尔顿。记得时刻提防他。"

克兰看了一眼照片,抬起头。他透过一侧的车窗看到双车道上还行驶着另外一辆轿车,那辆车没有亮灯,紧紧跟着他们,一直保持着隐蔽却有可能带来危险的距离。它的挡泥板与克兰乘坐的轿车的挡泥板几乎在一条线上。冷冷的月光照在车窗上,他没有看到车内的人。克兰心头一紧。

司机说:"我已经看到了。"克兰喜欢他的声音——他说起话来很有权威,这是一个知道如何做事的人。

司机猛踩油门。车轮发出很大的声响,瞬间的加速将克兰和蝎子狠狠扔在后座上。

超过那辆车后,司机吩咐:"快掏枪。"

克兰看到蝎子按下扶手上的一个按钮。司机的座位后面开启了一扇小门。他拿出一把狙击冲锋枪递给司机。然后自己拿了一把枪,小心翼翼地放在膝上。

"那是珍娜,"司机生气地说,"我能在后视镜里看到她。她是怎么找到我们的?"

"我怎么知道?"

"那是你的事儿,该死!你搞砸了!"

克兰大吃一惊。司机正在质问蝎子。他在给蝎子下命令并怒斥他失败了,但是蝎子却没有反驳。

车还在疾驶,克兰注意到前排和后排之间的窗户一直都开着。司机听到了他们所有的对话。克兰迅速回想,他在公寓门厅里见到那个男人,问他是不是蝎子时,他只是回答:"你很聪明,小伙子。"现在想起来,这根本算不上回答。

克兰的心怦怦直跳。假扮司机可以完美地掩盖蝎子的秘密身份,从而开展业务。这是唯一合理的解释——司机才是老大。莫非司机才是真正的蝎子？

另外一辆车又跟了上来，这一次前排的车窗打开了。克兰隐约看到司机的身影——一位黑色长发飘飘的美女。她左手握着方向盘，右手不知道放在哪里。

她瞥了克兰一眼，这一瞥却让克兰感到战栗。一方面因为她的美貌，另一方面也因为她眼中燃烧的迷人火焰。这个女人令人着迷也令人生畏。不过，她很快便对克兰失去兴趣，将目光转向车里另外两个人。她看到司机的时候明显有点儿失望。犹豫几秒后，她举起枪。看样子像是乌兹冲锋枪，或者M10式冲锋枪。克兰还来不及躲闪，枪口已经喷出无数火花。子弹像冰雹一样噼里啪啦地打在车窗上，然后纷纷落地，因为车窗和车身都是防弹的。珍娜很沮丧，将车开到右边的草地上，然后猛地加速。

珍娜的车绝尘而去。

"她是怎么找到我们的？"司机厉声问道。

"跟着他来的？"坐在后排的蝎子望向克兰，后者手中紧紧地抓着枪，刚才可能以为会丧命吧。

司机厉声说："不能小瞧任何一个人。永远不能。"

蝎子问："他怎么办？"

司机考虑了一下。"克兰先生，前面路口有个火车站。你看到了吗？"

"看到了。"

"你到那儿乘车回巴黎。恐怕我们还有别的事情要去处理。"

"是的，我明白。"

"抓住伦敦的线索。千万小心。无论做什么，都千万小心。"

克兰还没在从刚才的事儿中缓过神来，发着抖，几乎喘不过气来。他慢慢走向旁边的小路。记者的直觉告诉他一个重要信息：那个美女本想干掉蝎子，她看到车里的人时，皱着眉，颇为失望，这证明车里压根儿就没有那个隐身人一样的蝎子。

但凡有点儿常识的人都会躲得远远的，因为再调查下去必会冒险，但是克兰内心深处却爱上了这个故事。他虽然其貌不扬，却有一颗美丽的心灵。如今的他好奇心大作，就如热恋中的情人，对方如果让他去摘月亮，他即使被剥皮抽骨也在所不辞。

他掏出手机，跑到街上。远处警报响起，他并不在意，心早已飞到了伦敦。

3 大卫·休森

费莉西娅·卡明斯基正在练习巴赫的《第二号小提琴组曲：恰空》——史上最难的小提琴独奏片段之一——一个持枪的男人破门而入。

这个疯狂、忧虑的男人身后跟着一个女人，他们急匆匆地闯进伦敦的兰姆坎迪特街上这间农舍式的联排小别墅。女人高个儿，长发，挺有气质，右手拿着卡明斯基这辈子都不想再看到的东西——枪。

年轻的波兰音乐家将小提琴和琴弓放在窗户边的古董桃木桌子旁，转身说道："哈罗德。莉奥娜拉。见到你们真开心。工作怎么样？好还是不好呢？看你们的表情我很难判断。你们来这儿是为了我在威格莫尔音乐厅的首次演出吗？如果是……"她修长的手指轻轻地掠过脸颊，"说实话，我还需要练习呢。"

"咳。"米德尔顿放下枪，莉奥娜拉·泰斯拉也是如此，只是动作更慢一些。米德尔顿夸张地拍拍额头。"不好意思，费莉西娅。我们刚刚看到屋里有人，却忘了你有钥匙。"

"哈罗德，在伦敦，小偷会被击毙吗？这样一座漂亮的房子，你都不记得借给谁了啊？"

米德尔顿看着莉奥娜拉。"我说过费莉西娅可以随便进出。为了她的……"他并没有说下去。

"……为了我在威格莫尔音乐厅的演出。"费莉西娅接过话头,拿起小提琴,"你们想听听我的演奏吧。花了你们不少钱。"

哈罗德·米德尔顿——费莉西娅坚持喊他的全名,因为虽然想亲切一些,但毕竟他不是同事,而是称职的良师益友。他不止一次救过她的命,比如上次她在华盛顿的詹姆斯·麦迪逊演奏厅独奏新近发现的肖邦乐谱,差点儿在丧心病狂的罪犯设计的爆炸游戏中丧生。

过去的两年,她受到米德尔顿无微不至的照顾。否则,她到现在都还是一个穷困潦倒的波兰移民,没有朋友,没有父母。必要时借助米德尔顿的关系,她现在已经慢慢适应了当专业小提琴手的生活。可以说,她在国际管弦乐界已经迈出可喜的一步。费莉西娅很感激,也深知米德尔顿的友善源于他内心的愧疚,因为他无意间将她带到了一个没有音乐,却充满黑暗、暴力的世界。

"很期待。"米德尔顿坚称。

"我们都很期待,费莉西娅。"莉奥娜拉·泰斯拉补充道。

米德尔顿记不起独奏会的时间了,有点儿不自然。

"今天晚上,"她皱起眉,"七点。我给你发过短信,也发了邮件……"

"很抱歉,又麻烦你告诉了我一遍。这几天生活有点儿……"他向莉奥娜拉递了个眼色"……乱。"

米德尔顿大步走到客厅的衣柜旁,那个衣柜很高,很笨,很丑,与屋里的其他家具很不搭,而且放在一个角落里,从外面根本看不到。别墅位于布鲁姆伯利[①]僻静、狭长的格鲁吉亚小巷,离西区和她下午要去彩排的音乐厅就几步路。这里算是伦敦的中心和富裕区,远离

[①]英国伦敦中北部的居住区,因在二十世纪初期与知识界的人物,包括弗吉尼亚·沃尔夫、E.M.福斯特及约翰·梅纳德·凯恩斯的关系而闻名于世。

喧闹和游客，更像个村庄。

米德尔顿打开衣柜，费莉西娅看到了两天前从纽约回来后，没事儿闲翻时看到的东西——黑色、落满尘土的金属保险箱，上面挂着老式旋转式组合锁。米德尔顿输入密码，将保险箱打开。尽管有心理准备，费莉西娅还是大气都不敢出。眼前是个小型的军械库——手枪、来复枪、弹药箱，还有其他一些认不出来的东西——整齐地摆在里面。

莉奥娜拉·泰斯拉将挎包打开，和米德尔顿一起往里面装武器。米德尔顿另外拿出两个灰色的手提袋，两个人看起来像是走进了巧克力商店，正在挑选喜欢的口味。

"志愿者们又开始行动了啊。"费莉西娅说。

"猫抓老鼠，孩子。"泰斯拉边回应边拿起一包小金属球，可能是种手榴弹，"还是你所从事的行业比较好，庆幸吧。"

米德尔顿和泰斯拉几乎忘我地专注于眼前的事，费莉西娅决定看看别的东西。

一分钟不到，她说："我很庆幸。不过，你现在有了新工作，还是不忘买珠宝啊。诺拉，这是不是你的？"

他们本来忙着将武器装进灰色的袋子里，现在都停下来望着费莉西娅。她修长白皙的手上拿着一个亮闪闪的东西，莉奥娜拉看到后立刻将袋子放在餐桌旁的椅子上，袋子的口半张着。这个小物件外面包着一层透明的玻璃纸，包装上印有北约的标签，上面的日期是前几天，还有一个听起来很有法国味儿的名字。费莉西娅以为他们肯定是忙着找武器，然后把这个重要的小东西给忘了。

"听我说，我最早认识你的时候，并不知道你有翻别人东西的习惯。"米德尔顿告诉她。

"我后来很快得到了允许。记得吗,哈罗德,就是你把我领进门的啊。这是什么?"

她仔细研究那个放在证据袋里的闪闪发亮的铜镯。不久,她又开始检查另外两样东西:一张薄纸和写着卡韦·巴兰名字的新护照。照片中的印度男人大约三十岁,有着一张平淡无奇甚至善良天真的脸。不过,他的眼睛非常特别,不知道他们注意到了没有。也许没有。在费莉西娅看来,米德尔顿和莉奥娜拉·泰斯拉都是聪明、勤奋的人,而且都陷入了一个看似无法离开的组织。不过,有时他们也会忽略一些细节。眼下,两人似乎没时间也没兴趣深入研究这些东西。

"这是我们的事,你不要管。"米德尔顿说。

"我猜,他已经死了。"她的话并没有得到回应,"你们没注意到他的眼睛吗?"

他们知道她在没话找话。她边说边看哈罗德手中的那张纸,上面的字迹很潦草,但是不难辨认。

克什米尔人,寻找水源。地质学。铜镯。蝎子。迪弗拉斯·斯卡瑞。

"看上去像个谜语,"她说,"我喜欢解谜。不知道你……"

"我非常不喜欢。"

"蝎子指什么?"

"斯卡瑞的邮件中也提到过。我猜是个人,只是不知道他是斯卡瑞的盟友还是仇敌。"

"镯子很美。"

镯子是铜的,颜色比较浅,偏金黄。在波兰,老年人喜欢戴铜腕带,他们相信这样可以祛除风湿和其他疾病。小贩在华沙批发街上兜售的珠宝比这差远了。这个镯子看上去更柔和、纯净,像是某种合金,做工精致,边上有绿色的斑点,上面还雕着费解的印度文。更奇妙的是上面的椭圆,像一个徽章,似乎是镯子主人荣耀的象征。

"这是什么意思?"她问。

"我也想知道,"他答道,"我们猜可能是克什米尔人的。镯子可能是某个帮派或者组织的信物。大概那徽章代表着什么。也有可能与印度相关,或者巴基斯坦。半个世纪以来,他们都在为克什米尔打来打去。我得把它带到实验室,找人翻译上面的文字。"

费莉西娅皱着眉头盯着镯子。

"你想到了什么?"

"啊,我这样一个波兰小提琴手能知道什么呢?"她又看了一眼铜镯,"你从来不玩填字游戏,是不是?"

"我说过,我讨厌谜语。"

"那是因为你习惯单向思考。猜谜游戏就像巴赫和爵士音乐,需要你从不同角度去思考、提问和回答。问题和答案总是在同一时间完成。"

她又仔细地研究镯子。

"关键是……你所需要的信息都在这儿。就在你面前,什么都不缺。你要做的就是将它们联系起来。"

听到巴赫,米德尔顿来了兴致。

"我的问题在于,"她接着说,"我还没学会用英语思考。我喜欢猜谜,但是英语版的对我来说实在太难了。我常常想你们最好可以看这些字而不是读出声。你知道我在说什么吗?看那些图,而不是文字。这样的话,语言就不再那样重要了。"

他们已经拿好想要的武器，准备出发了。米德尔顿伸出手，费莉西娅没有握住，而是指向照片上那个已经死去的印度人的眼睛。他把护照等装回证据袋，放进手提袋里。她抓住铜镯不放，等着米德尔顿发问。

"如果镯子上的图案是猜谜游戏，"米德尔顿问道，"你觉得会是什么意思？"

莉奥娜拉·泰斯拉摇摇头。"哈里，我们得把这些交给法院的人，而不是猜谜专家。"

"太遗憾了。"费莉西娅说。

他们看着她。

"为什么？"米德尔顿问道。

她指了指镯子上的月亮。

"我想，这就是答案。你们看，这孤零零的月亮像是在发问，而另外两个图案则围着它，仿佛他们的回答解释了一切。至于那头大象，它向天空喷水的样子和喷泉一样，不过好笑些，水也喷得并不高，对不对？那些水滴很快就落地了，好像比自身要重。这看起来很明显。"

"明显？"

"看吧！那是头大象啊，地球上最大的陆地动物。它在干什么？试着朝月亮喷水，但是没成功。两个字。也许你们不相信，不过我记得很清楚：我出生在切尔诺贝利核电站发生爆炸的那一年。我们离事发地点并不远，大约五百公里。在学校的时候，每六个月就会有人来为我们验血，看看爆炸是否影响了我们的健康。"

那些人用同一个钝针头为他们抽血。因为痛得刻骨铭心，她还特意找相关材料去了解那场事故。

她指着镯子上精心雕刻的大象。"重。"

然后她解释说大象喷向天空的水落得太快了。"水。"

费莉西娅·卡明斯基看到米德尔顿脸色愈发苍白。

"切尔诺贝利核电站会爆炸,就是因为没有重水,"她说得很快,"当时的苏联人用了一些廉价的原料和不得当的方法去建核反应堆,这是我可以确定的……至于月亮,我还没想明白。"

他们一言不发,米德尔顿温和亲切的脸上忧虑重重。

"接下来你会一直在这里练习吗?"他问道。

"练习,练习,练习。需要好一会儿……"

"不要出门。我会安排出租车接你到威格莫尔音乐厅,今晚你住那边的酒店。收拾东西吧。去演奏的时候把包留下,我们会帮你拿着。"

"但是……"

他们开了几句玩笑便走了。费莉西娅·卡明斯基看着他们离开,心里很希望他们可以多留一会儿。她在伦敦谁都不认识,一个人有点儿孤单也有点儿无聊。

"练习!"她嘘了一声,"再练下去我就疯了。"

关好门,她拿出一张纸,试着将从米德尔顿那张纸上看到的文字记下来。

取证的人为了找到答案,是一个字都不会放过的。想起刚才哈罗德听到关于铜镯的猜测时的表情,她不禁有些担心——他们肯定会想办法弄清楚"重水"与印度、克什米尔和巴基斯坦的关系。倒不是她愿意朝那方面想,而是切尔诺贝利核电站爆炸给东欧留下的阴影一直没有消散。

她看了眼壁炉旁的落地式大摆钟。如果按哈罗德说的收拾一下的话,离出发还有两个小时。时间还充裕。她想起还有另外一样东西可用,不过她确定米德尔顿和泰斯拉不会同意。

费莉西娅·卡明斯基打开笔记本电脑。几个月前她刚下载了"比克楚"搜索引擎。社交网络上充斥着怨气。这个网页的回复都很中肯和一针见血,似乎那些网友在回复前都认真地阅读问题并做了慎重的思考,让人感觉电脑很智能和人性化,而不是冷冰冰的机器。最棒的是,只要你提问并关注答案,比克楚会为你上网埋单。虽然没多少钱,但是感觉很贴心。褪去在威格莫尔音乐厅演奏的光环,她只是个穷学生。想要有笔可观的收入还得等几年。

费莉西娅低下头,键入刚才写在纸上的字。

克什米尔人。寻找水源。地质学。铜镯。蝎子。迪弗拉斯·斯卡瑞。

她自己又加了个词儿:重水。

还有:铜环。

网速有点儿慢,十秒钟答案还没出来。可能是米德尔顿家的宽带有问题。

他坐在皮卡迪利广场旁的餐厅,盯着他们送的 iPhone,然后通过私有应用程序,小心翼翼地与总部保持联系。他不知道自己身在何处。克什米尔,巴黎,还是伦敦中心。其实都无关紧要。在基地危险的藏身房里搞网络侵入的时光一去不复返。而今,离最后一次见到同伴已经一年零一个月了。他所知道的也就这些。后来传达命令的邮件都是加密的,而且地址一直在变。计划和任务都写在只读的PDF文件中，而且还要输入密码，阅后即毁。这就是他生活的世界，一切都是虚拟的，不真实的。唯一真实的是他自己，他的血和钱。

他刚刚打开播客网，打算看看新近上映的宝莱坞电影预告片，手机振动起来，屏幕亮了一下。一两秒后，发送过来的数据就处理好了。他看到一串搜索记录，搜索结果在不断接近。他瞬间明白为什么他们要保持联系了。小窗口的右上角显示出IP地址的来源。搜索人就在伦敦市中心，离大英博物馆不远。他轻按了几个键，在远程电脑中找到"我的文档"文件夹，里面有许多加密的文件。接着，他又四处查找远程硬盘，最终在文字处理器存储模板的文件夹找到了，那个文件夹是隐藏的，不易发现。里面有个名为"私人信件"的文档，没有加密。

他点击图标，文件显示在手机屏幕上。然后，他手指在那封信上滑了几下，将地址复制下来。紧接着，他点击"远程键盘"的私人应用程序。这样，对方输入的每个字母和数字都会直接被记录下来，存在比克楚系统中的一个加密文件中，他手机上的程序可以自动解码那些文本。

之后，他将门牌号和街名复制下来，粘贴到谷歌地图中。他对附近并不陌生，知道步行过去也不到十分钟。他将手机放进口袋，走到后面的厨房。唐杜里烤箱中的五香烤鸡散发出小茴香和姜黄粉的熟悉味道。

副厨师长看见他走进来，似乎知道会发生什么事。这个孟加拉的小个儿男人桀骜地看着办公室午餐预订单，这个预订单是十六人份的，半个小时前刚刚贴到订单板上。

"你能搞定。"他说，脱下围裙和油迹斑斑的套袖，走出厨房，半路上停下来拿了把瓦尔特手枪。

比克楚就像个话痨。不一会儿,答案接二连三地蹦出来。她头痛得要命,想起切尔诺贝利核电站爆炸后几年的恐惧、担忧和悲伤。学校的两个小伙伴在大家眼前一天天衰弱,最后永远地离开了。

过去的世界冰冷无常,那些残酷的科学人士根本不考虑后果。看着线索和暗示在一个小时内已慢慢拼凑起来,她对谜底既抗拒又期待。她知道,这方面的知识很重要,也很可怕,而且是被禁止查看的。

取得不小突破后,她起身离开电脑,沏了一杯绿茶,听了一段晚上将要演奏的乐曲,因为没练琴而产生的一丝愧疚掠过心头。一九六八年,她的同胞亨瑞克·谢霖①曾用那把著名的瓜奈里"拉杜克"小提琴为德国留声机公司表演:十四分半的幸福感受。

随后,她回到电脑旁,看看搜索结果。相关结果太多,头都大了,她更加渴望音乐带来的宁静和信念。

她给米德尔顿打电话,没人接听。甚至没法留言。

"哈罗德,你给我的电话号码不是真的吧?"她边对自己说,边听谢霖的演奏,希望有一天自己也可以达到他那样的水平。

他不知道自己离开后,餐厅那边怎么样了。那个孟加拉小伙子很能干,但是不够利落。不管怎样,生意归生意,客人还是得服侍好。

①波兰裔墨西哥籍小提琴家。

等回来再说吧,他想。兰姆坎迪特街上是一家家酒吧和商店,一直到最北端才清静下来。人人都得工作。这是好事。周围唯一的车辆是公园边的黑色货车,车窗不透明。马路另一边,孩子们在自己的小天地里蹦蹦跳跳。他瞥了一眼那辆货车,摇摇头。唉,伦敦的妈妈们,绝不肯让自己的小宝贝走半步路。

她将自己的发现写成加密邮件发给米德尔顿,并在后面加上自己的电子签名,这是米德尔顿教她的。如此一来,别人就不能阅读这封邮件了,而且米德尔顿收到后也能确定是她发的,而不是冒名顶替的骗子。

"第一,"她打字的手有点颤抖,文字无法完全传达她想法的重要性,"死去的卡韦·巴兰的照片。你没注意到他眼睛中异乎寻常的棕绿色。这种颜色可能是天生的,但是,更可能是接触金属导致铜中毒的症状。你可以查查弗二式环。铜中毒会引起眼睛变色。"

她看看自己写的,又看看时间。还有六分钟。再不练习就来不及了。

"第二,印度是世界上最大的重水生产国。提炼过程很耗资源。三十四万吨的普通水,只能生产出一吨重水(氘,哈罗德,查查看)。也许这就是人们寻找新资源的原因。"

茶变凉了。

"还记得我说过的切尔诺贝利核爆炸和重水吗?也不是非用不可。不过,想要生产军用钚,最好的办法是绕过铀浓缩过程,因为它所需要的技术基础设施是很难隐藏的。也不是说重水生产就简单,只是那个过程更像蒸馏白兰地。差别在于重水蒸馏用的是磷青铜设备，而酒精用的是铜。"

她看着自己写下的文字，颇为自豪。或者，准确地说，是为比克楚骄傲，它以难以置信的速度将如此多的信息集合在一起，而且丝毫不费力。

"第三，十一年前，有人在美国申请重水生产新方法的专利。就我所知，这项专利没有应用到工业生产中，因为技术中的某些部分不适合大规模生产。最终，美国一家公司的印度子公司拿走了此项专利。这家公司应该是个皮包公司，至少我查不到它和美国母公司的财务状况。"她检索了美国专利办公室的免费数据库，并为此单独新建了文件。

"专利申请上也有斯卡瑞的名字，另外还有其他几个人。根据专利的说明，这种提炼重水的新方法较之传统方法可以节约一半的水，大大缩短了时间，降低了成本。简直像是为钚工厂自行制造原材料而准备的。还有……"

最好的一定要留在最后。屋里还飘荡着亨瑞克·谢霖用那把瓜奈里演奏的乐曲。

"特制的圆管系结构是这项专利的核心和灵魂。文件中称它为'铜镯'。只不过这个铜镯有三十英尺高。"

她喝完茶，静静听着音乐接近尾声。

按下发送的瞬间，门铃响起来。费莉西娅讨厌被打扰。兰姆坎迪特街不好的一点就是总有人跑来推销盗版DVD、中国画等东西。米德尔顿在房前挂了"谢绝推销"的牌子，不过没什么效果。这是英国，没法儿在门上安装摄像头。这条安静的街道上住的都是上流人士，大家认为一把大锁外加高科技的报警系统就可以安枕无忧了。

当她走出客厅，来到走廊时，门铃又响了。

"我什么都不要。"她大声喊道，竟从自己的声音里听出了美国口音。可能是在纽约待过两年的缘故吧。

她拉开门闩，开了一半门。门口站着一个矮壮的中东男人。他不过三十岁，穿着一件切尔西足球队的T恤，外面披件夹克，发型很时尚，全部向后梳，笑起来像是英国小伙子见到了美丽的姑娘。

"我什么都不要。"她叹着气又重复了一遍。

他看起来扬扬自得，手里举起一个全新的iPhone。屏幕上显示的正是她刚发给米德尔顿的邮件，最后几段，包括那句"只不过这个铜镯有三十英尺高"用黑色字体标出。费莉西娅蒙了，不停地眨着眼睛。

她后退一步，猛地关上门。木门撞上了什么。她听到一声痛苦的呻吟，但是他还是进来了，没有办法再把他赶出去。她的脸上挨了一拳，磕磕绊绊地跑进客厅，抓住里屋的门，狠狠地关上。

他又撞到门上了，痛得大喊大叫。生气。受伤。她喜欢这两个词。

她手扶着沙发，试着镇静下来去思考，去找可以当作武器的东西。

"嗨。"他说。

他举起手，像是被冒犯了一样。他的右眼被门撞紫了。

"我只是想跟你聊聊，"他说，"仅此而已。"

"谁让你来的？"她还在寻找武器，右手撑着沙发。

"几个大人物。他们告诉我不许伤害你，只是希望你能去拜访。"

"这样的邀请也太不友好了。"

他一只手伸进上衣口袋，掏出一把手枪。

"还有更不友好的呢。活着和毫发无伤可不是一回事。小姑娘，你自己选吧。不管选哪个,你跟我走定了。"

谢霖正在演奏她最喜欢的片段。而眼前这个不知道哪里跑来的男人却毁了这一切,费莉西娅·卡明斯基恨得要命。

她直盯着他的眼睛说:"他们不会伤害我?说话算话?"

"说话算话。"

iPhone始终在他的左手中。他拿手机的姿势,表明他喜欢这个手机。

她伸出一只手将头发散开,刚刚为了练琴将它扎起来了。他看着她,又笑了。

"这是新款吧?"她指着手机问道,"有GPS或者其他什么功能?"

人们喜欢各款的苹果手机。有时,在他们眼里,似乎世界上没有比这更珍贵的了。

"是的……"他将手机举得更高了一些,摁了某个键,手机开始播放迈阿密热火队的比赛视频,"我有……"

她脚上穿着从圣乔瓦尼附近的GUCCI折扣店买的尖头皮靴。这种尖头鞋已经过时了,不过她很喜欢。她上前一步,右腿使足劲朝他的要害部位踢去。

他惊叫起来,枪歪在一边。她抓住他的手腕,狠狠地撞向衣柜的棱角处,那个衣柜就是哈罗德的兵工厂。枪掉在了地上,手机还在他手中,她又踢了一脚。这次,他瘫倒在地,抽搐着,看上去很疯狂。

如果他站起来,我就完了,她想。

她想抓住离自己最近的东西。终于,她的手触碰到了贝拉·斯泽佩斯小提琴,那是哈罗德·米德尔顿送给她的礼物,也是这么多年以来她拥有的最好的乐器。她很想哭。

她抓起小提琴朝他的脸部砸去。小提琴立马散了架，底部脱落。知道已经无法挽救，她双手攥住小提琴，像抡棒槌一样抡在他脸上。他再次倒落在地，鼻子上满是血，眼睛里流露出痛苦和恐惧。

不远处还有一个古老，笨重的花瓶。她扔掉手中的小提琴，拿起花瓶，朝他的太阳穴砸去。

他没了声息。

她闪电一般从琴盒中拿出几根备用弦，用脚把他踢趴在地，然后用腿抵住他的脊梁，将他的双手、双脚反绑住。

绑好后，他又在原地挣扎了几下。她赢了。为了以防万一，她还是弯下腰捡起枪，尽管心中有一万个不愿意，还是将它轻轻地握在右手中。

望着地上散了架的小提琴和这个血肉模糊的陌生男人，她不禁泪如雨下。"我不再是以前那个小姑娘了。"

听到外面的声响，她抬起头。前门忘关了。她在客厅看到敞开的前门，追悔莫及。一个瘦高个儿丑男人走了进来，他很瘦，皮肤白得离谱，看到他们后似乎既有几分惊慌又显示出了镇定。

费莉西娅·卡明斯基本想说点儿什么，可大脑一片空白。谢霖倾情演绎的巴赫协奏曲只剩下最后一个音符了，D 由双弦完成，一根有张力，一根被手指拨出颤音，最后归为寂静。她喜欢这个指法，希望将来有一天自己也可以模仿。也许，今晚在威格莫尔音乐厅。今晚……

皮埃尔·克兰一把将眼前这个单薄、普通的女孩儿手中的枪夺去，然后将站在那里目瞪口呆的她打晕。她倒在地板上，旁边的男人手脚被绑着,浮肿的脸上还有明显的恐慌。克兰四下打量,直觉告诉他,这幢小房子里没有其他人了。

克兰迅速将房子搜查了一遍——房子的主人是哈罗德·米德尔顿,巴黎城外那位司机曾告诉克兰要小心他。他看到一个貌似放枪的保险箱,并浏览了一遍桌子上的文件和便条。

"找到有用的东西了吗,皮埃尔?"身后的女人平静、从容地问道。他感到脊背发凉,匆忙地将手伸进夹克,去掏枪套里的枪。

枪还没拿到,他的肩膀就被什么抵住了。

"别犯傻。"她说。

他转身看到珍娜。她手中拿着一把黑色手枪,而且装有消声器。非常专业的武器。她不眨眼地看着他,这目光使他想起不久前,在巴黎城外荒凉的双车道上交手的情形。"我们见过,皮埃尔。"

回想起子弹纷纷从防弹窗落下的场景,克兰不由得打了个寒战,不过还是勉强笑了笑。"你认识我?"

"你是记者,有你自己的调查方法。"珍娜耸耸肩,"我也有我的。"

克兰明白,他当时到巴黎城外与蝎子见面肯定被她跟踪了。

"米德尔顿在哪儿?"她问。

"不知道。"

"跟他一起的女人呢?泰斯拉?"

克兰摇摇头。"我不认识她。"

远处的警笛声越来越近。谁报案了?还是看到枪了?显然没时间彻底搜查了,她心有不甘地看着这座房子。

珍娜命令道:"把这个女孩儿拖出去。外面有辆货车。"她犹豫了一下,"你和她先走。我等会儿去找你。"

"你不怕我跑了?"

她一笑。"不怕。"

"为什么？"他问道，试着找个突围口，但是她就站在那里，在她眼皮底下逃跑是不可能的。他自己也想逃。内心深处有个人——记者的本能，还是另一个自己？——告诉他要顺其自然。

"因为你在查找真相，不是吗，皮埃尔？"

珍娜伸手将他夹克下的枪拿去，然后看着他将昏迷的小姑娘夹在胳膊下，走了出去。

门口有辆奔驰货车，车窗都是不透明的。穿着黑色制服，戴着手套和帽子的司机将后门拉开。

克兰刚把小姑娘抱上车，身后响起消声枪低沉的声音，紧接着传来痛苦的呻吟。呻吟短促，不过一秒。克兰立马心知肚明。

4 吉姆·胡西尼

巴黎的清晨灰蒙蒙，午后却极其安恬、静美。她穿过协和广场，走在香榭丽舍大街的鹅卵石路上，回想起这一天：先是在沿着塞纳河畔的乔治五世大道慢跑，回来时穿过埃菲尔铁塔下的战神公园；在所住的伊丽莎白女王酒店的房间洗了个澡；穿上修身的鸡心领毛衣、牛仔裤、从圣日耳曼大道上一家商店花很少的钱买来的黄油色的短款皮夹克，到不远处的乔治五世酒店吃一碗有红糖的燕麦，边吃边读《华尔街日报欧洲版》和《今日美国》；然后回到伊丽莎白女王酒店，坐在地上，背靠着没有整理的床，轻声啜泣。

还是不管用。"去巴黎吧，"她爸爸说，"你得出来走走。""哈里，我不想去。太多的回忆。"她回道。"查莉，也许你需要新的回忆。"他握着她的手，柔声说道，"我们都希望你能开始新的生活。我们真的需要……"

只是，走在巴黎的大街小巷，还是会想起过去：她的孩子，流产，自己的丈夫竟是杀害母亲的凶手之一；每天都不停地想也许这一切不过是一场梦，从来没发生过。现在，阳光透过树叶的缝隙在地上留下光斑，她走在林荫路上，看到那些小孩子跌跌撞撞地去追鸽子，他们母亲脸上带着幸福的微笑。此时此刻，周围穿着褐色套装、谈吐优雅的老人，走在香榭丽舍大街上的上班族，以及在纪念碑和杜乐丽花园游玩的观光客都似乎不存在了。在她眼中，只有那些天真可爱的孩子和他们心满意足的母亲。她感到沉重的绝望和巨大、锥心的空虚。她知道自己余生很难再去爱上一个人。如果有了孩子，也很难给他成长所需的安全感和乐观的人生态度。也许某一天，她会被内心的空缺彻底吞噬。

如今夏洛特·米德尔顿——在得知自己的丈夫参与了谋杀华盛顿上万平民的阴谋后，她就不跟他姓了——唯一感到有意义的就是和志愿者们一起工作。她爸爸米德尔顿说需要她。这当然是真的，不过最初她并不同意。"哈里，我做不了。总觉得一切都没有意义，空虚……我真希望可以说得清楚。""查莉，"他说，"只要想到没有你的生活，我就能理解你那种感受。"

查莉在马里尼剧院旁的报亭买了一个火腿三明治——脆面包上涂着格鲁耶尔干酪和咸黄油，和一瓶波多含气矿泉水，然后坐在沐浴在阳光中的长凳上。星光大道和凯旋门在远处，圆石路上车水马龙。为了不去回忆往事，她努力去想为志愿者们做的一些调查。思绪游离。她想起康妮·卡森，这个得克萨斯的姑娘做事总是风风火火，维基·张对虚拟人生十分着迷，这个十九岁的电脑天才给自己设置了一个黑色头像，头像中的他留着二十世纪七十年代黑人的发型，身材好到运动员都会嫉妒。"试试，"维基建议道，"每个人都需要在其他地方扮演全新的角色。"话刚说出口，他又觉得尴尬，"我不是说你的生活不好，查莉。不是，我想说——我想说，查莉，游戏——也许你该去结识新朋友——如果你想的话，查莉……见鬼……"

了解了志愿者的工作后，她对莉奥娜拉·泰斯拉比以前要钦佩许多。她曾邀请查莉去杜邦环岛的拉丁酒吧喝一杯，那里游走着很多年轻人和粗心的单身汉，六个人挤在四个人的桌子上。随便聊了会儿音乐后,泰斯拉大声说:"查莉,我的建议是:不要听我的建议。静下心来,听听自己的真实心声。"

现在,在香榭丽舍大街,想起四千英里以外的人和事。查莉看见一辆写着韩文的观光车呼哧呼哧地停下来,交通堵塞了。出租车司机嘟嘟地按着喇叭,查莉苦笑一下,又回到自己独处的世界。

离夏洛特·米德尔顿大约三十码的公园里有位自我感觉不错的先生,他五十多岁,头发黑白夹杂。他的蓝色西装剪裁得可谓完美,即便与圣罗兰、迪奥、香奈儿、拉克鲁瓦这些大品牌相比也毫不逊色。他坐下后,从上衣内口袋里拿出一块丝绸方巾,擦了擦路贝蒂鞋上的灰尘。刚刚放好方巾,手机震动了。

"我在巴黎,"他说,"跟踪米德尔顿的女儿。我会跟紧的。"没等对方回答,他就挂了电话。

伊恩·巴雷特-伯恩差点儿死在巴黎城外的小路上,现在他已经恢复老样子了。他和他的手下善于用钱和暴力威胁别人做不想做的事情。很多人受辱后气急败坏地发誓要报复,但是大都不了了之。

当然,珍娜不同。

巴雷特-伯恩自己也是金钱和刺激的奴隶。他认为办公室工作纯属活受罪。

但是珍娜呢?她的动机是什么?

他猜可能是理想主义。这动机也太幼稚无聊了。

但是,她在巴黎城外的路上出现,对每个人来说都意味着危险来了。

还有多少人会因铜镯丧生?

他看着查莉从长椅上站起来。一口气喝完冒泡的矿泉水，然后将绿色的塑料瓶和吃剩下的面包扔进垃圾桶。然后，她好像想到了什么，又将面包捡了回来，揉碎后准备喂给觅食的鸽子。

"真是典型的美国做派。"巴雷特-伯恩自言自语，好像这个颇有魅力的女人做了一件恶心的事。

他继续不远不近地跟着米德尔顿的女儿，还抽空瞥了一眼手腕上的百达翡丽菲利普。他想，她还会毫无目的地闲逛下去，没有保镖，毫不设防。

费莉西娅·卡明斯基清醒过来，和皮埃尔·克兰并肩坐在奔驰货车的后排，司机尽可能快地用塑胶将他们的手腕和脚踝绑在一起。珍娜拿枪指着他们。

手机响了两声，珍娜按了接听。克兰觉得她说的很可能是印度语。她转身面对克兰和费莉西娅。"我刚知道，"她的英语带有很重的口音，"你不是哈罗德·米德尔顿的女儿。"

费莉西娅没吭声。

珍娜冲克兰吼道："她是谁？"

"我也不知道。我可以问，但是估计只能用英语。她应该不会说法语。"

"你，"珍娜的英语也不流利，"你叫什么名字？"

"费莉西娅。"

珍娜看着克兰。"是法语。"她用英语说道。

"是波兰语。"他用法语回答。他本打算提到她的口音，但是想着珍娜可能辨别不出来，就像他自己分不清阿尔及利亚人和摩洛哥人说的法语一样。

"这小姑娘还挺能打。"

"我觉得她是在自卫,凑巧手头有把小提琴。你找错人了。"

克兰知道车在往东南方向开。

"她可能有点儿,"他加了句,"弱智。你知道……"

费莉西娅忍着不去看他,不过真想踹他几脚。

珍娜的膝盖上放着克兰的手枪。

"放了她吧。"克兰说。

司机看了珍娜一眼。

"放她走我就会帮你。"克兰在寻找故事,珍娜也是。他不想与她反目。

"帮我?怎么帮?"

"你我都在找蝎子。而我,知道他的一些情况。我还记得你那天看到车里人时的表情。你很失望,因为车里根本没有蝎子。"

"告诉我点儿有用的。"

"那你会放过她吗?"

她瞪着克兰。"也许我会杀了你和她。"珍娜说。

"或者,我来帮你,谁都不会死。"

"说点儿有用的来换一条命,你的或者她的。"

克兰考虑了片刻。说点儿什么她才比较感兴趣又不至于泄露太多呢?"这跟迪拜有关。"

"什么?迪拜?"

"为了保命,我只能告诉你这么多。"

珍娜权衡了一下。然后用阿拉伯语对司机说:"放了那个女孩,只留他一个。"

* * *

米德尔顿站在汽车驾驶座一侧,脸上写着挫败。让-马克·莱斯帕瑟在卡韦·巴兰电脑上找到的地址是伦敦塔夫内尔公园南边的清真寺,那是伦敦北部的一个繁华社区,居住着成百上千的穆斯林和为数不多的印度教徒。这座清真寺名声很差,新上任的阿訇比较温和,也没能将那种坏影响消除:上一任阿訇因谋杀和种族仇恨被定罪,因为他宣扬用自杀式爆炸来讨伐异教徒——他无疑参与了七七连环爆炸案。这个清真寺还支持基地组织,并为其提供攻击性武器训练,以及掩藏电信设备。

"阴谋,"他说,"还是玩笑?"

泰斯拉在车的另一侧回应。"不一定。也许有人——"她指着清真寺和街边的矮砖建筑,"知道怎样袭击清真寺。总归不会是死路一条。"

"这得花几周的时间才能搞清楚。我们没有那么多时间,现在情况很混乱。"

泰斯拉去拉车门,但是车门已经锁上了。"你说得没错。我们得先制订个计划。"

米德尔顿掏出钥匙,扔给泰斯拉。"车给你开,"他指了指塔夫内尔公园地铁站的方向,"我要去威格莫尔音乐厅看看费莉西娅。真不该忘记她今晚有演出。如果你愿意,安置好武器后来找我。等康妮和让-马克在坦帕市安顿好后,再把情况告诉他们。"

米德尔顿从牛津地下广场走出来,感慨这么快旅程就结束了,尽管之前还在尤斯顿站转了下车。交通不顺畅的话,估计诺拉这会儿还在五〇三高速公路上。他下意识地先掏出普通手机。里面有条费莉西娅发来的短信，可能是责怪他忘了演出日期吧，或者责怪他对猜谜游戏和猜谜不感兴趣之类的。随后他又拿出加密手机，一条短信也没有——北约、法国、国际刑事警察组织、国际刑事法院都像把他遗忘了；查莉、诺拉、让－马克，康妮，维基也都没找过他。穿过卡文迪什广场的花园时，他一时想起威瑟比，那个北约的阳光警察为了拯救更多无辜者的性命牺牲了自己。为了不沉浸在悲伤中，他学会了转移注意力，想想手头的工作：完成任务才是对威瑟比最好的纪念和告慰。斯卡瑞和重水。迪弗拉斯·斯卡瑞对重水感兴趣。这到底是怎么回事？

米德尔顿离开公园，一辆黑色出租车在他面前开过，他抬头看到音乐厅门口的玻璃天幕下已经挤满了人。那些人拿着票准备入场。他差点儿就迟到了：他喜欢音乐厅的汉白玉和大理石墙，舞台上方的屋顶画着象征音乐之魂的人敬畏地看着象征和谐天才的火焰。威格莫尔音乐厅的舞台就像是祭坛，音乐是献给上天的供品。对米德尔顿而言，音乐引领人走向神灵。音乐是他灵魂的避难所，在音乐中可以远离那个充斥着仇恨和愤怒的丑陋世界，在那个世界里他正在寻找一个叫迪弗拉斯·斯卡瑞的人。唯有看到查莉的笑脸才能让他获得音乐般的满足和超脱。

"出什么事儿了吗？"他看到一个穿着雨衣的中年女观众，赶紧打听。

"今晚不演了，"她说，"没告诉大家原因。"

谢过她后，米德尔顿径直走向温波尔街上的演员通道。他了解费莉西娅，她不是苛刻做作的艺术家，问题可能出在其他人身上。也许钢琴师病了。

他的加密电话响了,铃声是老式的美国组钟,另一个手机用的是大家耳熟能详的肖邦乐曲。

"哈里。"泰斯拉说。

"诺拉——"

"哈里,赶快回来。"

让-马克·莱斯帕瑟在坦帕国际机场广场与康妮·卡森会合了。她脸上洋溢着甜美的微笑,在飞机上,这笑容迷住了从尼斯到巴黎的诸多男人。他也笑了。当时,他就坐在后面几排,眼看着一个接一个的男乘客试图接近她。康妮并不是唯一的美女,但是她天真、风趣、自信,男人们看到她就像蜜蜂看到了蓝铃花。她连拒绝别人的追求都充满魅力,那些男人竟不觉得已经出局了。

"你来啦!"看到莱斯帕瑟走过来,她立马兴高采烈。

最后一个追求者识相地走开了。卡森将鼓鼓的包背在肩上,挽着莱斯帕瑟的胳膊,像是一对亲密的恋人。

"看电脑了吗?"她边走边问。

"我猜,我是最幸运的男人——"

"住嘴,让-马克。那些人让我找降落伞的心都有了。"

"你也收到维基的信息了?"

她点点头。"很大的文件。"

"等到了行政酒廊,我用电脑看看。"他说。

"我得租辆车。把你的包给我。"

"康妮——"

"把那该死的包给我。"

莱斯帕瑟见过卡森一拳将一个男人的鼻子打歪,速度极快,他简直能发誓她的手根本没动过。

"遵命,长官。"他回道。

三十分钟后,卡森斜靠在丰田普锐斯的发动机盖上,那里本来不能停车。"去哪儿?"她打开乘客门。

卡森跳到司机座上,莱斯帕瑟查看自己的备注记录。"去两百七十五号洲际公路东。"

她发动汽车,大笑起来。"我喜欢听你说'两百七十五号洲际公路东'。太一本正经啦。"

"两百七十五号公路东会不会好些?"

"两百七十五号东就行啦。你在美国待多久了,让-马克?"

"快十年了。"他说。外面阳光刺眼,他戴上墨镜。坦帕和尼斯一样阳光明媚。

"十年了还说'洲际'啊?"

"累了,也有点儿焦虑。"

"一样。"她说,"你来这儿是为了和上校共事吗?"

"之前也和他一起工作过。不过,我来美国确实是为了哈罗德·米德尔顿。"

"你原本可以留在法国。"

"我妻子喜欢北卡罗来纳州。"

"你妻子?让-马克,我都不知道你结婚了。"她看到他的无名指上并没戴戒指。

"我们都在未来科技上班——"

"你的公司。"

"刚开始,她只是个系统分析员——可以说,那时我并没有注意过她。但是，乔安娜非常聪明，做事一丝不苟。不久，她就成了我不可或缺的帮手。当然，我爱上她了。"

"如果是那样的话，你真是太——"

"幸运……"

卡森看了一下后视镜，然后开上高速路。

"第一个出口，"莱斯帕瑟提醒卡森，"别开过了——别走四号线。"

斜坡对普锐斯来说不算什么。

"让－马克，我看见你没戴戒指……"

他解开上衣的扣子，将项链掏出来。项链上挂着一枚金色的结婚戒指。

"让－马克……"

"她去世了。九一一那天，她在五角大楼。十点那里有个新品发布会。我们根本没有机会拿下那笔生意。不过，她还是一如既往地提前去了。这就是乔安娜。像个战士。非常美国化。就像你，康妮。"

卡森看到他苦乐参半的微笑。

"不好意思，让－马克。"

"谢谢你。"透过挡风玻璃，莱斯帕瑟看到了出口，"就是这儿。"

卡森打了转向灯。

"毫无特色，"他们走在麦凯湾工业园的路上，前面是座一层的厂房，"玻璃和钢铁。他们扔个地基，再堆些材料，房子就盖好了。"

"是啊，不过这间房子前还有几棵棕榈树。"莱斯帕瑟说。

房前放着联邦快递、DHL速递和UPS快递的盒子。其中有个铁盒子上面的标签上写着杜利克尔诊所，并警告里面装着血液制剂。

房子里面有个餐厅，立着几个贩卖机，桌子上丢着几张报纸。

卡森和莱斯帕瑟走进前厅，黑色的墙面上贴着白色的塑料字。

"信度电器行，"他说，"南二十六号，看来他们还在这儿。"

"除非没人愿意换这个牌子。"

"斯卡瑞来过。说不定他还会回来。"

"有可能。不过，我认为我们在这儿遇不到他。"

"不会的。"莱斯帕斯还在研究那块黑板，"看看还能有什么发现。"

他们走到前台，有着咖啡色皮肤的前台小姑娘正忙着将大学课本藏在新月形的桌子下。她热情地欢迎他们，话语间带古巴口音。

莱斯帕瑟说："我和太太跟法拉第博士约好了。"

卡森点头。"我们认识路。"

小姑娘犹豫了，最后终于说："请吧。"

到了铺着地毯的走廊上，卡森问："法拉第博士？"

"他的办公室是南一八。"

"哦。"

每间办公室的木门都紧闭着，隔绝外界的声响。走廊的尽头，两个女人在一间小接待室里用电脑审核报告。经过法拉第博士的办公室时，莱斯帕斯和卡森转了个弯。

南二十六号办公室在走廊尽头，窗户正对着停车场，那些车在午后的太阳下闪着光。"玩什么把戏？"她说。

莱斯帕瑟从钱包里拿出未来科技公司的名片。"上门推销，"他说，"我得见见他们信息部的老总。"

"你认为这里有人办公吗？我的意思是，这间办公室是最大的。不过是个空壳。"

"只要有个邮局信箱地址，你就可以申请专利。如果不打算用，那花钱建个办公室干什么?"

卡森走到门口。"好了吗?"

他示意等一下。"请原谅,我等下说话时会带有很重的口音。也许这样就能解释为什么我这么……这么皱巴巴了。"

她笑了。"至少你穿的是休闲服。我穿的可是牛仔裤和T恤。"

"是的,不过你的T恤和靴子一个颜色。还有,康妮,没有人能将牛仔裤穿得像你这样美。飞机上一百个男人都会这么说。"他没提她在机场还化了妆,从车上下来后还重新擦了唇膏。

"好吧,安全起见,等一下我会叫你'老板'。"

"很好。"莱斯帕瑟说。

卡森推开门,莱斯帕瑟走了进去。

办公室空无一人。

天花板上悬着几根电线,地板上扔着几个电话听筒。这间屋子可以放得下十张桌子,不过眼下一张也没有。空调已经关了。

卡森从他旁边走过去,打开头顶的灯。灯闪了几下,亮了。"有人埋单。"他说。

卡森走进一间私人办公室。里面也没有人,地毯已经发霉了,壁橱敞开着。"信度电器行就这样啊……"

房间另一头还有一个壁橱,里面有个纸箱,可能盛着一些过期的文件、夹克衫或者私人物品。有人打扫过——可能为了出租给下家吧。

卡森和莱斯帕瑟一起检查了一遍,没发现什么有用的东西——除了一家她从未听说过的国际航运公司的空白标签。她还找到一个丢弃了的便利贴:打给莫斯科。十四小时。卡森将这些信息记下来。"就这些啊,"她叹了一口气,"一个人走后,总会留下些什么吧。"

她四下打量。百叶窗关上了，不过在灯光下，她可以看到到处都是灰尘——窗沿、地上的电话都是。每件家具的门都敞开着，除了另外一个壁橱。

"可能他们留下了什么，"莱斯帕瑟走近它，"看看我们能——"

莱斯帕瑟打开门的瞬间，壁橱爆炸了。巨大的冲击力将他甩出去很远，火球跟着他落下。窗玻璃被震碎了，碎片和尘埃在停车场上空飘扬。

头顶的喷淋装置滴下水来。卡森醒了过来，嗡嗡作响的耳朵听到警笛越来越近了。她舔了舔嘴唇上的血，试着站起来找找莱斯帕瑟，可是她动不了。没多久，她又跌倒在潮湿的地毯上，失去了知觉。

5 约翰·吉尔斯特拉普

费莉西娅头晕目眩,胸口隐隐作痛。她听不懂那个女人的话,却能看懂她的肢体语言。他们很生气,可能与放不放她无关。之后,那女人又打了两个电话,她说话很快,也很含糊,费莉西娅猜测可能是某种阿拉伯方言,期间,"夏洛特"这个名字被多次提起,引燃了她心中的怒火。

其实,很容易理解。他们误将费莉西娅·卡明斯基当成了查莉·米德尔顿。这不是很正常吗?当时,她就在米德尔顿家,而且她和查莉年龄差不多,所以他们想当然地认为她就是哈罗德的女儿。

天啊,我的贝拉·斯泽佩斯。她在心中无声地哭泣。那么多东西都可拿来当武器,为什么偏偏选了最宝贵的小提琴——能触动她灵魂的乐器?

女魔头挂了电话,与旁边另外一个俘虏热烈地讨论起来,她感到迷惑不解。他们两个人好像很懂对方,像是曾经一起工作过的同事。为什么他明明与费莉西娅绑在一起,却那么和颜悦色地与他的对手交谈?难道他不恐惧吗?两个人边说话边朝她看。没抓到查莉,让他们很失望。

女魔头直接对司机讲了些什么。她不停摇头,脸上写着蔑视和坚定,费莉西娅知道自己麻烦大了。过了一会儿,司机变换车道,朝出口开去。他们决定处置她。

他们打算杀了她。都到这份儿上了，他们还有什么选择呢？在哈罗德家，他们不是还杀了一个同伙吗？不管杀一个还是杀二十个，在法律面前，都只是谋杀。她知道他们会动手的，不杀不符合常理，只是时间和手段问题。

她心怦怦直跳，想着自己该怎么办。虽然思维出乎意料地清晰，但其实她深知自己根本没有选择。

卡森渐渐恢复了意识。刺眼的光比疼痛更加强烈。爬出黑暗的昏迷之井，她产生了荒诞的幻觉，似乎自己刚刚在红色吉露果子冻里挣扎。灯确实有点儿发红，这是幻觉的一部分，不过，她一直说服自己，脑袋里被塞进东西了。听力下降，鼻子里像是塞了棉花，透不过气来。

快爬到井口了，外面的光越来越亮，耳边像是有无数蜜蜂在嗡嗡作响，然后嗡嗡声变成了人声。

"……马上。我说不准，但是，我不认为——"

"我现在就需要和她讲话。"

谁？他们在说谁？发生了什么事？为什么A男不让B男做他想做的事？

声音越来越清晰，疼痛感也越来越明显。就像红色刺眼的灯光，这种疼痛无法回避。它从脖子后面散发，一路沿着右胳膊前行，直达指尖，另一路直达肚脐。这是怎样一种疼痛啊，你可以清楚地感觉到它在体内流窜。也许那两个人就是在讨论这个。她真想告诉他们为什么她感觉自己像是在剃须刀片上翻滚，在酒精里沉浮。

这形象可怕又可笑。剃须刀片和酒精。火上浇油。

火。

曾经有场火！

让-马克。得提醒他有危险。她张开嘴想要大喊，但是昏迷之井不让她这样做。尽管用尽全身力气，发出的也不过是一声呻吟。小心！她尖叫，但是没有声音。

"她动了，"一个人说，"她醒过来了。"

是的！告诉他提醒让-马克要小心！

"康妮？"

嗯，我在这儿！

"康妮，听得到吗？"

光越来越亮，其他的颜色纷纷散去。救命！我在这儿！拉我一把！让-马克还在——

"她还没醒，医生？"另外一个人问，这个人不像前一个人那样友好。事实是，一点儿也不友好。

"快了，"第一个人说，"嗨，康妮，醒过来吧。"

醒过来。从哪儿醒过来？

从爆炸中。

天啊，让-马克被——

卡森深深地喘了一口气。她努力想要跳出来，可是动一下会痛十分。光变成了纯白色，周围更是白成一片。

有人低头注视着她，而她看到的只是一个模糊的影子。"你好，康妮。"那张脸说。他说的是英语，但是带着浓厚的口音，她能听出来，但一时说不出是哪里的口音。印度或者巴基斯坦。她到底在哪儿？

"让-马克！"她说。她自己听起来声音很正常，只是稍小一些，但是那个人摇摇头,看来她错了。"救救让－马克!"她一再说。她挣扎着要坐起来,可是只要一动就痛得的要命,只好放弃。

"康妮,不要着急,"那张脸说,"你现在在医院里。我是艾哈默德医生。你刚刚经历了一场意外。"

她脑海里浮现出很多事故的碎片。她怎么到了印度或者巴基斯坦?"这是哪儿?"

"这是坦帕市总医院。飞机把你送过来的。"

"坦帕,"她默念了一遍,"佛罗里达州坦帕市。"她记起来了。那间废弃的办公室。灰尘。壁橱。

"让－马克还好吗?"她问道。随着意识的恢复,爆炸时的情景也越加清晰。她知道,让－马克不可能生还。

"卡森女士,"左边的男人说,他就是她爬出吉露果子冻时态度很不友好的那个人,"我是坦帕市警察局的兰格警探。我需要你回答几个问题。"

她想看着他,可是被一阵刺痛拦住了。"发生了什么事?"

"发生了一起爆炸。"兰格说。

"不是问你,"卡森打断他,"我知道发生了爆炸。我想知道我怎么了?为什么痛得这么厉害?"

"你的右胳膊三处骨折,"医生说,"还有一点烧伤。"

她胃一阵翻腾。"烧伤严重吗?"她问。她最怕烧伤了,不仅疼,还会毁容。

"得给你做几次手术。"

"我得先问你几个问题。"兰格插进来,"发生了这样一场爆炸,我们必须及时收集信息。"

"如果不想说就不要勉强。"医生说。

"不行,必须回答。"兰格说,"除非你们想受到妨碍司法公正的指控。"

天下的警察一般黑。"你为什么不站到我能看到你的地方?"卡森说。

原来兰格不过是个普通的美国人。一米八几的个子,一头金发,穿着卡其布便裤,蓝色针织衫,似乎她的不幸并没有把他从高尔夫球场上拉回来。"告诉我当时的情形。"他说。

她花了两分钟的时间整理思路,然后说了句:"让－马克死了,是不是?"

兰格点点头。他眼中流露出同情,但是在她看来,那不过是装出来的罢了。"我想是的。你没提到为什么会到那里。"

"我知道,"卡森说,"说来话长。"

"我有时间。"

"显然,我没有。"她望着艾哈默德医生,希望他继续执行治疗计划。

兰格举起手打断医生的诊查。"别逼我,卡森女士。你是爆炸案唯一的幸存者,所以你难逃其嫌。"

"我走不远。"她说。

"她说得有理,"艾哈默德医生说,"现在问她和做完手术再问她,就差二十个小时,有什么不一样呢?"

"差别大了。"兰格说,"医生,这不是普通的爆炸。"他转而盯着卡森。"这是温压装置,更——"

她呼吸急促。如果不是服了药,她不会这样。

"卡森女士,这对你很重要吗?"

废话,当然重要。燃料空气炸弹是典型的低投入高产出。普通的炸药里有高浓度的化学氧化剂，可以瞬间使得混合物燃烧起来，然后爆炸。燃料空气炸弹不需要那么高浓度的氧化剂，它里面是极易燃的高热值燃料。一旦被引爆，那些原本精细分开的燃料就会扩散开来，空气中的氧气就扮演了普通炸弹中氧化剂的角色。实际上，爆炸生成的燃料气溶胶云会继续爆炸，温度更高，杀伤力和杀伤半径也更大。

"没什么。"卡森谎称。

"我不相信。"

"那你逮捕我啊。"

"包在我身上。"

"好极了。"卡森说。她转向医生。"现在做手术可以吗？"

艾哈默德医生笑了。"当然可以。"

"医生，记住她现在已经被拘留了。"但是，他突然很困惑，像是没有预料到情况会有新变化。

"我一秒钟都不敢忘。"医生说。

三分钟后，他们去乘电梯——卡森、医生、兰格、几个护士，还有一些看热闹的人。兰格铁了心要一直留在卡森的视线范围内。电梯门打开，他们到了有双扇门的手术室，门上贴着告示：手术室。闲人免进。告示下面有个小箭头，指向等候区。

"你不能进来。"艾哈默德对兰格说。

兰格搜肠刮肚地找话说。"那么，你得负责。"他说。他原本想说些比这更有震慑力的话，可惜没说成。

进了手术室后，卡森和医生交换了胜利的微笑。"我向来讨厌警察。"艾哈默德说。

"他只是按自己的理解在执行任务。"她说得很温和，连自己都有点儿意外。如果莱斯帕瑟在的话,一定会被她的大度震惊的。

莱斯帕瑟。在过去的几年里,朋友们一个个离开人世,甚至都来不及哀悼,但是她真心希望他一路走好。

"医生,我需要打电话。"

两人之间的默契完结了,他看起来很困惑。"什么?"

"电话。情况紧急。"

"眼下,你的健康才是最紧急的。"艾哈默德说。

卡森伸出左手抓住医生的衣袖,右手一阵钻心的疼痛。"医生,请停下。"滑轮床停了下来。"其实,我也很惜命。只是,现在打电话比生命还重要。"

女魔头又在和司机讲话,声音越来越大。费莉西娅能听出那种阴谋者的语调。说完后,女魔头看了她一眼,费莉西娅知道准没好事。

司机打开转向灯,然后左转,在靠左行驶的世界里,这个动作很自然,但是费莉西娅觉得自己无法真正适应。车速慢下来后,女魔头将手伸进包里,像要掏什么东西。费莉西娅的心快跳到嗓子眼儿了。她会掏出什么呢?

原来是把钳子,她看到后立刻联想到"折磨"。女魔头俯下身子,去够费莉西娅被绑起来的脚踝,她感到自己命悬一线。

费莉西娅听到咔嚓一声,胶带断了,得到解放的双脚一时还反应不过来。她想踢那女魔头一脚,可是踢了又能怎样呢?她的手腕和旁边的人绑在一起,下一步怎么办?就算踢爆那个女魔头的脑袋也保不住自己的性命。

"别犯傻。"女魔头用英语说道。她举起枪,对准费莉西娅的额头。

"敢动一下，我就开枪。"

她猛拽费莉西娅的左肩，让她转到右边。她脸冲车门，胳膊痛得受不了，先是挨到女魔头温热的胳膊，然后手腕间感到钳子的冰凉。

咔嚓。

真是生死一瞬间，她现在自由了。手被松绑后，她觉得该行动了，不能再犹豫，必须争分夺秒。

她一脚踢到女魔头的肚子上，女魔头大叫一声，半是痛半是惊讶。她又朝女魔头的鼻子踢去，这一次女魔头鲜血直流，发出痛苦的呻吟。

车即刻减速，仿佛挨踢的是司机。趁这工夫，她抓住门把手，将车门打开，风和噪声呼啸而至。

鼻子受到重创，女魔头几乎眼冒金星。她的枪指向声响处，用卡明斯基听不懂的语言下命令，不过意思倒也简单：别动，不然我开枪了。

费莉西娅猛击女魔头的手腕，她手一抖，枪落在了另外一个俘虏的腿上，他条件反射地咕哝了几句。

车越来越慢，司机转身想看看发生什么事了，但是女魔头冲他一阵乱吼，他默默地转过去，直视前方。

费莉西娅跳下车，倒在路上。

家里一团糟，地板上还躺着一具男尸，米德尔顿明白这就是泰斯拉电话中说的紧急状况。

尸体确实是个麻烦，不过在过去几年，米德尔顿已经见过太多，以致现在心跳都不会加速了。看到尸体，就得分析，所以也无所谓紧急不紧急。眼前这个人也许已经死了好久了,所以紧急情况已经成为过去。眼下最烦人的是血迹和脑浆——完全清除需要极大的耐心,充裕的时间和大量的清洁剂。

比男尸更让他揪心的是小提琴的残骸。家具被推翻了,散了架的小提琴与那些碎屑散落在地上,米德尔顿立马明白为什么演出会推迟。不是因为钢琴师缺席,也没有遇到技术难题,而是舞台上最耀眼的明星消失了。

"谁把费莉西娅带走了?"泰斯拉想知道。

米德尔顿低语:"留下这具尸体的人。"

"他们不单单是将他留在这儿,而是开枪打死了他。"泰斯拉说,"我们得通知附近的居民。发生了谋杀案,应该让他们知道。"

"好的。"米德尔顿并不真的在意。费莉西娅到底去哪儿了?为什么要这样对待她?

"你说得轻巧,"泰斯拉想把他拉回现实,"他们肯定会问一大堆不好回答的问题。"

米德尔顿沉着脸,歪着头,好像刚刚听到的是外星语。"什么?"然后似乎懂了,"哦,好吧。随便。我正好也要问问他们,诺拉,我们得找到她。"

她摇摇头。"不对,我们得找到他们。他们是一伙儿的。"

但是从何处开始呢?世界上地方这么多,他们会在哪儿?

手机响了。"天哪,"他看到一个陌生的号码,本不想接听。但是现在一切都乱了套,谁知道接下来会发生什么呢?最好还是接了吧。他将手机放在耳边。"米德尔顿。"

"卡森。"

她的声音不大对劲,米德尔顿心头一紧。"没事儿吧?"

"莱斯帕瑟死了。"她说。话很简短,卡森说得很大声,说完叹了一口气。

"死了!怎么回事?"泰斯拉转过头,惊问。

"坦帕市这边是个陷阱。办公室已经空了好几个星期。他们在里面安装了炸弹,等着我们。"

屋里电话响了。他没理会。"等着你们?他们怎么会安个炸弹等你们?他们不可能知道你们会去啊。"

"如果不是等我们,就是等别人。老天,哈里,别纠正我的语法了,好吗?我马上就要接受手术了。"

他没想到卡森也受伤了。"你怎么样?"另一个电话又响了,米德尔顿示意泰斯拉帮他接。

"骨折加烧伤。还不太糟。"

话虽这样说,他能听出她的恐惧和疼痛。"这是你说的还是医生说的?"

卡森说:"哈罗德,我打电话不是为了博得同情。我开刀之前,必须把重要的事情告诉你。"

泰斯拉在房间另一头,捂着听筒朝他挥手。

米德尔顿大脑一片空白,他还在为莱斯帕瑟的死感到震惊,呆望了泰斯拉几秒,然后对康妮说:"等一下,康妮。"

泰斯拉说:"关于费莉西娅的。"

"她还好吗?"

"电话是警察打来的。他们说她跌跌撞撞地跑进警察局,浑身是伤,还流着血,告诉他们她从车上跳了下来。他们已经把她送到医院了。"

"谁绑架了她?"

"一个年轻的漂亮女人。可能是中东人。印度,巴基斯坦,斯里兰卡。哈罗德,我怎么对警察讲?"

"就说你会再打过去。"

他继续打电话。"好了,康妮,接着说。"

卡森把当时的情况讲了一遍。听到其中的一个词儿后,哈罗德紧紧地握着手机。

"等一下,"他说,"你刚才说的是燃料空气炸弹吗?"

"是的。"卡森说。尽管隔着电话,他从声音中听出康妮为他的敏感而高兴。"我们在科索沃见过。十年前,前阿富汗抗苏游击队用的也是这一种。"

米德尔顿知道有个国家对空气炸弹格外钟情。"你觉得跟俄国人有关?"

"很有可能。我找到一张便利贴,上面写着打给莫斯科。没有电话号码。垃圾桶里有个运输包装标签。"

他谢过卡森。"康妮,我很抱歉。"

她慢悠悠地说:"回头再聊,哈里。我得去会拿刀的人了。"

他握着手机,深深吸了一口气,转向泰斯拉,将莱斯帕瑟的死讯告诉了她。

"天啊!怎么会这样!"

"康妮也受伤了。"他努力控制自己的情绪,接着讲空气炸弹的事。

"俄罗斯?"

"有可能。"他指着泰斯拉手中的电话问,"费莉西娅怎么样了?"

"她告诉警察绑匪因为认错了人,气得发疯。她猜,他们想找的是查莉。"

米德尔顿脸色煞白。"很可能,费莉西娅年纪还轻,又在我家。

他们以为她是我女儿。后来,发现她是波兰人,不是美国人。他们肯定想杀了她。谢天谢地,她逃掉了。"

"她还在急诊室——他们不许她打电话。不过,她发了信息。你去查一下邮件。"

他后悔当初没有及时看短信。"天啊,"打开信息后,他说,"斯卡瑞申请重水做核材料的专利。"

"那天她讲的重水……"

"没错。"

米德尔顿掏出加密手机,打给华盛顿市外的志愿者办公室。接通后,他深吸一口气:"维基……"

"老大?出什么事了?"

"我有事要跟你说。"犹豫片刻,他还是将莱斯帕瑟的遭遇告诉了维基。

"怎么会这样,哈里……我不信。"

"是真的。康妮当时也在场。她现在正在佛罗里达接受治疗。你去把那边的事调查清楚。"

"没问题。放心……老大,真为他难过。"

米德尔顿尽量不去想莱斯帕瑟,看着自己的记录说:"我需要你搞到欧洲大陆运输公司的出货单。然后,找出坦帕市信度电器行进货和发货的记录。康妮发现了那家公司的运输包装标签。"

"康妮和让-马克到佛罗里达就是去找那个地方吗?"

"是。巴兰电脑上有那个地址。"

米德尔顿挂了电话。"好了,诺拉,如果他们将费莉西娅当成了查莉——"

"那就意味着查莉有危险。你想去巴黎,哈罗德?"

"我不去,我希望你去巴黎。巴兰邮件里提到的事很快就要在'神秘村'发生了。佛罗里达的计划已经破产。康妮找到的便条说打给莫斯科,俄罗斯是我们唯一的线索——只有那个国家的黑市还在卖燃料空气炸弹。我得尽快赶过去。"

他从尸体上跨过去,拎起还没来得及打开的行李箱。

泰斯拉看着尸体。"我得给警察回电话。到时候说些什么呢?"

米德尔顿思考片刻。"如果你愿意,就把所有的事情告诉他们吧。"他朝门口走去,"他们来的时候我们已经走了。地上躺着的这个人就够他们忙了。"

6 约瑟夫·范德尔

午后三点多,波音七二七飞机降落在莫斯科多莫杰多沃机场的三号跑道上。

飞机引擎发出轰隆隆的声响,熄灭后,慢慢归于平静。

几分钟后,飞行员和其他三个乘务人员还稳稳地坐在那里,等着例行公事——无聊的边境检查,先从乘务人员开始,接下来几个小时检查货物,其他大部分时间都是在等。前苏联已经解体了,但是官僚主义还活着。雨噼里啪啦地打在座舱窗户的树脂玻璃上,慢慢形成了水雾。

他们一直等着。

这是一架货机,没有乘客。主机舱里装着十一个集装箱——行话叫冰屋。箱子里的东西从平面电视、苹果手机、阿玛尼西服到阿马尼亚克酒[①],应有尽有。

驾驶员舱的舱尾,二副机师靠着舱壁与新来的同事聊天。飞机在法兰克福机场起飞的前一秒,这个人才上来。

"你话不多。"二副机师说。离开法兰克福后,他说个不停。

"是啊。"新乘务员说。

[①] 一种法国白兰地。

"以前来过莫斯科吗?"

"很久以前来过一两次。"

"你现在肯定认不出来了。"

"所以我在听你讲。"

"哈,飞机明早离开,你有一晚上的时间逛莫斯科。我知道几家夜店,那儿的俄罗斯妞儿真性感。"

"谢谢,"新乘务员说,"我只是想看看风景。"

"拜托,兄弟。你想看什么,列宁墓?风景有什么好看的,那些俄罗斯小姐才让你大开眼界呢——"

"我不感兴趣,"新乘务员说,"我只是想四处走走,看看这几年莫斯科有没有发生变化。"

"好吧,小心点儿,兄弟。"二副机师说,"你应该知道,现在这边很多街头犯罪。你是个外国人,有些地方千万别去。"

"我会小心的。"新乘务员说。

二副机师站起来,说:"我去上厕所。"

从厕所出来后,他听到蹬蹬的脚步声。穿着边境管制局制服的人上来了。

"护照。"俄罗斯人吼道。

二副机师将护照递过去,对方拿着手持设备扫描了一下。

二副机师转身去找自己的同事,可是刚才的座位是空的。

连个人影都没有。

俄罗斯长官走进驾驶员座舱去查驾驶员和副驾驶员的护照去了,二副机师左看右看,困惑极了。他起身到驾驶舱去找,那个新乘务员也不在那儿。他又拉开货仓的门,里面满满当当,根本没有藏身之地。

新乘务员也不在货舱。

太奇怪了。

哈里·米德尔顿上校缓缓走在阿尔巴特老街上①，这条鹅卵石街道已经被改建成商业步行街了，来来往往全是买东西的人，还有小贩，胡子拉碴的流浪歌手弹着一把样子奇特的吉他，年轻人三五成群地来闲逛。纪念品商店卖的是漆盒和套娃，套娃的脸不是外国元首就是流行明星。

他上次来还是冷战正值高峰的时候。现在几乎一切都变样了：以前到处都是灰色，现在却五彩缤纷；以前安静压抑，现在喧闹拥挤；以前街上跑的是嘎嘎作响的伏尔加汽车，现在是法拉利和宾利。不过，街尽头外交部屋顶上斯大林式的塔顶依然还保有半个世纪前的风采。也许，改变并未遍及所有角落。

紧张、疲惫的一天过去了，但是接下来的一天只会更糟糕。

他来莫斯科可谓兴师动众。一位在科索沃时认识的老朋友——美国第八十二空降师的阿帕奇直升机飞行员，已经退役了——说服国际航空公司在飞往莫斯科的航班上多加一个乘务员。还有另外一个叫鲁斯兰·马克思姆维奇·卡罗威的老朋友，他是苏联国家安全委员会的野心家，也曾在科索沃待过，后来成为米德尔顿在俄罗斯情报局的重要眼线。

他们有办法让他来莫斯科，但是一旦出什么差错，却没办法让他离开。

---

①阿尔巴特是俄罗斯的一条老街，至今已有五百年历史。

此时，米德尔顿站在普拉嘉餐厅对面的古董店橱窗前，聚精会神地看那些布满灰尘的古董——黄铜万花筒、名画的副本、俄罗斯产的胜利牌留声机，还有一幅破烂的油画。

他当然不是真的在研究那些古董，而是在看玻璃上映出的人影。目前还没被跟踪。不久，俄罗斯情报局就会发现莫斯科街道上游荡着一个外国人。这个外国人试图潜进俄罗斯，并且小心不留下任何指纹，不然就会被拉去审问……

还是先别想这些了。

米德尔顿推开沉重的前门。店主的铃铛发出悦耳的叮当声。没有电子警报。看起来，这是家百年老店，空气中有发霉的味道。米德尔顿心想，没准儿可以在这儿遇见普希金呢，他曾住在这条街上。

一个严厉的老头儿带着大大的黑框眼镜，站在堆满杂物和灰尘的玻璃柜台后面。

"下午好。"老头儿说。

"下午好。"米德尔顿回道，"我看看这些画。"

对方眉毛上扬，大大的圆眼镜也跟着动了一下。"啊？先生，什么？"

"我对诺夫哥罗德画派的画比较感兴趣。"

老头儿的脸上闪现过一丝喜悦。"是啊，先生，这是我们的镇店之宝。不过仅有这几幅，价格也比较高。"

"我明白。"米德尔顿说。

"请，"老头儿掀起身后的栗色天鹅绒门帘，后面还有一间屋子，"请跟我来。"

里屋很暗，霉味也更大，尘埃在透过门帘的光下飞舞。

老头儿从文件柜里拿出一个破旧的公文包，打开。包里放着装鸡蛋的黑色泡沫。正中间，一把 P229 枪静静地躺在那里，枪是半自动的，外表经过了黑色哑光处理。

米德尔顿快速检查完，挺满意。"口径九毫米。"他说。

老头儿点点头，嘴唇紧抿。

米德尔顿从口袋里掏出一卷钱，数了五百美元放在柜台上。老头儿沉着脸，摇摇头。他伸出两根手指头。"两千。"

"太贵了。"米德尔顿不同意。

"那很抱歉，今天这笔买卖做不成了。"老头儿说。

米德尔顿叹了一口气，又拿出一千五百美元。他不喜欢被人牵着鼻子走，不过眼下又有什么办法呢。"你得给我一箱弹药吧。"

老头儿从另外一个抽屉里拿出一个卷了边的温彻斯特墨盒箱，在美国就值二三十块钱。"今天特价，"老头说，"只要五百美元。"

鲁斯兰·马克思姆维奇·卡罗威像头熊，又矮又圆，脸又红又胖，一撮山羊胡倒是修得整整齐齐。他伸出短胳膊，给了哈罗德一个拥抱。

"卡洛德！"卡罗威大声喊道。这是他能发出的最接近"哈罗德"的音了。他将哈罗德领进一个宽敞、舒适的房间，看起来很像英国绅士俱乐部。屋里铺着东方式地毯；到处都是皮革椅，椅子上坐着手拿《真理报》打着盹的老头儿。除了那份报纸，其他都像伦敦的布德勒俱乐部。

实际上真差不多，不过来这儿的只有那些苏联国家安全委员会的退休人员。这座十九世纪的别墅就坐落在皮亚特尼兹卡亚街上，前俄罗斯情报官员们来这儿喝喝伏特加，吃吃鲟鱼，尝尝白菜汤，然后一起回忆过去的旧时光。

"鲁斯兰·马克思姆维奇,"米德尔顿磕磕绊绊地叫出这个姓,"谢谢你这么快来见我。"

卡罗威低声说:"我机场的朋友们没有为难你吧。"

卡罗威,在苏联国家安全委员会工作了三十多年,已经成为传奇特工了。他可以神不知鬼不觉地完成暗箱操作。他的关系网甚至还延伸到了多莫杰多沃国际机场,那儿一个加油的员工协助哈罗德离开货机,来到莫斯科中央城区。整个过程十分危险,但是米德尔顿知道卡罗威肯定安排得万无一失。

卡罗威提供的线路准确无误。他用最简单,也最现代的间谍技术将这些传给了米德尔顿:他写了一封邮件,但是没有发送,而是存在gmail邮箱的草稿箱里。知道这个邮箱账号和密码的有两个人。其中一个是维基·张,其实这个账户是他在弗吉尼亚的志愿者总部申请的诸多账号之一。自从有了网络,情报人员就不再用缩小影印文件,信号传送器等了。

"说实话,比我想象得顺利。"米德尔顿说。

"也不看出马的是谁。"卡罗威说,"对了,我听说你去了阿尔巴特街的沃洛佳商店,是吗?全莫斯科最好的画都在他那儿。"

"是啊,不过价格也不菲。"

"算啦,朋友,现在是卖方市场。"卡罗威说。

"我没有还价。"米德尔顿说。

卡罗威将他领进餐厅,餐厅很阴暗、沉闷,几乎是空的。他们坐在一个小桌子旁,桌上已经摆好了酒、平底杯和小酒杯。

女服务员端着托盘颤颤巍巍地走过来。她看起来快八十岁了,头发花白,眼睛是浅灰色的,黑色长款的打底衣外面套着一件白色长袖衬衣。米德尔顿想，她可能还在卢比扬卡[①]后勤部门领取退休体恤金。她手哆嗦着放下一个俄罗斯拼盘，也就是俄罗斯的开胃菜，里面有甜菜头沙拉，蘑菇"鱼子酱"，熏鱼和腌洋葱，然后将酒杯里倒满国产的伏特加。

卡罗威抽出一根万宝路香烟，用红军打火机点着，然后为当年在科索沃的工作干杯。十年前，这两位情报员是那场战争背后的无名英雄。

十年前，两个超级大国卷入科索沃战争。俄罗斯支持塞尔维亚，北约和美国支持阿尔巴尼亚，两方都有"种族清洗"——多么可笑的委婉语——的恶行。最后，俄罗斯为了在维和过程中取得一席之地，放弃了塞尔维亚，后来北约违背了这一条约。俄罗斯军队发现自己要接受美国将军的命令，感觉受了屈辱和欺骗。如果不是有卡罗威跟米德尔顿这样默默调和的情报人员，两个核大国的战争一触即发。

两人干了一杯，卡罗威又将酒杯满上。但是，再次干杯之前，他看着米德尔顿说："卡洛德，你看起来很累。"

"是的，很累。"米德尔顿说。

"你偷偷溜进俄罗斯，我知道你又出山了。"

"可以这样说吧。"他向俄罗斯老友讲起志愿者们这些年的行动，以及发生在蔚蓝海岸边的诡计事故，当然全是精简版，"我需要找到更多的资料。"

"噢。"算是答应，不过也可能相反。

"关于燃料空气炸弹的资料。"

"说起来的话，直接给你炸药倒是更简单些。也更安全。"

[①]卢比扬卡指克格勃。俄罗斯人喜欢以地名指代位于那里的机构。

"不过,我还是想要那些资料。"米德尔顿说,"我的同事去查了那家航运公司的佛罗里达业务记录。我猜,他发现的那些货物就是炸药。在飞机上时,他告诉我有一批贴着'土建用品'标签的货物正从阿尔巴尼亚运出,途经莫斯科、摩加迪休①、阿尔及尔②到达美国。那家公司发现自己的系统被侵入,便将他封锁在外了。不过在这之前他已经拿到所有货运代理人的名单。"

"你这样盯着我,我都有点儿紧张了。"

其实,卡罗威丝毫不紧张。他脸上挂着前苏联军官和国家安全委员会情报人员特有的那种老谋深算的表情,就像戴着滑雪面罩抢银行的大盗,有些搞笑。

"你觉得是巧合?"米德尔顿问。

"不是,我没这样想。"

"这些航运公司用的是同一家法律事务所,就在莫斯科。你猜他们背后的老板是谁?你的上司,阿尔卡迪·车尔纳耶夫。"

阿尔卡迪·车尔纳耶夫是俄罗斯首富,差不多也是世界首富。他在伦敦骑士桥街有一座豪宅,另外在莫斯科市郊还有一套别墅。其他地方的房产不计其数。此外,他还拥有三艘游艇和一架私人飞机。

"不,不是我老板。"鲁斯兰皱着眉。

"鲁斯兰,你是他的私人保镖。别不承认。我都调查过了。"

卡罗威望向别处,然后忙着切鲱鱼,样子很像心脏外科医生在做冠状动脉旁路手术。切完后,他将鱼块夹在黑面包里,抬起头,神情严峻地说:"那是很久以前的事了,你为什么这么关心?"

---

①索马里首都。
②阿尔及利亚首都。

"因为我相信他就是背后的老大。如果我没猜错,那个叫迪弗拉斯·斯卡瑞的狂热分子就是从他那儿得到的钱或者炸弹。他们的交易就在佛罗里达的坦帕市。"

"好了,假设你说得没错。你就是为这个买的枪?你认为你可以杀进车尔纳耶夫的乡间别墅吗?你知道他有多少二十四小时不离身的保镖吗?就凭你一个人?"

米德尔顿耸耸肩,没说话。

"你想怎么样?杀了他然后活着逃走?

"杀了他?当然不是。我想和他谈谈。你能给我讲讲他的情况吗?"

"他遇到一些财务问题,已经隐居了。"

"俄罗斯首富?"

"他已经不是了。财富如潮汐啊,朋友……不过,我听说他正准备复出。谁也不知道他哪儿来的好运气。我给不了你第一手的资料……你说,这是怎么回事?"

米德尔顿想到信度电器行。他低声试探着说:"因为那个铜镯。"

一抹紧张的微笑在卡罗威脸上掠过,很快就消失了。"我不知道你在说什么——"

"你知道。"

卡罗威掐灭手中的烟头,又掏出一根新的点上。他边抽烟边说话,声音含糊。"铜镯,"他说,"这跟我们说的童话没什么不同。都是无稽之谈,是受惊的老头子为了逞能编的玩意儿。"

"讲讲看。"米德尔顿说。

"没什么好讲的。早就没什么铜镯了。那条蛇很久以前就被杀死了。几十年了。"

"我想听。"

"它原本指传统的科学工艺流程,不过后来变成邪教了。一帮疯子信的邪教——就是你说的狂热分子——在二战时死灰复燃。你知道挪威水电吗?"

米德尔顿摇摇头。

"挪威水电归挪威海德鲁公司和I.G.法本公司共同所有。"

"纳粹公司。"

"没错儿。后来被盟军和挪威抵抗运动破坏了。二战有名的破坏行为之一。"

"那家工厂生产什么——武器?"

"也可以这么说吧。铜镯系统生产重水。这是一种生产核材料的新方法。"

米德尔顿立刻想到了费莉西娅的分析和她发的加密信息。重水。斯卡瑞的专利。

"纳粹本想用它制造原子武器。但是,工厂被毁后,纳粹原子武器的计划也搁浅了。卡洛德,故事没有就此结束。工厂虽然不在了,但是那些技术还在。一些俄罗斯和德国的纳粹分子一直想卷土重来。"

"与车尔纳科夫有关吗?"

"我没听说。"

"必须查清楚。我怎么才能找到他?"

"我——"老态龙钟的女服务员过来了,卡罗威不再吭声。她低声对他说了些什么。

"不好意思,"卡罗威站起来,迈开步子,"有我的电话。"

鲁斯兰·卡罗威跟着女服务员穿过餐厅,来到挨着厨房的小接待室。屋里有个木头的古董电话亭,黑色的电话机安在墙壁上。他拿起听筒,什么声音也没有。他等了几分钟,然后转向女服务员。

"电话没声。"

"是的。"女服务员说。很奇怪,她的声音比以前深沉、有力。"电话没声。"她将厨房的门闩拉上,锁了门。

突然,她一脚踢在卡罗威身上,然后胳膊肘像把钳子一样狠狠地卡住他的脖子。卡罗威喘息着,想还手,但是这个女人——他现在知道她根本不老——胜他一筹。她猛地扭转卡拉罗威的脑袋。

只听咔嚓一声,卡罗威瘫倒在地。他死前看到那女人左手上戴着一个铜镯,铜镯在衬衫袖子里若隐若现。

7 丽莎·斯科特林

迪弗拉斯·斯卡瑞需要时间好好想想。眼下他没在最爱的克什米尔，而是去了宾夕法尼亚州的乡下农舍——他第二喜欢的地方。

具体说来，是去了鸡舍。

斯卡瑞坐在农场的老板椅上，看小鸡晒太阳。这个农场大约有九十英亩，后院养着夸特马①和一小群母鸡。尽管他是贝尔格莱维亚区②的印度人，却对这个小农场情有独钟。在这里，他感到无比惬意和自在，可以将礼服和爱马仕领带都统统放一边，做真正的自己。并非土生土长，可农场确实是他的第二故乡。十月，天气有点凉，幸好他的牛仔裤和法兰绒衬衫比较保暖，外面穿的油蜡皮衣上还落着早上来时扬起的灰尘。他脚上穿着一双布朗德斯通牌皮鞋，跷起二郎腿时露出了红色的羊毛袜；手上端着一个费城人队的马克杯，里面的咖啡是他自己泡的，味道很差。他的管家很会煮咖啡，可惜今天放假了，所以斯卡瑞决定自己动手。他喝了一口，又苦又冷，无语地摇摇头。他发明的专利可以让原子物理学家自叹不如，却在康恩都乐③面前败下阵来。

----
①美国驯养的一种善于冲刺的短距离竞赛用马，竞赛距离通常为四分之一英里。
②伦敦的上流住宅区。
③全球最大的咖啡和烘焙食品连锁品牌，销售热咖啡、冰咖啡、甜甜圈等。

母鸡的咯咯声吓了他一跳,回过神来后又盯着鸡群看起来。"安静点儿,唔唔。"他说得很温和,母鸡眨了眨金色的圆眼睛。唔唔是只脾气暴躁的阿拉乌咖那鸡,黄褐色的羽毛上有许多棕色和黑色的斑点。斯卡瑞养着三只这样的鸡,因为它们的蛋很特别,是青绿色的。此外,还有两只棕色苏塞克斯鸡,看到它们就会想起英国;几只听话的普利茅斯鸡,这是被宠坏了的美国品种,由于分不清谁是谁,斯卡瑞便叫它们妇女合唱团;一只黑白相间的怀安多特鸡,名叫艾达公主。他给所有的鸡都起了他喜欢的吉尔伯特与苏利文轻歌剧里主人公的名字。对此,他的农场经理也没有微词,因为像斯卡瑞这样的大富翁,做什么事总有他的道理。他的手下都以为他是国际保险执行官,拿人钱财,替人消灾,也不会多问什么。

眼前的场景让他心情好了起来。鸡舍周围的土堆上,几只鸡翅膀对翅膀地挤在一起,爪子缩在身下,羽毛丰满的胸部好似扇形。还有几只平躺在一边的地上,头枕着土,黄色的爪子伸得直直的。斯卡瑞想不到鸡会这样子睡觉,第一次见的时候还以为它们死了呢。"死"让他再次想起卡韦·巴兰,眼前的鸡变得遥远,他陷入沉思,忘了手中的咖啡。

事情没有想象得那么顺利。本来一切就绪了——地质情况,人手,甚至蝎子——可是偏偏米德尔顿还活着,卡韦·巴兰却死了。一粒老鼠屎坏了整锅汤。卡韦·巴兰是斯卡瑞的第一人选,现在计划全被打乱了,九年的心血付诸东流。现在这样的情况不仅威胁到他的未来和财富,更让他一刻不得安宁。他一直在想办法,只是还没有想到最好的。时间一天天过去,他还没有行动,但是他坚信某天路障会被扫清。斯卡瑞是个深思熟虑的人,这也是他如此成功的原因之一。简单地说,他从不像别人那样胡来。他向来目标明确。不管是减肥还是制造大规模杀伤性武器，都会制订周详的计划。

从未失过手。

他喝了一口冷咖啡，艾达公主睡醒了，站起来，先伸出一只黄色的脚，然后又伸出另外一只，随后抖抖脖子，显得更高也更精神了。艾达真是家禽界的女神，想到这里斯卡瑞笑了。艾达公主是这群鸡的领袖，它拍拍翅膀，唔唔，皮波和妇女合唱团都站了起来，在艾达的带领下，跑到褐色的草地上觅食。斯卡瑞心想，正因为等级分明，才会稳定。

他想到自己。只要重新建立上下级关系，就会稳定。就这么简单！主意已定，事不宜迟，他放下马克杯，从鼹鼠皮口袋里掏出手机，给一个人打电话。电话接通后，他说："到鸡舍来。叫上你弟弟。"说完，他扣上手机，装进口袋，眼光落在艾达公主身上。

它像得了命令，也盯着斯卡瑞看。

十分钟后，他的双胞胎儿子笑着走过来。每次见到他们，他都很欣慰。他们是计划的一部分。他说不上有多爱他们，因为常年外出，很少和他们相处，不过，只要一想到有两个如此聪明帅气的孩子就会开心。他们俩都有六英尺高，亚麻色鬈发，蓝色的大眼睛，自信的笑容。实在很难分清哪个是阿彻尔哪个是哈里斯。不过，他们长得跟瑞卡斯可一点儿都不像。他并不是他们俩的亲生父亲。多年前，斯卡瑞在布拉格的一条巷子里买了两个小孩儿。他不知道他们怎么会在那儿，其实知不知道都无所谓。因为预料到他们会住到这个偏僻的乡下，他告诉阿彻尔、哈里斯、农场的伙计和孩子们的家庭教师，说他自己是孩子们的教父，也是他们过世了的法国亲生父母的好友。

看到两个孩子都没穿外套，他便问："你们俩不冷吗？"他们的穿衣打扮就是人们常说的学院风：高翻领毛衣，卡其布裤子，海军衫。

兄弟俩摇摇头，齐声回答："不冷，爸爸。"他们好得就像一个人似的，不分彼此。这正是斯卡瑞希望看到的，以后要成大事离不开这一点。他们学过武术，尤其精通地质学，智商比斯卡瑞还高。他原想下一年送他们到哈佛读书，不过现在要改变计划了。他能教给他们学校不会教的东西；他能给他们整个世界。本来，十年后，他们也不够资格接斯卡瑞的班，但是现在巴兰死了，他别无选择。如果从现在就开始栽培他们，再过三十年，自己就可以安心隐退了。

可麻烦在于，他只需要一个人。

他知道这一天迟早会来到，所以当时特意买了一对双胞胎，这样就有备胎和替补了。但是，现在该选谁呢。在斯卡瑞看来，兄弟俩相貌和性格都一模一样。

"你什么时候回来的，爸爸？"阿彻尔随意问了句，蓝色的眼睛望着斯卡瑞。

"今天早上。那会儿你们还在健身房。听着，我们有麻烦了。"

"什么麻烦？"阿彻尔问。

哈里斯扬起眉毛。"阿彻尔就是麻烦。"说完，两个人大笑起来，声音彼此回应。

斯卡瑞也附和着笑了一下。"听我说。我不是在开玩笑。你们一生都在为今天做准备，只不过你们自己不知道罢了。"

兄弟俩同时不出声了，而且同时眨了下眼睛。斯卡瑞感觉有点儿怪异。他们从小就有自己的语言，他常常猜测兄弟两个是不是在偷偷议论他。

艾达公主在啄阿彻尔的鞋，但是他没注意。

斯卡瑞说："等时机到了，你们中的一个将会是家族生意的继承人。我只需要一个人。你们两个都想做继承人，对不对？"

"当然了。"两人突然不再看对方，都紧盯着斯卡瑞。

"那我该选谁呢？"

阿彻尔狡猾一笑。"谁抓得住艾达公主，就选谁。"

"好主意！"哈里斯拍手赞同，"怎么样，爸爸？"

"哈！"他这次是真的笑了。他们根本不知道自己争夺的职位有多高。就像抽签做美国总统。不知道自己怎么会想到这么荒谬的比喻，他笑起来。"但是没有人可以抓住它。"

"我能。"阿彻尔说，哈里斯顽皮地推了他一把。

"笨蛋，我也能。"

阿彻尔有点儿吃惊。"晚上抓鸡的是我。"

"没我你也抓不住啊！"哈里斯回击。

"谁先抓到就是谁。"斯卡瑞站起来。没有更好的办法了。如果他们两个人真的完全一样，那么选谁都行。他举起右手。"我说开始后再抓。"

阿彻尔和哈里斯脚踩在泥土里，像足球运动员那样轻弯着腰。看这架势，鸡们立刻不安起来。艾达公主拍打翅膀，向妇女合唱团和皮波发出信号。皮提咯咯大叫。它们离开泥土浴场，四下跑散。

"预备，开始！"斯卡瑞放下手。

"别跑！"阿彻尔边跑边喊，但是艾达公主玩儿命地朝鸡舍跑去，哈里斯跟在后面。艾达很聪明，快到鸡舍大门时，突然左转，阿彻尔一头撞在墙上。哈里斯接着追过去，他腿像踩了风火轮，胳膊也滑稽地摇来摇去。艾达忽左忽右，半跑半飞，并大声警告和反抗。

"快跑，艾达，快跑！"斯卡瑞为母鸡加油，一时沉浸在比赛的情绪中。两个年轻健壮的男孩子跑着，笑着，金色的头发在阳光下如燃烧的火焰。他们就是青春和希望的象征。斯卡瑞真希望他们是自己的亲儿子。

"咯咯！咯咯！"艾达公主尖叫着，朝斯卡瑞跑去，他赶紧让开，不然得被两个孩子撞到。兄弟俩并排跑着，紧张的竞赛让两人满脸兴奋。斯卡瑞刚想喊加油，突然发现阿彻尔脸色变了，像是被黑暗的暴风云所笼罩。谁都没想到，阿彻尔竟然将右手狠狠地甩向哈里斯的脖子。

"不要！"斯卡瑞大声喊道，可是他的声音被哈里斯喉咙发出的呻吟淹没了。哈里斯震惊了，瞪着眼睛，本能地去摸碎掉的喉结，嘴里喷出鲜血。

斯卡瑞简直不敢相信自己的眼睛。他习惯了暴力，可是却不愿看到暴力发生在眼前，发生在家里，发生在此时此刻。他不知道接下来会发生什么事。哈里斯倒了，腿被压在身下，脸呛进了土里。天性让他站在了不幸的孩子这一边。他跪在地上，叫着："哈里斯，哈里斯，哈里斯！"斯卡瑞扳着哈里斯的肩膀，将他翻过来，但是哈里斯已经死了，空洞的眼睛望着天，嘴里淌着血。他摇着哈里斯，惊慌而迷惑地抬起头。

"我赢了。"斯卡瑞听到阿彻尔说了三个字。

"为什么要这么做？"他问。

"因为我比他强壮，比他聪明，比他优秀。而且，我的机会来了。"

"但是……他是你弟弟。"

"那又怎样？别担心，爸爸。我会负责的。我知道自己的使命。我什么都知道。"

"什么？你怎么知道的？"斯卡瑞很吃惊。

"我看过那些文件。我侵入了你的电脑，并破解了你的密码。我该知道的都知道了。你懂我在说什么吗?"

斯卡瑞当然知道,只是他掏枪晚了半秒钟。阿彻尔的鞋尖狠狠地踢向他的脑袋。

迪弗拉斯·斯卡瑞意识到,他的继承人已经就位了,新王比老王更强壮,更年轻,也更无情。

死前,他想:我将什么留给了这个世界?

8 大卫·科贝特

哈罗德·米德尔顿注视着那个皱巴巴的万宝路烟头,卡罗威把它插进拼盘里,不知道为什么看到这个烟头会想起费莉西娅对他的批评——说他没时间,也不愿意透过现象看本质。那时,他真想看看表象背后究竟是什么:烟头在腌洋葱上烫出了斑点;醋酸味、炖甜菜和熏鲱鱼的味道混在了一起。

米德尔顿看看表——怎么电话打了这么久?难道自己来俄罗斯的秘密已经不再是秘密了?或者卡罗威正在被俄罗斯情报局年轻、好事、不讲人情的新情报员训斥?

再或者,可怜的鲁斯兰只是在和妻子或者情人——阿塞拜疆或者乌兹别克美女——吵架。他提醒自己,不要只盯着表象。

内心深处,他感到内疚。费莉西娅在他伦敦的家里差点儿丢了性命。在友谊变霉运前,你拜访的朋友会遇到多少不幸?还有查莉——他非要让她参加到这堂吉诃德式的行动中来,这不是把她往火坑里推吗?他这个父亲是怎么当的啊?

想到这些,他坐不住了,起身慢慢走到窗户前。天空灰白,莫斯科被包裹在城市的迷雾中。似乎俄罗斯和多年前并无两样。垃圾燃烧的火焰点缀着城市的景色,仿佛置身第三世界。隐约还可以闻到恶臭味:劣质的玻璃是工人天堂的又一遗物。

一路走来，眼前的繁荣景象本质上与苏联时期的虚假繁荣并无区别，都是依靠石油积累财富。现在，石油价格暴跌，就连阿尔卡迪·车尔纳耶夫这样的大亨都需要政府伸出援手。上周，他还差点儿失去欧洲银行首席子公司。

石油是现代政治的恶臭天坑，不对，应该说石油和毒品。就是对这两样东西的渴求才会让美国受制于普京、查韦斯、内贾德这样的暴君，而且还得和不入流的沙特阿拉伯、哥伦比亚，或者永无出头日的尼日利亚和墨西哥保持友好往来。米德尔顿想，不知道什么时候自助、积极的美国就会成为挤满胖子、酒鬼和瘾君子的日间脱口秀现场。爱国者们到时真得抱头痛哭。

他又想到费莉西娅——身为波兰人，骨子里却更像吉卜赛人。光明的未来属于费莉西娅们。他们年轻，有才华，只要愿意可以轻易获得护照，而且懂得远离爱国愤青和信仰狂热分子，比如迪弗拉斯·斯卡瑞和哈罗德·米德尔顿。他竟心酸地嫉妒起来。

门开了，卡罗威这家伙终于打完电话了。米德尔顿连忙转身——进来的并不是熊一样的老朋友，而是那个老服务员。米德尔顿之前一直想着费莉西娅和她对自己的批评，现在才注意到服务员走路很假，而且藏不住的活力暴露了她的年龄。花白的头发有点儿歪：是假发！

望着骗子浅灰色的眼睛，直觉告诉他，鲁斯兰·卡罗威已经死了。

骗子脱下伪装，快步上前，米德尔顿手伸进夹克，从皮带里抽出西格-绍尔 P229 手枪，打开保险，扣动扳机。枪响了，却是空枪。他立刻回想自己有没有装子弹。他记得装了啊，当时弹夹满了，他还拿出了一颗。这时，冒牌服务员一脚踢在他胸口上，他后退几步倒在地上，撞到了桌子，拼盘撒了一地。骗子的假发掉了，她留着板寸，像个男人。她从衬衣里抽出一把刀，米德尔顿挣扎着站起来，差点儿被地上的食物滑倒。他将手枪当成棍子握在手里，意识到房间里那些前苏联国家安全委员会的退休人员窸窸窣窣地站了起来。

骗子可没想那么多。她希望速战速决。她的刀直刺过来，没有乱砍——那是懦夫的招数。米德尔顿用枪迎挡，避开刀尖，但是骗子突然挥向左边，正中他的太阳穴——他眼前一黑，跪了下来。脑海里只剩一个名字：查莉。

米德尔顿听到身后响起枪声，那准是把马卡洛夫[①]。看来退休人员没有袖手旁观，至少现在站在了美国人这一边，毕竟两国军队曾是盟友。

米德尔顿眼前像蒙上了一层水雾。透过水雾，他看到那个服务员踉跄后退，手捂着胳膊，单膝跪地。

前苏联克格勃特工走过去，低声简短地说了几句俄语。冒牌服务员手中的刀子落在地上，被那个男人踢到了一边，其他几个老特工急忙捡起来。

冒牌服务员呻吟着，苍白的手捂着胳膊上的伤口，血止不住地往外流。老特工低头看看米德尔顿，又看看他手中那把没用的西格－绍尔手枪。他憔悴的脸上露出笑容，用带着浓厚口音的美妙英语说："好画。诺夫哥罗德学派的作品，是吧？"

"没什么比一碗燕麦粥更能解乡愁了。"

查莉在看《华尔街日报欧洲版》，听到这句话后抬起头。说话的

[①]是一款由前苏联枪械设计师尼古拉·马卡洛夫研制的半自动手枪。

男人就是昨天尾随她的陌生人,当时阳光很好,她在香榭丽舍大街散步,远处就是星光大道和凯旋门。他算是老帅哥,有点儿商务人士的样子,褐色皮肤,不胖不瘦,头发黑白相间。他身上的衣服显然很高档,不过,看起来像是跻身上流的人正刻意保持低调。英国范儿,她想,有点儿过了。

她不知道为什么这个人要杀自己。

他说:"我可以坐下吗?"

他说话带点儿默西河附近居民的口音,查莉熟悉这种口音,因为披头士就来自默西河畔。她那时还不知道约翰·列侬并不是纯正的上流社会人士。如果披头士都不是贵族,还有谁会是呢?

"请坐。"她忍住不去看莉奥娜拉·泰斯拉,她就坐在这间酒店餐厅的另一边。泰斯拉从伦敦飞过来提醒查莉注意安全,并保护她。费莉西娅·卡明斯基在布鲁姆斯伯利的别墅里被绑架了,绑匪认为她就是查莉。

这位衣冠楚楚的英国绅士拉开对面的椅子,坐下。"伊恩。"他笑容可掬地伸出手。

"夏洛特。"

"我知道。"

深色皮肤的男侍者——阿尔及利亚人或者土耳其人——端来一壶咖啡。巴雷特-伯恩没要。查莉像个涉世未深的小女孩儿一样天真地问道:"你知道我的名字?"

"米德尔顿小姐,你现在很危险。我是来帮忙——"

莉奥娜拉突然走到他身后,一只手轻轻地放在他肩膀上,另一只手伸进自己的口袋,握住里面的手枪,轻轻抵住他的后脑勺。

他无奈地笑了。"你们这些美国佬……"

查莉四处指指,然后说:"无处不危险。"

"真没必要这样,你说呢?"

计程车在第八区毫无目的地行驶着,司机将拉埃乐①的声音调小,这样坐在后排的他们就能安心谈话了。后视镜前挂着的念珠晃来晃去。伊恩·巴雷特-伯恩坐在中间,泰斯拉的枪还指着他。夏洛特·米德尔顿望着窗外的拖车出神。

泰斯拉问:"你找夏洛特干什么?"

她想弄清楚,但是并不急切。泰斯拉已经知道他英国护照上的名字了——当然只是他的名字之一——然后开始打电话。她摁了一长串数字,伯恩据此推断那个人一定不在英国。不出所料,那人说伊恩·巴雷特-伯恩是位商务咨询顾问,没有犯罪记录,也不在任何一份观察名单上。

"这件事涉及很多钱。"

"什么事?"

"哦,斯卡瑞的心血、他的公司……我也想参与其中。那样就可以给哈罗德·米德尔顿通风报信了。"他非常平静,甚至还有点儿忍俊不禁,"到时候,我会告诉他很多细节。"

"比如?"

"我只会告诉米德尔顿上校。"

"办不到。"

巴雷特-伯恩假装生气。"真遗憾。"

---

①起源于阿尔及利亚的流行音乐。

"告诉我们。"

"如果我不呢?你还想威胁我啊?对你,我可是久仰大名。你吓不住我的。"

泰斯拉一把捏住他的脸,伊恩嘴唇紧闭。"你想杀了这个无辜的女人。"

他把她的手打到一边,随后立刻显出漫不经心的样子。"哈,你错了。我和老大们都没想这么做。这是斯卡瑞的主意。他有个手下叫珍娜,南亚小姑娘,人美心丑。两个人都靠不住。"

"谁是你的老大?"

"你搞错重点了,你没听出我刚才的暗示吗,这个珍娜一点儿也不可靠。她就像墙头草,哪边有钱哪边倒。"

"我们为什么要相信你?"

"该死,亲爱的,这么说谁又能相信谁呢?"

泰斯拉凑过去,小声对他说:"如果你再叫我亲爱的,我就要你的命。"

他假装很害怕。"这种说法惹着美国女人了吗?"

"你的老大是谁?"

"听着,我已经泄露不少信息了。"

"蝎子是谁?"

他佯装天真。"我不知道你在说什么,听起来像是动画片里的英雄。"

"我猜是恶棍。"

他耸耸肩。"没差别啊。"

司机朝自行车手按喇叭,那个人挥了挥手。泰斯拉说:"你就是为蝎子工作的吧。"

"我是带着诚意来的。为了表达这份诚意,我再告诉你一个小细节,听完你就知道我没有说谎。"

他眉毛上扬。查莉和泰斯拉等着。

"你们肯定见过那个铜镯了。你从可怜的卡韦·巴兰那儿把它拿走了。炸死他的人就是珍娜——手机爆炸的老把戏。知道吗,她差点儿用那个电脑把你们全炸死。"

"这么说,在安提比斯海角的就是她。"

"没错。铜镯有着特别的含义。大象,喷水——"

"月亮。"泰斯拉加了一个。

"对啊。"

"那个月亮是什么意思?"

巴雷特·伯恩挑起眉毛。"我说了,你就——"

"我会考虑让你与米德尔顿上校见面。"

他叹了口气。"小姐,你可真精明。"

"告诉我那个月亮代表什么。"

"好吧,你应该知道那个月亮与伊斯兰教、印度教没任何关系。"

"继续。"

"早在伊斯兰教之前,新月就是一种象征。拜占庭人使用它的时候,穆罕默德还不知道在哪儿呢。它代表月亮女神。她是个女猎手——如果你知道,我就不说了——也是老弱病残的保护神。简直就是黑暗中的一道天光。"他像在音乐厅一样拍着手,"有时,她就像火炬,照亮他人。她高贵、骄傲、威严,在原野中驾驶着战车。"

"这跟斯卡瑞有什么关系?"

他摇摇头。"你应该问,这与珍娜有什么关系?"

"嗯?"

"她在找蝎子。人人都在找蝎子。"

"我猜,斯卡瑞也不例外。"

"如果我说他已经死了呢?"

泰斯拉强装镇定。志愿者们的目标人物——死了?!

巴雷特-伯恩接着说:"好像是被他自己的儿子杀死的。他死了,可是珍娜还在我行我素。"

"找蝎子。"

"也许不是。"

泰斯拉插嘴:"接着说。"

"只能再给你一条线索。你知道巴格利哈水坝吗?"

查莉·米德尔顿想起来,前几天维基几乎不吃不睡地想办法——木马、蠕虫、病毒、根工具包①、后门程序、键盘记录程序、机器人程序、僵尸袭击等——侵入斯卡瑞的电脑,想弄清楚他的下一步要做什么。努力总算没白费,他发现了蝎子——尽管不知道详细信息——和巴格利哈水坝。

泰斯拉耸耸肩。"那个水电厂在印度吧。"

"克什米尔,"巴雷特-伯恩纠正道,"准确地说是印控克什米尔的查谟地区。"

"斯卡瑞就是那儿的人。"

"没错。"

"还有呢?"

"当时还发生了激烈的冲突。"

巴基斯坦上书联合国,坚称修建水坝会威胁到奇纳布河流域的

---

①最早是一组用于 UNIX 操作系统的工具集,黑客使用它们隐藏入侵的痕迹。它能在操作系统中隐藏恶意程序。

灌溉，那是他们的农业赖以发展的基础。甚至，巴基斯坦还指控印度这样做是蓄意切断巴基斯坦的水源。两国在谈判时，就伊斯兰教恐怖活动争执不下，最后世界银行从中斡旋，援用《印度河协定》，指派了一名仲裁人。最近，仲裁人做出判决：印方称修建水电厂是电力所需，理应完成项目，现做出让步，将泄洪道降低五英尺。

泰斯拉说："斯卡瑞和你说的冲突有关吗？他属于胜诉方啊。"

"现在还是吗？"巴雷特－伯恩窝在座位上，双臂紧抱，眨着眼睛，"我要说的都说完了。见到传说中的哈罗德·米德尔顿以前，我不会再开口了。"

就监狱来说，这家还不算最差的——位于莫斯科市郊或者周边农村，面积大，通风好，是罗曼诺夫王朝时期建立的，丝毫没有社会主义的痕迹。

地板下陷，颜色灰暗，墙面肮脏，布满水渍。窗户封死了，屋里弥漫着发霉和腐臭的味道，还有不知道从哪儿钻进来的烟火味。壁炉里压根儿就没有木柴，更别提温暖的火焰了。唯一的取暖设施是一个可笑的取暖器，看起来极像一个头盔，钢条后面露出一个红色的圆团。

取暖器发出小夜灯一样的光。除了三把破椅子，这是唯一的家具了。

米德尔顿将衣服紧紧地裹在身上，凉气灌进鼻孔，嘴唇已经冻僵了。

他被关在这里多长时间了？还要多久——之后会发生什么？

至少，他没有受到折磨。他听到其他房间传来惨叫——可能是那个留着板寸的女人，杀死鲁斯兰的凶手。他们不会放过她的，审讯是迟早的事。

天花板上的黄色石膏已经褪色，开裂，蜿蜒的裂缝像是一幅地图。他坐在那里，盯着看了几个小时，想象着地图上的景色，河流、溪水、平原、丘陵、山地、草原、沼泽湿地。城市和郊区在哪儿呢？蒙古骑兵和纳粹第六军团是从哪里开始侵略的？

靠这个打发了一会儿时间，他闭上眼睛，回想贝多芬钢琴协奏曲，在第四乐章赋格曲中对巴赫作出附和——这些让他想到费莉西娅。

度日如年。想她是消磨时间的第三种方式：她现在在哪儿，好不好，是不是还活着？他先是内疚，继而愤怒，然后如慈父般惦念，最终陷入无望的悲伤。绝望感因想到查莉和莉奥娜拉而更加刻骨铭心。莉奥娜拉的名字取自贝多芬的唯一歌剧《费德里奥》的女主人公莉奥诺。思绪回到贝多芬的协奏曲上，不久，他又开始盯着天花板了。

他故意不去想鲁斯兰。这个熊一样的俄国老友知道帮哈罗德会有危险，可是，即便知道，他还是……

门开了。他想，可能该吃饭了。早饭？午饭？晚饭？他已经失去时间概念了。这次进来的不是那个佝偻着肩的老太婆，而是真正的服务员，他端来了罗宋汤、黑面包，四等分的洋葱和一杯伏特加。随后从外面走进来一个衣帽整齐的高个子男人：精力充沛，眼睛深邃，典型的斯拉夫体形，很有军人气质。他穿了一身黑西装，外面披着羊毛大衣；半筒皮靴上全是泥。进屋后，他关上了门。

"米德尔顿先生，"听口音是英国人，"你没被打扰吧？"

他声音冷淡，但是笑容真诚。米德尔顿想起几个小时前听到的惨叫——那就是所谓的打扰？"一点儿也没有。"米德尔顿裹紧外套，望着天花板,"我一直在看风景。"

陌生人也随着他望向天花板。"很抱歉,来晚了。我们确定搞清状况后才敢来打扰你。"

搞清状况。当然了。酷刑就是为搞清楚状况准备的。

"不好意思,可能这样问不太礼貌,你说的'我们'是指?"米德尔顿问。他猜想那位救了他一命的克格勃老特工没告诉他安全部门阴暗的一面。也许是黑帮。也许两者都是。

陌生人笑了,拉开一把快散架的椅子,拍了拍上面的灰尘,坐了下来。"我所能告诉你的是:好几伙人都在——怎么说呢?——悬赏你。赏金很可观,很诱人。但是我们——不,我不能告诉你'我们'是谁——不关心奖金,只关心信息。我们想知道事情的来龙去脉。就是这样。"

不出所料。米德尔顿一本正经地说:"我可以问问你叫什么吗?"

"当然可以。不好意思。"陌生人笑容僵在脸上,"无名。米德尔顿先生,我们是来保护你的,不让那些想得赏金的人得逞。我担心他们不会轻易放过你。不过,我们提供了保护,也希望得到回报。"

无名男人的声音渐弱。他双手伸向两边,比画着他们想要多少信息。

"好几伙人。"米德尔顿说,"我只能想到两伙。"

"你低估了自己的价值。"

"他们刚刚对我产生兴趣?"

"不是。有的人一直感兴趣。米德尔顿先生,你树敌不少,真让人敬佩。不过,确实有两伙人通过一些渠道联系到了我们。然后,第三伙人出现了——可以说,兴趣相同。本来其他人是来算旧账的,但是一旦知道爆发了价格战,都格外积极。"

三伙，米德尔顿想。斯卡瑞、蝎子，还有谁呢？车尔纳耶夫？他为什么和斯卡瑞作对？他又是怎么知道米德尔顿对他有兴趣呢？"看起来我是没得选了。"

无名男人耸耸肩，脸上露出调皮的笑容。"萨特说过，人总是有选择权的，即使只是选择如何去死。"

米德尔顿认真思索。他可以把自己交给敌人，只是接下来会发生什么呢？他们会毫不犹豫地让他不好过，然后打扰他。想到这样的场景，他战栗不安。他知道自己有美德，不自私，也无所畏惧，但是如果一小时接一小时，一天接一天，一星期接一星期被严刑拷打，他还能坚持住吗？也许可以折腰换取时间。但是，没时间可换了怎么办？

他不仅仅考虑到自己。那个克格勃老共产党把他的普通手机和加密手机都拿走了。如果他打给维基，莉奥娜拉，费莉西娅，查莉——他们的位置就会暴露。

米德尔顿搓搓手。"我们怎么做呢？"

就好像赞扬了无名男人的品位一样，对方的笑容变得亲切，忧伤的眼睛神采奕奕。"好了，别笑，不过，我更喜欢辩证法。"

米德尔顿好奇这个人究竟是谁。"开始吧。"

"先从简单的问起。你对迪弗拉斯·斯卡瑞感兴趣，对吗？"

米德尔顿没有犹豫。"是的。"

"很好。那你为什么来这里？来俄罗斯？"

这不是问题而是测试。"在佛罗里达州与斯卡瑞相关的一个地方发生了爆炸，我的一个同事当场丧生，另外一个严重受伤。爆炸装置是从俄罗斯进口的燃料空气炸弹，根据是这种炸弹在车臣被用作军用武器，还有——"

无名男人举起手。"拜托,米德尔顿先生,不要侮辱我的智商。"他的笑容不见了,"美国海军陆战队在伊拉克也使用了这种炸弹。第二次扫荡法鲁贾的时候,这种炸弹被广泛使用。当时它叫肩扛式多功能突击武器,士兵们用来攻击房屋和清真寺。你以为我们不知道吗?老天,一个六岁的孩子只要上网搜索一下,也能讲出这么多。"

米德尔顿回答:"你觉得我没有其他线索?"

"说正经的,米德尔顿先生。如果你不诚实,你的身价就会降低,尤其是面对大量的现金时。"

米德尔顿拉紧衣领。"我可以说完吗?这条俄罗斯线索牵涉到阿尔卡迪·车尔纳耶夫。我希望可以见到他。我想了解那些炸弹。"

无名男人的脸上一丝笑纹都没了。"你想去见阿尔卡迪·车尔纳耶夫?"

"总要试试。"

"你想干什么?你知道自己听起来像什么吗?"

"我们会的不多,说服就是其中之一。"

"你希望说服他。"

"是的。"

"你不是傻子就是骗子。"

一时间,米德尔顿想自己可能错了。眼前这个人根本就不是流氓特工,而是车尔纳耶夫的走狗——尽管他的反应有点儿戏剧化,就像即席表演,希望得到热烈反响。如果米德尔顿将真相告诉他呢?米德尔顿认为,车尔纳耶夫和其他不少俄罗斯人都相信次大陆的军备竞赛不可避免。俄罗斯要么和中国直接开战,要么雇佣代理——这时车尔纳耶夫就派上用场了。前一段时间,他的公司之所以会在经济危机中脱离困境,就在于他承诺动用自己的力量帮助发展克什米尔友军——无疑是那些扛不住贿赂的民族主义者或者理想主义者。如果知道重水可以用来生产核武器，他们会怎么办？车尔纳耶夫知道铜镯吗？他的俄罗斯同胞知道吗？

无名男人疑惑为什么车尔纳耶夫会卷入这个古怪计划，米德尔顿思索这个问题时又联想到了很多。

但是，无论怎样，米德尔顿都需要信息。他决定扳回一局，赌上一把。"除了来这儿我别无选择。我找蝎子的线索断了，剩下的只有车尔纳耶夫了。"他直率地说。

反应微妙却奏效了。无名男人克制自己不要显得太急切。"你对蝎子了解多少？"

"意思是说他没有悬赏我？"

没有回答。

米德尔顿灵机一动，决定再赌一把。"没多少，"他说，"但是我可以告诉你我很困惑。我们不明白一个人哪来那么多钱供斯卡瑞上学，在他毕业后，还为他提供开公司的资金？应该有家公司或者基金支持吧。"

无名男人并不觉得蝎子对斯卡瑞的资助有什么特别。他说："你们想不到他或者她的公司是个计谋。就像'蓝色观察'，这些公司是层层嵌套的。"

米德尔顿皱起眉头。"那家迪拜的安保公司？""蓝色观察"因为员工过度热情造成了很多血案，遭到很多部门的调查。但是大部分调查都没有下文——有人说他们恐吓检察官和法官，强迫他们不要插手。

无名男人说："不过，最终钱是一个人出，那个人就是掌控整个公司的蝎子。"

他的话不仅证实了蝎子供斯卡瑞读书然后又资助他开公司,也表明出于某种原因,无名男人和他的组织,不管什么组织吧,一直关注克什米尔的故事。而且,毫无疑问,他们也迫切希望找到蝎子。

这就说明,他或者她就是所有问题的答案。

"好吧,"他告诉无名男人,"我说过,我们没有找到蝎子。"

无名男人接着说:"你知道斯卡瑞怎么形容他的恩人吗?他说蝎子是'世间圣人'。"

"嗯,我知道,不过我觉得这个翻译有问题。斯卡瑞用的原词是智慧(jnana)和知识(vijnana),vi前缀会让名词的意思发生变化。Jnana指的是灵魂方面的智慧,而Vijnana指的是实用或者世俗的知识。有时两个词会连在一起用,意指知识和智慧。所以斯卡瑞的原意是他的恩人既世俗又超拔。"

无名男人耸耸肩。"关于蝎子,你还知道多少?都说出来,我会让你好过些。"

"除了铜镯。"再赌一把。他想到费莉西娅发的邮件。"别的就不知道了。"

无名男人比听到蝎子时还要惊讶,他想掩饰,但没成功。他无法控制自己,连忙问道:"蝎子和铜镯有什么关系?你是什么意思,上校?"

米德尔顿本想再玩儿一局,但是也知道说得越多,自己就越没有利用价值。"该说的我都说了。"

无名男人探身向前,不懈地追问:"你知道其中涉及的技术吗?你还知道什么?"

米德尔顿笑着摇摇头。

无名男人看了他一会儿,然后起身走到门口。

望着无名男人穿着厚羊毛大衣的背影，他突然有种不祥的预感，似乎他永远被孤独地遗弃在这间牢房里了。他知道自己的价值，也套出了些信息，只是无法预料接下来会不会受尽折磨。

"现在怎么办？"他假装恐惧地叫道，"我已经合作了。你打算让我在这儿待多久？"

无名男人轻轻拉开门闩，没有回头，丢下一句："很遗憾，我做不了主。"

在玛德琳广场，伊恩·巴雷特－伯恩俯身对查莉·米德尔顿和莉奥娜拉·泰斯拉说："你们这是犯错。"

"你随时可以和我说。"泰斯拉说。

他长叹一口气。"行不通，说了多少次——"

"我会告诉米德尔顿上校的。如果他想联系你，我们会把你的号码给他。"

他凑近，将手搭在出租车顶上。"有效期到今晚，再多一秒都不行。时间一过，好戏就该上演了。你们不占优势，因为晚了一步。我可以扭转局势，真的。不过，你懂的，我也不是义务帮忙。这样才公平。"

"我说了，我会告诉他的。"她做手势让司机开车，"谢谢你的……"

话还没说完，车就发动了。查莉和泰斯拉透过车后窗看到那个衣冠楚楚、神秘莫测的英国男人越来越小，而他也正透过黑色的汽车尾气目送她们。

泰斯拉又给米德尔顿打了个电话，还是没人接。她接着打给维基·张，维基说他怀疑几家航运公司从俄罗斯将炸药运到了佛罗里达，已将消息告诉了老大。米德尔顿听完就到莫斯科调查线索去了，之后就再没联系上。

计程车穿过协和广场,随车流驶向香榭丽舍大街。查莉看着前门,小声耳语:"诺拉,你知道我最佩服你什么吗?"她十指交叉,将手放在膝盖上,然后呆呆地望着,似乎那手不是她的。"你让那个人,也让你自己相信我父亲还活着。"

9 琳达·巴恩斯

屋里放着一张有四根帷柱的床，宛如宝座立在台上。宝蓝色的窗帘不时拂过象牙色的墙面。湖蓝色的床单让床看起来像是波光粼粼的水池。精雕细刻的胖天使互相追逐，嬉戏。窗外，彩绘独桅三角帆船在小溪上巡航，一对情侣在溪边看着小船拥吻。这是迪拜最好的酒店之一，床很大，可以睡四个人，天花板上还镶着镜子。

如此奢华腐败的地方，让珍娜既不适应又很刺激。她身上穿着长袖海军外套，外套的样式很保守，适合到中东旅行的女人。一般空姐和修女也会这么穿，不过她们不会拦腰扎一条宽皮带。

她轻而易举地找到了那部黑莓手机，就在床左边柜子的中间抽屉里，事先放在那里的。八点整，她摁下号码。接通费了点儿时间，不过接通后，他的声音很清晰。正是那个声音。

阿彻尔从他一直叫父亲的迪弗拉斯·斯卡瑞那里学会了印度语。他们用印度语交谈。印度语是珍娜母亲的母语，她很骄傲自己说得无比流畅。她很少大声说，不想让别人认为她是无知的南亚人；她的法语和英语都磕磕巴巴。她很在意别人的看法，尤其是男人的看法。

"是的，"她说，"他和我在一起。他告诉我这里有条线索，我相信他。"她边听边点头，阿彻尔轻描淡写地告诉珍娜他的父亲斯卡瑞死了，珍娜一时不知如何反应。斯卡瑞肯定会死，只是没想到他死得就像莎士比亚的悲剧。他的死带来了诸多暗示,想到这里她心怦怦直跳。

"有米德尔顿的消息吗?"她问。

"被扣在俄罗斯了。跟这帮业余人士斗,我们也不能掉以轻心。"

"他们杀了巴兰。"她说,"但是,这是好事,不是吗?"

头顶的镜子出卖了皮埃尔·克兰。珍娜可能没发现他,她一直平视着屋子,但是,如果她抬头看看镜子,就会看到客厅的门略微动了一下。

她还在用印度语大声地说着:"那么,我们什么时候转移设备呢?"

阿彻尔说:"很快。已经安排好了。很快就结束了。智者制伏天下。"

"智者制伏自己。"她说得很快,说完挂了电话。

珍娜将黑莓放回抽屉,打开旅行箱,想到隔壁房间的克兰。她对这个记者的感情很复杂。她有关于他的很多资料。他不为钱不为权,为的是新闻和故事——重要的故事。也就是说,她可以相信他。珍娜从不相信有"信任"这回事,父亲被谋杀后,她什么都不相信了。但是,克兰知道重要的信息。

在这场黑暗交易中,她需要的就是信息。

此外,这个笨蛋记者挺迷恋她,这样从他口中套出蝎子和米德尔顿等人的消息就易如反掌了。

在英国的时候,"冒牌"夏洛特·米德尔顿逃走以后,珍娜就给克兰松绑了,他的反应果然如她所料:就像一只离不开女主人的小狗,有没有皮带都一样。她试着让他说出他知道的信息,但是除了说线索在迪拜外,其他细节他都不透露。珍娜马上就明白了,建议两人一起去。她去找蝎子的一手资料,而他继续发掘故事。

这正中他的下怀,他二话没说就答应了。

现在,克兰故意在走路时弄出声响,然后敲敲门。

"进来。"

"你们真会享受,珍娜。"他用法语说,"离客厅挺远的那个卧室真豪华。房间很多,风景也不错。你看外面那些奇怪的小船。"他话题转得很快,"说说你自己吧。"

"又问起来了,"珍娜说,"总是有这么多问题。"

"我告诉了你迪拜,你答应为我的故事加点儿料的啊。所以?"

"真的,皮埃尔,还有别的问题吗?除了聊天,能不能干点儿别的?我们坐了四个小时的飞机。"她盯着克兰,柔声说道。她深谙此道,说话音调和肢体动作比语言更有效。

克兰接招了。"你很迷人,珍娜。"

"一个靠撒谎为生的男人这样赞美我——是什么意思呢?"当然,她意不在此。

"我是记者。我不撒谎……好吧,不常撒谎。再说,漂亮的女人不需要平凡的男人去赞美。"

"我漂亮吗?"

"你自己知道你很漂亮。"

"哈,你说自己是平凡的男人?乱讲。在女人眼里,能让女人成为女人的男人最有魅力。我想你懂我的意思。"珍娜笑着将双手交叉在胸前,刻意往上推了一下。

"我会努力。"克兰说。

"只是,我们怎样才能信得过对方呢?"

克兰注意到,珍娜的瞳孔是焦糖色的,近乎金黄色。她的睫毛又长又密,跟她的头发一样。"也许我们该从搜身开始。"

珍娜抬起下巴,低垂着眼睛。"真的吗?"

"只要你愿意。"

四目对视,过了一会儿,她慢慢转过身,背对着克兰,左手将脖颈上的长发撩起,外套上的拉链像蛇一样。"你知道的,搜女人的身要仔细、彻底。"

康妮·卡森第三次醒来,这次不觉得恶心了。她意识到自己是在医院的病房,对白色的灯光已经不再恐惧,右胳膊也已经恢复了知觉,之前她一直不敢去看它,生怕看到假肢。

不过,看到有人正盯着自己,她还是吓了一跳。她心想,肯定是那个长得像芭比娃娃的男朋友一样的警察,兰格。

"你能站起来吗?可以动吗?"他急切地问道。

听到他紧张的声音,她也跟着紧张起来。

"你肯定捅了马蜂窝了。"他左看右看,好像在找什么,"快点儿,我们得走了。"

如果不是连从狭小的床上坐起来和动一下腿都要用尽全身力气的话,她早就说这也是她想做的了。她给米德尔顿打过电话,肯定引起了某些人的注意。

"我来帮你。"兰格想去扶她的左胳膊。

"我自己能行,谢谢你。艾哈默德医生知道你在这儿吗?"

"艾哈默德对你好过头了。他不是我们的朋友。"她终于站了起来,兰格扔给她一件袍子,迅速将床头的一些资料塞进了旅行袋。

"他正在和巴基斯坦的朋友打电话。"

康妮觉得房间在打转。

"咳,快点儿,康妮,到我这儿来。"兰格跳到她身边,胳膊搂住她的腰,帮她穿上一件蓝色的袍子。康妮很瘦小,袍子可以装得下两个她。"我们现在是在三楼。出门右拐,走二十步,遇到第二扇门后左拐,下三层楼梯。听到了吗?从楼底的推杆门出去。外面路上有辆黑色货车。你到了以后,车后门会打开,里面有你的衣服。"

"为什么?"康妮坐回到床上,轻声问道。她一时还不想按铃叫护士。她不知道该不该相信兰格——整件事是不是自己的幻觉?突然,门开了,他推进来一个轮床。

"上来。"

"你还没回答我。"

"你问什么了?"

"我为什么要相信你?"

兰格拎起她,仿佛她是三岁的小孩儿,将她稳稳地放在轮床上。她刚要喊救命时,听到了他的回答。

"维基·张。"

"维基——"

"康妮,我们是想救你的命。"

在床上,珍娜认为自己不是电影中遇到任何英雄或罪犯都张开双腿的妓女,而是伟大的导演。没错,她就是电影中的女孩,可是她主宰一切。有时,那个女孩就像是珍娜的双胞胎姐妹,也有一头柔顺的黑发。有时,她是小时候的珍娜,那时珍娜还很天真,但是很快哥哥们就教给她怎样运用自己的特长了。有时,她是个金发的白人。珍娜导演很享受迪拜这间套房提供的道具：床头柜上的香槟杯；绸缎床单在温和的灯下闪着光。这不是低俗的三级片，而是007一样的悬疑惊险片，高级幻想曲。

她承认，克兰不算男主角的最佳人选。他长手长脚，皮肤是鱼肚白色，头发没有光泽，鼻子很大，但是却出乎意料地健壮。珍娜盯着天花板上的镜子，研究克兰的身体，而此时，克兰正趴在她身上。

珍娜小时候已经开始关注自己身体的变化了。她喜欢丰胸电臀，还一直希望自己的鼻子可以秀气一点，坚挺一点。尤其，她希望自己不要那么爱出汗。电影中的女孩儿无论是在床上激情前还是激情后，都看起来清清爽爽。邦女郎尤其神采奕奕。可是她却爱出汗，真是败笔，电影一下子就回到了现实。

克兰发出哼哼声。珍娜紧紧抱着他，在他耳边柔声低语，慢慢地扭动臀部，迎合他，鼓励他。电影导演一般会让男人享受，珍娜导演则要让自己享受。为什么不呢？她想。她有的是时间。

克兰还觉得自己在蝎子和伊恩·巴雷特－伯恩的问题上何其聪明狡黠，好像他们多重要似的，好像他们是这次行动的谋划者、执行者、推进者一样。诚如铜镯上刻着的佛教《法句经》：治水者疏导水，矢师矫正箭，木匠修饰木，智者制伏自己。

也许阿彻尔是对的，他将"智者制伏自己"改成了"智者制伏天下"。他还改了第二句：不再是"矢师矫正箭"而是"箭手放箭"。

珍娜想到那些电影镜头，笑了起来。后来，阿彻尔的画面淡出，斯卡瑞接着出现了。

这让她情绪突变。她伪装了第二次高潮，演得有点夸张。然后她说自己不舒服，挪了下身子。克兰下来躺在她旁边，一只胳膊搭在她肚子上。

315

他对自己的表现非常满意,就像学生顺利通过期末考试一样。喘息平静下来后,他说:"现在,你该回答我的问题了吧?"

"当然,皮埃尔。"她用邦女郎的语气回答,"但是,亲爱的,我得先去趟洗手间。"

如果他还不确定是否完全赢得了她的信任,那么这句话就是危险信号。这个时候他应该反对,一把抓住她或者逃跑。珍娜导演看着头顶的屏幕,想知道他会有什么反应。

"快去快回。"克兰只说了四个字。

电梯叮当一声。卡森转过头,看到禁止医护人员在公共场所讨论病人病情的警告。兰格把西格-绍尔P226手枪放在触手可及的地方——第一层被单下面。卡森不知道自己能不能够得着——兰格说她可能会用到。

电梯下去了,她看到白色的光。每下一层,只要没人上来,兰格都会说:"稳住,康妮。我们快到了。快了。"

到地下室后,兰格将轮床推出电梯,左看右看。"这个走廊通向码头。"

卡森无助地盯着天花板。

"准备好了吗?"兰格问。

她干咽了一下口水,点点头。

兰格猛地跑起来,轮床在没有尽头的走廊上呼啸。自动门开了,外面是大海,阳光,空气温暖。

他们从斜坡上下来,卡森看到路的尽头有一辆黑色雪佛兰。

她听到不远处传来轮胎摩擦地面的声音。

车的后备厢已经打开了,吉米·张——让－马克·莱斯帕瑟一直叫他"维基"——站在那里,眼睛睁得很大,使劲地挥着手。兰格推康妮·卡森过去。

一辆黑色的城镇牌汽车朝码头开来。

她知道这车肯定跟信度电器行有关。公司是没了,但是那些想让它成为秘密的人还活得好好的。

兰格说:"康妮,该说再见啦。"

"什么?"

"你们要去的地方可不在我的管辖范围内。我能做到的就是将这里守护好。走吧!"

他抽出枪,对着开来的汽车。

汽车减慢了速度。

"兰格……"

"走!"

"谢谢你。"

张跑上前,将卡森从轮床上抱起来。她受伤的身体有点儿僵硬。他将卡森放好后,货车朝出口飞奔而去。

"你看起来不错。"张坐好后对卡森说。

卡森不敢想象自己没化妆,穿一件大袍子,光着脚是什么样子。她的右胳膊一阵刺痛。

"我的意思是你跟照片上一样。我的意思是,你脸色苍白,但是……"

货车车厢既像救护车又像微型机房,里面还有张小床,这就是维基的工作室。一边缠着电线的长架子上放着三台宽频液晶显示器和几盏鹅颈式工作灯。绿色的小灯闪闪发亮。

张说："你想上床吗？见鬼，我不是那个意思。我是想说……我是想说，这儿有个小床……你刚刚做了手术，胳膊一定很痛。"

"见到你很高兴，维基。"他跟照片上差不多，不过不像网上头像那么健壮、帅气。张的脸圆圆的，戴着超大号眼镜，头发剪得乱糟糟，像个十二岁的男孩。"不知道你做了什么，那个警察在你面前像只猫。我刚醒过来时，还以为他要逮捕我呢。"

"兰格不坏。他们负责监视工业园，就是那个——"

爆炸。让－马克牺牲的地方。

张似乎看出了她的心思。"是啊，坦帕市警方发现工业园中有一家是从墨西哥华瑞兹市来的毒贩子。他们派出人员监视这个地方。甚至还在前台安插了人手。"

卡森眼前出现让－马克的身影。"可惜他不知道——"

"几个月前行动就结束了，那时信度电器行还没关门。坦帕市警方称信度是家普通公司。"

"但是，如果他们在前台安插了人手，应该会发现点儿什么才对啊。"

"比你的想象得还好；他们将每样东西，比如货运清单等都做了备份。他们还把垃圾桶翻了个底朝天，想看看能不能找到跟毒贩有关的东西。兰格说，信度公司的人简直就像粉碎机，不过有一天他们找到了一个磁盘。可能是掉在桌子底下了，或者打扫卫生的人扔在那里的。"

"在你这儿吗？"

车速很快，时速几近二百七十五英里。"兰格想打开看看，不过发现必须输入密码。他试着输入'信度'，结果所有的文件都不见了，必须找人恢复。所以，他通知了国土安全部的一个人。那个人要修好估计得四五年。"

"磁盘在你这儿?"

"你猜对了。"

卡森胳膊又痛起来;她又渴又累,可是不想扫张的兴。她想起让-马克,喉咙不由酸痛。张还年轻,尽管卡森比他只大几岁,不过相比之下,她觉得自己已经老了。

她说:"给我讲讲。我们下一步打算怎么办?开车的是谁?"

"一个朋友。他人很好,也是军医,以防你——"

"你真细心。"

他笑起来很有感染力。"如果你能扛得住,我们接下来会去空军基地。"

"马克迪尔?米德尔顿的命令吗?"

张神情黯淡地说:"不是……康妮,米德尔顿上校失踪了。"

"什么?"

"电话打不通,其他方式也联系不到。到俄罗斯后就消失了。"

"一点儿消息都没有吗?"

"没有。泰斯拉会告诉你的。"

"你不和我一起去吗?"

"我得在这儿坚守阵地。"

"也是。你不能离开实验室,对不对?"

"嘿,"他笑着挥动胳膊,"这就是我的实验室。"

总的来说,皮埃尔·克兰认为自己没有搞砸。他还活着,虽然还没有找到到底谁资助了斯卡瑞,也没有解开蝎子的谜团,但是至少他接近了一个与蝎子有某种瓜葛的女人。这个女人或者想让他死,或者想利用他,很可能是他的敌人。他刚刚在床上得到了释放。他听说,卡萨诺瓦①是个美男,其他方面与自己也没什么区别。

他对可能会遇到的危险做了评估,认为微乎其微。他们刚刚温存过。而且,就体形来说,珍娜不是他的对手。他毕竟是徒手格斗的行家,而且相信不会出现枪械。在进希思罗机场的航站楼前,珍娜将手枪处理掉了,当时他不是在场吗?他和珍娜一起度过了漫长的飞机旅途,后来又直接和她打车来到宾馆。况且,她现在一丝不挂。

他不知道珍娜会怎样讲三个南亚青年得到教育经费和启动资金的故事,他始终认为这是个"另类故事"。蝎子的故事。作为记者,他信奉"跟着钱走"的箴言。蝎子就是有钱人。想到几个月过去了,自己还没查出蝎子是谁,克兰不禁有些懊恼。他并不效忠于谁,这样的人可以在几个国家如鱼得水。金钱和经济已经全球化了,犯罪亦然。或许,他应该少关注政治阴谋,多关注集团犯罪。集团犯罪与国际恐怖主义有着千丝万缕的联系,其中涉及走私、伪造文件、贩卖枪支弹药、洗钱等。金钱以光速累积。钱生钱。如此财富可以使平地起高楼,沙漠变绿洲,比如迪拜。这背后谁是推手?当然少不了石油收入,但是他还听说了俄罗斯寡头的财富传奇。

克兰听到洗手间传出水声。

他再次想到珍娜的身体。

关于蝎子的想法一闪而过。

* * *

---

①意大利冒险家、作家,"追寻女色的风流才子"。十八世纪享誉欧洲的大情圣。

维基·张啪的一声打开头顶的灯,灯光刺眼,卡森眨了几下眼才适应过来。车正在飞速前往空军基地。她躺在车厢里的小床上,小床和刚才逃出医院时用的轮床差不多,只不过没有轮子,被拴在电脑对面的墙上。

"我刚才——"

"你刚才站着打盹,差点儿栽倒,我把你抱到床上了。我其实比看起来壮多了。"张脸刷地红了,"我不是说你重啊,你可别多想。"

卡森想,这个孩子真是太可爱了。

"不用,不用起来,"看到她想坐起来,张坚持说,"躺着吧。我研究了你的术后注意事项,那些表格什么的帮了大忙。二十分钟后喝止疼药。我已经准备好了。这是抗生素——"

"我看到了,"卡森说,"去工作吧。你说磁盘是加密的。"

"加密手段真强。"

"还没破译吗?"卡森不知道自己睡了多久,尽量不流露出失望。人人都说维基·张是天才,但是不仅"业余玩家"兰格和坦帕市警察局的人没能破译,国土安全部的专家也没有头绪……

"已经破译了啊。看得到吗?"似乎那三台大显示器只是摆设,张手里端着一台笔记本,不停调整屏幕的角度,卡森说可以了才停下来。

"我不太明白我看到的是什么。"

"它是压缩文件,也就是文件包。我用压缩文档密码破解工具'fcrackzip'将它解压了,这是 Linux 系统下的暴力密码破解工具。其实,密码并不复杂,即便真的很复杂,我这儿密码分析软件多了去了。压缩文件加密没那么神奇。"

"我相信你的话。"

张食指指着电脑屏幕,连忙说:"这些编码文件全是图片文件,看到了吧?都是用尼康相机拍摄的,这张除外。这张很有趣。它不是照片——它是张图,你看,水电站的设计图。它和巴格利哈水坝发电厂的建筑图完全吻合。"

"查谟和克什米尔。"

"没错。就是在原来的查谟和克什米尔,但是,看到这个地方了吗?图纸被改过。"

"改过?"

"加了点儿什么。看起来像是要在大坝里建个重水反应堆。就在类似地下室的地方。"

卡森控制不住喜悦之情。"这不就是我们一直在找的吗?信度电器行运到海外的应该是重水反应堆的部件。有没有说反应堆什么时候动工?有日期吗?我们得告诉米德尔顿。"

"别激动,康妮。改建计划——调整增加重水反应堆的计划……我仔细研究过了,很遗憾,他们还没有完成。看起来,计划一流,但需要大量的资金支撑,实际上不会实现。专利申请没有通过。整项'铜镯'技术不过是'错误的假设'。"

"铜镯?"

"嗯,因为铜管的形状像铜镯。"

"也就是说,反应堆不会建立?"张的大眼镜反光,卡森偏偏头,想看得更清楚些。

"应该不会了。"维基说,"可能还有办法,但是没人懂这项技术。大坝没有重水发生器……康妮,我总觉得哪里不对劲。"

"你是不是认为这些文件是个陷阱,就像那间办公室?"

"我觉得磁盘没那么简单。"

"什么意思?"

"看看这些图片文件。"张在屏幕上以幻灯片形式放映图片。

如果胳膊不痛,卡森会耸耸肩。"好像是间办公室,信度公司的办公室。"这间办公室的照片和让-马克躺在地上,死不瞑目的样子灼伤了卡森的眼睛。

张说:"你觉得这些照片值得加密吗?桌椅板凳的照片?"

"也许他们只是想把这些照片放在一个磁盘里。"

"也许吧。或者还有别的什么东西。我的意思是,为什么把这些普通照片放在那么复杂的文件夹中呢?照片肯定有玄机。"

"如果有玄机,你怎么——"

"信息隐藏,"张说,"它可以将信息镶嵌到文件中,简单的破译程序是看不出来的——隐藏信息的方法很多,要想破译,先得弄清楚信息是怎样隐藏的。你睡觉的时候,我试了几次,最后用数字隐形墨水工具包解决了这个难题。照片中的确有隐藏信息。但是,这些隐藏信息也是加密的。"

"你没有秘钥?"太复杂了。他们到底隐藏了多少信息?

"目前还没有,"张说,"这是经典密码——看起来只是几个字母,其实非常复杂。我已经好多年没见过这种密码了,我猜可能是普莱费尔密码。"

"普莱费尔密码?"卡森说,"很久以前——二战时,间谍用的密码,对不对?你怎么能找到秘钥呢?"

"普莱费尔密码一般由十到十五个不同的字母组成。可能是一个单词,有时也肯能是书中的一个短语或者一句歌词——"

"肯定是团伙内部所有人都知道的短语。"

"只要他需要里面的信息。"

"维基,你把重水反应堆技术叫作'铜镯',对不对?"

"对。"

"我们在法国看到的'铜镯'是真的手镯。珠宝。"卡森用右手卡住自己的左手腕,气喘吁吁,"镯子上刻着字,印度语或者——"

"梵文。吃止疼药吗?有点儿早,不过……"

"等会儿吧。你见过的啊,那个手镯。"

"上面有大象和月亮?见过。米德尔顿让我带回实验室了。我带着呢。"

"你知道上面的字是什么意思吗?"

"嗯,知道。佛教里的话:治水者疏导水,矢师矫正箭,木匠修饰木,智者制伏自己。"①

"出自什么地方?"

"《法句经》。佛经中录出的偈颂集。"

"这会是密码吗?法句——什么?"

张摇摇头。"重复的字母太多了。"

"引文本身是不是秘钥呢?"

"短语够长,"维基说,"试试吧。"

"我想我还记得怎么做,"卡森说,"五乘五的方格,对不对?"

"对。最常见的方法是取短语中每个单词的首字母。所以,先是'I','D','W','F'和'fashion'中的第二个字母'A',因为前面已经有过'F'了,接下来应该是'H','S',以此类推。你将这些字母填到方格的首行,一个字母占一个小方格,后面跟着字母表中剩下的字母,按顺序,有时 Q 或者 J 会被略过。如果首字

---

① 原文为 Irrigators direct the waters; Fletchers fashion the shaft, Carpenters bend the Wood. The wise control themselves.

母不行的话，再试试最后个字母，或者——"

"也就是说有很多可能性喽。得花点儿时间。"

"给我点时间编段 Perl 程序。这比盲目填格子要快。"

"Perl？"

"不好意思。简单的计算机语言——我说话太无聊了，是不是？"

"不是的，维基，我喜欢谜语。"她不说话了，胳膊火烧火燎地疼，"麻烦给我一片或者两片药？"

"咳，对不起。我忘了。"

张坐在轮式办公椅上"哗啦哗啦"地走了。他从书包里拿出一小瓶药，一个纸杯，从监控货架上拿了一瓶水，还没回到床边，就喊道："你躺下休息吧，好不好？"

"可是我——"

"嘿，谨遵医嘱。"

卡森听话地吃了药。张像开车一样滑动椅子到架子那边去了。他调整了一下鹅颈灯，灯光照亮了笔记本电脑，手指噼里啪啦地工作起来。

"不是首字母，"他说，"也不是最后一个字母。见鬼。"

卡森闭上眼睛，直觉告诉她秘钥应该出自铜镯上的引文。"光凭直觉也不管用啊。现在该怎么办？"

"加油。你能加密我就能破译。等一下。我成功了！就是这个，我之前为益智竞赛编的程序。"

"益智竞赛？"

"嗯，听起来很逊，是不是？美国密码协会举办的。参赛的都是些喜欢纵横字谜的退休人员和几个计算机怪才。没想到还真派上用场了，我看看……嗯，用不了一两分钟。这台电脑比以前编程时用的电脑快。"

张的手指在键盘上飞舞。

"感觉好些了吗，康妮？药管用吗？"

"嗯，好点儿了。"火烧火燎的劲头下去了，康妮感觉脉搏又恢复正常了。

"嗨，嗨，我们成功了。哈哈，太逊了，每个单词的第四个字母。"

"说了些什么？"

"见鬼，怎么搞的。"张低声细语地说。

"密码不对……"卡森失望极了。听到到椅子滑轮的声音。张的黑眼睛凝视着她。

"密码是对的。"他说，"事情是这样的：他们没打算安装重水装置。没有重水反应堆，从来没有过。信度运出去的不是'铜镯'。'铜镯'是集团的名字，而不是核反应堆的代号。"

"那货运清单是怎么回事？信度公司的确运了东西出去。"

"你知道工厂在哪儿，是不是？"

"奇纳布河。"

"项目是印方出资，但是地点却选在了一个有争议的地方，夹在巴基斯坦和印度之间。"

"我知道，"卡森有点儿失去耐心了，"夙敌。"

"还有核武器。"张加了句。

"嗯。所以？"

"所以他们运的不是铜管和线圈。他们运的是温压炸药。他们想把巴格利哈水坝炸上天。"

* * *

就像黑莓被提前放到了抽屉里，口径点二二的勃朗宁巴克马克手枪也被藏在马桶水箱里。这款手枪被誉为神枪手的手枪。珍娜喜欢这个评价。如果再大一些，杀伤力就太大了。

洗手间和她小时跟哥哥们挤在一起的小屋一样大。浴缸四周都是白色大理石，还有蒸汽浴，地板和墙面都光洁如新。

她速度很快，冲完厕所后打开极可意水流按摩浴缸的热水水龙头，哗哗的水声遮住了往枪口上装杰姆特克消音器的声音。

她探头望着卧室。克兰光着身子在床上看客房服务菜单。

"皮埃尔，"她说，"过来。"

克兰盯着菜单。"我打算给咱们俩点些——"

"这个更好，"她手撩着浴缸里的水。

"马上。"他伸手去拿电话。

他点了些东西。

她暂时将枪放在浴缸边上，打开一瓶茉莉花香的浴盐，忘情地吸了一口气。浴缸边上放着厚厚一摞白毛巾。

她照了照水槽边的镜子，整理了一下头发。"快点儿嘛，皮埃尔。"

克兰翻身下床，打开门。他光着身子站在门口。"我点了些鱼子酱——"

珍娜在门里面用枪指着他的膝盖。距离不是很近，克兰无法用空手道的动作把枪打到一边或者夺过来。他不再吭声。

满脸惊讶。

"很意外，皮埃尔？这样吧，如果你想活命，就老实回答，你对哈罗德·米德尔顿了解多少？"

克兰明白了。他决定配合。"他以前是军队情报员，也可能是杀手。我不敢确定。他现在正全力追查蝎子。我到伦敦也是这个原因。

我们是统一战线的啊。"

"他在哪儿?"

"我不知道。我发誓。"

"你还知道什么?告诉我。"

"我没时间查更多的信息。我刚到他的公寓就被你抓住了。"

"你在撒谎。"

"我——"

"说吧。"她很平静地说,没有夸张地用枪吓唬他。

"我在他家找到了一张便条。跟他女儿有关。"

"有什么关联?"

"她在巴黎。伊丽莎白女王酒店。登记时用的是她妈妈的娘家姓。"

珍娜知道哈罗德的女儿有时也为志愿者做事。她默默记下这条信息。

"姓什么?"

"应该是罗斯瓦尔德。"

"好。现在将你知道的关于蝎子的所有消息都说出来。不要耍花样,说实话。"

他在想怎么出击。但是他没穿衣服,离得也太远,武术招数施展不开。他眼中的被背叛的神情是假装出来的。他从一开始就没相信过她。不管怎样,他内心深处明白,珍娜不会为痛苦和恳求所动。

"他为斯卡瑞和其他几个人提供资金。不具名的。但是,我不知道他想从他们那里得到什么。不管计划是什么,他都是为了钱。如果他真的是'他'。我不能确定他是一个人还是一伙人。想想吧。"

"这跟迪拜有什么关系?我们为什么来这儿?"

两人的眼神都说明这不是儿戏。

"蝎子和'蓝色观察'有关，"克兰尽量平静地说，"'蓝色观察'的总部在迪拜。"

听到这儿，她眼前一亮。"保安公司。嗯……继续说。"

"最近，他们——可能是蝎子——对印度和巴基斯坦感兴趣。"

"对什么感兴趣？"

"我不知道。真不知道。"

克兰面露怯色。她不知道他会不会被吓哭。

"我再问你：你知不知道他的身份？"

"不知道，我发誓。珍娜……"

她信了。"还有一个问题：那天晚上在巴黎城外，车上坐着的人是谁？"

"我以为你知道。你想杀了他们。"

"我想杀了他们，因为我不认识他们。告诉我。"

"我被误导了，以为其中一个就是蝎子。我错了。他们没说多少自己的事，而是一直问我，想从我这儿得到消息，我猜。他们将米德尔顿在伦敦的住址告诉了我，但是我不知道为什么。"

他说话的语气让她相信他没撒谎。

克兰苦笑。"我说完了。该回答我的问题了。"他拿起毛巾遮羞。

她反应过来，他是装的——看看他的姿势就知道了。她做好了准备，克兰将毛巾扔向她，跳身向前，大概是空手道的招牌姿势，挥舞着长胳膊，手像刀子一样直取她的喉咙。

她后退两步，数次扣动扳机。

反冲可以忽略不计。

10 珍妮·赛勒

外面不知道发生了什么事。米德尔顿听到模糊混沌的声音穿过牢房破碎的灰泥墙。他不知道自己被囚禁了多久，现在已然像个瞎子，神经如费莉西娅心爱的小提琴的琴弦般敏感。他能分辨出不同人的脚步声，并据此判断待会儿给自己送酸汤和臭菜的人是假意微笑还是面无表情；不知道是否有人来提审他，等待提审已经成为消磨时间的方法。

但是这一次不同。外面的人脚步匆匆，高声大嗓，像是发生了紧急状况。墙上的玻璃被发动机震得微微发颤，空气中飘荡着柴油的味道。

米德尔顿几乎认定他们打算将他转移到别的地方，只是不知道原因。是不是某个对他感兴趣的帮派"竞标成功"了，还是俄罗斯人失去耐心，想一劳永逸地将他"脱手"？不管是哪种情况，米德尔顿都命将不保。如果可以活着出去，他一定会马上行动。

他迅速环视一周，想在屋里找一个可以当武器的东西。最终，他的目光落在了那台年久失修的小型取暖器上。他走上前，用脚后跟踹了一下取暖器的罩子，生锈的螺丝钉掉在地上。再踹一脚，罩子散了，露出里面发光发热的部件——尖锐、烫手的裸金属。第三脚踹过去，火花四起。他没有别的奢求，只希望这件武器用得顺手，不要像它原来那样不中用。

走廊响起一阵慌乱的脚步声,他听出是之前来过的那个眼神哀伤的俄罗斯人。他拉下袖子,将那块金属放在里面的口袋里,然后迅速将取暖器踢回原样。但愿等下进来的人没时间留意破碎的罩子。

几乎与此同时,门开了,上次审讯他的人大步走进来。跟他一起来的还有一个更矮、更壮、更是一脸卑鄙相的男人,穿着黑色皮夹克和硬邦邦的牛仔裤。

"出去!"粗野的男人命令道,从腰带里拔出手枪指着门口。

"发生什么事了?"米德尔顿询问道,记住了那个人用的枪——俄罗斯军用雅利金。

满眼哀伤的男人从口袋里掏出一个黑色布袋,递给米德尔顿。"麻烦你戴上吧。"他的口音极其讲究,音调温和。

米德尔顿犹豫了,口袋里的金属愈发显得沉重。如果他们真是要将他转移到其他地方,最好等出去再使用这个临时凑数的武器。

"我还有其他的方法让你戴上。不好的方法。"俄罗斯人催促他。

米德尔顿不情愿地接过口袋套在自己头上。

有人使劲扭住他的胳膊,推着他向前走,出门,穿过走廊,走下一段窄窄弯弯的楼梯。眼前一抹黑,他差点儿被什么东西绊到,肩膀撞到了墙上,很疼。

"起来!起来!起来!"拿着雅利金的男人连吼三声,用枪戳米德尔顿,边戳边用俄语骂骂咧咧。米德尔顿闻到炸洋葱、廉价烟和新陈代谢掉一半的伏特加混合在一起的味道。在这个促狭的楼梯间,恶臭是绝大赢家。

米德尔顿忍住恶心,继续深一脚浅一脚地赶路。此时,他听到越来越多人的声音,有人用俄语喊:"快!快!"发动机又响起来,声音更大更近。突然，扑面一股寒气，他们出来了。

米德尔顿深吸一口气，试图搞明白自己的处境。透过布袋，他能感觉到早晨稀薄昏暗的光线。空气中弥漫着工业污染和快餐油脂的味道。他猜这里至少有四个人，很可能更多，毫无疑问都配着枪。如果能将那把雅利金抢到手，他就还有一线希望。此时不做更待何时。

米德尔顿一手伸进口袋去掏那截发热金属，一手抬高将布袋摘下来。

俄罗斯人还没来得及反应，米德尔顿一个转身将手中金属有缺口的一头插向那人的眼睛。金属被挡了一下，稳稳打在那人的脸颊上方。

那人发出痛苦的呻吟。米德尔顿抓住他拿枪的手，狠狠掰开，胳膊肘猛戳他的肋骨处，雅利金到手了。他转身面向其他人。

不出半秒，米德尔顿看清了眼前的形势，远比自己猜得严峻。他猜到大概有四个人或者更多，确实没错，五个配枪的男人松散地站在尼瓦牌汽车周围——这车堪称俄罗斯版的路虎揽胜，不过档次更低些。他没想到高高的铁栅栏门那里，四个守卫堵住了郊区住宅的入口。他们都拿着轻机枪，看上去像以色列内盖夫人。

汽车旁边的一个人先开了枪，接下来枪声一片。米德尔顿只有一个地方好躲：刚出来时走的门厅。他躲在角落里，看到那个壮实的守卫倒在地上，胸部被打成了筛子。

蜷缩在黑暗中，米德尔顿的选择越来越少。冲出去等于自杀。刚才那帮人连自己的人都敢开枪打死，只要他迈出一步，马上就会一命呜呼。只剩最后一个选择了：返回监狱，尽管可能下场也会很惨。他听到脚步声越来越近，绝望地站起来，准备迎击。

就在此时，他听到震耳欲聋的怒吼声。这是他最熟悉的手榴弹的声音。灼热的白光闪过,发出轰的一声。米德尔顿被爆炸产生的气流冲了个跟头,撞到身后的墙上,落了一身灰。整幢建筑摇摇晃晃,像是风雨中的小船。头顶的一根梁断了。然后,瞬间一片黑暗。

"睡不着吗？"

莉奥娜拉·泰斯拉从手提电脑的屏幕前转过头,看到查莉·米德尔顿站在酒店套间的卧室门口。

"看来醒着的不止我一个。你得试着去睡。"

查莉笑得有气无力。"你也是。"她回了一句,走了几步,坐在沙发上,"已经早上了。"

泰斯拉看看屏幕下方的时钟,原来已经快五点了。"刚刚到早上。"她说。

"你在做什么？"

"只是跟着感觉走。"

"想和我说说吗？我哪儿都不去。"

伊丽莎白女王酒店的装修是居家风格,员工和善,像是一个迷人的笼子。不过,笼子再迷人终归还是笼子。自从上次遇到那个衣冠楚楚的英国人以后,她们就不愿踏出酒店半步了。如果那个人可以找到她们,泰斯拉知道,其他人也可以。

"你父亲曾讲过斯卡瑞年轻时的故事,"泰斯拉说,"他十几岁的时候和另外两个男孩被选去英国读书,学费来源不明。他在寄宿学校上了六年学,后来到了剑桥。毕业后,他们都得到了一笔启动资金。我们不知道原因,感觉像是某种社会实验。三个男孩都信印度教,不过,一个巴基斯坦人,一个印度人,还有斯卡瑞是克什米尔地区的人。"

"社会实验听起来很别扭。"查莉说,"为什么你们不认为这只是传统的慈善事业呢?"

"在发现斯卡瑞是唯一幸存者之前,我们也以为是慈善。二十年前,那个叫桑杰夫·达斯的印度人在新德里淹死了,几年以后巴基斯坦的桑塔什·格罗佛因喝了有毒的井水也死掉了。你看出规律了吗?"

查莉迷惑不解。

"这还不算完,"泰斯拉接着说,"知道他们在剑桥学的什么吗?"

"别告诉我是——"

"你猜对了:工程、能源与水文地理。"

"谁是出钱的人?"查莉问。

"应该不是一个人。目前维基找到的全是空壳公司。不过,我对此不感兴趣。"

"不感兴趣?"

"斯卡瑞身上疑点重重,没空去理会那两个已经死了的人。"泰斯拉解释道,"我觉得瞎闯闯也不错。"

查莉·米德尔顿往前坐坐,双手托腮。"然后呢?有什么发现?"

泰斯拉面露愁容。"目前没什么发现。那时手头的资料不多。"

查莉指着屏幕上的一张黑白集体照问:"这是什么?"

"破土动工仪式。桑塔什·格罗佛工程公司的一个项目。我刚从《每日黎明》档案里找到这张照片。"她指指照片上一个穿西装,拿铁锹的男人,"这就是桑塔什·格罗佛。"

"这个小女孩是谁?"查莉凑近电脑,照片中的小女孩与人群保持着一定距离。她的紧张神情让人心生怜爱。

泰斯拉斜了一眼标题。"真奇怪……"

"怎么了?"

"上面说这是他女儿,珍娜。可是,其他资料中都没提到他有孩子。《每日黎明》的讣告里没有提到亲属的名字。"

"可能搞错了。"

泰斯拉看看格罗佛,又看看小女孩。小女孩一头鬈发,有点儿地中海附近人的特征,在南亚人中不常见。但是她和格罗佛倒是很像,都有高高的前额和厚厚的嘴唇。

"也许,她在故意隐藏自己的身份。"

巴黎勒布尔热机场,珍娜钻进一辆豪华轿车后,没好气地对司机说:"看什么看?"司机是年轻的摩洛哥人,出关后眼睛就没离开过她,听珍娜这么一说,赶紧低下头盯着自己的廉价皮鞋。

往常,珍娜从不拒绝奉承,哪怕是司机这样不起眼的人,可是今天早上她没这份闲心。被迫杀死克兰,又没能问出更多的信息,她有些恼怒。

她花了几个小时的时间去想蝎子和蓝色观察保安公司到底是什么关系。聪明如她,也只能猜出一分半分。这家公司就像俄罗斯套娃,一层又一层。她没有什么新的发现,也因为蓝色观察的很多员工都离开阿拉伯联合酋长国执行任务去了。她得知他们是去了孟买和新德里——这一点本身就是重大发现。

虽然还不知道该如何行动,但是她心里已经有了一些想法。

她疲惫不堪,但是一直提醒自己过了这两天,就可以倒头大睡。眼下必须把手头的工作做好。她和阿彻尔已经商量好了,继续沿着克兰提供的线索行事:珍娜飞去巴黎,活捉查莉·米德尔顿,以此要挟她父亲,问出他所知道的信息。她告诉阿彻尔,米德尔顿对他们构成了威胁。实在不行就杀了他女儿,这样他就会分心或者彻底放弃。

"皮埃尔一世大街。"司机上车后,珍娜厉声说出伊丽莎白女王酒店的地址,司机点点头,发动汽车,随着黑色车流离开了机场,直奔巴黎。珍娜按下皮革扶手上的按钮,挡板升起,将两人隔开。

小餐桌上是法式早餐:瓷盘里放着点心、一壶咖啡、玫瑰花样的奶油、一小罐熏衣草蜜,精致的银勺边还有一些杏脯蜜饯。足够喂饱一个国家了。珍娜突然觉得眼前"丰盛"的食物让她很不舒服。

珍娜别过头,手伸到座位底下,按了按深藏不露的小把手。扶手随之爆开,里面有一把霍肯九毫米手枪、配套的消音器和六发备用子弹。珍娜取出手枪,轻轻地爱抚着。这才是她享受的"奢华"。

黑色浓烟滚滚,哈罗德·米德尔顿睁开眼睛。他不过昏迷了一两分钟,可就是在这一两分钟里,这幢四面透风的房子已变成了人间地狱。火焰舔舐着天花板,墙壁烫得无法触碰。空气中弥漫着烧焦的味道。

米德尔顿挣扎着站起来。那把雅利金不见了,不过这还不是最致命的。他之前走过的楼梯塌陷成坑。一截燃烧的房梁横亘在门口,挡住了他的出路。他迅速脱下夹克,扔过去,希望可以压住火焰,开辟一条求生之路。别说,还真管点儿用。他抓住机会,跳过横梁,蹿到门外。

外面的情况也好不到哪里去。眼前的场景让他想起查莉小时候喜欢的拼图游戏:男人的头上戴着鞋子,自行车轮子原来是扣子。

院子里横七竖八躺着几具尸体,一个人身上的火还没灭,一个人没了脑袋,还有一个丢了胳膊。尼瓦汽车陷身火海,大门口的铁栅栏也被炸飞了。

一般性爆炸威力没这么大,米德尔顿大脑慢慢恢复正常,意识到自己暂时脱离了危险。不,这是燃料空气炸弹造成的破坏。

他穿过瓦砾碎片,朝门口走去,边走边听急救车是不是来了。消防人员应该很快赶到,他可不想站在这里迎接他们。奇怪的是,他没有听到警报。

突然,他明白了,自己什么都听不到。听不到地狱里的怒吼,也听不到门口警卫的哀号——他的腿上插了一根铁棍。米德尔顿被震聋了。

米德尔顿奋力抵御袭来的惊慌,尽量不去想自己聋了,抬腿继续往前走。

车停在酒店门外,珍娜告诉司机:"在这儿等着。"

司机刚伸手拔钥匙,珍娜拦住了他。"不用熄火。"她打开车门,黑皮靴着地,"我很快回来。"

她走进伊丽莎白女王酒店时还不到六点。她时间观念极强。如果晚到半小时,还得和门卫、服务员过招,现在要对付的只要前台一个接待员。

珍娜穿过小而有品位的大厅。男接待员本来在看电脑,听到脚步声抬起头。"需要帮忙吗?"他说的是标准的接待语,不过语气中透着不屑。

珍娜知道他在想什么:这个阿拉伯婊子来我们酒店干什么?他

很快就知道了。

"把夏洛特·罗斯瓦尔德的房门钥匙给我。"珍娜走到前台。

接待员挑起黑色的眉毛。"您是不是还想要保险柜的密码?"他刻薄地讥讽道。

"钥匙!"珍娜从夹克里抽出枪,装有消音器的一头对准接待员的心口,"马上!"

接待员瞥了一眼枪,并不慌张。"我们不用钥匙,"他举起门卡给珍娜看。他的指甲精心修剪过,干净光洁。"我先帮你刷一下。"

"快点儿。"珍娜说,枪没离开接待员的胸口。

查莉耳朵贴在浴室门上,听到里面传来流水声,她放心了。她理解莉奥娜拉为什么不愿离开酒店,自己可是快要憋疯了。如果不出去透透气,说不定会做出什么疯狂的事。

她要求并不高,只想跑到乔治五世大道买点儿面包。伊丽莎白女王酒店的可颂面包不敢恭维。只要泰斯拉尝一口巧克力面包,她就会原谅一切。

她没有偷偷溜走,而是留了字条,告诉泰斯拉自己去买早餐了,一个小时后回来。尽管如此,她还是有点儿内疚,匆匆穿上运动服,出门了。

电梯就在门对面,不过她一般都走楼梯,因为电梯实在太慢了,还嘎吱嘎吱响。这个早上,不知道怎么回事——也许是没睡醒,脑子不好用——她按了按钮。上了年纪的电梯轰隆轰隆地爬上来。

* * *

接待员噼里啪啦地敲了一通键盘，在加密机上刷了下卡，递给珍娜。

"房间号？"珍娜问。

"二一九。"他冷笑道。

"几个人？"

"两个。罗斯瓦德尔小姐和一位年长些的女士。"

珍娜扣动扳机，他脸上的冷笑瞬间定格。

珍娜把接待员的尸体拖到桌子后面，然后找到楼梯，跑到二楼。刚踏上二楼的走廊，她听到电梯的门关上了。她焦躁地想，谁起这么早啊？可能有人先来一步。必须马上下手。她边走边看门牌号：二一五，二一七。停在二一九门前，她屏住呼吸，听到电梯的噪声和屋里传来的微弱水声。

珍娜左手掏出门卡，插进卡槽，看着灯由红变绿。她握着枪，转动门把手，走了进去。对手应该有两个人：夏洛特·米德尔顿，另外一个可能是她父亲雇的保姆。

珍娜轻轻关上门，穿过小客厅，走到传出水声的房间门口。她稳稳地握着枪，手指紧贴扳机，高度戒备。她推开卧室虚掩的门，站在那里，打量房间和两张未收拾的床。

莫非两人都去洗澡了，不然怎么一个人也没有。

水声突然停了。珍娜听到有人拉开帘子，爬出浴缸的声音。

"查莉？"屋里的女人叫道。

珍娜猜可能是保姆，她站在浴室门边，平举着手枪。

"查莉？"那女人又紧张地叫了一声。

门开了，走出来一个黑色短发，裹着白色浴巾的女人，年龄并不算大。看到拿着枪的珍娜，她稍稍退了几步。

"夏洛特·米德尔顿在哪儿?"珍娜问。

那个女人没吭声。她紧紧盯着珍娜,像是要把她看穿。突然,她认出了珍娜,把握十足地说:"你是桑塔什·格罗佛的女儿。"

珍娜一惊。这个女人怎么知道她父亲和她?"夏洛特·米德尔顿在哪儿?"珍娜告诉自己,这个女人马上就带着她知道的秘密归西了。

女人笑了笑。"去死吧。"

"你先死。"珍娜开枪了。

11 大卫·里斯

烟熏火燎，尘土碎屑，米德尔顿嘴里和肺里像是被塞满了，脚后跟也生疼，简直无法忍受。可是这些对劫后余生的他来说都不是最残酷的，最残酷的是在余下的岁月里——几年，也可能是几秒——他都与至爱的音乐无缘了。听不到叮咚的声音；听不到嗡嗡的声音。什么都听不到。米德尔顿感觉自己被困在了玻璃球中，只能绝望地看着外面的世界。他在断壁残垣、缺胳膊少腿的家具和尸体间奔跑，孩子般地以为只要跑得够快，听力就会回来。他又累又热，可是比起听力来，这算得了什么。唯一值得庆幸的是，他没被烧伤。

他在废墟中捡起一把ＡＫ-47步枪，枪身破损，但是不烫手。他试着开了几枪——没有声音，一时感到茫然——然后接着前行。转弯时他看到两个俄罗斯人惊慌失措地朝他跑过来，他们身后的墙吐着火焰，就像愤怒的魔鬼。其中一个站住了，显然没想到还能看到其他活人。另外一个比较镇定。还好手中有枪，他扣动扳机，子弹无声地飞向那两个人。

米德尔顿倒在地上，滚到旁边一堆乱石碎铁后面。手被玻璃划伤了，在无声的世界里，疼痛格外清晰、真实。他听不到，但是能感觉到有东西落在自己的"盾"上。他蜷缩在地上，思量自己的处境。暂时安全。接下来的几秒必须想出对策。

太荒谬了。曾经,他和志愿者们也常经历枪林弹雨。但是不久前,他是个研究音乐手稿的大学教授啊。可是现在呢,他在莫斯科郊外的某个地方,四处是炸毁的碎片,两个不知道从哪儿冒出的人正对着他开火。一切都神秘兮兮。从去法国南部沙滩那天起,发生了太多莫名其妙的事情。

仿佛置身于无声的白日梦,米德尔顿抬头窥视敌方。其中一个俄罗斯人叉着腿站着,肩膀耸起,四下瞄准。那人肯定绝望到了极点,以为杀掉米德尔顿自己就能活命,就像米德尔顿以为跑得够快,听力就会回来。

米德尔顿连发几枪,那个人倒下了。另外一个人面无表情地默立在那里,举起手中的突击步枪。米德尔顿赶紧躲闪,但是衬衣被突出的金属挂住了。脱身只需几秒,可这几秒也有可能成为他生命的终点,千钧一发的时刻,敌人倒下了,尘土腾空,鲜血四溅。

他感觉到有架直升机噗噗作响,仰头看见它就在五十英尺高的天空盘旋,正下方的废墟离它不足二百码。飞机上蹲坐着的人拿着武器,俯视地上的混乱,另外一个将绳梯扔下来,挥手让米德尔顿抓住。直升机的声音太大了,他听不到那人在喊什么。

但是,他确实听到了直升机的声音。他能听到点儿声音了,虽然还有点儿蒙,但毕竟能听到了。

米德尔顿有几个选项。他可以在废墟中杀出一条生路,也可以乘直升机逃走。似乎后者更好。眼下,他并没注意到飞机上有"蓝色观察"的标志。

在巴黎的酒店套间里,莉奥娜拉·泰斯拉跪在地上。右手捂着左肩上的伤口。伤口流血很多,但还不致命——如果能得到及时医治的话。痛苦的泪水模糊了她的眼睛,她想冷静下来看个清楚。想到自己只裹着一件浴巾,不禁有些尴尬。如果知道枪击案会发生在自己身上,应该穿得得体些。

桑塔什·格罗佛——斯卡瑞的同学——的女儿站在旁边。珍娜在南亚人中算个子高的。她长得很美,行动起来从容优雅,连泰斯拉都不得不称赞。她也很无情,从她的眼睛中可以看得出来。

珍娜用枪指着泰斯拉肩上的伤口说:"开枪打你是想让你知道我是认真的,别无他意。现在你觉得痛,可与打在膝盖上相比,实在不算什么。你知道,如果打在你两个膝盖上,你这辈子都离不开拐杖了。想想吧,想清楚了我再问你。"她的法语带着口音。

"恐怕我再没机会走路了吧。"泰斯拉用法语回答,她想着怎样才能给自己争取时间,对付这个女人。"你不会让我活着的。我想这就是你的处事方式,但是不管怎样,我都知道你是桑塔什·格罗佛的女儿。杀了我也没用,秘密已经泄露了。我给许多人发了邮件。"

珍娜脸沉了几秒,露出无情的微笑。"看来我得多问点儿问题了。我只希望你如实回答。一旦子弹钻进你的膝盖和胳膊肘,再打你其他地方就没什么效果了。这种情况我见多了。"

"我相信你见过。"泰斯拉咕哝一声。她眼睛转来转去,寻找可以当武器的东西:灯,电话,电话绳,椅子。泰斯拉不知道在"招供"前会受到怎样的折磨。她庆幸自己知道得并不多。显然查莉不在套房里;她肯定溜出去了。哦,太好了。但是她还会回来。泰斯拉知道查莉迟早会回来,到时她会看到什么?泰斯拉的尸体,还是等在这里的刺客?

珍娜举起手枪。"你没有拒绝,我也没打烂你的膝盖,所以我想你应该准备好了。夏洛特·米德尔顿在哪儿?"

泰斯拉勉强咧嘴一笑。"就在你后面。"

这样的小把戏本来很容易被识破,如果泰斯拉说话时没有做出超级满意的神情,珍娜也不会相信。这个女人的训练和直觉——泰斯拉知道她训练有素——在人与人之间的真实感情面前一败涂地。她转身了。

她从来没有如此痛苦过。泰斯拉顾不得伤口,甩出右胳膊狠狠打在珍娜身上,然后像橄榄球运动员一样向她撞去。泰斯拉撞到了珍娜的肋骨,肯定很痛,同时泰斯拉的伤口像被烙铁烙过一般。她痛得大叫,珍娜也是如此。

珍娜跟跄后退,连人带椅子翻倒在地,头重重地磕在地毯上。地毯不厚,下面是坚硬的水泥地。泰斯拉听到珍娜的牙齿打架了,血顺着嘴角流出来。格罗佛的女儿无疑是咬到自己的舌头了。她手里还握着枪,泰斯拉迫不及待地想要看到她惊愕的表情。她忍着痛,既优雅又痛苦地拖起木椅,砸在珍娜的背上。泰斯拉想把珍娜打昏,但不想把她打死。她还想问几个问题,但是如果到了不得不杀死珍娜的地步,她也不会手下留情。

她痛得近乎晕厥过去,但是强迫自己保持清醒,不要被打倒。她没留意到浴巾已经滑落。她再次举起椅子,由于体力不支和头晕目眩,只举到了腰的高度。刚要砸下去,眼前一黑。这时,门开了。

查莉·米德尔顿手里拎着巴黎面包房的纸袋子,脸上淌着汗水走了进来。她突然石化了,泰斯拉可以想象到她有多震惊——地上躺着一个陌生的女人,来意不明,嘴角流着血,泰斯拉光着身子,流着血,像挥动棍棒一样抓着椅子。

泰斯拉扔掉椅子,倒在地上,边哭边笑。

* * *

阿彻尔应该知道害怕。任何一个理智的人都应该知道害怕。不对，应该这样说：任何理智的凡人都知道害怕，但是阿彻尔不是凡人，也不理解凡人的感受。他弟弟哈里斯是个凡人，可是哈里斯死了。事情就这么简单。

在巴基斯坦杰勒姆——临近查谟和克什米尔边境——的一个村子里，阿彻尔坐在小矮桌前。他身边有三个肤色较深的南亚人，他知道白色皮肤是自己最大的障碍。他一直都心知肚明，也已经想到了解决办法。阿彻尔认为这些人对异族人的怀疑——对任何人的怀疑——不会影响他的如意算盘。即便如此，阿彻尔一时间有点儿嫉妒斯卡瑞的肤色带给他的便利。他，虔诚的印度教徒，却耍了穆斯林——耍得很聪明。但是，对他来说就没这么容易了，而眼下更加艰难。

不过，艰难又能怎样呢？他的一生都在行骗。他以前几乎每天都在骗自己的弟弟，谎越扯越大，就是为了知道怎么去圆。不，哈里斯，我不知道你的书是怎么回事。不，哈里斯，我不知道为什么偷来的威士忌瓶子会在你的房间。不，哈里斯，我没有用你的名字订杂志。都是些幼稚的恶作剧，不过那时他们还是小孩子。他知道怎么撒谎，知道怎样圆谎，怎样让别人相信那些一望即知的谎言。

此时，他和另外三人坐在黑暗的小屋里。头顶的灯泡靠外面嗡嗡作响的发电机供电。三个人无比怀疑和好奇地盯着他，几乎只有一个人说话，那人是领导，叫萨纳姆。萨纳姆很高，很瘦，长长的胡子，深邃的目光。他和阿彻尔穿着一样的白袍，戴着一样的花帽。

萨纳姆吸了一口茶。"太突然了。"他用乌尔都语说。整个晚上，他一会儿说乌尔都语，一会儿说克什米尔语，一会儿说阿拉伯语，好像始终防着阿彻尔,让他露出马脚,但是阿彻尔对这几种语言都很精通,这还要拜斯卡瑞所赐。

"死亡往往很突然。"阿彻尔说,"父亲的死对我打击很大,当然对我们的事业打击也很大。不过,这是安拉的意愿。父亲去世了,我要哀悼他,更要继承他的事业来告慰他。很不幸,他在关键时刻撒手而去,但是我们不能因此放弃我们的目标。"

"我不愿意听到这个白皮肤的美国人说安拉、先知和《古兰经》。"欧麦尔说。三个人中,他对斯卡瑞的消失最不安。"一晚上,你都不时提起这个,就像往肉上撒盐。你以为我们这么好骗吗?你一点儿都不像穆斯林。你骨子里还是美国人。"

阿彻尔意识到这个欧麦尔是自己最大的绊脚石。"我不明白为什么祖先是欧洲人,就不能皈依伊斯兰教。"他用阿拉伯语说,"我父亲就是把我当穆斯林来养的。虽然我是抱养的。"

萨纳姆点点头。"因别人的相貌就怀疑他的信仰是罪孽。不过,也请你理解我们。现在世事难料,巴基斯坦政府,美国政府,印度政府都在追捕我们。我们必须小心,必须确定你真的是你所说的人。"

阿彻尔笑了。"我还能是谁?我知道父亲告诉过你们他有儿子,所以我的出现应该不会惊吓到你们。也许我是特工。中央情报局的高层领导认为渗入你们组织的最好方法是派来一个白皮肤、蓝眼睛的人?对克什米尔未来的组织,中央情报局还能有什么办法呢?"他继续嘲笑,"当然,人人都知道中央情报局有很多会说阿拉伯语、乌尔都语和克什米尔语的特工。"

萨纳姆哼了一声。"你说得很好。你会这几种语言恰恰证明你不是美国特工。你熟悉我们的生活方式和习俗,表现得非常自然。你带来的消息不仅至关重要,也正是我们极力收集的。我只有一个问题,为什么你会关心？你父亲关心，是因为他在克什米尔长大，明白我们的土地在异教徒手中意味着什么。你呢，不管信不信伊斯兰教，总归还是美国人。你为什么如此关心克什米尔？"

"因为我父亲。"阿彻尔说，"以前是父亲的圣战，现在也是我的圣战。你们觉得这个理由还不充分吗？"

几个人嘟嘟囔囔地表示认同。就连欧麦尔对这个回答也很满意。阿彻尔小心收敛自己的表情，不要流露出满足来。其实，他应该满足。屋里的气氛发生了改变，萨纳姆现在说话安心多了。"你说说我们该怎样继续推进。我们很早就策划了这次袭击，为什么要五天后行动呢？"

阿彻尔相信萨纳姆是天生的领袖。他的手下对他奉若神明，就如斯卡瑞的手下对斯卡瑞一样。他领导着五十几个人，是圣战者运动的分支。当时，斯卡瑞劝他脱离圣战者运动，自己拉帮结派，在克什米尔进行一场真正的、明确的、甚至是最后的行动。当然，斯卡瑞用的是另外一个名字，他们以为斯卡瑞是伊斯兰极端主义者，甘心做他的棋子。斯卡瑞摆好了棋局，现在，该阿彻尔上场了。

"五天后，美国国务卿会秘密造访巴格利哈水坝。"阿彻尔说，"天赐良机。到时不仅能毁掉使杰纳布河干涸的该死的水电站，还能打击美国政府，警醒全世界。国务卿的名字妇孺皆知。她要是死了，全世界都会明白支持印度偷穆斯林土地的下场。"

萨纳姆点点头。"一箭双雕，再好不过了。"

"即便国务卿不来了，"阿彻尔说，"时间也由我们掌握。很快，巴格利哈水坝发电厂的重水生产设备就会秘密到位。我们绝对不允许这样的事发生。我们要尽早袭击，打击和震慑美国政府，错过这样的机会天理不容。"

萨纳姆又点了点头。"你能给我们想要的东西吗？你父亲承诺过的东西？"

"炸弹？是的，我能。"

"我会认真考虑的。"萨纳姆起身，"我回去商量一下再给你答复。"

"尽快吧，"阿彻尔也起身，"时间少任务重。"

"十二小时内给你答复。"

阿彻尔的车朝边境通道开去，在车上听那三个人的讨论。刚才会谈的屋子是他们随便找的，离开后也不会再回来。他们相信这样很安全。当然，也方便了阿彻尔将窃听器安在桌子底下。他们不会马上打扫房间，所以一时不会发现。

"我们得行动，"欧麦尔说，"干掉那个该死的水坝和贱女人，以真主安拉之名。"

"所以你现在开始相信他了？"

阿彻尔听到欧麦尔嗤之以鼻。"你知道，我谁都不相信。但是，这个美国人说的话很难反驳。谁会派他来对付我们呢？我们会有什么损失？我们先同意他的方案，如果他说的炸弹来了，我们就用；如果没有来，我们也没牺牲什么。难道对我们的追捕会比现在更糟糕吗？我们太谨小慎微了。我们生来是要行动的，现在机会来了。"

"我和你想法一样。"萨纳姆说，"说实话，我喜欢这个美国人。他虽然是白人，头发颜色也比较浅，但是我能感觉得到他和我们是一条心。"

阿彻尔在车里大笑起来。一条心，确实是。他刚把他们推到自我毁灭、毁灭克什米尔，甚至毁灭巴基斯坦的火坑中。

萨纳姆的人会杀掉美国国务卿。到那时，巴基斯坦政府已经拿到被篡改过的巴格利哈水坝发电厂的设计蓝图，肯定不会指责这次袭击，相反，他们会指控印度往杰纳布河投毒。美国政府，因为国务卿死了而无比愤慨，就会站在印度一边，尤其当他们认为重水生产设备是无稽之谈的时候。两方都被骗了，而且都以为正义握在自己手中。印方肯定认为巴基斯坦此举意在光复穆斯林，是疯狂的复仇。巴基斯坦也觉得自己被冤枉了，不会原谅印度和他的美国盟友。最终必定以战争收场。阿彻尔会再骗萨纳姆去袭击更多的美国人，这样对巴基斯坦的袭击就会被转嫁成可笑的反恐战争。

从巴基斯坦到克什米尔要想不被发现很难。阿彻尔还有一个晚上要熬，不过他此时感到平静和满意。世界大事尽在他的掌控之中。不久，成百上千的人会死掉，就像小孩子们推倒桌子上的锡兵。争夺克什米尔的好戏即将上演。唯一的亟待解决的问题是米德尔顿和他那些荒唐的志愿者。回想起父亲的资料，阿彻尔愈发相信他父亲不该把米德尔顿作为目标。也许，正是出于这个原因，他才不仅仅杀死弟弟，而是连父亲一起杀了。如果不是父亲做事不干净，米德尔顿就不会意识到他在印度收集的信息有多重要。也许事后他会发现，但那时已经太晚了。现在，米德尔顿正被追捕，因此他和他的志愿者会想方设法搞清楚。很有可能他已经发现了什么，只是他自己不知道而已，迟早他会将所有的信息拼在一起，得出真相。

这是斯卡瑞在世时的危险，现在已经成为过去。现在，米德尔顿的女儿在珍娜手上，志愿者们得花时间找她。也许珍娜会不时放点儿消息给他们，这样他们就会一直跟着。等发现绑架夏洛特·米德尔顿是为了分散他们的注意力，木已成舟。

想到珍娜，阿彻尔脸红心跳。他是多么爱她，多么想拥有她啊。斯卡瑞一直教导他和哈里斯把珍娜当姐姐。这样更好。阿彻尔觉得这样才有趣。此时此刻，他多么希望姐姐能在身边，不过相见就在眼前了。

* * *

直升机飞了没多久就要着陆了,而这时米德尔顿的听力已经基本恢复。想想真是奇特,听力偏在他遇到直升机的轰鸣时回来了。拉他上来的几个俄罗斯人像是木桩子。米德尔顿猜,他们可能得到命令,不能讲话。不过这也没关系,他知道,答案很快就会揭晓。

米德尔顿扫视了一下着陆的地方:一座漂亮的豪宅,穿着蓝色观察——资助斯卡瑞读书的公司——制服的"合约保安"来回巡逻——他被骗得彻彻底底。

他明白蝎子知道了他的存在,并将他带到了这儿。

直升机慢慢落在楼顶的停机坪上。真是太讽刺了,米德尔顿笑起来。蓝色观察为什么要救他?现在,他们会怎么处置战利品?

飞机稳稳着陆,几个俄罗斯人护送米德尔顿下飞机,穿过停机坪走进大楼。踏入大楼的一瞬,外面无情的噪声不见了,这时米德尔顿才意识到自己的耳朵还有震感。但是,他可以听到自己的脚步声,衣服的沙沙声,和鼻子的出气声。

其中一个人领着米德尔顿去乘电梯。这个人面色苍白,五官平庸,但是下巴上有个明显的凹陷,看身材像个健美运动员。

"米德尔顿上校,"他说的是俄式英语,"我知道您想在问候主人前梳洗一下,但是情况紧急。等一会儿一定让您梳洗。"

"没问题,这么说我还能活下去。"听到自己的声音,米德尔顿很享受,"真好。我都不记得上次吃像样的饭是什么时候了。和主人聊紧急情况时,会不会给我点儿吃的东西?"

这个俄罗斯人被这孩子般的奇思妙想逗乐了。"车尔纳耶夫先生什么都能安排。"

"那太棒了。"米德尔顿说。

下了电梯，两人走进一个酷似会议室的房间。米德尔顿想不通，为什么有人会把会议室建在家里。房间是巴洛克风格的，到处都有镀金雕像和镶着金色边框的十八世纪名画，沿墙放着巴洛克风格的长背椅。健美先生领米德尔顿到一个门厅，门厅是洛可可风格的。最后他们来到客厅。客厅相当现代，桌椅板凳都线条生硬、棱角分明。墙上挂着几幅现代肖像，米德尔顿认不出画上的人都是谁。

健美先生借故离开了，留下米德尔顿一个人在这空荡荡的房间。他走到壁炉前，搓着手取暖。其实他不是特别冷，只是想找点儿事做，不然又累又饿又不舒服，实在太难熬。另外，他的手脏兮兮的，还带着血迹，也不愿意碰任何东西。

不到一分钟，其中一扇门开了，一个漂亮的女服务员把手中的托盘放到桌上。托盘里放着汉堡、法式炸薯条，和一杯可乐，米德尔顿觉得好笑。也许健美先生以为米德尔顿吃不了别的东西。虽然这些不是米德尔顿的心头之好，但是有吃的就不错了。他拿起托盘旁边的热毛巾擦擦手，风卷残云地吃起来。

刚刚吃完，门又开了，米德尔顿希望是那个小姑娘来给他续饮料了，可惜不是她。

眼前这个男人很好识别，以前在情报报告的照片上见过多次。

阿尔卡迪·车尔纳耶夫。

真相大白。车尔纳耶夫就是蝎子。

车尔纳耶夫高大英俊，风度翩翩，身材保持得很好，着装无可挑剔，属于那种到了五六十岁也一点儿都看不出年纪的类型。此时，他穿着深色西装，翻领白衬衣，红色领带打得非常漂亮。怎么看都像电视上侃侃而谈的政治人物。

"米德尔顿上校，很高兴你没有受伤。希望你吃好喝好了。"

米德尔顿举起杯子。"还想再来一杯可乐。"

"没问题,"车尔纳耶夫说,"刚从大火中逃生,渴很自然。"

女服务员进来为米德尔顿换了一杯可乐,拿着原来的杯子离开了。车尔纳耶夫示意米德尔顿坐在壁炉旁的沙发上。等米德尔顿坐下后,他也坐了下来。

"我知道你有很多问题想问。"车尔纳耶夫说。

"没错。刚刚又想起几个。"

车尔纳耶夫浅笑辄止。"我能想象得到。也许,你想知道我为什么袭击那所房子。"

"我本想问问是不是你,"米德尔顿说,"不过,现在我想知道为什么。"

"原因很简单。你那儿有我想要的重要信息。囚禁你的人根本不关心那些事。"

"他们是谁?"

"他们把自己叫作'集团'。我认为这个名字真是简单可笑,不过他们倒是适合模糊的名字。二战快要结束的时候,他们的前辈,也就是一群科学家、政客和学者,想要重拾纳粹的核计划。其中德国人和俄罗斯人居多。不过,他们可不仅仅是武器交易商。他们想在世界大事上施加影响。"

鲁斯兰曾告诉过米德尔顿,这帮人想复活铜镯技术。

"听你说得这么不屑,"米德尔顿说,"你不支持他们?"

"我很反对他们的做法。如果和他们共事,我就是伪君子,因为我自己为这样的事感到内疚。我信任你,米德尔顿上校,我希望你明白我不会做那么残酷的事。你知道,我也想参与到世界事件中,不过,我的动机更高尚。所以,我用代号——"

"蝎子。"

"你知道?"他惊讶地问道。

米德尔顿点点头。

车尔纳耶夫抬起手像是掸掉什么东西。"我知道,我知道。挺荒唐。你明白,我必须匿名。'蝎子'并不是我自己取的名字。不过那是另外一个故事。另外的故事还有很多,以后有的是时间,我知道你很累,想洗个澡,所以我不想多谈。我对你只有一个要求,米德尔顿上校。"

"什么事?"

"再过几天,美国国务卿会秘密访问巴格利哈水坝发电厂。希望你到时务必在场。"

"在哪儿?"他问。

"克什米尔北部的杰纳布河。大坝建成后,最近一个村镇的人都得到重新安置。我记不起它的印度名字了,人们一般都叫它'神秘村'。"

在巴黎伊丽莎白女王酒店的套房里,莉奥娜拉·泰斯拉已经穿好衣服了。毛巾做成的绷带被血浸透,深色上衣也沾上了血迹。查莉·米德尔顿站在格罗佛的女儿珍娜旁边。珍娜坐在地上,手被电话线反绑在背后,脚上绑着从灯上扯下的电线,嘴里塞着破衬衫。

查莉·米德尔顿握着枪,泰斯拉在套房的桌子上发现了一把拆信刀。

"诺拉,我必须送你去医院。"查莉·米德尔顿说。

"不怎么流血了。去医院很快,我们先得想好拿她怎么办。"

泰斯拉放下拆信刀,抽出珍娜嘴里的东西,急忙后退几步,再次拿起拆信刀。

"也许你想说说谁要绑架米德尔顿小姐,为什么要绑架她?"

珍娜抬起头望着她们,眼里满是憎恶和鄙视。她用法语说:"没有什么痛苦我忍受不了。"

泰斯拉盯着她。"那我们试试看。"

12 P．J．帕里什

泰斯拉听到角落里传来呜咽声。

查莉跌倒靠在墙上。她手上还拿着那把口径九毫米的霍肯手枪，不过加装了消音器的枪口指着地面。

泰斯拉尖声叫道："把枪对准她。"

她流着泪，双手颤抖着举起枪。

泰斯拉又转向珍娜。珍娜坐在地板上，脸上挂着晶莹剔透的汗水，呼吸急促，努力保持冷静。

泰斯拉第三次打着打火机，将已经变黑的银质拆信刀刀尖放到火苗上。一缕烟袅袅升起——粘在上面的皮肉被烧焦了。

看着珍娜的脸，她想起那天在安提比斯海角的沙滩上，哈罗德怎样尊重和怜悯克兰。不管审讯多么罪恶滔天的罪犯，哈罗德一贯如此。

尊敬，有原则的审讯。不要虐待囚犯，他说。虐待只会适得其反。

泰斯拉把哈罗德的面孔和话语赶出大脑。她心想：他是他，我是我。

她拿着拆信刀站在珍娜面前。珍娜眼里饱含挑衅的眼泪。刚刚打斗时，她头上被泰斯拉用椅子砸出了很深的口子，鲜血使她黑色的头发失去了光泽。她的嘴唇被泰斯拉的拳头打得肿了起来。这些都没让她屈服。直到泰斯拉用烧红的拆信刀划过她橄榄色的细腻光滑的脸颊。

虚荣，是让这个女人开口的不贰法宝。

"你为什么想要杀查莉·米德尔顿？"泰斯拉盘问道。

珍娜闭上双眼。

"你的同伙是谁？"

珍娜紧靠在墙上，试图避开那把刀。

泰斯拉又烧了烧刀尖。然后，她将已经通红的刀刃放到珍娜的脸颊上。

珍娜急忙闪到一旁，尖叫起来。

就在珍娜倒到地毯上的时候，她风衣口袋里的手机掉了出来。泰斯拉看到她的眼睛朝手机瞥去，迅速把手机抢过来，扔到了她够不到的地方。

"你为谁工作？"泰斯拉审问道。

"我死也不会告诉你的，"珍娜咬牙切齿地用英语低声说，"我永远不会背叛他。"

"背叛谁？蝎子？你父亲？他已经死了。"

"死了，"珍娜恨恨地说，"你很快也会死的，"她看看查莉，"还有她。"

泰斯拉再一次将刀子按在了珍娜的脸颊上。珍娜又尖叫起来，房间里充满了皮肉焦煳的味道。

"住手！"查莉·米德尔顿大声喊道。

泰斯拉转了一下眼睛。

"住手！住手！"

查莉蜷缩在角落里，一只手捂着嘴。手枪耷拉在另一只手上。

"查莉。"泰斯拉平静地说。

查莉没答应，只是不停地哭泣。泰斯拉望着她，纠结着到底是走过去还是让她离开这房间。她肩上的枪伤不时作痛，尽管珍娜被绑着，也很虚弱，但是她不确定现在可以一个人处理好所有的事情。

不久前，在伦敦分手时，她向哈罗德发誓会保护好查莉。这是他嘱托她的最后一件事。本来她想跟着哈罗德去俄罗斯，但是哈罗德坚持让她来巴黎。

诺拉，我不能失去她。

那天晚上，泰斯拉依偎在他怀里，床单上留着他们做爱时淌下的汗水，她感到哈罗德·米德尔顿身上有种从未有过的陌生和忧伤。他很内疚将女儿拉入了"不切实际的十字军东征"中。黑暗中，她紧紧拥抱着哈罗德，发誓会保护查莉。

"可怜的夏洛特。"

听到珍娜的声音，泰斯拉的目光又落到这个黑眼睛的女人身上。

"闭嘴！"泰斯拉嘘了一声。

珍娜肿胀的嘴角挤出一丝得意的笑容。她用法语说："女儿可没父亲勇敢。"

"我说闭嘴！"泰斯拉摇晃着珍娜并狠狠地给了她一拳。珍娜嘴唇上的伤口撕开了，鲜血飞溅到墙上。

"住手！"查莉哭着说，"别打了，诺拉，求你了！"

泰斯拉盯着她。怎么回事？她是怎么了？在刚刚审讯珍娜的十五分钟里，查莉一直非常安静。甚至当珍娜痛苦的呻吟声越来越大的时候，查莉都没有动过一下，也没有发出过声音。怎么现在突然崩溃了？

"别再打了，诺拉，"她低声恳求，"求你了，求你了。我受不了了。我再也受不了了。"

刹那间,泰斯拉明白了。她刚才所做的事情,查莉从来没有见到过——审讯拷问一个活生生的人。女人,依旧是女人。哈罗德让查莉在志愿者们身边做点儿力所能及的事,但从没让她看到任何血腥暴力的场面。平时,查莉只是入侵电脑,做些调查。她的"现实"是虚构的。她的双手干净如初。

但在过去的几年,她的生活始终被暴力的阴云所笼罩:母亲被父亲的敌人残害致死;丈夫背叛了她而后也死去了;腹中的孩子还没来到人世就离开了她。

昨天的一幕在泰斯拉脑海闪过。当时在咖啡馆,查莉敞开心扉谈了很久,也提到母亲去世的事,最后说了句:我知道你和哈里是情人,我曾经很恨你,但是现在不恨了。我敬佩你,诺拉。

她又想起了一件事。昨天在出租车里,查莉听到了她对伊恩·巴雷特-伯恩的恐吓:信不信我会为了好玩儿杀了你?

耳边全是查莉的哭泣声。她回头看了珍娜一眼,珍娜黑色的眼睛中闪着憎恨的光芒。

"可怜的小夏洛特,"珍娜的声音充满了母性,"你被死亡包围了。母亲,丈夫,还有你的孩子——"

泰斯拉揪起珍娜,狠狠地给了她一耳光。珍娜咳嗽起来,嘴里吐出了血。

砰的一声。泰斯拉的余光看到查莉瘫倒在地毯上。

她分神了一秒钟,但对珍娜来说一秒足够了。珍娜迅速举起她被绑住的双手,套到泰斯拉的脖子上,将她摔倒在地。她手里的拆信刀飞了出去。

珍娜又狠狠地打在泰斯拉受伤的肩膀上。泰斯拉痛得撕心裂肺。

片刻,她感到房间内由灰变暗,跌跪在地。

珍娜眼前黑了一下,接着拉扯着绑在她脚踝上的电线。

泰斯拉抵抗着袭来的伤痛和眩晕,脑海中只有一个想法:枪,拿到枪。

泰斯拉跪着倒向查莉。她看到黑色的枪管就在查莉蓝色的运动服下面。她抢到手枪,挣扎着跪起来举起手枪,手指放到扳机上。

她用力眨眨眼睛,想看清楚房间。

没人了。只见黑色的靴子和白色风衣消失在门口。珍娜跌跌撞撞地跑下楼梯,走进酒店大厅时,她站住了。前台站着一个穿着绿色防风夹克,戴着棒球帽的大男人,正红着脸按桌上的铃。

"哈喽?嘿?有人吗?"

珍娜站的地方可以看到死去的接待员的鞋子,但美国男人看不到。一个胖女人拖着大行李箱推门进来时,引起了一阵骚乱。透过窗户,珍娜看到一辆打开后备厢的出租车,司机正在嘟嘟囔囔地说什么。

出租车是并排停靠的,正好挡住了她的豪华轿车。驾驶座上没有人。

司机去哪儿了?

随后,她看到那个摩洛哥人在马路对过的烟草店买香烟。珍娜的手指轻轻触摸被烧伤的脸颊,难受得无以名状。

她听到身后的楼梯上有脚步声。那个贱人在追她。没有时间了。

她冲过狭窄的走廊跑到后面。小厨房如影子般一闪而过。她跌跌撞撞地推开门,清晨的凉气扑面而来。她迅速看了一眼,直觉告诉她这是一条只有一个出口的胡同。

没有选择了。她必须抓住这个机会跑到街上。她撒腿跑起来。

泰斯拉跑到大厅。前台桌子后面有具尸体，大厅里还有两个不知所措的美国人。但是没有珍娜。

泰斯拉举着枪，跨过门口小山一样的行李箱，顾不得理睬那个美国人的叫喊。她追到街上停下来。

大脑迅速运转。

出租车？在巴黎的街道上别想叫到出租车，而且这附近也没有出租车停靠点。

地铁？离这儿最近的是乔治五世站，走路再快也要五分钟。

不对，珍娜肯定会跟她的上司联系。

泰斯拉迅速扫了一眼大街。古板沉闷的石头公寓默默伫立，就算一天中最繁忙的时候，这条街也冷冷清清。在寒冷十月的早上七点，街上只有一家咖啡店开门了，店主摇动手柄打开百叶窗的声音打破了宁静。

除非……

一个白色的身影消失在远处的拐角处。泰斯拉起身追上去。

她赶过去后却突然停下了。

嘈杂声，难闻的味道和人流。

该死，星期六集市。

泰斯拉走在狭窄的通道上，眼睛在装满蔬菜、水果、鱼和奶酪的货架之间搜寻。身边赶集的人真不少——年轻的女人推着手推车，年老的女人提着编织篮，小伙子们骑着摩托车。泰斯拉小心地把手枪放低，希望宽松的长裤能够遮挡一下。她最不想看到惊慌的人群。

她继续朝前走，在拥挤的人群中寻找珍娜。她不可能不引起别人的注意。她脸上伤痕累累，白色风衣上沾满了血。

她到底在哪儿？

泰斯拉肩上的伤口又发作了。她在咖啡店玻璃窗前看到自己一头乱发，伤口渗出的血染红了衬衫。

挂在咖啡店窗上的橙黑色皱纸像是给她加了个相框。纸骷髅和黑猫。万圣节。今天是万圣节，巴黎人从美国引进的节日。今晚，醉醺醺的孩子们将戴着吸血鬼面具，穿着吓人的血衣拥向香榭丽舍大街。

今天，她们这两个身上染满真正血液，跌跌撞撞跑到大街上的女人不足为怪。

二十码以外，一抹白色在远处五颜六色的货摊前闪过。泰斯拉跑到那个鲜花摊时，珍娜又一次消失了。左边是一条狭窄的胡同，跟酒店后面那条差不多。泰斯拉迅速做出了选择，半路上她朝一个打开的门跑去。

废弃的厨房。

拨开厚重的窗帘，她走进小酒馆的餐厅。穿着白色外套的瘦服务生本来正在折餐巾，现在一动不动地盯着她。

"她去哪儿了？"泰斯拉质问。

看到她的手枪，服务生眼睛瞪大了。

"穿白色衣服的女人！她在哪儿？"

"她在下面。"他指着一个旋转楼梯说。

泰斯拉摘掉消音器，深吸了一口气，走下狭窄的楼梯。

她迅速搜查了两个小厕所。没有人。还有第三个门。门内是一个黑暗的储藏室。泰斯拉扶着冰冷的墙壁，找到开关。吊着的灯泡亮了，小房子有了生气。房间里堆满了垃圾，只留一条小路通向和石墙一样长的酒架。

泰斯拉用手枪慢慢扫过阴影区。珍娜虽然没有武器，但不代表她没机会。泰斯拉蹑手蹑脚地绕过那些垃圾,手里紧握着枪。

她停下脚步,一动不动,竖起耳朵。

没有声音。

突然,背后一股冷气吹过。

她转过身瞄准。小酒馆杂乱的椅子腿和破烂的藤椅堆成十英尺高的垃圾堆。她小心翼翼地前进,警觉地观察垃圾堆后面的动静。冷气增强了。

泰斯拉抓住垃圾堆顶上的一根椅子腿,猛地一推。顶上的椅子哗啦啦地掉下来,其中一个恰好打中了吊灯,吊灯剧烈地晃动起来。

天哪!

石墙上面有一扇小门。灯泡晃过来,泰斯拉迅速地瞥了一眼里面。

隧道。墙不是石头砌的,而是一些粗糙的灰白色材料做的。隧道顶呈弧形,有六到八英尺高。

一股散发着恶臭的灰尘扑面而来。

这是什么东西?

随即,她认出了这气味。白垩粉?

气味带她回到过去。哈罗德……五年前他们正处于热恋期,某天晚上哈罗德带她到巴黎度周末。他们在米其林三星餐厅共进晚餐,当时还点了一瓶三百欧元的奥比昂酒。她清楚地记得,哈罗德领她到了餐厅的酒窖。酒侍告诉他们,这个井然有序的酒窖曾经是一个潮湿的洞穴。洞穴是巴黎纵横交错的地下隧道的一部分,这些隧道曾是这个城市繁荣的白垩采石场。隧道绵延数百里,穿过公寓、咖啡店和商店。后来,几乎全部的隧道都被废弃封闭起来。

泰斯拉深吸一口气,走进黑暗的隧道。

摇摆的灯泡让前面的路忽暗忽明。不过三十英尺以外的地方只剩下一片黑暗。

泰斯拉一动不动地站着，倾听着细微移动的声音。飘升的肾上腺素缓解了她肩上的疼痛。

她缓慢地前行。借着摇摆着的微弱灯光，她发现隧道在前面分成了两条。

一只老鼠跑过去。

一滴什么东西滴到了她的脖子上。是水。

她闻到了死亡的味道。

左边传来响声，什么东西朝她受伤的肩膀飞过来。不过她快速闪开了，酒瓶砸到了她的上臂。

泰斯拉咬牙忍住疼痛，手里紧紧地握住枪。

另一个瓶子在她头顶上部撞碎了，破碎的玻璃和什么很凉的东西飞溅到她身上。又一个瓶子撞碎了，她闭上眼，防止溅到脸上的酒流到眼中。

附近响起了木头相互撞击的声音，泰斯拉看见珍娜从服务门逃跑了。受伤的泰斯拉强忍着疼痛，努力呼吸，以最快的速度追上去。

她一路向南追去，穿过高档别墅和私人旅馆林立的安静街道。似乎在珍娜穿过纽约大街到达阿尔玛桥前，这追赶永远不会结束。尽管泰斯拉受了伤，也已筋疲力尽，仍紧追不放。当珍娜到达阿尔玛桥时，她终于支撑不住倒下了。泰斯拉把枪藏起来，急忙穿过车流，朝珍娜跑过去。

珍娜挣扎着想站起来。她抬起头，看见泰斯拉已经穿过马路，步步逼近。

珍娜脸上流露出无奈与绝望。

如果泰斯拉没有承受如此的伤痛，如果她没有看到年轻北约士兵的胳膊被珍娜炸掉，如果她不知道这个女人有多么残忍，她也许会为珍娜感到惋惜。

珍娜脸上的表情表明她知道自己无路可走，但她也不想再忍受严刑拷打。她看了一眼达阿尔玛桥栏杆后面的塞纳河，发现一艘著名的游船正在开过来。这艘被称为"飞船"的游船载着游客们在河中来来回回游玩。珍娜与泰斯拉相视一望，然后挣扎着爬上桥边的栏杆。

"不要！"泰斯拉伸出手尖叫道。

珍娜犹豫了一下，纵身跳进阴暗的河水中。她跳下的位置正好在一条船的航道上。泰斯拉看着她消失在船头下面。

船开过去的时候，船长没意识到悲剧的发生。导游也还在眉飞色舞地讲解着。没多久，泰斯拉发现了一个女人躯体的轮廓，背朝天漂在水上，手臂张开，头完全沉没在褐色的水中。

泰斯拉返回伊丽莎白女王酒店时，警车刚赶到现场。她绕到死胡同那边的门，走上楼梯。她们房间的门是开着的。

"她走了，"泰斯拉低声说，"死了。"

查莉双手紧紧抱着膝盖，蜷缩在沙发上。她抬起头看了看泰斯拉，脸很苍白。

"还没有结束。"她说。

泰斯拉把枪放到桌子上。她走过去，坐到浑身发抖的查莉身边。

"没事了，查莉。"泰斯拉安慰道。

"还没有结束。"

"我知道。不过——"

"那个手机,"查莉说,"还没有结束。"

泰斯拉浑身酸疼,头晕目眩。查莉一直盯着地毯上的东西。那是珍娜的手机。

泰斯拉捡起手机。手机屏幕上显示有五个来电和三条短信。"你接了吗?"她问道。

查莉只是摇摇着头,没有说话。

泰斯拉迅速查看了未接来电,全是同一个号码打来的,她并不认识这个号码。她打开短信,第一条短信是用印度语发的,她看不懂。第二条短信是法语:怎么样了?

打开第三条短信后她停下了。短信内容翻译过来是:报告CM任务的情况。

CM是指夏洛特·米德尔顿吗?但任务又是什么呢?

泰斯拉犹豫了一下,然后用法语回了一条短信:任务完成!

很快手机响了,收到一条短信:死的还是活的?

这就是她要找的答案。他们想要的是哈罗德的女儿。可是为什么呢?随后,她意识到哈罗德离开就没了消息——没有人接到他常用手机或加密手机发来的信息或打来的电话。这意味着他可能被捕或死了。哈罗德只要给查莉或她打一个电话,她们的位置就会暴露,他不希望他女儿的行踪被发现。

泰斯拉望着查莉,她正在慢慢地前后摇晃。

诱饵!查莉是诱饵。他们想利用查莉来对付她的父亲。她是他的一个弱点,如果哈罗德知道女儿深陷危险,一定会不顾一切来救她。

瞬间,泰斯拉知道她该怎么办了。

她回复了短信:CM死了。

泰斯拉闭上眼睛,焦急地等待回复。但是当收到短信的时候她呆住了。

"发证据过来。"

她又一次看着查莉。她忍心这样做吗？她忍心让这个心碎的年轻女子帮忙吗？

泰斯拉走到沙发前，捧起查莉的手。"查莉，听我说。"她温柔地说。

查莉抬起头看着她。

"查莉，我需要给你照一张相。"

"照相？"

泰斯拉扫了一眼房间的残迹。那件用来堵住珍娜嘴的衬衫血迹斑斑。"帮我一下，快点儿。"她说。

泰斯拉捡起衬衫，拉着查莉走到珍娜曾经坐过的地方。"穿上它。"泰斯拉对查莉说。

查莉躲闪了。"什么？"

"快点儿，查莉，我们没有多少时间了。"

"为什么？什么——"

"查莉，只有这样才能帮助你的父亲，帮助哈里。"

"哈里？"

"穿上衬衫。"

查莉摇着头说："不，除非你告诉我为什么。哈里在哪儿？他发生什么事了？"

泰斯拉快失去耐性了。她急促地告诉查莉，哈里在俄罗斯，如果不能保证她的安全，他将无法开展工作。

"那你为什么要让他以为我死了呢？"

"不是你父亲。我想让派珍娜追杀你的人认为你死了。这样，你父亲才可以安心去做他要做的事。你能明白吗？"

查莉把脸转过去。

"查莉，你相信我吗？"

她慢慢地点点头，但是没有看着她。

"那求你按我的说的做，求你了。"

查莉接过血衬衫穿在T恤外面。她突然停下来走到桌前。

"查莉？"

她拿起笔在纸上潦草地写着什么，写好后，她把纸递给泰斯拉。"把这个也照进去。"她说。

泰斯拉接过纸，查莉在纸上写了两样东西：绿灯侠。疏散。

"这是什么？"

"小时候，怕我遇到危险，哈里和我编了一个暗号。妈妈笑我们傻，但是我们……"她眼里充满了泪水，"绿灯侠是我们最喜欢的漫画书中的英雄。'疏散'的意思是我在一个安全的地方等他来接我。"

泰斯拉愣了一下，抱住查莉。

摆拍只花了几分钟。她斜靠在墙上，墙上和地毯上沾满了珍娜的血。泰斯拉将便条丢在边上，看起来像是从废篮子里掉出来的一张无关紧要的纸头。

等查莉穿好她的运动服后，泰斯拉把照片发过去了。她们走下楼梯，匆忙跑出厨房，躲开大厅中围着死去接待员的人群。

泰斯拉已经想好了。等会儿，她会把查莉送上第一班飞往美国的航班。一旦查莉安全了，她就会去找哈罗德。

她们跑到塞尔维亚-皮埃尔大街上时，珍娜的手机响了。泰斯拉看了一眼短信。

只有两个字：漂亮。

13 布雷特·巴特勒斯

"你一定知道斯卡瑞的计划。"哈罗德·米德尔顿对车尔纳耶夫说。听说美国国务卿要去参观巴格利哈大坝,米德尔顿又惊又怕。他将斯卡瑞发给卡韦·巴兰的邮件内容——"神秘村"计划告诉了眼前的俄罗斯人。那帮人想用从佛罗里达运来的空气燃料炸弹炸毁大坝。米德尔顿现在明白了。

车尔纳耶夫似乎揣摩了一会儿,才对米德尔顿说:"斯卡瑞死了。"

"死了?"米德尔顿不敢相信。

"依我看来,他太自大,所以自食恶果。一个被他称为养子的人接管了他的财产,也就是大坝。正是他的这个养子,阿彻尔,看到了美国国务卿来访带来的机会。"

米德尔顿听得目瞪口呆。志愿者们的任务重点是将斯卡瑞这个战犯绳之以法。现在,斯卡瑞死了,但似乎有什么更加可怕的计划正在酝酿着。

"不过你也有责任,车尔纳耶夫。是你卖给他炸药的。"

"没有!没错,我的公司是卖炸药的。我也确实用船运过一些炸药到大坝那里,当时还有很多其他的材料也一同运过去了。可我自己也是这项工程的合伙人啊。"

"燃料空气炸弹属于军用炸弹。"

车尔纳耶夫淡淡一笑。"所以我在运送这些东西时选择了迂回路径。我的工程师们不想用黄色炸药。基础工程需要很长时间，他们需要点儿真家伙。"

"现在那些真家伙将要被用来炸毁村庄了。"

车尔纳耶夫一脸苦相。"你是通过我们在坦帕市的公司找到我的，对吧，信度电器行？"

"是。"

"炸药还没运到，我们就遭了抢劫。炸药被偷走了。"

这就解释了为什么斯卡瑞会对那个地方感兴趣。小偷丢下的炸弹害死了让－马克·莱斯帕瑟。

"你还为斯卡瑞受教育提供了资金支持。"

"过去……过去。要是我们可以改变过去就好了！是的，我发现他是个可遇不可求的天才。我曾希望他在我手下做事，为发展中国家提供低成本的核能源。后来我们发生了分歧。我不赞成他要走的路。他对和平利用重金属不感兴趣，他感兴趣的是武器。但是他会听我的建议吗？不会。就像很多其他年轻的理想主义者一样，他想回到祖国，为国家独立而战斗。"

"他带走了集团想要的技术？"

"斯卡瑞开发的技术基于老纳粹的铜镯理论。但是，他的发明只是部分地取得了成功。超级发生器并没有如愿运行……听着，米德尔顿上校，我是一个商人。我从活人身上赚到的钱要比从死人身上赚得多。要是美国国务卿发生了什么意外，我们要担心的就不仅仅是印度次大陆的战争了。"

哈罗德·米德尔顿并不完全相信这个俄罗斯人说的话，但是他相信，如果美国国务卿被暗杀了，整个世界都会被卷进来。

如果阿彻尔·斯卡瑞真的按他父亲的计划行动,那么美国国务卿到到访后将在劫难逃。国务卿宣誓就职后不久列出了工作目标,其中就有缓解印度和巴基斯坦的紧张形势,尤其是动乱不安的克什米尔地区。她到这个地方正是出于这样的考虑。

米德尔顿说:"我们得马上和国务院取得联系。"

"当然,他们得到过通知。但是他们还是认为此次访问很有必要。到时候,安全问题将会成为头号大事——对国务院和我们蓝色观察公司都是如此。不管怎样,我们都不清楚阿彻尔怎么会知道这次访问的。"

"你为什么想要我去那边?"

"不仅我这样想。"车尔纳耶夫递给米德尔顿一份国务院发来的解码文件。他看到上面有一个副局长的名字。文件中授权米德尔顿和志愿者们查出阿彻尔的位置并配合当局逮捕他。文件的最后一段说已经通知了泰斯拉、卡森和张,也收到了他们的回复。也就是说,他们都还好。

米德尔顿注意到文件中并没有提起查莉。

"我必须联系我女儿。"

"只能用加密电子邮件,"车尔纳耶夫说。"我的营地经常检测和拦截手机信号。"

他连忙给查莉写了一条信息。车尔纳耶夫把它递给了一个穿着"蓝色观察"制服的年轻人。这个年轻人赶快去发送了。

"现在,你愿意去克什米尔了吗?"

"当然。"米德尔顿说。

"我的人会带你去一个房间,稍事休息。现在准备工作还没完成,等一切就绪后,你将出发去你要去的地方。"他把手伸向米德尔顿,

"祝你旅途愉快，一路平安。"

米德尔顿看看蝎子的手，不太情愿地和他握了握。

不出所料，萨纳姆回复说他们已经做好执行计划的准备了。阿彻尔通知他的美国分包商开始运输炸药。不出三十六小时，萨纳姆的人就可以在大坝内的预定位置安置炸药了。

阿彻尔满意极了。现在唯一还要考虑的就是好戏上演时，他该站在什么地方观看。大坝坐落在多山的乡野，不过，可供目睹大坝被炸成一堆烂水泥、美国国务卿被炸成碎片的"观众席"也不难找。

大部分地点都需要乘直升机才可以到达，但是这对他来说不是问题。有了他父亲的财产，买一队直升机也不在话下。

他感觉到自己的血液在沸腾。这是梦寐以求了无数次的场景啊。以前，他和哈里斯在一个房间，每当哈里斯熟睡的时候，他就会在脑海中想象这一时刻——由他掌控一切的时刻。

如果说有什么能扰乱他的心智，那必然是珍娜。她是他的利剑，也是他的挚爱。两天前，她发了一张查莉·米德尔顿已死的照片，后来就没消息了。

太糟糕了。他本想活捉哈罗德·米德尔顿的女儿。不过死了总比逃了好。

珍娜发消息说她会尽快跟他会合，不过现在一个志愿者正在跟踪她，她必须先甩掉这个尾巴。

他真的非常想打电话给她，但还是忍住了。他之前规定此次行动中，两人只能短信联系。他不想其他人听到他的声音。尽管手机有最好的加密技术，但仍免不了某些地方的某些人能够破解它。

掌握大权的秘诀就是把自己塑造成神秘莫测，令人闻风丧胆的恶魔。

等珍娜来了，就让她留在自己身边。有了她，他就别无所求了。

有些事他已经在提前演练了。

"我们遇到了一个问题。"欧麦尔低声对萨纳姆说。

他们坐在一个小餐馆里。小餐馆距巴格利哈大坝大概二十公里。说是小餐馆，其实是一间快要倒塌的棚屋前室。棚屋后面是老板的家。

此时，屋里只有欧麦尔和萨纳姆。服侍他们的小男孩已经回后面的房间去了，两人可以安心谈话。

"什么问题？"萨纳姆问道。

"炸弹的遥控器。"

"遥控器怎么了？"

"遥控器不管用。"

萨纳姆愣住了，显然被老朋友的话吓坏了。"坏了吗？"

"不是坏了。大坝里全是混凝土。放进去后，肯定没信号了。"

"到底能不能用？"

"我让人偷了一个遥控器。我试了试。在外面的话很好用。"

萨纳姆没胃口了。他们所做的所有工作，这些年的渗透活动，前两天给手下们的压力都没意义了。就因为这么简单的无线信号受阻断，大好机会白白浪费了。怎么会是这样？

"那个美国人，"欧麦尔说，"我们不该相信他。他应该知道那些设备不管用。"

萨纳姆从他老朋友的眼中看到了杀气。"冷静，欧麦尔。我们还有时间。我会和美国人谈谈,再要一批遥控器。"

"如果新要的遥控器还是不行呢?"

"如果那样的话,我们会处理的。"

"我不喜欢这样。"欧麦尔说,他脸上写满了不快。

餐馆后面响起脚步声。那个小男孩走到餐桌前,问他们还要不要点别的东西。

"不要了,谢谢。"萨纳姆说。

小男孩收拾完餐具后离开了。欧麦尔说:"我跟你说我不喜欢这样。"

萨纳姆说:"我也不希望这样。我会找那个美国人谈谈,看看还能做些什么。"

米德尔顿的眼睛突然睁开。

"这他妈到底算怎么回事?"

他一直沉睡着,突然被什么惊醒了。他心跳加快。难道是梦?如果是的话,这将是几年来最令人紧张的梦了。下一步是什么呢?

他拿起床头柜上的闹钟看了看。

凌晨四点零九分。

米德尔顿想再睡一会儿。醒着躺在床上只能让他更生气。快要睡着的时候,他听到一声低沉的"砰"。一声,又一声。

枪声。声音是从房前传来的。

他猛地坐起来。肯定之前还有一枪,他应该就是被枪声唤醒的。

他迅速把衣服披到肩上,但是还没下床,就听到钥匙的声音。房门被突然打开了。

"快,穿上衣服。没时间了。"

说话的是昨天晚上给他送晚餐的警卫。不过与昨晚不同,他现在携带着机枪。他身后还跟着一个警卫,也配着枪。

米德尔顿从床上跳起来,摸黑穿上衣服。

外面的枪声更激烈了。米德尔顿不知道外面发生了什么事,他只知道两个警卫焦急地等着他穿好衣服。

刚穿好鞋,第一个警卫催道:"快,快。"

他抓住米德尔顿的胳膊,把他推到走廊里。

"这边!"

那个警卫拉着他跑起来。米德尔顿没有其他选择,只能跟着跑。他听到其他房间有人在大声下命令,还有人急匆匆地跑向走廊。

警卫停到一个拐角处,然后转向一个很宽的石楼梯。米德尔顿本能地转身向下走,但是警卫猛地把他拉向了左边。

"不,上去,上去。"

他们一步两级台阶,不停地往上跑,直到一个开着的铁门前才停下脚步。站在那里,米德尔顿可以看到夜空和大楼平整的屋顶。

在他们穿过这扇门的同时,枪声更加激烈了。

"这是死胡同,"米德尔顿说,"我们在做什么——"

突然,枪声被更大的声音淹没了。新出现的声音很有节奏感,也很熟悉。米德尔顿迅速转身,他看到一架直升机从楼房后面升起来,刚刚齐平楼檐。他明白直升机必须低飞到房子后面,这样入侵者就不会发现它。

等到直升机一着陆,侧门立即开了。

米德尔顿没有等别人指挥,径直跑向直升机。他爬上飞机,飞行员示意他坐到离门口最远的座位上,并系好安全带。

他扣紧安全带后,米德尔顿抬起头,向飞行员挥手示意。

但是直升机并没有起飞。

机轮还稳稳地停在屋顶上。

米德尔顿注意到门口那边几个人已经追到了屋顶。他还没看清楚那些人是谁,天空被爆炸照亮了。震耳欲聋的爆炸声立刻盖过了直升机螺旋桨的声音。

爆炸声平息后,他探着身子朝飞行员吼道:"我们必须起飞了。"

"是的,基里尔。该起飞了。"

米德尔顿转头看到车尔纳耶夫上了飞机。

蝎子坐稳后,飞机起飞了。直升机像来时一样,低飞着离开了。

确定飞机不会被打下来后,米德尔顿看着车尔纳耶夫问道:"这是怎么回事?"

"很抱歉,"车尔纳耶夫说,"似乎那天我们没有把他们全部解决掉。"

"那个'集团'?"

车尔纳耶夫耸耸肩说:"当然是了。"

静静地坐了一会儿,米德尔顿又问:"我们要去哪儿?"

"就是我跟你说过的目的地,印度。不过,现在我决定和你一起去。"

医生连问都没问。他对后门冒出病人早已司空见惯。这些病人伤得五花八门,什么伤筋断骨,三级烧伤,刀伤,都不新鲜。所以当查莉·米德尔顿搀着肩负枪伤的泰斯拉走进来的时候,他一点儿都不大惊小怪,只说了一下价格,就开始清理包扎伤口了。

后来，她们藏在了离拉丁区不远的一个小旅馆里，不到万不得已不离开房间半步。如果出去，多半也是为了找点儿吃的。不过有一次她们"找"到了一台笔记本电脑。那天在巴黎大学附近的咖啡馆中，一个学生放下笔记本去厕所了。泰斯拉保证完成任务后会把笔记本物归原主，查莉这才肯帮忙。她放风，泰斯拉把笔记本悄悄装到一个大袋子里，然后两人很自然地走到街上去了。

回到旅馆后，她们重新联系上了维基·张。

"有消息了吗？"她问道。

"没有。老大的两个手机都联系不上。"

泰斯拉叹了口气。她和张想查出是谁给珍娜发的信息，那个人为什么要绑架或者追杀查莉。

她大概能猜出七八分。记得伊恩·巴雷特-伯恩曾说斯卡瑞被他儿子杀死了，珍娜也参与了。泰斯拉觉得这个人不是斯卡瑞的儿子就是他的手下。

发短信的人想知道珍娜什么时候到。短信上没有说到哪儿。从短信的语气来看，珍娜和发短信的人不像是纯工作关系。她猜想这个人肯定是斯卡瑞的儿子。如果真是他的话，那么找出他在哪儿至关重要。

"不太简单啊。"张说。他已经捣鼓几个小时了。

视频对话框就在屏幕的右上角。

泰斯拉说："每次你都这样说，最后不都搞定了吗。"

"嗯，不过……"

"你不会告诉我发短信的人手机上没有GPS吧？"泰斯拉说

"肯定有，不过每次我锁定它的时候，它就会从伯利兹跳到日本、马里、丹麦等地。他应该是安装了什么软件，这样他的位置可以在全世界乱跳，别人无法进行定位。锁定他的传送信号也不管用。据我了解，他只发短信。如果正常发短信的话不是问题，但是他发短信的同时会遮蔽掉信息源。"

"这么说我们就没有办法锁定他的位置了？"泰斯拉问。

"我没这么说。"维基回答道。

泰斯拉看见维基似乎笑了。

"你已经有办法了？"

"我们不能跟踪他发出的短信，但可以跟踪他收到的短信。用我的电脑直接发短信给阿彻尔，我有办法让他以为是珍娜的手机发送的。这个短信会携带一个跟踪信息包，信息发过去后会立马报出位置。"

泰斯拉睁大了眼睛。"那为什么你不早给他发短信？"

"你真想让我给他发短信啊？我的意思是，我该说什么呢？"

泰斯拉笑起来，不过很快就被肩部的伤痛打断了。她告诉张该怎么说。

阿彻尔整整一天都在等萨纳姆的短信。巴基斯坦人花了这么长的时间才查出有问题，真让他失望。不过没关系，现在他们已经联系上了，见面也安排好了。

他将见面地点定在北方一个无人问津的地方，离一个破旧的印度神庙一点五英里远。

萨纳姆开车过去，他乘直升机。这样他就有足够的时间来观察见面地点周围的热量信号情况，查看是否有陷阱。

他认为萨纳姆不会耍什么花样。那个巴基斯坦人盲目地相信他们在为共同的目标而努力，不过还是要谨慎小心。父亲曾告诉他，在他们的字典里没有偏执狂的说法。

如他所料，见面地点周围一公里范围内唯一的热量信号就是萨纳姆。他按阿彻尔的要求，站在汽车旁。

阿彻尔很满意。他示意飞行员降落。

直升机刚刚着陆，飞机侧门就打开了，从里面跳出四个人——他们都是不久前开始为父亲做事的。他们每个人拿着一把小型乌兹冲锋枪，这批枪本来是要转运给斯里兰卡军队的。四个都是北印度人，但是在斯卡瑞手下做事，他们能轻而易举地伪装成穆斯林。

阿彻尔在直升机里多待了三十秒，才走下飞机。

按照指示，两个手下紧跟在他后面，另外两个人站在直升机旁边，假装掩护两侧。

当然，这只不过是场表演，他们的枪都瞄准了萨纳姆。阿彻尔想让这个巴基斯坦人见识一下自己有多强大。

"愿真主赐给你平安。"阿彻尔在离萨纳姆两英尺远的地方停下来说道。

"愿安拉也赐给你安宁。"萨纳姆回答。他的眼睛注视着阿彻尔身后那两个拿枪的人。"我对你没有威胁。"

"当然没有。我担心的不是你。不过我们是在敌人控制的领土上。如果他们知道我在这儿的话，肯定会想尽一切办法来抓我的。"

萨纳姆低下头。

"你一个人吗？"阿彻尔问。

"是，完全按照你的指示。"

"很好，"阿彻尔笑容满面地说，"我们走走？"

他们漫无目的地走着。萨纳姆走在前面，阿彻尔能看出他不愿意先开口。

"你发短信说有个问题。"阿彻尔说。

"是的。"萨纳姆回答道。

"什么问题?"

"雷管的遥控器出了问题。我们对遥控器做过测试,大坝太厚了,遥控器无法工作。"

它们无法使用就对了。不过,他却愤怒地质问:"你是说我给你们的是坏设备?"

"不,我不是这个意思。遥控器在正常环境下很好用。但是无线电信号穿不透混凝土。"

"可能是你们操作不当。"阿彻尔说。玩弄这个把他当同盟的人是种享受。

"我们按说明操作的。"

阿彻尔沉默了,假装沉思。"可能安全部门在大坝的材料中加了其他什么特别的东西。"他说,"但是我们不能错过这次机会。"

"我同意。我们希望你能及时找到可用的替代品。"

"我试试。不过雷达干扰范围太小了,我怕起不到什么作用。"

"如果不行,我们只能被迫中止了。"

阿彻尔停下来做了个样子,然后凑近巴基斯坦人。

"事实上,不完全正确。"

回住处的路上,萨纳姆一遍又一遍地揣摩阿彻尔的话。阿彻尔答应说尽其所能找到新的遥控器,但是萨纳姆知道这个可能性非常小。

最让萨纳姆感到不安的是阿彻尔建议改变计划。这可以解决遥控器的问题,但是萨纳姆希望自己能有更好的应对措施。不幸的是,他一直没想出来。

欧麦尔和另外两个手下正在里面等他。

"怎么样?"欧麦尔问。

"他正在努力帮我们寻找替代品。"

"正在努力?"欧麦尔说,"如果他找不到替代品,我们所做的全部工作就都白费了。"另外两人也随声附和。

"你想怎么样?"萨纳姆说,他本不想这么愤怒,"等着天上掉馅饼吗?"

一时间,没有人说话了。过了一会儿,欧麦尔问道:"他应该告诉你什么时候能找到替代品吧?"

"他说早上跟我们联系。"

欧麦尔点点头。"至少我们得知道能否完成这个计划。如果他没能及时找到替代品,这些炸药还可以用在别的地方。目标人物多着呢。"

"都没这个影响大。"萨纳姆说。

房间里只剩下呼吸声,每个人都知道他是对的。

深吸口气,他看着手下说:"有没有遥控器,这个计划都要如期进行。"

"你在说什么?"欧麦尔说,"没有遥控器我们怎么引爆炸药?"

"还有一个办法。"萨纳姆说。

"什么办法?"欧麦尔问道。

萨纳姆停顿了一下,希望还能想到其他方案,可惜没有。"人工引爆炸药。只要一个人就能引爆它们。"

欧麦尔盯着他。

"这是唯一的办法。"萨纳姆说。

"不是每个人都可以,"欧麦尔说,"必须是坚决不会退缩的人。我们没有一个这么让我信任的人。"

"有一个。"萨纳姆说。

萨纳姆目光落在老朋友身上,那一刻,他知道欧麦尔懂了。

"我。"欧麦尔没有用问句。

萨纳姆默不作声。

14 李·查德

笔记本电脑快没电了。怎么办？除非足够走运碰到一个傻瓜，恰好在他难看的尼龙电脑包里有乱七八糟的电源线。巴黎大学的大学生可没那么傻。诺拉和查莉只拿到了那个学生的超薄苹果笔记本，没有电源。笔记本像饿坏了一样吞噬着电力。屏幕上黑色电池图标已经变成了红色，发出电池电量低的警告，然后不停闪烁，在屏幕的右上角眨眼，正好在维基·张的头顶上。

泰斯拉跟他说，"笔记本随时会自动关机，我得去找网吧。"

张说："不行，千万别去。你在巴黎。巴黎的网吧都是跟安全部门联网的。"

"那我们怎么办？"

"嗯？去买一个充电器。"

"去哪儿买？"

"哪儿都行。"

"这是苹果电脑，不是随便一个充电器都能用。"

张不再看泰斯拉，在笔记本键盘上飞快地敲起来。不一会儿，他说："他们曾计划在卢浮宫的玻璃金字塔下面开一家苹果店，也许现在已经开始营业了。"

"好，我们去找找。"

"先别去。听我说。我有一些新发现。至少我是这么认为的。他手机定位的地点依然飘忽不定。我追踪到了克什米尔、阿根廷、新西兰和加拿大。"

"这是什么新发现?这只能说明他们的软件好着呢。"

"我不这么认为。地点每两秒换一次。就像时钟一样精确。这就是我想记录下来的东西。但是开始它在克什米尔停了三秒,不是两秒。我在想它是不是第一次定位失败了。也许这正暴露了它的真实地点。"

"很大的突破。"

"不见得。我们从另一个角度想想:写定位伪装程序的是什么人?是和我一样的人。我知道全世界所有的国家吗?不知道。我不能坐下来把所有国家的名字数一遍。我肯定记不住全部国家的名字。对我而言,克什米尔就是齐柏林飞艇乐队的歌名。"

"所以呢?"

"所以我需要一张国家名字清单。"

"应该叫图册吧。"

"印刷品?不是吧。程序员用不着印刷品,他能入侵电脑搞到清单——比如联合国,不过太没挑战性了。我想他可能开了个内部玩笑,侵入了这部手机的厂商——诺基亚——的销售系统,利用了他找到的销售国信息。知道吗?在厂商的销售国信息里,克什米尔不是国家。至少不是正式的国家。"

泰斯拉没有说话。

"就算它是个国家,我敢打赌诺基亚在那里卖得并不多。"

红色的图标还在不停闪烁。

张说:"好吧,我知道这只是猜测。不过直觉告诉我这个猜测没有错。那个软件短暂失灵了。我想克什米尔就是真实的地点。"

"我们得告诉哈罗德。"

"我没他的消息。你呢?"

"没有。"

"对了,还没说完。"

"快点儿说。"

"我还有一些程序。多半是写来玩的,不过它们之间有关联。我曾侵入联邦航空管理局的数据库。发现了一个要从华盛顿领空飞往拉合尔的飞行计划申请,这是离克什米尔地区最近的长跑道。我根据尾翼号码,查出那是一架得克萨斯州的作物喷粉机。"

"维基,说重点,好不好?没时间了。"

"好。得克萨斯州的作物喷粉机不需要飞行计划申请,它根本不可能在洲际之间飞行。所以,这一切不过是伪装。这种事我以前碰到过。其中一架空军一号准备起飞时,他们就会这么做。"

"其中一架?你是什么意思。只有一架空军一号啊。"

"不是,有三架。只有总统在飞机上的时候,它才叫空军一号,否则它只是政府的一架飞机而已。"

"那你什么意思?"

"不久,总统或某个重要的内阁成员将要到克什米尔。也就是那些坏人所在的地方……"

笔记本关机了。

直升机低飞到莫斯科城外的郊区,然后转向东面一公里外的飞机场。不是多莫杰多沃机场,而是一个私人机场。也许曾经是军用机场，不过现在成了民用机场或者军民两用机场。这个机场非常大，跑道和滑行道组成一个巨大的三角形。这里有庞大的飞机库，还有长长的底层建筑。飞机库里停满了各种型号的飞机。小型的有湾流飞机，里尔斯和格鲁门飞机；大型的有空中客车和波音客机。任何一架都不低于两千万美元。最大的一架是宽体波音777。它长二百英尺，翼尖距离长二百英尺，大概价值两亿美元。米德尔顿想，这个可能是车尔纳耶夫的。这是俄罗斯有钱人的象征。直升机径直飞向波音777。

转移很迅速。车尔纳耶夫和米德尔顿低头弯腰，从旋转的螺旋桨下面跑到登机口，匆忙从波音的前门走进机舱。里面宽阔的空间使米德尔顿想到了皮亚特尼兹卡亚大街上的那间房子。他和卡罗威一起去过，很像伦敦的布德勒俱乐部。机舱内有橡木嵌板，黑色图案的地毯，油画，空气中弥漫着真皮坐椅和古巴雪茄的味道。

"生意肯定非常好吧。"他说。

车尔纳耶夫答："马马虎虎。"

舱门关闭了，房间内安静下来，只有空气的嘶嘶声和引擎转动的声音。客舱的广播中传来飞行员一连串的声音，他的每一句话都是先用俄语说一遍，然后再用英语说一遍，用的都是国际航空通用语言。飞机会立刻起飞。米德尔顿想，没有人会让车尔纳耶夫等待的。引擎声变大，飞机开向了滑行道，然后一刻都不停顿地转向了跑道。飞机开始加速，他们系紧安全带，可容纳三百人的飞机起飞了，上面仅有他们两个人。

车尔纳耶夫说："旅途愉快，哈里。"

米德尔顿也想享受旅途时光，可是偏偏有两样东西扰乱了这位音乐学者的安宁：第一，这些油画不对劲。这些油画是雷诺阿的作品。

油画非常美，色彩丰富鲜艳，画技精湛，每张大概都值三千万美元。但是它们和环境不相宜。在雷诺阿拿起画笔之前，伦敦俱乐部的艺术曾一度很死板。庚斯博罗、斯塔布斯或者康斯特布尔的作品更真实。

第二机舱内的情形让他想起了皮亚特尼兹卡亚大街上的俱乐部。他至今无法相信那天他扣动西格手枪的扳机后，枪竟然没有反应。他被欺骗了。那一天差一点儿就成了他的世界末日。但是，那本应该是车尔纳耶夫之流的末日啊。

米德尔顿说："有个叫沃洛佳的人，是你的人吗？"

"我的人？"车尔纳耶夫说，"我不贩卖人口。"

"他在老阿尔巴特街一个古董店里贩卖枪支。就在普拉加酒店对面。在新莫斯科，这样的人肯定背后有人。应该是你。"

"我认识他。我只承认这么多。他得罪你了吗？"

"他以两千美元的价格卖给我一把西格P229手枪。我又花了五百美元买了些弹药。但是那把枪不能用。"

"这可不好。"

"可恶，相当不好。做生意要讲诚信，不然最终吃亏的还是你。说不准哪一天，你就只能坐得起老湾流飞机了。"

"我道歉。我会补偿你的。完成任务后，我会给你一把好的西格。"

"我不要西格，我更喜欢伯莱塔。"

"美国大兵都这样。不过你得让我送你点儿什么吧。"

米德尔顿笑了笑。"那里有一家卖俄罗斯套娃的店，套娃上画着国外领导人的脸。我女儿肯定会喜欢的。"

"套娃？它们只是表现了一种扭曲的幽默。你知道俄罗斯人有多疯狂。假设我们的领导人里面还有别的领导人，别的领导人里面还有别的人，你猜他们到最后一个会是谁？"

"我不知道。"米德尔顿回答。

偷来的电脑还有一个问题：一般人丢了东西都想找回来，那个巴黎大学的学生肯定也不例外。倒不是因为电脑有多值钱，而是电脑里面那些文件是无价之宝。里面有他写的诗、剧本，和小说的开头。说不定，未来的某天，他能凭这些作品得到龚古尔文学奖[①]呢。此外，还有一些学期试卷。和其他人一样，他很少做备份。

他带着目击者到警察局报案。其实，没有人真的看清楚谁偷了电脑。不过他的三个朋友想到了两个美国女人。警察并不十分感兴趣。巴黎到处都有更大的麻烦事——穆斯林骚乱，恐怖袭击，抢劫，吸毒。这时，一个目击者说那个美国人脸色苍白，走起路来跌跌撞撞的，看起来很痛苦，她的衬衫上有些斑点，好像是血迹。

可能是枪伤，在巴黎枪支还是很少见的，而且恰好最近刚发现两名被枪杀的受害者。

警察也不傻。他们明白笔记本迟早会没电的，到时就成了废物一个。还有一种可能，苹果电脑毕竟是很多人的心头好，值得拥有。也许那两个小偷会去买个充电器。为此，他们锁定了巴黎几家商店。把这几个地方全找出来很容易，总有年轻的警员乐意去排查。如果他们厌烦了那些闪亮的玩具，还可以欣赏来观光的女孩们。

[①]法国最重要的文学奖，由十九世纪法国作家爱德蒙·德·龚古尔和弟弟儒勒·德·龚古尔设立。这两位作家对法国自然主义小说、社会史和艺术评论都有较大的贡献。他们死后，依照他们的遗嘱，全部财产被用来设立一个龚古尔学会，由十位委员负责，每年从当年发表的小说中评选出最佳新人作品，授予龚古尔奖。

阿彻尔又看了一遍查莉·米德尔顿的照片。他爱死这张照片了，因为他喜欢人死，更因为这是珍娜发给他的。它就像是一封情书。照片中的女孩穿着染满鲜血的衬衫，扭曲地倒在地上。相片并不很清晰，但是已经够好，够有趣了。

好到让他有一丁点不安。

疑点有两个。第一是女孩的姿势。他见过很多死人，最近也见过不少。每一具尸体都很呆滞了无生气。他在查莉·米德尔顿的尸体上似乎捕捉不到这种感觉。另外，衬衫上的血迹并不像是真正的血液留下的。而且衣服不像是她死时穿着的，更像是扔到她身上的，或者后来穿上的。

不对劲。

照片上还有一张明显是从垃圾筐里掉出来的纸。潦草的绿色手写字迹，但看起来没什么明确的意思。也许是密码或者是外语字母，可能是斯拉夫字母，或者是外语字母和数字的组合。他盯了很长时间。

然后他把手机掉转了方向。

绿灯侠　疏散

他立刻想起了哈里斯。此时，他真希望当时没有杀掉他。哈里斯喜欢看漫画，这也是一个让他成为无用废物的原因。不过他可能明白这个东西的意思。

阿彻尔给珍娜发了条短信："马上打给我。"

诺拉和查莉刚走进圣日耳曼大道上的苹果电脑销售店，她口袋中珍娜的手机响了。罗浮宫玻璃金字塔下面的苹果电脑店并没有按计划开张，还在建设中。官僚主义，老欧洲。圣日耳曼大道上的这家店是法国电信手机店的一个店员推荐给她们的。法国电信是法国主要的电信运营商,独揽了新版 iPhone 在法国的销售。苹果手机的电源可以在 iPod 上用,但是不能用于苹果电脑。所以她们叫了辆出租车,在一长串时尚精品店中间寻找着。

商店的拐角处有两个人在闲逛。泰斯拉立刻注意到他们不寻常。她想:警察。珍娜的手机就是在这时响了,她决定先不看。她看到那两个警察正在盯着她,盯着她的脸,她的衬衫和她笨拙的姿势。

她叫道:"查莉?"

"什么事?"

"快跑。"

"什么?"

"快!"

波音飞机在三万八千英尺的高空平稳飞行。米德尔顿喝完他的苏打水,说:"水坝是个大事件。"

车尔纳耶夫说:"跟我说说水坝的事。大部分混凝土的钱是我出的。"

"水坝太大了,无法被炸毁。这个问题被研究过很多次了,从防御和进攻的角度都研究过。"

"我知道。所以任何万能牌到这里都不再万能,而且很可能是愚蠢。"

"那么还有什么可担心的?"

"水坝会幸存下来,这点毫无疑问。但是我们不能保证你们的国务卿也能幸存下来。"

"如果她死了,将会引发一场世界大战。"

车尔纳耶夫说:"我不想那样。"

"你只想要局部战争?"

"先说重点,哈里。"

泰斯拉肩膀上有伤,跑不快,她让查莉先跑出街道。诺拉躲在门口,从口袋里掏出珍娜的手机,朝警察砸去。手机击中了第一个跑过来的警察,他转身躲开时撞碎了展示柜的玻璃,展示柜里面的小工艺品被撞飞到地上。第二个警察被绊到,侧身躲开。泰斯拉领先警察两码跑到人行道上。

泰斯拉突然径直穿过马路上的车流,慌张但很聪明。她在急刹车与喇叭声中紧跟上查莉。

她们接着跑起来。

不知道要往哪儿去。她们在小巷里漫无目的地左拐右拐,在人群中横冲直撞地穿行。每走一步都给诺拉带来极大的痛苦,甚至与路人不经意的碰触都几乎要了她的命。但是肾上腺素支撑着她继续跑下去。

一直跑着,但速度不够快。

警察在自己的城市里,街道就像熟记于心的地图一样了然,而且他们还有对讲机。可对泰斯拉和查莉来说,这些街道就像一个迷宫。大街小巷有许多出口,但出口有可能被堵上了。到处都有警笛声、脚步声、哨子声,还有嘈杂的无线电对话声。泰斯拉和查莉不得不停下来四处张望,避免走回头路。有两次,身后的街道被封死了,她们钻进商店,从后门闯出去。一次,一个警察把手放到了查莉的袖子上,她急忙转身拽过衣服逃掉了。

最终,泰斯拉的疼痛救了她们。她们不再奔跑。这有悖常理,不过在一个手机游戏"逃亡者"中却是上策。追的人在只会注意快速移动的人。静静地坐着的人不会引起他们的注意。

她们拖拽着身体进入一个裁缝店里,跌坐到沙发上,几乎快喘不过气来了。几秒后,一小队警察从店门口跑过去,他们看都没看一眼店里的情况。脖子上围着卷尺的裁缝走到她们面前。

查莉说:"我们在等我爸爸。"

裁缝走开了。

查莉低声问道:"现在怎么办?"

泰斯拉说:"去飞机场。"

"但是我们的东西还在旅馆里。"

"护照呢?"

"在这里。"

"东西先别管了。我们必须走了。"

"去哪儿?"

"联系不上维基和哈里,现在只好自己做决定了。"

"去哪儿呢?"

"克什米尔。"

虽然在三万八千英尺的高空,米德尔顿还是看到右前方有数座山峰,它们几乎和飞机在同一平行线上。也许是距离引起的视觉差,看起来在数百英里以外,但是它们的海拔是不会错的。连绵的山峰被白雪和冰块覆盖着,参差不齐,庄严肃穆。云层在半山腰环绕。

没错。

非常有名。

喜马拉雅山脉。

但是,在他们右面?

米德尔顿问道:"我们到底要去哪儿?"

车尔纳耶夫回答说,"你认为最里面的套娃上画的是谁?你认为我们本质上是在为谁卖命?"

就在这时,两架喷气战斗机飞过来,一架在左舷,一架在右舷。两架战斗机缓慢、平稳而又充满敬意地飞着。毫无威胁。护航。为了安全起见,战斗机机身上画着柔和的伪装图案。机身尾部,红色五角星熠熠生辉。

米德尔顿说:"中国?"

15 乔恩·兰德

米德尔顿靠山来辨别方向。但是好景不长，天空吞没了它们，飞机也消失于云层之中。接下来的片刻沉默里，米德尔顿觉得飞机在急速下降。不久，云开峰显，下面飞机跑道依稀可见。

"飞机要降落了。"

车尔纳耶夫微微一笑，没有作声。米德尔顿这才明白飞机飞行的高度影响了他本来就受损的听力。声音听起来像是别人的，但他希望自己说中了。米德尔顿曾去过无数的秘密机场，但眼前这个相当与众不同。太过荒凉，无法作为军用飞机场；太过偏僻，也无法作为民用飞机场。四周没有明显的着陆灯，他注意到跑道两侧有几块褪色"补丁"。经验告诉他，"补丁"很可能含有高性能卤素，黑暗中可以被接近该地的特定飞机信号激活。激活后伪装退去，灯光才会亮起来。

看来，有人想尽招数要隐藏这儿的真相。

机场没有任何建筑物。没有飞机库，没有灯塔，没有仓库或者加油设施——什么都没有。也不尽然，米德尔顿心想。起落架越来越低，他看到跑道尽头足球场大小的停机坪上还有一架喷气机。

车尔纳耶夫的飞机缓缓着陆，并向那架 767 喷气机滑行。两架护航飞机的声音渐渐远去。

"走吧。"飞机停稳后，车尔纳耶夫向他示意。

米德尔顿起身时意识到忘记解开安全带了。他走到车尔纳耶夫身边。

"我们这是在哪儿？"米德尔顿问道。

"在我们需要在的地方。在世界需要我们在的地方。"车尔纳耶夫停了下来，几乎悲伤地微笑着说，"同志，你想要答案吗？马上你就知道了。不过，我怀疑你可能会后悔提出这个问题。"

下了飞机，寒气逼人。西边便是积雪覆盖的山峰，峰顶穿过云层，直刺长空。米德尔顿以前也受过冻，然而这次的冷却让他感到陌生和不安，内心深处满是焦虑与期待。

他们刚刚走近767喷气机的登机梯道，飞机舱门便打开了，两个中国武装士兵站在门口。车尔纳耶夫领着米德尔顿登上飞机。两个士兵看到车尔纳耶夫，立正敬礼。米德尔顿没有享受到这一待遇。车尔纳耶夫回礼后，掀开门帘走进一间宏伟的图书馆。房间里铺着木地板，摆放着皮革家具，空气中弥漫着皮革的味道。米德尔顿迷惑不解，如坠云雾。他告诉自己是在飞机上，但是始终觉得是梦境。

他看到一个身穿制服的中国男人从皮椅上站起来，大步走过摆满书籍的华丽书架，架上的书全部包了整齐的皮革书皮。他又高又瘦，头发乌黑发亮，只是两鬓斑白。这个男人走到车尔纳耶夫跟前，张开双臂，冲他咧嘴笑着。两人拥抱过后，彼此鞠了个躬，然后他的目光才落到米德尔顿身上。

"这就是那位美国人吧。"他伸出手，"久仰大名，米德尔顿先生，今日难得一见。"

"你是——"

"——哪位？我名字很多。今天先叫我臧将军吧。"

"他就是中国政府中的'我'。"车尔纳耶夫说道。

"你是指军事上……"。

"一回事儿,"臧将军说,"我也退休了。"

"可以这么说吧。"车尔纳耶夫说。

臧将军又转身对米德尔顿说:"我们是保护者。"

"保护什么的?"

臧将军耸耸肩。"你觉得是什么就是什么吧。如今,我们国家已经不像以前那样封闭和孤立了。你应该知道蝴蝶效应,对吧?"

"一只蝴蝶在波士顿扇动翅膀——"

"就会在中国引发一场季风。"臧将军打断他,又自说自话起来,"尤其适合这次的情况。我的俄国朋友和我都喜欢把自己看成国与国之间相互依赖关系的保护者。曾经有段时间,我们看待西方时多是希望它瓦解,陷入足以致其毁灭的混乱。而现在,我们最担心的就是这种混乱,并竭力避免它。"

"就是因为相互依赖的缘故。"

车尔纳耶夫说:"上校,我与水坝之间确实存在经济利益。但是,钱不是最主要的。"他从夹克口袋里掏出两根雪茄递给臧。"古巴产的,"他声明,"至少我们的品味还不错。"

"米德尔顿先生,"臧品着雪茄说,"你和志愿者们对付的敌人正是我们现在对付的人。"

"只是你没认识到。"车尔纳耶夫加了一句。

"你一直为正义而战。也许这样说不准确,但意思差不多。你已经看到了,世界越来越危险了。"

"因为蝴蝶效应。"米德尔顿插了句。

"正是。我们小时候,想要知道一个人是不是敌人,看看他的制服就行了。现在呢，大家都穿着同样的制服，也就是西装。这样，我们很难识别出谁是敌人，可敌人很容易打入我们内部，破坏我们一直努力维护的秩序。"

"这和——"

"——你，你的追求，你女儿……"

"我女儿？"

"我们的新敌人不按我们的套路出牌。他们什么套路都不按。家人是对抗性游戏的最好筹码。很残酷，很无情，真让人作呕。"臧将雪茄点着，吸了一口，享受极了，"米德尔顿先生，你现在是在我家。我和车尔纳耶夫同志从来不在一个地方久留，不然敌人就会找上门。中国各地加起来有五十家这样的机场，我每到一个机场，最多待一晚上。"

看到臧，米德尔顿想起以前认识的一个人。两人有着同样自信灿烂的笑容和眼睛，不过那个人没有白发，更矮，更瘦，也更热情。

"我觉得我见过你，"他说，"在——"

"——中国情报局——"

"特务。"米德尔顿打断了臧的话。

臧站在一臂之遥的地方，拿着雪茄愣住了。"噢。也许我们有过交集。"

"不是和你，而是你父亲。朝鲜战争后，他是被指控潜入美国的特务之一。"

"不单单是之一。他是领导人。"

"听起来，你很为他感到骄傲。"

"我为他的贡献，也为我们的历史而骄傲。早在公元前五五〇年，特务就出现了。"

"我听说,特务组织有自己的秘密语言,所以别人没法儿混进去。"

臧说了几个米德尔顿和车尔纳耶夫都听不懂中国词语。"但是,现在,"他又用英语说,"我发现我们的敌人和任务不同了。"

"斯卡瑞?"

"斯卡瑞只是混乱的一小部分,虽然小却非常危险,他会对这个本来摇摇欲坠、互相依赖的世界造成无法估量的伤害。"

臧深吸了一口雪茄。"也就是说,几个小时后蝴蝶就会落在巴格利哈水坝。美元和欧元累积出的新世界,本来就岌岌可危。如果我们不去赶走它,新世界就会轰然倒塌。"

"印度和巴基斯坦之间会爆发战争。"

"对极了。"

"不对,"米德尔顿不同意,"我们都知道斯卡瑞的炸弹不可能炸毁水坝,即便他们想暗杀国务卿……"

看到臧脸上的试探神情,他知道自己错过了迷局的重要环节,便不再说话。

"到那儿去的不是国务卿。"这个中国男人说。

在飞往克什米尔的飞机上,泰斯拉坐在查莉·米德尔顿旁边。座位空间本来就狭窄,加上她们在巴黎奥利机场大厅里的"变身"道具,就更拥挤了。泰斯拉担心法国当局会找她们,另外也担心阿彻尔·斯卡瑞的人可能会发觉珍娜手机的异常。所以,她将查莉化装成了老太太。"变身"需要的化妆品、衣服等,都是从航站楼里面的商店精挑细选的,而"变身"这个动作是在洗手间里的残疾人专用隔间完成的。事实证明,从航空公司借到轮椅不算难事。泰斯拉打电话订的机票,避免引起现场售票员的怀疑。

法国当局高度警惕符合查莉和泰斯拉形象特征的人,对坐在轮椅上、下巴抵着前胸打盹的老太太和推着轮椅的女儿应该会视而不见。相比之下,斯卡瑞的人更精明狡猾,但是短时间内他们不可能调集到人员。为了彻底摆脱跟踪,泰斯拉把珍娜的手机①放进一位纽约乘客的登机行李中,让那帮人满世界去定位追查吧。

看到查莉盯着自己,泰斯拉露出让人安心的笑容。"很快就能见到你父亲了。"

"那也不代表我们从此就安全了。"

"你可能还不了解你父亲。"

"你说得没错。我什么都不了解。"

查莉脸上的妆已经花了,脸颊上留着泪痕。泰斯拉因路途劳顿小睡的时候,她肯定哭过了。

她没有反驳。"是的,查莉。一旦走上这条路,就很难再回头了。"

"你是怎么习惯的?"

"很简单,不习惯会更糟。"

"不惜一切。"查莉摇着头,喃喃自语。

"如果我们输了,一切就都没了。赌注很高。已经有很多人死去了,如果不去克什米尔阻止斯卡瑞的人,还会死更多人。"

查莉抽噎着说:"我想回家。"

"不安全,查莉。"

"以后会安全吗?"

"可能不会。"

---

① 此处和上一章手机砸中警察有矛盾。原文即如此,可能是接龙写作中出现的漏洞。

查莉靠在椅背上，深吸一口气。"谢谢你告诉我真相。"

泰斯拉握住查莉放在扶手上的手。"真相终归是我们的全部。"

"这是唯一的办法。"

"不是每个人都可以。必须是坚决不会退缩的人。我们没有一个这么让我信任的人。"

"有一个。"

"我。"

阿彻尔站在那里望着眼前已经竣工的水坝，脑海中回荡着欧麦尔和萨纳姆的谈话。两个傻瓜，轻易就成了他的棋子。放置雷管炸药的差事派给他们正好。这个圣战者运动的分支有五十个忠心耿耿的士兵，不久都会成为炮灰。

阿彻尔和他的同伙已经将这五十个人化装成了记者。接下来，阿彻尔会给他们配备相机和摄像机，以便他们顺利通过任何安检，甚至骗过美国特勤局。

阿彻尔直勾勾地盯着水坝，眼前这座建筑的安全装置远比他预想的要好。他颇为忧虑，因为他必须做出妥协，从而违背了自己的梦想和天命。

父亲，你这个傻瓜。你真该把整个计划留给我。

他知道斯卡瑞死后依然受到别人的尊敬，别人称赞他的儿子，甚至超过了他。但是，如果计划失败，一切都会付诸东流。他的梦想，他父亲的梦想会在这里破碎，地狱之火也无法将整个世界吞没。新的世界会依阿彻尔和他同伴的想象而建立，这也是他父亲的先见。

就在这里。几个小时后，便见分晓。

"朋友，你别走来走去，再走也不会早到。"车尔纳耶夫告诉米德尔顿，他们乘坐的波音飞机离开臧将军的飞机场，直刺长空，飞往克什米尔。

米德尔顿停下来。"我们不能让它发生。"

"当然不能。我的人、美国保安部队和印度保安都会在那里。斯卡瑞的人会被拦住的。"

米德尔顿挪到车尔纳耶夫旁边，瞪着他。"还不够。我们说的可是美国总统啊。国务卿是一回事，可是这……"

"我承认没想到这么复杂。"

"没想到这么复杂？这就是你所能做的吗？"

"我的话还没说完，同志。没想到那么复杂，所以我们不能分心，一定要彻底铲除斯卡瑞。"

"斯卡瑞死了。"

"他的事业和计划没死。我们发现这次行动的领导者是他的继承人，我们必须连根铲除。"

"不值得冒险。"

"说得好像我们还有别的选择一样。总统要秘密来访。就连他最信任的顾问都以为他感冒了，一直待在白宫呢。他要来水坝发表声明，我们挡不住他。他知道有危险，却执意要来。"

米德尔顿心快跳出来了。"来面对生命的威胁。那些炸弹……"

"炸不掉水坝。我们现在知道了。记住，我们甚至不能确定阿彻尔会不会在场。"

"那样我们肯定是漏掉了什么。我们从一开始就漏掉了很多。"米德尔顿想了片刻,"斯卡瑞的儿子不会在场的。"

"那你的意思是?"

"斯卡瑞的一切计划都是围绕着国务卿来制定的。那样保安要少些。现在的情况与他们的计划不同。"

"我没听明白,同志。"

"臧已经代表你说出来了:混乱。这正是阿彻尔的想法。在印度和巴基斯坦引发核战争。你知道这意味着什么。"

"我读过相同的研究资料,"车尔纳耶夫附和米德尔顿,"世界经济会崩溃。接下来会有十几年的经济大萧条。这还只是开始。"

"这是之前可能会有的计划。现在,总统来了……"

"如果避免不了,那么很可能。"

"正是,"米德尔顿说,"巴基斯坦武装分子会因这次袭击受到指责。美国的回应将是……上帝啊,我找不到合适的词儿。"

"很显然。巴基斯坦会报复印度,毁掉我们的代理人。"

"核战争,"米德尔顿说,"世界将一片混乱。"

"除非我们能阻止他们。"车尔纳耶夫说。

泰斯拉推着坐在轮椅上的查莉穿过斯利那加机场。机场所在的城市坐落在海拔一英里的克什米尔山谷的中心地带,是查谟和克什米尔的夏季首府。泰斯拉知道,内陆和低洼的水道使这里成为巴格利哈水坝的不二选地。

机场很小,安检没那么严格。但是,航站楼里面和外面的柏油路上随处可见印度士兵和地方警员。

"怎么了?"为了不引起注意,查莉还坐在轮椅上。

"你看!"泰斯拉指着欢迎访客参加水坝竣工仪式的展板。她倒抽一口气,紧紧抓住查莉的胳膊。"查莉!"

展板下方写着水坝的一些信息——规模、电力输出和宣传,其中提到水坝附近的居民已经迁移到了一个美丽新村镇,人们亲切地称它为"神秘村"。

"巴兰邮件中的警告!这里肯定要发生什么事。"她到电话亭买了一部预付费手机。手机激活后,她拨了米德尔顿所有的电话号码——甚至固定电话——发了信息和邮件。

做完这些后,她将手机放在一边,推着查莉朝门口走去。"等你父亲找到手机或者电脑,他就会知道我们在哪儿和为什么了。"

"如果他还活着。"查莉轻声低语。

"别胡说,"泰斯拉不失温和,"他好好的。我知道。他说不定就在这里呢,如果他听说了神秘村的话。"

"你们是两个傻子。"

"什么?"

查莉仰起头,迎着泰斯拉的注视。"如果不能享受这个世界,为什么还要救它?"

"查莉,请别……"

"我要说,不管你们两个人共同的理想是什么,我想让你知道我都可以接受。我真不确定你是不是有更好的说法来定义你们做的事。但是,为了你们自己,最好想清楚。"

"谢谢。"

门自动机械地开了,泰斯拉推着查莉来到外面。热气扑面迎来,简直像个大熔炉。她脸上的妆已经花成了万圣节面具。她把轮椅推到路边，准备找辆出租车。

刚伸出手，一辆满是灰尘的白色汽车尖叫着超过另外一辆出租车，冲了过来。两个司机用印度语唇枪舌剑了几个回合。白车赢了，停到两个女人面前。泰斯连忙帮查莉从轮椅上站起来，扶她坐到后座上，然后将航空公司的轮椅丢在路边，绕了一圈坐在副驾驶座上。

"去哪儿？"戴着头巾的司机用蹩脚的英语问。他脸上皱纹很多，抬眼瞥了瞥后视镜。

"巴格利哈水坝。"泰斯拉说。

阿彻尔还没有联系到珍娜，担心她出了意外，后来手下说她在去美国的路上——至少她的手机是这样。他不知道这算不算惩罚，杀了父亲以后，他感觉自己被判处孤立，从此与爱和浪漫无缘。不要紧，他还年轻，还有足够长的时间享受劳动的果实，水坝这边的工作马上就要画上句号了。

哈罗德·米德尔顿上校的女儿肯定已经死了，可是想到她，阿彻尔又为没有珍娜的消息而苦恼。如果夏洛特·米德尔顿还活着，那么女志愿者泰斯拉就还活着。还好，他早有防备，这是从父亲斯卡瑞那里继承的另外一笔遗产。

恰好在这个时候，阿彻尔的扰频手机响了，他派到克什米尔的人发来了短信。

任务完成

米德尔顿站在安全隔离区，仰望天空，等待总统的到来。巴格利哈水坝雄伟壮观，只有远在美国内华达的胡佛水坝可以在规模上与它媲美。两座水坝都建在荒野中：胡佛水坝建在不毛之地，巴格利哈水坝建在无人居住的乡下。米德尔顿看得出来，即便少用一半的混凝土，除了核弹，包括温压炸弹在内的一切炸弹都不能将水坝炸毁。而且，无论怎么样，也危及不到总统将要发表演说的地方：一个为欣赏杰纳布河美景而建立的圆形剧场，几百万吨的钢筋混凝土让它坚不可摧。

迪弗拉斯·斯卡瑞发给巴兰的邮件到底是什么意思？

你还记得我跟你说过的"神秘村"计划吗？这个计划必须在我们行动前落实。我们只有几周的时间了。

米德尔顿盯着水坝想：难怪巴基斯坦一直向联合国抗议。水坝建成后，灌溉会受到影响，巴基斯坦的农业就会陷入危机，尤其是旱年。到时候，巴基斯坦的人民就会没粮食吃，必然要回击。米德尔顿不知道这是不是计划的初衷。

"同志，你得看看这个。"车尔纳耶夫突然出现，手里拿着他的黑莓，"照片上的人叫欧麦尔，斯卡瑞和阿彻尔的副手，阿彻尔给他搞到了炸弹。臧将军的情报显示，他就是要引爆炸弹的人。"

"说不通。"

"什么？"

"他们为什么费这么大的劲，将炸弹安置在不可能被炸毁水坝的地方？"

车尔纳耶夫耸耸肩。"可能是示威吧，接下来还有更糟糕的。"

"不是，炸弹一开始就是用来暗杀国务卿的。现在则是总统。这就是我们面对的问题。"

"一旦我的人找到阿彻尔的人,事情就会发生改变。如果我们够幸运能找到阿彻尔……"

米德尔顿微微转身,看到人潮涌向露天剧场。竣工仪式开始后,美国总统会在那里为水坝命名。

"有进展吗?"

车尔纳耶夫又耸耸肩。"人山人海,同志。但是我的人也不是吃素的,知道怎么找到他们。"

"蓝色观察的人吗?"

"对。相信我,上校,为了胜任这种工作,他们受过专门训练。"

"这种工作?"

"近距离终止。"

"就像把放射性子弹打在背叛者的腿上?"

车尔纳耶夫笑着眨眨眼。"同志,你怎么会想到那个?"

远空传来直升机的声音,两人同时朝天上望去。

米德尔顿感觉得到身边的俄罗斯人紧张地挺起腰板。

总统来了。

"只能开到这儿了。"

"没关系,"泰斯拉告诉司机,"我们自己想办法。"

司机看了一眼行动不便的查莉,接着说:"离竣工仪式舞台很近很近的地方有个VIP事务区。也许你们有媒体或者政府的证件……"

"我有。"泰斯拉谎称,递给他五十美元。

他说:"那我就尽量把你们带到近一点的地方。"

司机右转,驱车直下,来到一条被隔离起来的平坦小路上。三个印度特警示意司机停车。一个特警朝司机门走过来,另外两个站在车前未动。

泰斯拉转向查莉,想说几句让她安心的话,听到前排突然有动静,泰斯拉又转过头。司机的手没握着方向盘,而是握着两把无声手枪。她还没来得及反应,司机已经把手伸出窗户,朝三个警察连开几枪。枪法神乎其神。如果没有练过绝对做不到。没有人围过来看热闹。

泰斯拉倒吸一口气。她本能地去保护查莉。没有枪,她能做的只有这么多。

泰斯拉眼睛的余光看到树丛里溜出一个人,显然他躲在哪里一直等着。他穿着当地人的衣服,胡子很长,快步走到司机旁的窗户前,用印度语和司机说了几句话,然后转向泰斯拉和查莉。

"现在,跟我来。"他还说了些什么,但是总统直升机和两架护航武装直升机的轰鸣声掩盖了他的声音。

哔哔,哔哔。阿彻尔的手机响了,他举起手机,背着光打开欧麦尔发来的短信。

就位。准备就绪。

手机屏幕暗了,阿彻尔没回复,没必要回。他看着直升机降落在为典礼临时修建的停机坪上。两架武装直升机还在空中盘旋,螺旋桨搅动着无数的尘埃和碎片。

阿彻尔默想,如果今天风大,直升机无法降落,那么他所有的计划就全泡汤了。看来命运对他格外垂青。他似乎看到父亲就在旁边,赞许地望着他。父亲肯定明白自己必须死，这样才能成全阿彻尔的伟大使命。

米德尔顿听到印度内阁部长说完自己的开场白后接着说："女士们，先生们，在这个欢乐的日子里，我很荣幸地向大家介绍美国总统。"

总统先生走上台，台下人群中爆发出惊地动地的掌声。米德尔顿没有看到这一幕，他和车尔纳耶夫正在寻找欧麦尔和阿彻尔的手下。茫茫人海，找人如大海捞针。等到总统先生开始朗读早就准备好的演说词，米德尔顿从人群中挤过去，前往被绳子拦起来的媒体区。相机咔嚓咔嚓——有的内光灯有巴掌么大——记录着总统的一举一动，一言一行。

如果是我，会怎么做？

米德尔顿试着把自己放在阿彻尔的位置上。他设法搞到手的燃料空气炸弹不是用来炸毁水坝的——这一点很明显。那么他将炸弹安置在哪儿了呢？台阶和圆形剧场平台被反复检查过，什么炸弹都不可能有。也就是说……也就是说……

起初，炸弹并不在这儿。阿彻尔炮制了一个方案，等总统开始发言，再通过其他方法将炸弹运过来。

"今天，我作为印度最坚定的，也是最重要的盟友站在这里，和大家一起迎接能源独立的新纪元……"

米德尔顿看着远在高空的武装直升机，即便它们爆炸了，也不会伤害到总统。那么炸弹放在哪里了？

五十个人，如果我有五十个人，我会怎么办呢？将燃料空气炸弹分成一个个自杀炸弹是一种可能，但是每个进来的人都接受了探测器的检测。那么会是在哪儿呢？

五十个人……

"没找到。"米德尔顿的隐形耳机中又传来车尔纳耶夫的声音。

"现在不用破坏环境和浪费资源，成千上万的印度人拥有了光和电。水坝的建成为使用为风、水和太阳能技术的开发提供了榜样……"

"我们不应该让这种情况继续下去。"米德尔顿对车尔纳耶夫说，两人都被推来搡去。总统的某句话突然又戳中了观众的兴奋点。

"我们有什么办法呢？"车尔纳耶夫反问，"谁会听我们的？我们得找到这个欧麦尔，阻止这一切。"

"最好能找到。"米德尔顿说。

欧麦尔悄悄地挤到前排，小心不引起别人的注意。他本来不必离得这样近引爆自己，但是他向同伴们承诺会和大家一起完成光荣的使命，而且第一个到天堂迎接他们。做个牺牲者并不难，之前做过的任何事都比不上今天。他渴望分享这份荣耀，然后被奉为英雄，尽管知道他这个角色的圈子很小。

他的同伴们与他有着同样的勇气和雄心，每个人都清楚自己就是为今天而生的。每个人都睁大眼，准备好为全能的神献身。欧麦尔异常平静，他知道自己是这神圣时刻的主人，口袋里的雷管掌控一切。扭转开关，按下按钮，瞬间地覆天翻。

欧麦尔祈祷自己能在天堂看到爆炸后的场景。

"让我们不要做过去的囚犯。让我们大胆地拥抱光明的未来吧。

恐惧和迟疑已经消失……"

"你逃不掉的。"泰斯拉虚弱地对阿彻尔说。

贵宾区的私人隔间里,阿彻尔看上去非常自信,无论做了什么,他觉得自己都可以从容脱身。

"我父亲想让米德尔顿死在这儿,"他说,"但我更喜欢让他亲眼看到我杀死他女儿。让他活在痛苦中岂不更好。"

"就算到天涯海角,他也不会放过你的。"

阿彻尔露出一个诱惑的笑容,他很少这样笑。"如果他还活着。不过可能性不大。如果他活下来,尽管来追我。他的个人仇恨会让他继续失败。过完今天,世界会变成另外一个样子。"

泰斯拉思考片刻。"真是你杀了你父亲?"

阿彻尔僵住了,没有回答。

"不说话就是默认了。有人会说这是终极背叛。"

"年龄背叛了他,"阿彻尔朝她吼道,"弱点背叛了他。他游戏玩儿得太久了。"

"对你来说就是这样吗?"

"过去我父亲也觉得是这样。不过,他不再关心输赢了。"

"你刚刚回答了我的问题。"泰斯拉说,"这是你一个人的计划。你父亲拒绝和你一起执行。他改变主意了,所以你才杀了他。"

阿彻尔没有否定。"我们对这个世界的看法不同。"

米德尔顿脖子里挂着的安全证晃晃荡荡。他挤到了前排,瞥到一个人站在边上。第一眼时,他没太在意,那个人闭着眼睛像是在睡觉,或者祈祷。瞥第二眼的时候,他认出这个人就是车尔纳耶夫给他看的照片上的人。

欧麦尔。

就在此时,一个记者挤到前排,朝通道走去,脸上汗水直流。安全人员朝他走过去,米德尔顿看到他从脖子上扯下相机带子,扔到一边。

米德尔顿转向欧麦尔。他的眼睛突然睁开,手伸进口袋。

此时,一切都变得明朗。五十个士兵,燃料空气炸弹,丢掉的相机……

阿彻尔的人化装成了记者,炸弹就放在尼康和佳能相机,以及摄像机里。

设备是改装过的,放了铅屏蔽,这样检测设备就无法检测出里面的炸弹。再者,燃料空气炸弹是新型炸弹,可能信号还没有被编码和识别。

米德尔顿走向欧麦尔,希望刚刚没和车尔纳耶夫分开。

"我找到他了。"他轻声对着微型手持麦克风说,这是车尔纳耶夫给他配备的,"前排,面朝东南。"

米德尔顿看到欧麦尔双手捏着一枚小雷管,做出祈祷的姿势,再次闭上眼睛。米德尔顿伸手去摸车尔纳耶夫给他的伯莱塔手枪,但是不敢开火。哪怕一枪打在头上击毙他,他抽搐一下也可能会引爆炸弹。米德尔顿必须靠近他,才能赢得这场战斗。

记者团突发骚乱,阿彻尔的目光从眼前这两个俘虏身上移开。他看到米德尔顿正朝着通道挤去。

"不!"阿彻尔发出刺耳的尖叫。他的声音慢慢变得嘶哑,像个被宠坏了的小孩。"不!"

阿彻尔歇斯底里地抄起木锯抡在泰斯拉的脖子上,若不是她及时扭头,这一下几乎要将她的气管打破了。泰斯拉软骨粉碎,瞬间倒地。

泰斯拉气若游丝,她看到阿彻尔拽着查莉走向人群。

趁欧麦尔全神贯注地祈祷着,米德尔顿从侧面袭击,用尽全力将他的手指往后掰。疼痛让欧麦尔从美梦中醒来,无比愤怒地瞪着米德尔顿。骚乱像多米诺骨牌,人流一层层拥上前,特勤局的工作人员暴风雨般窜到台上,紧紧围住总统。

混乱。

这个词正在米德尔顿身边上演,并深深刻在他脑海中。米德尔顿抬起胳膊肘,猛戳欧麦尔的脸,打烂了他的鼻子,捣碎了他的门牙。有个东西掉到了水泥地上,欧麦尔立即蹲下去找,米德尔顿料定是雷管,也蹲下来,在东奔西跑的脚步间摸索。如果有人无意踩到雷管的按钮⋯⋯

他瞥了一眼台上,特勤局的人正在护送总统离开,但是还没有脱离五十个燃料空气炸弹的爆炸范围。人群中,有人膝盖碰到了米德尔顿的头,有人抬脚时踢到了他的肋骨。顾不上这些,他还在地上摸索,腾不出手拿枪指着欧麦尔。他看到欧麦尔在无数条不停晃动的腿和匆匆跑开的身体中间扒拉着。

米德尔顿看到了雷管,黑色套管已经破裂,他伸出手,就在手指碰触到的一刹那,有人一脚将它踢开了。雷管跳了一下,朝着欧麦尔飞去,欧麦尔伸手迎接。

米德尔顿的右手指被踩麻了。他左手抽出手枪,扣动扳机。子弹打在欧麦尔的脸上,半个脸被炸飞了。他倒在地上,刚好护住了雷管,米德尔顿爬过去,从他身下抽出雷管。

他双手小心翼翼地托着雷管,几乎不可能站得起来。模糊间他看到了一个人,不禁心惊肉跳:他女儿查莉。

眼前的迷雾散去,他清晰地看到阿彻尔拿枪指着查莉的脑袋。

"给我!"阿彻尔咆哮道,看起来出奇的年轻和绝望,"不给就打死她!"

16 詹姆斯·费伦

阿彻尔持枪的手被大口径步枪炸烂了,溅了查莉一脸血。

他拖拽着查莉一起倒在地上,惊慌失措的人群挡住了米德尔顿的视线。米德尔顿拱起腰,弯着膝盖,被逆行的人群撞得东倒西歪。他看到他们倒下的地方——没人。地上空留着血和阿彻尔的手枪。

米德尔顿的职业就是救人。他从来不求回报。可是,现在面对身边受惊的人群,他希望有人伸出援手。

康妮·卡森和维基·张坐在MV-22B"鱼鹰"倾转旋翼飞机的货物区,身边的美国海军陆战队的士兵们手握M4突击步枪,整装待发。飞机像直升机一样垂直起飞,起飞之后,推进装置转到水平位置,产生向前的推力,像固定翼螺旋桨飞机一样,依靠机翼产生升力向北飞去。

三架鱼鹰保持密集队形。维基·张一边是卡森,一边是比他壮三倍的士兵。他将背包紧紧地抱在胸前,恨不得钻进去,不要再听到机舱里的噪声了。

虽然努力克制,他还是将机工长给他的袋子吐满了。卡森轻轻拍着他的背。

"你还……笑？"

"当了海军陆战队的间谍以后，我一直在笑啊。"她说，拉拉队长的外表下却是以前踢美国军队门的假小子。眼下她也算不上如鱼得水，不过像小猪看到泥巴一样感到开心。她挠了挠胳膊上的玻璃纤维固定板。"跟电脑游戏上不一样吧？"

他感觉自己的牙齿剧烈打战，要集体叛逃似的。身边的士兵打开一盒子弹，装进 M249 SAW 机枪的枪膛，张摇摇头。

车尔纳耶夫通过无线电喊米德尔顿。

米德尔顿扫视四周，使劲踮起脚尖，差点儿被撞倒——媒体区后面，就在总统先生看不到的地方，观众们还被围在隔离区。美国的总统正在被安全转移，而当地平民百姓则是一团混乱。现场再多的安保人员也控制不了这个局势。

"那边！"

车尔纳耶夫朝米德尔顿挥手，米德尔顿顺着他手指的方向看去——

阿彻尔拖着查莉回到贵宾区，后面响起直升机的轰鸣声。

"两分钟！"海军陆战队的长官喊道，"面具！"

所有的士兵都戴上了防毒面具。

卡森看着维基·张，他脸上写满了忧虑和恐惧。二十分钟前，他们在离水坝十英里的主要道路检查站被拦住了，卡森说服印度哨兵，与美国海军上校对话，现在上校就站在这里，越过飞行员的肩膀望向前方。

"维基,我们在射程内吗?"

张摇摇头,他又觉得一阵恶心,尽量压抑着不吐出来。卡森揽着他的肩膀。不仅是救总统,也是救这个面临核战争的地区……是的,想到这儿也许会好受些。

特勤局的人将总统先生领到高高的防弹玻璃墙后,总指挥正在演讲。安保人员抱着枪,扫视着乱糟糟的人群,有人抬头看"海军一号"——西科斯基公司生产的VH3D海王直升机正全速飞向着陆区。

米德尔顿奋力跑起来,在人群中开辟出一条路。如果不是膝盖火辣辣地痛,他仿佛还是三十五年前在西点军校的外野接球手。身后又响起枪声,他没有退缩,眼睛四下搜索着。

他们在那儿。正前方。

在水坝地基和贵宾区台阶交接的地方,阿彻尔转过来对着米德尔顿。他的胳膊紧紧地箍着查莉的腰,血肉模糊的手搭在她前面,另外一只手藏在她背后。可能拿着枪,或者是刀。

米德尔顿望着自己的女儿。奔跑的人群和藏匿的炸弹都抛在了脑后。此时他如同身处暴风眼,直升机亦失声。他就那么静静地站着,任周围的人惊慌尖叫。查莉的眼神中带着恳求。这不是她的战斗。他的工作再次将她推向危险的边缘。不应该这样啊!

车尔纳耶夫的蓝色观察公司的一个员工拿着手枪朝这边走来——他的头突然被打爆了,倒在地上。特勤局或者海军陆战队射击手。米德尔顿真希望自己已经丢了那把伯莱塔,事实是,他本能地将它插在了背后的腰带里。但愿不要被看到,不然就会被安保人员当成危险人物。

"米德尔顿,遥控器给我,不然让她死。"

阿彻尔不知道拿什么戳了查莉的背,她尖叫一声。

他们相距十码。米德尔顿又向前走了五码。停下脚步。右手拿着控制器,故意给阿彻尔看。

"你是要这个吗?"

"你知道,它会结束这里的一切。"

"可能对你我是这样,"米德尔顿回答,"但对她来说肯定不是结束。"

"可能——对她来说不是。"

米德尔顿顺着阿彻尔的手势,看到通向贵宾区的台阶上,泰斯拉的嘴角流着血,脸部下陷,疲惫不堪。拥挤的人群不时踩在她身上。

"放过她们,阿彻尔,"米德尔顿回头对阿彻尔说,"我就给你。如果你觉得杀了我,狙击手会放过你的话,随你便。"

六个全副武装的海军陆战卫队员在混乱逃离的人群中闯出了条路。

张听话地将一只手放在卡森的皮带上,当卡森脱离海军陆战队队员,单独跑向左边的贵宾区台阶时,他没争论也没有询问。

"阿彻尔,你只有一个选择。放我女儿和同事走。"

阿彻尔差点儿笑出来。他换了个姿势,温热的血液滴在查莉的脖子上，查莉哆嗦了一下。

"把遥控器放在地上，我给她们三十秒的时间。"阿彻尔说，"我身后有条无障碍路线，通向水坝维护区。跑到那里就安全了。"

米德尔顿知道自己别无选择，尽管查莉的眼睛一直在说不，他依然不得不这样做。

"二十五秒。"

米德尔顿看了一眼右边——"海军一号"正要降落。他想到莱斯帕瑟和威瑟比，两个年纪轻轻的牺牲者。他想到查莉的母亲，想到所有被贪婪的敌人夺走性命的人。他组织志愿者就是为了阻止恶行。

"二十秒。赶快放下，不然她们就没命了。"

米德尔顿又看了一眼周围的人群——一张熟悉的脸：车尔纳耶夫正走向他背后。

"好的。"米德尔顿说。他将遥控器放在离阿彻尔几步远的地上。阿彻尔将查莉推向正在挣扎着走下台阶的泰斯拉。

"快跑！"米德尔顿朝她们俩喊，"快跑！"

泰斯拉拉住查莉的胳膊，拼尽全身的力气将她拽开，两人一起跑向水坝安全区。

人群冲过屏障和"海军一号"停机坪的警戒线。几千人都在想法逃离剧场，其中几百个找到了新路线。

特勤局的人按上级命令，在防弹玻璃墙后面保护总统，离混乱的撤离现场大概两百码。"海军一号"直接停在停机坪上空。他们都戴着防毒面具，甚至包括总统和保镖在内。

* * *

阿彻尔蹲下来，伸出手，原来他手里握着一把小手枪。他就用这只手拿起遥控器，受伤的那只手自始至终放在胸前。看着这个小小的塑料装置，他露出满意的微笑，打开开关上的盖子。父亲曾告诉他，在克什米尔有一个村子里的村民全是牧羊人，那个村子盛产羊毛披肩。两千五百年前，亚历山大的商队就曾路过那里。现在，还能从村民们浅茶色的头发、红色的双颊和蓝色的眼睛中发现当时的印迹。从孩提时代起，他就一直渴望见到那个村子——也许死亡会带他去。痛苦亦有欢乐，绝望亦有温情，而死亡亦有意义，不管是谁的死亡。

"海军一号"在人群上方五十码的地方盘旋，一名特工拉开侧门，探出身子，用M32榴弹发射器发射了三颗CS手榴弹，不出半秒，催泪瓦斯大显神威。

"不要！"车尔纳耶夫透过奔跑的人墙喊道。

阿彻尔按下了遥控器上的按钮。

米德尔顿闭上眼睛，想着查莉。

什么都没发生。

米德尔顿睁开眼睛。阿彻尔难以置信地看着遥控器。他将手枪插在腰带里，又按了一次按钮。还是什么都没发生。

再按，还是毫无动静。

"再试试啊，阿彻尔。"卡森说。

她和维基·张一起走下台阶,张手里拿着一部控制器,线连着背包。

"他阻断了信号。"米德尔顿说。刚刚,他看到康妮·卡森和维基·张朝自己示意可以放弃遥控器,这把他从选总统还是选女儿的困境中解救出来。

张点点头,看上去很疲倦,仿佛会因松了一口气而晕过去。他精通计算机科学和多门语言,一直坐在华盛顿办公室的桌子前协助志愿者。这个苗条的台湾裔美国人,从来没有出现在这样的地方和情景中。

"起初,我以为他们会用那种车库门遥控器,但是后来想到特勤局自伊拉克战争以后,应该很熟悉那种爆炸装置。"他举起手中的控制器,说起科技术语来果然流畅很多,"所以,海军陆战队员带我们过来后,我立刻屏蔽了所有的信号。"

米德尔顿笑着望向阿彻尔。阿彻尔站在那里,手枪还插在腰带里,没受伤的手拿着那个遥控器。他看看四周,然后放松下来。

"干得好,维基。"

"应该的,老大。"张回了句。他看到"海军一号"盘旋降落,安保人员保护着总统。"天啊,"他说,"真是总统……"

"还有,"张接着说,"没有什么重水。铜镯指的是这个组织。"

"是的,"米德尔顿说,"我也发现了。"

他看到车尔纳耶夫带着几个手下走过来。似乎大家迎来了最终的胜利。

"我侵入了比克楚,也就是那个搜索引擎。"张说,"你永远猜不到那个搜索引擎属于——啊!"

米德尔顿转身。他看到张躺在地上,摸着自己的下巴。车尔纳耶夫夺走了他的干扰器，边按电话上的按钮边走向阿彻尔。

"属于我的一个公司。"车尔纳耶夫说。他将干扰器扔到阿彻尔脚下，拿走他手中的遥控器。十二个携带重武器的蓝色观察的安保人员走来走去。车尔纳耶夫看了阿彻尔一眼。"现在应该管用了。是时候了……"

"米德尔顿上校，把手放在前面。"

美国总统被人带着走向直升机。此时，直升机已经离地一百五十码。海军陆战队已经到达停机坪，一百个美国壮汉组成了人墙，挡住拥过来的人群。武装直升机也在迫近，巨大的声响似乎在告诉下面的人们：这不是出路。记者团举起了相机对准停机坪，等着拍下戴防毒面具的总统，好上新闻头条。

米德尔顿的世界乱了。

车尔纳耶夫。

他设下的圈套。他建了这座水坝来吸引美国政要。所有这一切都是他策划的……

他所说的国务院的文件是个谎言——他当然从未给查莉发出那封信。至于巴兰电脑上提到坦帕市——指的不是迪弗拉斯·斯卡瑞的公司，而是车尔纳耶夫的公司。斯卡瑞对它产生了担心，所以把地址发给巴兰或者其他人去查。

车尔纳耶夫是杀死他亲爱的朋友和同事莱斯帕瑟的真正凶手。

"本来，我想让巴基斯坦更听话地接受我要给他们的东西。"他的目光从米德尔顿转移到正在烟雾中穿行的总统保镖身上,"恐怕我没那么有耐心。"

"我们知道你的志愿者会来这儿。"阿彻尔说,"其实,哈罗德,我们一直都想在这儿抓住你,活的或者死的。"

"哦?"米德尔顿觉出康妮正在靠近他。车尔纳耶夫的夹克下面有把无声手枪,暗暗指着他们。米德尔顿故意将双手放在前面,确保车尔纳耶夫能看见。

"我知道,你肯定会来找我的。"车尔纳耶夫说。他示意阿彻尔看看总统有没有走到"死亡地带"。催泪弹的烟雾朝南飘散,追逐着逃生的人群。

"就算死了——当然你马上就会死——你也有利用价值。今天的事不仅会改写这个地方的历史,也给你们这个小组打好了棺材。巴基斯坦从此消失。阿富汗、克什米尔、印度的部分区域也是如此。老殖民者们绘制的地图该修改了。这是终结之日的开端——对你们也是一样,你们为我们争取了时间。"

"国际刑事法院和联合国不会坐视不管。"

"我可不这么想。"车尔纳耶夫说,脸上带着笑容,"我们杀了你的志愿者,更多的人会闻讯而来——组织得更好,资源也更多。我知道。但是,我们会使你牵连其中,那么你的组织跟你一样都不过是俎上鱼肉。"

米德尔顿看到总统离"海军一号"还有一百码,马上就要进入记者团的视线了,记者团是唯一对混乱的局面乐在其中的人。

"我的手下,"阿彻尔说,"整整五十个人都正举着相机对准你们的总统。在他们镜头的铜盘后面。"

它们凹进一英寸厚。锥形装药是反装甲弹药中的一种常见技术,在伊拉克和阿富汗都使用过。米德尔顿了解这些,也见识过它的威力。这五十个人就像五十辆坦克,他们走过的地方,片瓦不留。锥形装药靠的是动能,难以估量的力量会转化成高温,爆炸可以穿透任何东西。游戏结束了。

车尔纳耶夫掀起袖管露出手上的铜镯,这个铜镯与巴兰手上戴的铜镯略有不同。"这个铜镯?不过是生产过程中的下脚料做成的神秘礼物,戴上它意味着荣耀。"

"车尔纳耶夫,三思啊,"米德尔顿说,"这会引发战争……"

他坚定地摇摇头。手指贴在遥控器按钮上。

"这个地方需要很多维和战士——我已经向联合国提议从我的蓝色观察公司抽调十万人来填补安保的空缺。不然到哪里去找人?美国?我不相信。"

十万人——放在哪个国家都不是小数目。米德尔顿想不到这个俄罗斯人手下有这么多人。当然,他很有钱。

他明白过来了。"中国,"米德尔顿说,"最终和中国有关,对不对?"

"他们已经占了一部分,毫无疑问,需要更大的生存空间和水。大熊猫渴极了。"

"这些人肉炸弹呢?欧麦尔?萨纳姆?"米德尔顿问道。

"他们都有用,跟你一样。"

车尔纳耶夫的手下就在旁边,米德尔顿无从下手阻拦他按下按钮。

阿彻尔伤口痛得直吸气,粗声粗气地说道:"我父亲希望你们完成调查。他是对的。为了他也为了我们的未来，必须扫除一切障碍。不管你活着还是死了，只要你在这儿就好办了。"

"什么？"

"总统的死。他马上就要走到死亡地带了。"

他们看到"海军一号"就要着陆了，美国总统处于特勤局的保护下，最多还有一分钟。

阿彻尔说："等我们的目标实现了，他们为什么不去怀疑你们志愿者呢？"

米德尔顿明白了——他自己会成为替罪羊。

车尔纳耶夫说："现在，联邦调查局正在费尔法克斯县搜查你的房子。他们会发现有关简易爆炸装置的材料和制造凹铜盘的车床，下脚料就是这个。"

车尔纳耶夫手上的铜镯在阳光下闪闪发亮。

"上面的雕刻呢？骗我们来的计谋？让我们相信一些根本不存在的东西？"

"这更像是我的爱好。"车尔纳耶夫说。他走到米德尔顿身边，递给他一个巴掌大的俄罗斯套娃。套娃的里面是实心的。

外面灰白相间，刷了透明漆，摸起来很光滑。

"海军一号"着陆了，巨大的气流将催泪弹烟雾煽动起来。总统的随从进入登陆区，相机的闪光灯照亮了烟雾。记者团大声喊出问题，但是安保人员没有停下脚步。

套娃没有脸。

"你想让它是谁,它就是谁。"车尔纳耶夫说,拇指贴着开关,"画在这儿的将是你最大的恐惧。"

米德尔顿听说过这种娃娃,甚至还在国际刑事法院的文件中见过照片,文件是阿富汗战争调查人员提供的。它们出现在几处战争犯罪地点。克格勃的一个特派杀人小分队将这些娃娃送给那些高价值的目标,作为死亡标志。当地人,甚至俄罗斯军队都开始谣传这是一个神秘女狙击手组织,成员身穿白色紧身裤,不可阻挡,肆无忌惮。她们会在你睡觉时将你绞死,会在两公里外的地方开枪打死你,可以用炸弹送你全家去西天,可以让如今的伊拉克一夜回到石器时代。国际刑事法院的文件中对这个刺客组织有其他的称呼——他们相信这是一个人做的,这个独行者隶属于特派部门的特别小组。他们叫他"套娃制作者。"

"蝎子"并不是我自己取的名字。不过,这是另外一个故事。另外的故事还有很多,以后有的是时间。

"我知道你是谁了。"

"晚了,本来可以再多谈谈,没时间了。"

米德尔顿瞥见一个人穿过拥挤的人群朝他们走来。不管是谁,不管做什么,都太晚了。车尔纳耶夫举起了遥控器。

"阿尔卡迪,为什么这么做?"米德尔顿看到大势已去,不免有些泄气,不管这个人叫什么——套娃制作者还是蝎子——有一件事很明了:死亡就是他的艺术,他正要画出自己的杰作。

"对不起,哈罗德。一言难尽。"

17 杰夫里·迪弗

停机坪上尘土飞扬,树叶狂舞,旋翼鼓动催泪瓦斯四处飘散。总统离登陆区还有三十码。

总指挥在安保方阵中一阵风似跑向直升机安全区。

冒牌记者举着相机,靠得越来越近了。

车尔纳耶夫泰然自若。再过三十秒,他就会引爆炸弹。

"准备好!"阿彻尔喊道,为了看得更清楚,他费力爬到高处。他快死了,但是死也要看这场好戏。

米德尔顿假装自然地走向车尔纳耶夫,可是两个蓝色观察的保镖拿黑色机枪指着他。他站住了。

"二十秒。"

那边——直升机、总统、人群、真假记者——乱成了一锅粥。而这边的观礼台上却冷冷清清,接下来上演的悲剧将没有目击者。

米德尔顿冲车尔纳耶夫大声喊道:"阿尔卡迪,不要啊!有成千上万的理由阻止你这样做!"

车尔纳耶夫没理他,而是望着阿彻尔。

"十秒。"受伤的阿彻尔气喘吁吁地倒计时。

这时,灌木丛那边传来一句"没有一千个,但是确实有几个不错的理由。"听声音是英国人。一个风尘仆仆,满脸汗水,但穿衣打扮十分得体的男人走出来。刚刚穿过人群的就是他。"不要按下按钮的理由。"

车尔纳耶夫后退几步,蓝色观察的保镖将枪对准这个英国人。

"哈,哈,不要着急。"英国人说。他望向车尔纳耶夫。"伊恩·巴雷特-伯恩。"就像在鸡尾酒会上做自我介绍。

"你他妈是谁啊?"车尔纳耶夫问。

英国人没回答,直接说:"第一,我的团队已经录下过去半个小时的所有对话。你的照片已经安全存储到硬盘中了。你按下了那个按钮,全世界最好的执法部门就会到处追捕你。当然,前提是你跑得掉。不过,这不可能。因为现在我的三个狙击手已经瞄准你了。"

车尔纳耶夫不安地左顾右盼。

"你看不到他们。他们可不像这几个……"他话没说完,不屑地看了一眼旁边蓝色观察黑黢黢的保安,停顿片刻接着说,"第二,你不会真想按下按钮炸死总统吧?别浪费时间了,他根本不是美国总统。"

"什么?"车尔纳耶夫惊呆了。

"拜托,阿尔卡迪,动动脑子。美国外交政策是错误不断,但是政府还不至于蠢到把总统送到这样一个人尽皆知的危险地区。真正的总统在华盛顿呢。顺便告诉你,他正在监视这一切。"

"替身?"康妮·卡森低声说。

"正是如此。我们不敢确定到底是怎么回事,但是我知道肯定与蝎子和他的同伙有关。我们把线索汇总起来,决定行动。"

阿彻尔紧紧盯着登陆区。他惊愕地大喊道:"不对啊。海军陆战队和特勤局……他们都没走。正在瞄准萨纳姆他们。"

米德尔顿问了一个逻辑问题:"'我们'是谁?"

巴雷特－伯恩说："军情五处[①]，外事部。我们和中央情报局，以及美英两国的军队合作。"他对着衣领里的耳机说了几句话，二十几个全副武装的士兵走出灌木丛，用枪指着车尔纳耶夫和附近的蓝色观察保安。

米德尔顿认出了英国皇家特种空勤队的制服和翼形匕首徽章，这是一个和美国三角洲特种部队或海豹突击队相似的步兵团。单看他们的装备就可以知道此次任务重大。其中两人携带FN迷你轻机枪，其他人全部配备SA80突击步枪和外挂式榴弹发射器。

准备好——不，是等不及——恶战一场，如果到不得已的地步。

"另外周边还有二百名士兵。说实话，我不知道你那些保安觉得拿自己的性命与英国空军特别部队对抗是不是值得，你觉得呢？"巴雷特－伯恩皱着眉，"噢，对了，忘了告诉你，跟我们一起来的还有印度陆军北方司令部和印度特种分队的陆军中将……官方一点儿说，只要你的人发一颗子弹，你们全部会死得很惨。"

车尔纳耶夫犹豫片刻，气得脸都红了。他四下看看，最终弯下腰把遥控器放在地上，随后直起身。

不出两秒，英国空军特别部队的士兵给他戴上手铐，并没收了他的武器、手机和随身物品。不一会儿，维基·张拆解了遥控器。

英国士兵缴了蓝色观察保安们的枪械，给他们戴上手铐。

一点儿也不温柔，手下丝毫不留情。

巴雷特－伯恩又对着领子里的耳机说："上尉，我们已经控制了遥控器。过来逮捕那些圣战士们吧。他们不可能引爆燃料空气炸弹了，但是也许有人还携带了武器。"他叹了口气，"这些宗教激进分子真

[①] 英国负责国内反间谍、反恐怖的情报部门。

讨厌。"

一个医护兵走过来,米德尔顿赶紧指着阿彻尔说:"我要他活着,想办法救治他。"

"遵命。"

但是,医护兵还没走近他,阿彻尔突然坐起来,眼神空洞地盯向米德尔顿,然后又仰面倒下。他抽搐了一下,便不再动弹。

医护兵跑过去,弯下腰摸了摸他的脖子,然后抬起头。"他失血过多,长官。恐怕不行了。"

水坝旁边,志愿者们坐在一辆大拖车式活动屋里。查莉在另外一间屋子里,她父亲希望减轻她受到的创伤。CS 催泪瓦斯余威仍在,每个人都在揉眼睛。

米德尔顿已经与华盛顿、海牙、新德里和伦敦取得了联系,查清了巴雷特-伯恩告诉他们的所有事情:总统的替身;军情五处、军情六处、美国中央情报局和印度特别分队的监视和行动。

车尔纳耶夫被关在一个临时监狱里——另外一辆拖车式活动屋,印度北方司令部的士兵们看守着他。巴雷特-伯恩刚刚得到消息,一个秘密行动小组已经成功引渡了臧。北京政府不是他和车尔纳耶夫的盟军,但是事发后,他们立即发表声明,并增强了中国边境的兵力。

尽管巴雷特-伯恩救了泰斯拉,她还是颇为光火。"你在我们身上安了跟踪器,是不是,在巴黎的时候?"

"我当然安了。不过只安在了你身上。我不确定米德尔顿小姐会不会来——不管是哪儿吧。"

"你想杀了我们!"

"你好好想想,亲爱的。"

"我说过,别叫我亲爱的。"

"不好意思。但是,显然我没想杀你们。我在保护你们。要是你们被害或者被抓了,可就太尴尬了。"

"尴尬。"她低声重复道。

"而且,我必须联系到哈罗德。我们试过,但是找不到他。"

"你也没说你是谁呀。"

"我怎么能说呢?如果你们被捕了,我不知道你们会不会招供。虽然志愿者在严刑拷打前不会妥协,可是,你也知道,很多人会招架不住的。"

听他这么一说,泰斯拉沉默了。不知出于什么原因,她开始回避米德尔顿的眼睛。

米德尔顿不无挖苦地对这位英国特工说:"而且你还得利用我们得到更多信息呢。"

巴雷特－伯恩会意一笑。"当然了,上校。游戏就是这么玩的啊,对不对?这件事关系重大。几年来,我一直在秘密追查蝎子。他在这几年中扮演了多重角色:斯卡瑞的资助者、商人、权势人物。但后来所有线索都干涸了……很滑稽,考虑到所有事情原本都围绕着'水'这一元素。我们听说一个叫克兰的奇怪记者有些线索,便设计把他带到巴黎郊外。我们做出样子,让他以为我们中的一个就是蝎子——司机是我们在巴黎的站长。他还特意到塞尔弗里奇百货公司买了一个铜镯戴到手上。我猜,克兰并没有上当。不过,他确实采取了我们的建议,到你家去了,米德尔顿。"

"你用他当诱饵了。"泰斯拉打断了他的话。

英国特工看了她一眼,似乎她的话莫名其妙。难道这不和地球是圆的一样正常吗?"很有效,不是吗?我们用同样的方法找到了珍娜。但是她没上钩——这得谢谢克兰。他们一起飞到了迪拜。克兰肯定以为那一晚犹如天堂。这么说也不算错,因为珍娜在那里送他上了天堂。"

泰斯拉打断他。"如果不是你插手,珍娜不会到巴黎找我们。"

"对此我郑重道歉。"伯恩虚情假意甚至带点儿怒气地说,"你忘了,我不是在那儿保护你们吗?"

"你保护得可太好了,我挨了一枪,查莉差点儿丢了性命。"

"现在怎么办?"维基·张问。

"我们会把车尔纳耶夫和臧押回伦敦,看看怎么审判。臧应该会被送回老家——最有可能被枪毙。至于你的俄罗斯朋友,如果刑事法院看上了他,恐怕你就得靠边儿站了。"

"两个都归你们。"米德尔顿说,"我们只要迪弗拉斯·斯卡瑞。"说到这里,他笑了起来。

"什么意思?"康妮问。

"蝎子——斯卡瑞的资助者。"米德尔顿摇摇头,"我们对他的了解仅限于那句'他是'世间圣人'。但是,我感觉这句话是错的。也许原话是英语,后来才被翻译成印度语的。原话应该是'我即世界'[①]。"

英国特工说:"我不得不同意。它很好地形容了车尔纳耶夫……的贪心。出卖了一个国家。"

米德尔顿仰起头。"这样说问题就来了。车尔纳耶夫的动机是钱,臧的动机是为了集团私欲侵吞更多土地。但是,斯卡瑞的动机是克

[①]前者的原文是"holy, but of this world",后者是"Wholly of this world",发音相近。

什米尔的独立。三者的交集在哪儿？"他挥手指指水坝，"看起来，他是车尔纳耶夫的棋子。但是，事实上他有自己的计划，关于神秘村的——他发给卡韦·巴兰的邮件中提到了。"

尚未解开的谜团还有很多。

"现在，我得去做些运输安排了。"巴雷特-伯恩看了看腕上价值不菲的手表。他发现米德尔顿也在盯着它看，便笑着说："不是偷的。我买得起，朋友。说出来你可能不信，我当公务员是因为喜欢这份工作。一直沉浸在艺术和音乐的世界中也会厌烦。此外，我还是爱国者，尽管这听起来过时了。再见。"他走出去，外面灰尘浮动，热气腾腾。

米德尔顿拿出自己的新手机。新信息显示五十个圣战士、他们的领导，以及蓝色观察的人已经被拘捕了。爆炸威胁已经解除。

他起身。"我去看看查莉。"想到查莉又被拖到这可怕的事件中——就在她最需要时间疗伤的时候——米德尔顿心情沉重。

"我跟你一起去。"泰斯拉说。

快到门口时，手机响了。"你好？"

"米德尔顿上校吗？"对方是英国口音。

"是我。"

"我是英国空军特别部队的伊桑中校。"

"请讲。"

"无意间发现了件奇怪的事，我想最好通知你。我们找到了阿彻尔·斯卡瑞的尸体。最最奇怪的是，他不是因为失血过多才死的。这本来应该是他的死因。事实是，他死于枪击。伤口就在后脑勺上。"

"确定？"

"确定。"

米德尔顿记起阿彻尔突然站起来然后又倒下去的样子。但是当时他没有听到枪声。他把那时的情形告诉了英国空军特别部队的军官，然后问道："是你们的人干的吗？"

"不是。我们和你们的枪上都没装消音器。"

"可不可以麻烦安排我和车尔纳耶夫谈谈？"

"我问问巴雷特－伯恩先生，不过，从我们的角度出发，应该没问题。"

他谢过中校，挂了电话，把刚刚得到的消息告诉了其他志愿者。

"应该也不是蓝色观察的人开的枪——他们都是一起的，没有人单独行事。"

米德尔顿说："这下问题更多了。我得找到答案。"

他推开门，阳光刺眼，诺拉·泰斯拉跟在他后面。

他们来到关押犯人的拖车式活动屋旁，六个印度警卫检查了他们的证件，在得到巴雷特－伯恩和英国空军特别部队的允许两人探监的许可后，放他们通过了临时围起来的铁丝网。

拖车式活动屋很大——大约是美国此类活动屋的两倍，还装有空调。第一间办公室的铁椅子上坐着两个手持 H&K 机枪的警卫。其中一个检查了他们的证件，然后给上级——应该是巴雷特－伯恩——打电话。米德尔顿并不介意。对待这样的囚犯，再多的安全防御措施也不为过。

警卫挂上电话后说："稍等，护士结束后，你们就可以进去了。"

"护士？"

"英国军队的护士。"

米德尔顿眉头紧皱。"车尔纳耶夫受伤了吗?"

"没有,没有。护士说是例行检查,这样才能允许他去伦敦。"他笑着说,"也许他需要接种预防疯牛病的疫苗。"

"允许他去伦敦?印度没有遭受隔离和封锁。而且,他根本不会坐商业飞机。这是谁的命令?"

"我们的一个军官。"

"赶快进去!枪上膛!"

"她只是个护士。"

"你想让我给北方司令部打电话吗?"

两个警卫你看我我看你,然后起身,把枪上好膛。

一个作掩护,一个打开锁推开门。他朝里面看了一眼,简直惊呆了。"出事了。不,不!"

另外一个警卫跑进屋,米德尔顿和泰斯拉紧跟其后。

他们看到屋子中间车尔纳耶夫的尸体,马上停下了脚步。屋子很小,窗户被粗钢丝网封得严严实实。有人在他奋力挣脱时,开枪打中了他的后脑勺。

"那个护士。"警卫低声说,指着另外一扇通往第三间办公室的门。

"还有后门?"

"没有,只有前门。"

护士出不去,他们想牵制住她,然后召集海军陆战队的人。"我去——"

"不用,我们去拦住她。"

"等等!"米德尔顿小声说,"她不能——"

两人踹开门,被强光刺得睁不开眼,是那种建筑工地晚上用来照明的灯。无声手枪连发四颗子弹,正中他们的前额,两人眼前一抹黑，跟跄倒下。

模模糊糊中，冲出一个女人。她穿着英国陆军士兵的制服，米德尔顿看到衣服不合身，且胸前有不少小红点，他立刻明白了衣服是怎么来的，只是还没有认出她。

护士显然没想到后面还跟着两个人。她还没来得再次举起点二二手枪，米德尔顿已经抽出车尔纳耶夫送给他的伯莱塔，瞄准了她的脑袋，对峙数秒，她放下了武器。

泰斯拉一个箭步上前，将这个女人打倒在地，她肩膀上的伤口隐隐作痛。接下来，她狠狠地抽这个女人的脸和头。

"诺拉，住手！"米德尔顿把泰斯拉拽到一边，从警卫身上解下手铐，铐住这个护士。"没必要这样。"

"有必要。"

米德尔顿皱起眉。

泰斯拉说："你不知道她是谁，对不对？"

"不知道。"

"珍娜·格罗佛。"

"在法国的时候，你检查我的尸体了吗？"珍娜不屑地对泰斯拉说，"你给宪兵和警察局打电话了吗？没有，当然没有。塞纳河上漂着的是我的夹克。你以为是我。很抱歉我逃跑了，没有给你拷问我的机会。"

米德尔顿默默地看着泰斯拉。他现在明白为什么那次她听到伊恩·巴雷特-伯恩的话时反应那么激烈了。不过，他没有多说什么。

他们就坐在囚禁车尔纳耶夫的房间里。这个房间是他的牢房，也是他的棺材。现在尸体已经挪走了，司法鉴定小组正在搜查。

除了康妮·卡森和维基·张以外，伊恩·巴雷特-伯恩也在这儿。

印度人竟然会放这个女人进来，他气得咬牙切齿。接受珍娜贿赂的警官已经被拘禁了，不过，这只是个小小安慰罢了。

"她为什么要这么做？"

"这是她对待同事的方式。"泰斯拉怨恨地说，"如果他们是对她不利的目击者。就是她在法国南部杀死了卡韦·巴兰。"

"我不敢苟同，"米德尔顿说，他还在想那些尚未得到答案的问题，"我觉得没这么简单。"

"哈哈，上校，你果然如我想的那么聪明。我真希望当初巴兰在安提比斯海角得手了。"

"我不明白。"巴雷特－伯恩说。

"你当然不明白，"这个巴基斯坦美女说，"从一开始，你就什么都没弄明白……我不是车尔纳耶夫或者中国人的朋友。他们都是我的敌人。这几个月以来，我一直在想办法找到他们，杀掉他们。"

"你到底是什么意思？"

珍娜仿佛是给小学生讲题。她说："前些时候，迪弗拉斯·斯卡瑞和查谟的圣战士们协商，如果他可以帮助克什米尔独立，他们将共享权力。但是，他知道这个叫蝎子的人和他的中国同伙想在这里制造恐怖袭击的假象，借此染指克什米尔。他们打算让斯卡瑞当替罪羊。斯卡瑞将计就计：他假装召集圣战士帮助他炸掉水坝。是的，他还故意安排炸弹被盗，运到这里，其实他知道这个水坝太坚固了，根本就炸不掉。别忘了，他是个工程师。"

泰斯拉说："但是我们在卡韦·巴兰的电脑上找到了一封邮件。他在邮件中说计划炸毁神秘村。"

"等等。不对，不是这样的。"米德尔顿反驳道，"邮件中只是说为村子'计划'好了什么。"

"他确实计划好了。"珍娜接着说,"他计划戳穿蝎子的阴谋。他并没有打算炸毁神秘村。他是要保护它——如果我们不能阻止蝎子和他的同伙,就要让他们的野心昭然天下。"

米德尔顿哭笑不得。他意识到他和志愿者们实现了斯卡瑞的愿望:保护神秘村,揭穿蝎子和臧的阴谋。

珍娜接着说:"我的任务就是找到蝎子并消除威胁。我之所以会绑架你女儿……就是想利用她获得你知道的信息。巴兰那次失败的行动之后,我知道了你不是蝎子的间谍,也不为那个集团的疯子们做事,而是志愿者。"她脸沉了下来,"我本来正要阻止你,然后找出蝎子……悲剧发生了。阿彻尔杀了他父亲。"

巴雷特-伯恩说:"悲剧?不是你帮他做的吗?"

"你胡说什么!"她愤怒不已,"迪弗拉斯是我的长辈,是我爸爸的同学。他是个真正的天才。阿彻尔不过是个街头混混,一个傻蛋。"珍娜掩不住厌恶,"他根本就不知道我们这个地区的政治、文化和历史。和其他笨蛋一样,他轻易就被蝎子骗了。他永远都不明白迪弗拉斯最不愿意看到这里发生意外,尤其是外国人的死亡。这样他建立自由的克什米尔的愿望就破灭了。"

米德尔顿说:"所以你开枪杀了阿彻尔。"

她叹了口气。"我唯一遗憾的就是没能在他死前告诉他我有多看不起他。"

"克兰呢?"巴雷特-伯恩问,"那个记者。"

"我以为他能帮我找到蝎子。他把我引向了你女儿和她。"珍娜鄙视地看了泰斯拉一眼,"其他的没告诉我什么。"

"你想阻止车尔纳耶夫和臧,对不对?"康妮·卡森说。

"当然了。"

"那好，我们已经阻止他们了，也拘禁了他们。你为什么还要杀死车尔纳耶夫？"

"为什么不杀呢？"珍娜不屑地说，"一个这么有权势的人，他迟早会逃走，或者花钱把自己买出监狱。"

"还有一个原因，对不对？"泰斯拉问。

珍娜冷冷地冲她笑笑。"对。车尔纳耶夫杀死了我父亲。他和臧杀了我父亲和他们赞助的印度学生。他们没杀迪弗拉斯是要利用他完成阴谋。几年前，我就下定决心，不管蝎子是谁，不管他犯了其他什么罪，我都要他为我父亲偿命。我父亲中了井水的毒，去世前很痛苦。"

米德尔顿说："所以车尔纳耶夫煽动圣战士是他们的退路计划，对不对？他们的原始计划是宣称水坝里藏有铜镯技术，也就是重水生产设备——这将成为他们占领克什米尔的借口。"

"对极了。等到发现根本就不存大规模杀伤性武器时，他们已经封锁了整个国家。不好意思，我们没找到核武器，但是我们就是不离开。"她冷笑着对眼前的美国人说，"不久前，你们不就是这么做的吗？"

"那个铜镯技术是怎么回事？"维基·张急切地问道。

"迪弗拉斯对它很着迷。他在大学期间以及毕业以后，都在为此耗费心血。但是他从来没想过将它应用到实际生产中。他不会走纳粹的老路。他为技术中的一些环节申请了专利，但是没能通过。不过，他依然对它很有感情。如果有人跟他走得比较近，他就会送给他一个真正的铜镯，表示喜爱和感激。"

米德尔顿看了一眼窗外，一队印度兵走过。可能是新增的警卫，尽管现在已经没有重要囚犯需要看守了。当然，看守一位美女，他们会相当开心。

但是,他还是觉得哪里不对劲。

到底是哪里呢?

他瞥了一眼阿彻尔的手机,手机就放在旁边的证据袋里。他想起上面的最后一条短信:任务完成。

此外,他还意识到,珍娜虽然被捕了却怡然自得,说起话来也流畅轻松。十分钟前,她可是刚刚杀死了几个人啊。

见鬼,她能这样开诚布公的原因只有一个……

她转过美丽的脸庞,朝他微笑。

米德尔顿明白那条短信的含义了:阿彻尔制订了一个水坝爆炸后逃离此地的计划。他的同伙发短信告诉他计划已经落实好。珍娜无疑和那个同伙保持着联系。她会解释说阿彻尔死了,剩下的事由她接管,需要那个人帮她逃出水坝地区。

米德尔顿大声喊道:"都趴下!趴——"

外面响起自动步枪的突突声,火焰顺着弹孔在活动屋墙上撕开一条口子。催泪弹滚到了屋里,腾起令人难以忍受的烟雾。

米德尔顿的眼睛被熏得近乎失明,肺部像着了火,但是他顾不上这些,赶紧朝珍娜跑去。她手被铐着,可是脚是自由的。尽管她也和其他人一样备受催泪瓦斯的折磨,但是她之前已经知道活动屋墙上的裂缝会出现在哪里。她磕磕绊绊地跑向那里,撞了出去——外面是她的救援团。

这帮叛乱分子忠于阿彻尔,并不知道珍娜已经背叛了他们。在火力掩护下,他们纷纷撤退。

米德尔顿和巴雷特-伯恩爬了出来。催泪瓦斯的烟雾越来越浓,印度士兵和英国空军特别部队都不知道发生了什么事。

最终，米德尔顿看到十几个人正朝一处空地跑去，那里停着一架直升机。他没看到珍娜，不过他知道这群人肯定是突击小组：阳光照在其中一个人身上，米德尔顿看到他手腕上闪着金光。

他知道，闪光的肯定是铜镯。

接下来要发生的事还有一段时间。

阴天，伦敦，一个苗条的女人走在拥挤的街上，这样想着。秋天的风吹起了细沙、纸片和落叶。

她在街角停下脚步，裹紧外套。她辨别了一下方向，看到了自己的目的地：塔夫内尔公园清真寺。

有人撞到了她手中拎着的包，珍娜·格罗佛紧紧抓住它。敌人不知道她在这儿——刚刚不过是个打电话的小姑娘——但是，无论谁胆敢抢她的包，她立马会杀死他，眼都不眨一下。

是的，包是最重要的。

其实，包里装着的正是迪弗拉斯·斯卡瑞的终极计划。

她看到街边竖着一个褪了色的告示牌，上面的白字是"小心右边。"提醒行人车辆可能会从想不到的方向出现。

她觉得很可笑。绿灯亮了，她穿过街道，朝清真寺走去。

边走边想象即将发生的事会带来什么后果。

一座里程碑。

行人中有不少是英国人：穿着校服或者卫衣的学生、送货员、一身正装的商人、推着破旧婴儿车的女人。但是大部分是阿拉伯人、伊朗人、巴基斯坦人……还有少数的锡克人和印度人。

伦敦真是一个大熔炉。

珍娜穿着西式服装，但裤子除外。此外，她还戴着头巾。她得入乡随俗。

她又想到：还有一段时间。

珍娜紧紧抓着宝贝包，来到清真寺前。清真寺是唯一墙上没有涂鸦的建筑。眼前这座清真寺是伦敦最大的清真寺。每天有将近两千五百个男人来这里祈祷；女人也来，不过要躲在肮脏的隔离帘子后面。

珍娜看看有没有保安。都跟往常一样。她没什么好担心的。

一切都在按计划进行。

她在入口附近停下脚步，抖掉衣服上的尘土。

然后转身走到街对面的尼罗咖啡店，点了一杯拿铁。

在这附近，哪怕是星巴克一样的咖啡连锁店里，一个女人没有丈夫、兄弟和女友的陪伴，单独一人或走或坐都异乎寻常。传统观念笼罩着这个地方。不久前，就在离咖啡店不到两个街区的地方，一名巴基斯坦男子杀了跟人私奔的妹妹，还被视为一种荣耀。

珍娜脱下外套，坐在那里喝咖啡。一个戴着穆斯林头巾，留着长胡须的男人走进来，鄙视地看了她一眼，尽管她穿得很保守，头上还戴着头巾。

她决定如果这个男人再拿那种眼光看她，她绝对要痛扁他一顿。

他边喝茶边自言自语。不用听也知道是关于异教徒、女人和荣耀的那一套。

珍娜又看了一眼清真寺。

任务快要完成了，她喜不自禁。

此次任务是迪弗拉斯·斯卡瑞一生的计划。

迪弗拉斯是他这个时代最杰出的革命分子之一。车尔纳耶夫、臧、阿彻尔和圣战士相信目标可以通过炸弹和枪火实现,迪弗拉斯却认为他们目光短浅,头脑简单,幼稚可笑。

不信看看巴勒斯坦和以色列,斯里兰卡和猛虎组织,英国和爱尔兰共和军,还有整个非洲。

将暴力当作一种消除威胁的手段没有错,只要考虑好风险。

但是,当作达到政治目的的手段呢?

无效。

迪弗拉斯深知,要想实现克什米尔独立这个愿望,需要的最好武器不是燃料空气炸弹、狙击手和自杀性炸弹。

什么武器呢?

欲念、渴望和需求。

在剑桥时和离开剑桥后,迪弗拉斯·斯卡瑞——与她父亲和其他印度同学一起——复制了二战时德国人热衷的铜镯技术。她对米德尔顿他们撒了谎。

事实是,三个人在原有技术上更进一步,发明了一种简单高产的重水生产系统。

但是,考虑到它的潜能和作用,迪弗拉斯只拿出部分技术去申请专利,而关键技术没有外露。没有关键技术,系统就没法应用。

现在她手中的包里装的就是申请专利时故意遗漏的图表、公式和规范。

迪弗拉斯的计划是这样的:拿铜镯技术和石油输出国家组织做交易,促使他们向有关方面施压,最终争取克什米尔独立。如果计划未果,石油生产商就会断掉他们的石油来源,到那时他们的工厂、公共事业设备、廉价却必不可少的小汽车都会饿死。

有的国家渴望核武器;有的国家渴望石油。

接下来的几个小时,她将依次与那些国家的代表会面。现在,他们正在清真寺里祈祷。他们的灵魂渴望精神洗礼,他们的心却渴望可裂变物质。

第一点他们求助于安拉;第二点他们求助于珍娜。

她将包放在桌子上。包里装着六个加密的八千兆字节的闪存盘。她知道那些人会对包里的东西感兴趣。不过,最吸引他们的是这项技术简便高效,所需设备很大程度上可以脱离电网,再厉害的空中探测器也不会发现它。

她看了看时间。第一个代表——来自叙利亚——三分钟后到。

多么激动人心的时刻啊!

真想迪弗拉斯能在身边……

她喝了一口拿铁,又看了一眼旁边那个戴头巾的男人。他还在黑着脸自言自语。

咖啡店的门开了,走进来一个穿西式服装的阿拉伯人。珍娜认出他就是叙利亚经济发展和基础设施支持部的助理专员。

预备:侦查。

她注意到他衬衣的两颗扣子没扣,领口挑逗般地敞着;秃头,不加修饰的胡子。真是个伪君子。在他们国家不能喝酒,不能吃肉,不能吸毒,除了妻子或者妻子们,不能有别的女人。可是,在伦敦,他可无所不为。

尽管有这样的想法,她还是冲他甜甜一笑:珍娜·格罗佛不仅是杀手,也是职业女商人。

他望着她,露出调情似的微笑,然后朝她走过来。

最终实现了,迪弗拉斯。克什米尔会自由的……

突然,这个男人愣住了,望向窗外。警车呼啸而至。

怎么回事?

他转身想逃,但是进来一个衣冠楚楚的男人将他推倒在地。

珍娜明白她暴露了,整个计划破产了!

她往后蹭了一点,站了起来,想要从衬衣下面抽出高质量的点二二手枪。

但是一个壮汉掰住了她的手腕。枪掉在了地上。

她转头一看,正是那个戴着头巾的阿拉伯人。他拿枪抵着她的脖子。珍娜奋力挣扎。

"去他妈的,亲爱的,这儿是政治保安处,省省吧,好不好?"

听起来像是阿里·G[①]。

"她就交给你了,"哈罗德·米德尔顿对伊恩·巴雷特-伯恩说。刚刚打那个叙利亚人时弄脏了裤子,他正在擦。

两人站在尼罗咖啡店门前的人行道上。珍娜·格罗佛正要被押往新苏格兰场,伦敦警察局的反恐小组——世界上最好的反恐小组之一——会负责审讯她。

此时,米德尔顿是唯一在场的志愿者,维基·张在尤斯顿路的军情五处科技实验室里,准备破解加密闪存盘。

根据珍娜包里的资料显示,闪存盘里有铜镯技术的详细说明——包括能使系统运行的秘密部分。

"哈里,你完全正确。不得不问,你是怎么发现的?"

米德尔顿想了一下,回答道:"可以说是根据不在我们眼前的东西。"

[①] Ali G,一个引发很多争议的、讽刺性的喜剧角色,由英国演员沙查·巴隆·科恩扮演。该角色是典型的英国郊区受雷鬼乐文化影响的白人青年形象,说话语调油滑恶俗。

"怎么讲？"

"谜团。我一直在想那些没有解开的谜团。首先就是那封邮件。"

"哪一封？"

"斯卡瑞发给巴兰的那封。我们在巴兰的电脑里找到的，斯卡瑞和珍娜都想毁掉它。"他接着告诉巴雷特－伯恩，"信中说：你还记得我跟你说过的'神秘村'计划吗？这个计划必须在我们行动前落实。我们只有几周的时间了。"

"在我们行动前。"

"正是。也就是说他们计划好了水坝事件以后的事。"

"那你怎么想到与这儿有关呢？"

"说来话长：我们最开始就有线索指向清真寺，不过没有奏效。我们知道方向肯定是对的，因为那台被他们炸掉的电脑上就是这么显示的。但是，我们当时找不到它与斯卡瑞的计划有什么联系。后来我想，肯定是与水坝事件后的计划有关。"

"那你为什么会觉得它与重水项目有关呢？"

"我承认，这是我的推测。但是推测是有依据的，缘于几天前那个无名集团的人。"

"喔，那帮纳粹浑蛋？"

"是的。他们十分坚定地想要找到重水技术。这给了我暗示：他们知道斯卡瑞在重水生产技术上取得了进一步的发展。他们见过专利书，知道他的铜镯技术不管用。那么他们为什么还那么急切地想要绑架我，追踪蝎子呢？他们怀疑斯卡瑞保留了部分研究成果。"

米德尔顿联系到巴雷特－伯恩，当时他正在安排加强清真寺周边的监视力量，在这个每三个人就拥有一个摄像头的城市不是难事。

伦敦大都会警察局的"尖眼"小组很快就发现，石油输出国家组织的几个主要成员国的文化和经济事务代表要到清真寺祈祷。按理说他们不会出现在伦敦,更别提这个街区了,除非是有什么秘密行动。

米德尔顿的直觉告诉他,珍娜·格罗佛会在这里出现。果不其然,她今天终于露面了,围着清真寺转了一圈,最终走进尼罗咖啡店。政治保安处的巴基斯坦后裔特工溜进去点了一杯茶,核实确实是她后,守在那里。

叙利亚领事馆的专员进去后,陷阱关闭。

突然间,米德尔顿听到一个女人疯狂地叫喊:"你是打不倒我们的!"

珍娜被塞进警车前狠狠地瞪着他。

"你永远都赢不了!"

我们刚刚就赢了,米德尔顿心里想着,没有回应。

巴雷特-伯恩问:"如果你想审问她,我想,我可以安排。"

米德尔顿看了眼表,戴百达翡丽的英国特工巴雷特-伯恩看到他腕上的天美时的时候,禁不住微微皱起眉头。

米德尔顿看到他的表情后大笑起来。"以后再说吧。现在,我有其他的事要做。"然后他也皱起眉头,"不过,伊恩,说不准你可以帮上忙。"

"我的朋友,有事尽管说。"

屋里的灯光暗了。

音乐厅的观众渐渐安静下来。

但是幕布没有升起。过了一会儿,灯光又亮起来,喇叭里传出声音:"先生们,女士们,请注意。很抱歉通知大家演出需要推迟十五分钟。"

舞台边厢,费莉西娅·卡明斯基叹了一口气。她还没有完全从绑架、心理和生理创伤,以及失去她最爱的贝拉·斯泽佩斯小提琴的悲痛中走出来。(她现在手上拿的乐器是从伦敦交响乐团的音乐家那里借的,好用,但没感情。)

此外,她感到孤单。前几天,米德尔顿到伦敦抓捕绑架她的人去了,之后就没见过他,也没见过诺拉·泰斯拉和查莉。

费莉西娅知道自己必须集中注意力,百分百投入到演出中。但是眼下她还找不到状态。雪上加霜的是她听到了演出推迟的消息。

她知道,演出肯定会失败的。

怎么就推迟了呢?她绝望极了。

答案就在身后传来的男低音中。

"嗨。"

费莉西娅转身看到哈罗德·米德尔顿。她放下乐器,跑过去拥抱他。

"听说你都好。可是,我还是很担心。"

米德尔顿受了点儿伤。她眼里含着泪水。

"我好着呢。"他笑着说。他也很担心她。"你看起来不错呀。"

她耸耸肩。

"知道吗,"米德尔顿说,"我们现在又多了一个共同点。"

"什么共同点,哈罗德?"

"我们都被绑架过。又都逃跑了。"

她擦干泪水,走开几步。"我猜,因为你演出才推迟的。"

他微笑。"你推理出来的?"

她点点头。

"好吧，其实是安全问题。"

"不！不会吧？"她望着拥挤的大厅。

"不是说他们，"他说，"是你心里的危险。"

"什么意思？"

"你在我家丢了心爱的贝拉·斯泽佩斯。都怪我。"

"哈罗德，别这么说……"

"你用玩具琴也能拉出天使的声音。但是，我想你得用一把配得上你才华的小提琴。贝拉还没修好，我给你借了一把。我恳请管理人员推迟演出，好让你熟悉一下。"

他递给她一个琴盒。打开后，她忘了呼吸。

"这不是……噢，天哪！"她拿着一把瓜奈里名琴——她被绑架时，唱片里用的就是用的这种琴。这种琴在全世界也只有三百把，一半出自著名的斯特拉迪瓦里及其子之手。没有一百万美元，根本找不到瓜奈里琴。

用这样的琴演奏是所有小提琴家的梦想。

"怎么找到的，哈罗德？不可能找得到啊。"

"我新近交了一个朋友。一个公务员，不管你信不信，但用他的话说，他的生活很奢华。他打了几个电话……我唯一的请求是不要把它用在任何一个绑匪头上。"

"哦，你是说打吧？"

"是的。"

"哈罗德，从今往后我都只用板球拍了。"

"好了，去调音或者做该做的事去吧。观众可要不耐烦了。"

费莉西娅捧着那把珍贵易碎的琴，心情像小鸟一样欢快。"哦，哈罗德。"她从琴盒中取出琴弓，紧了紧马尾库，试了几个音，发现已经调成音乐会音高了。

她转身想再次感谢他。

但是，他已经走了。

练习了十五分钟后，灯光再次暗下来。管弦乐队先走上舞台，接着是指挥。最后，是小提琴独奏，费莉西娅，掌声空前热烈。

她依次向观众、指挥以及其他队员鞠躬，然后走到舞台左侧。

指挥举起指挥棒，倾身向前，协奏曲开始了。在等待的间歇，费莉西娅仔细看着音乐厅里的观众。

最终，她在二十几排的地方看到了他们。查莉，还有哈罗德，握着诺拉·泰斯拉的手。她朝哈罗德微微一笑，尽管聚光灯刺眼，她相信他也朝自己笑了。

慢慢地，协奏曲变得轻柔起来，该她演奏了。她将手中的无价之宝放在下巴处。

指挥眼神示意，费莉西娅闭上眼睛，陶醉在音乐的世界中，优美的小提琴声像温柔的春风吹拂在观众耳畔。

WATCHLIST
Copyright © 2009 by International Thriller Writers, Inc.
Simplified Chinese edition copyright ©2015 by NEW STAR PRESS
Published by arrangement with Writers House, LLC
through Bardon-Chinese Media Agency
博达著作权代理有限公司
ALL RIGHTS RESERVED

图书在版编目（CIP）数据

观察名单 /（美）迪弗等著；丁会欣译 . —北京：新星出版社，2015.12
ISBN 978-7-5133-1812-9

Ⅰ.①观… Ⅱ.①迪… ②丁… Ⅲ.①侦探小说－小说集－美国－现代 Ⅳ.①I712.45

中国版本图书馆 CIP 数据核字（2015）第 123299 号

午夜文库
谢刚 主持

观察名单

（美）杰夫里·迪弗 等著；丁会欣 译

责任编辑：邹　瑨
责任印制：李珊珊
装帧设计：周伟伟

出版发行：新星出版社
出 版 人：谢　刚
社　　址：北京市西城区车公庄大街丙3号楼　　100044
网　　址：www.newstarpress.com
电　　话：010-88310888
传　　真：010-65270449
法律顾问：北京市大成律师事务所

读者服务：010-88310811　　service@newstarpress.com
邮购地址：北京市西城区车公庄大街丙3号楼　　100044

印　　刷：北京盛源印刷有限公司
开　　本：910mm×1230mm　1/32
印　　张：14.375
字　　数：225千字
版　　次：2015年12月第一版　2015年12月第一次印刷
书　　号：ISBN 978-7-5133-1812-9
定　　价：38.00元

版权专有，侵权必究；如有质量问题，请与印刷厂联系调换。